ハヤカワ文庫JA
〈JA1578〉

小さき王たち　第一部：濁流

堂場瞬一

早川書房
9091

目次

小さき王たち　第一部：濁流

登場人物

高樹治郎……………東日新聞新潟支局記者。県政担当
田岡総司……………民自党衆院議員・田岡一郎の長男で秘書
田岡一郎……………新潟一区選出民自党衆院議員。民自党政調会長
石崎…………………民自党新潟県議。民自党県連の重鎮
富所…………………民自党新潟県議
本間章………………新潟一区出馬予定の民自党新人候補
石川…………………本間の選対責任者
東田…………………新潟一区出馬予定の無所属候補
島岡孝太郎…………新潟一区政友党衆院議員
服部…………………島岡の選対責任者。新潟県内労働団体の大立者
増渕…………………民自党幹事長
佐々木………………東日新聞新潟支局県政記者クラブキャップ
富谷…………………東日新聞新潟支局デスク
村田…………………東日新聞新潟支局長
戸川…………………東日新聞新潟支局県警記者クラブキャップ
関谷…………………東日新聞新潟支局遊軍。高樹の同期
木原…………………新潟県警捜査二課長
萩原…………………新潟県警捜査二課次長
畑山…………………新潟県警捜査二課巡査部長
箕輪…………………新潟県警本部長
松永光正……………新潟地検検事
阿部隆子……………高樹の恋人。新潟バス社長の次女
滝山尚子……………田岡の恋人。芸名「滝田玲子」で活躍する女優

第一章　油の海

1

参ったな……高樹《たかぎ》治郎《じろう》は顔をしかめた。突堤に近づくにつれ、オイルの臭いがひどくなってくる。念のためにとマスクをしてきたものの、ほとんど役に立っていない。

それにしても、実際に現場を見ると、事故の凄まじさを実感する。日和山《ひよりやま》海岸沖で座礁したタンカー「ジュリアナ号」の船体は、沖合三百メートルほどの地点で真っ二つに割れていた。今かすかに見えているのは船首部分で、ほぼ四十五度の角度で上を向いている。流れ出した油で、海はてかてかと光っていた。警察が出動して近辺を警戒しているが、開けた広い場所なので、野次馬を完全に排除できるものではない。

吹きつける十二月の海風は、体を凍りつかせるほど冷たい。こんなところで長居したら、絶対に風邪を引くだろう。東京生まれの高樹は、新潟に来て四年目になるのに、未だにこの雪国特有の湿った寒さに慣れなかった。

しばらく海岸を歩き回り、タンカーの様子を望遠レンズを使ってカメラに収めた。第九管区海上保安本部の担当者は、積載していた二万トンの原油のうち、四千トンが流出したと推測している。既に県の対策本部が設けられ、油処理剤の「シーグリーン」や「ネオス」が海岸からホースで散布されていた。各地の海保の巡視船も投入されて、海上からも処理剤の散布が始まっているが、油は昨日の段階で、沖合八キロまで広がっているという。「援軍」として、今後はヘリコプターなども投入され、さらに流出を食い止めるオイルフェンスも張られる予定だが、海が元の顔を取り戻すとはとても思えない。海岸に流れ着いた漂流ゴミにも油がべったりとついて、汚染の深刻さが窺える。少し離れた場所で水揚げされたカニも油で汚れていたという情報があり、漁業に与える影響も深刻だ。

タンカーが座礁したのは十一月三十日。既に二日が経過している。高樹は県庁に詰めっぱなしで、県の対応などの取材に追われていたが、自分でも一度ぐらいは現場を見てみようと、夕刊の作業が終わったタイミングを見計らって日和山海岸に来てみたのだった。現場を担当している警察《サツ》回りの連中に詳しく話を聞き、テレビのニュースでも様子を見ていたが、これほどひどいとは……。

場所を変えてみるか。突堤を歩き出すとすぐに、立ち止まることになった。見知った顔がいる――急に驚きと懐かしさがどっとこみ上げて、胸が詰まった。しかし次の瞬間には「何故」という疑念が突き上げてきて首を捻ってしまう。どうしてあいつがここにいる？

立ち止まって距離を置いたまま、様子を観察する。声をかけにくい。一人ならともかく、田岡総司《たおかそうじ》は何人かと一緒なのだ。中には知った顔も……県議の石崎《いしざき》はすぐに分かった。石崎だけでなく、新潟市議会民自党会派の重鎮・岩岡《いわおか》もいる。県政界の実力者二人と田岡が、どうして一緒にいる？　しかしその疑問はすぐに氷解した。氷解したというか、推測が成り立った。田岡の父親は代議士で、現在民自党政調会長の要職についており、近い将来の総理総裁も狙える実力者と言われている。あいつは当然、父親の後を継ぐことになるだろう。そのための準備として新潟入りしているのではないか？　ただし彼は、大学卒業後は商社に就職したのだが……。

どうしたものか。高樹は県政担当として、石崎とも岩岡とも顔見知りだから、挨拶するのは不自然ではない。しかし田岡と話すのは難しそうだ。後で何とか連絡を取ってみるか――そう考えて歩き出した瞬間、田岡がふいにこちらに視線を向けた。一瞬怪訝そうな表情を浮かべたものの、すぐにニヤリと笑い、軽く手を上げる。石崎と岩岡に素早く一礼すると、こちらに向かって駆け出してきた。ああ、走るフォームは昔と変わらない……田岡は高校時代まで陸上短距離の選手だったのだ。大学の体育の講義でも、他の追随を許さない走りを見せていた。腿が綺麗に上がり、腕がしっかり振れている、いいフォーム。長いコートが体にまとわりつき、いかにも走りにくそうだったが。

「高樹！」

おいおい、でかい声を出すなよ、と思わず苦笑いしてしまった。強い海風が吹いているのだが、彼の声は風を切り裂くようによく通り、高樹の耳に届いた。田岡は高樹の五メートル手前でスピードを落とすと、最後の距離をゆっくり歩いて詰める。途中から手を差し出してきた。握手？　挨拶で握手する奴なんかいるのか？　そう言えばあいつは、ケネディ崇拝者だったと思い出す。政治的な功績だけではなく、悲劇的な最後も含めて熱く語っていた――握手はその影響だろうか。手を握ると、田岡が嬉しそうに二度うなずく。

「どうした」第一声で思わず聞いてしまう。「何でお前が新潟にいるんだ？　会社は？」

「お前には言ってなかったけど、会社は辞めた。今はオヤジの秘書をやってる」

「じゃあ、本格的に後継修業が始まったわけだ」

「そういうことになるかな。まだまだ先の話だけど。オヤジも元気だしな」

田岡の父親・一郎《いちろう》は五十一歳。政治家としては脂の乗り切った年齢で、これから本当に総理大臣になる可能性もある。一度総理を務めれば、その後は大派閥を率いて、陰の実力者として長く政界に影響を及ぼすだろう。だとすると、田岡の出番はずっと先になるのではないか。すっかり髪が薄くなってから初めての選挙となったら、気力も体力も持たないだろう。

「それで今は？　どうしてるんだ」

「オヤジの秘書として、あちこち動き回っている。普段は東京にいるけど、これからは新潟にもしょっちゅう来るよ」田岡一郎の選挙区は、新潟市を中心にした新潟一区である。

「そうか」

「お前は？　逆にそろそろ東京へ戻るんじゃないか」

「まだ早いよ。あと一年か、二年か……」東日《とうにち》新聞では、新人記者は必ず地方支局での勤務を義務づけられる。それがだいたい五年か六年だ。高樹には、まだ「本社へ」という声はかかっていない。

「それで今日は？　視察か？」高樹は訊ねた。

「先生方のお供でね……これだけの大事故が地元で起きたんだから、地元の人間としては、見ておかないわけにはいかないだろう」

地元と言われても……確かに田岡一郎は新潟市出身だが、田岡自身は東京生まれの東京育ちで、学生時代までは新潟とはあまり縁がなかったはずだ。しかし本気で選挙を戦うつもりなら、早いうちから自分が出馬する地盤で根を張っておく必要があるということだろう。

「しかし、ひどいことになってるな」田岡が顔をしかめる。「俺たちの海が」

「俺たちの、じゃないけどな」高樹はすぐに、田岡の言葉の意味を悟った。もう十五年ほど前になるが、小学校五年生の時に、田岡に誘われて新潟に旅行に来たことがあるのだ。旅行とは言っても、田岡の父親が地元への夏の挨拶回りをするついでだったが。その時初めて、高樹は新潟の海で泳いだ。どちらが長く潜っていられるか競争して高樹は溺れかけ、田岡に助けてもらった……まさかその海が、こんな風に油で汚されることになるとは。

「今はちょっと時間がないんだけど、今夜にでも会わないか？　仕事は何時ぐらいに終わる？」田岡がせかせかとした口調で訊ねる。

「八時ぐらいかな」東京から遠いが故に、新潟の地方版の締め切りは早い。都内に配る最終版は通常午前一時、頑張れば二時ぐらいまで締め切りを引っ張れるのだが、新潟版の締め切りは夕方だ。今日もジュリアナ号事故の続報を社会面用に出さねばならないが、それは本社からの応援組が担当するだろう。高樹たちが書く地方版用の原稿は、午後六時過ぎには処理を終えねばならない。

「いいよ。鍋茶屋にでも行くか？」田岡がさらりと言った。

「冗談だろう？」江戸時代から海運が栄えていた新潟では、古くからの料亭文化がある。

鍋茶屋は、その中でも最も格式が高い料亭の一つだ。

一瞬間を置いて、田岡が笑いを爆発させた。

「冗談だよ……俺たちが鍋茶屋に上がったら生意気だよな」

「お前、新潟の店には詳しくなったか？」

「このところ、月の半分ぐらいは新潟にいるからな。お偉いさんとの呑み会も多いし」

「お偉いさんと行くような高級な店じゃなくて、俺の給料でも行ける店にしてくれよ」

「じゃあ」田岡が顎《あご》に拳《こぶし》を当てた。「東堀の『東《あずま》』、知ってるか？」

「ああ」

「あそこでどうだ？　飯が美味いだろう」

「いいよ」高樹は腕時計を見た。「八時なら確実だ」

「分かった。それじゃあ、『東』で八時に」

「もしも何かあって行けないようなら、店の方に連絡を入れておくよ」

「了解。それと、名刺、名刺」

田岡が背広の内ポケットから高級そうな名刺入れを取り出した。慌てて高樹も尻ポケットから財布を抜く。名刺を交換……田岡の名刺には二つの連絡先が書いてあった。父親の東京の議員会館と「新潟事務所」。東京と新潟を行ったり来たりの生活かと、高樹は少し同情した。移動には、やはり国鉄を使うしかないだろう。国道は通じているが、途中の三国峠はなかなかの難所で、冬場などは相当難儀する。だいたい、東京―新潟間は三百キロもあるのだから、車で行き来するのはきつい……いずれ関越自動車道が全通する予定で、既に練馬と川越の間の工事は始まっているが、完成はいつになるのだろう。国鉄での移動は、その間ゆっくり休める利点がある――いや、長時間列車に揺られながら安眠できるわけもなく、とにかく疲れるだけだろう。体も気持ちもよほど頑丈でないとやっていけない。

「移動はどうしてるんだ？」

「国鉄だよ。今は『とき』が一日六往復もあるから便利だ。五時間近く乗ってると疲れるけど、しょうがない……それでどうだ？ お前は忙しいか？」田岡が訊ねる。

「ああ、まあ……でも、そういう話は夜にゆっくりやろう。先生方を待たせたらまずいんじゃないか」

「それは……大丈夫だけどな」田岡がニヤリと笑った。「オヤジの腰巾着みたいな人たちだから」

そうか、と言いかけて高樹は口をつぐんだ。県政界の重鎮二人を「腰巾着」扱い？ 高樹は特に政治家を尊敬もせず、ただ取材対象として見ているだけだが、それでも田岡の言い方は気になった。普段から、ああいう連中に対しても偉そうな口をきいているのだろうか。

「じゃあ、八時に」

「ああ」

田岡がコートを翻しながら去って行く。二人の元に戻ると、大袈裟に思えるほど深々と、何度も頭を下げた。先生、申し訳ございません——という台詞が聞こえてくるようだった。言葉はどれだけ丁寧でも、心がまったく籠《こも》っていない。何故か、そんな様子まで想像できるのだった。

高樹は学校町にある県庁ではなく、寄居町の東日新聞新潟支局へ上がった。普段は朝から夕方まで県庁にある記者クラブに詰め、原稿を電話で吹きこんでから、支局に上がって確認する。実際、支局よりも記者クラブにいる時間の方が長いぐらいだ。しかし既に夕方近くで、しかも明日の朝刊用の原稿はもう出してしまった。県政記者クラブのキャップ、佐々木《ささき》は何か取材を続けているかもしれないが、高樹は特に仕事を振られていなかった。

支局のある辺りは昔からの新潟の中心部で、閑静な住宅街でもある。一方で県庁や新潟中央署、市役所も近く、取材拠点としては申し分ない。市内の繁華街——東堀、西堀、古町《ふるまち》へも歩いて行ける便利な場所であった。建物はまだ新しい四階建てで、最上階が支局長住宅、三階が会議室と倉庫、二階が支局になっている。一階は駐車場だが、支局員全員分の車が停められるほど広くはなく、今日も全て埋まっていた。舌打ちして、高樹は歩いて五分ほどのところにある別の駐車場に車を走らせた。すぐ近くなのだが、新潟ですっかり車移動に慣れてしまったので、これが面倒臭い。

冬の新潟市特有の寒さと湿気が身に染みた。今年も既に何度か雪は降っていたが、今は道路には積もっていない。新潟といえば雪国のイメージ——それは間違いないのだが、三メートルも積もるのは、魚沼や上越の山間地である。海に近い新潟や柏崎などは、それほど深い雪に埋もれることはない。それでも十二月後半から一月にかけては、街全体が雪に覆われ、運転にも苦労するようになる。最も危ないのは、薄く雪が積もった翌朝である。気温が下がって道路は凍りつき、スパイクタイヤも頼りにならず、市内のあちこちで渋滞が発生する。凍った道路は厄介なもので、ちょっとした坂を登りきれずにタイヤが空転し、スパイクがアスファルトまで削って火花を散らす光景を、高樹は何度も見たことがあった。アスファルトもダメージを受けていて、春になって雪が消えると、削られたアスファルトの細粉が舞い上がり、視界が霞《かす》むほどになる。

それも鬱陶《うっとう》しいが、まずは冬を乗り切らないと……既に四度目の冬だが、あと何回、こういう冷たく湿った季節を経験しないといけないのだろう。首をすくめて歩きながら、今夜の別の約束を思い出し、しまった、と舌打ちをした。

酒屋の店先に赤電話を見つけ、受話器を取って十円玉を入れる。かけた先は、新潟バスの本社宣伝部。やけに元気のいい若い男の声が耳に突き刺さり、思わず受話器を耳から少し離した。

「阿部《あべ》隆子《たかこ》さん、いらっしゃいますか？　高樹と申します」

相手の勤務先に電話するのは危険だ。こちらは新聞記者だから、企業の宣伝部や広報部に名前を知られていてもおかしくない。ただし高樹は、これまで経済担当だったことは一度もない。東日新聞新潟支局では、新潟市政を担当する記者二人が、経済担当を兼ねることになっているが、高樹は二年間の警察回りの後、少しだけ遊軍をやって県政担当になったので、経済界とはつながりがなかった。

向こうは何か詮索しているかどうか……すぐに隆子が電話に出た。

「阿部でございます」

「ああ、俺……悪い、今日の約束なんだけど、キャンセルでいいかな」

「承知いたしました」隆子の声は素っ気ない――というか仕事用のそれだった。

「古い友だちとばったり会って、呑むことになったんだ。夜、また電話するよ」

「かしこまりました。ではまた、後ほどよろしくお願いします」

電話を切り、肩を上下させる。何だかな……隆子の父親は、新潟バスの社長である。彼女は去年大学を出たばかりの二十四歳。家事手伝いでのんびりしていてもいいはずなのに、父親の会社に入社した。長男も同じ会社で働き、将来的には会社を継ぐと言われている。長女は既に嫁入りして家を出た。彼女は気楽な立場の末っ子なので、親も好きにさせようとしているのかもしれない。

つき合って一年ほど経ち、高樹は結婚を意識しないこともなかった。ただしまだ決心しきれない。新潟バスは、本来業務であるバス路線の運営以外にも、観光や宿泊など様々な分野に手を出している。新潟県を代表する一流企業なのは間違いなく、地元政界との深いつながりもあった。そこの社長の娘と結婚すれば、自分と新潟との関わりは一気に深くなる。高樹はあくまで、東京で記者として活躍することを目標にしている。特定の県の、特定の勢力と強い結びつきができてしまうと、一生それに引っ張られるのではないか――ただし、隆子に強く惹かれているのは間違いない。クルクルと動く大きな目、すぐに笑ってくれる明るい前向きな性格、そして何より自分を好いてくれている。こういうチャンスを逃すと、独身生活が長く続くんだよな、と考えると不安になる。新聞記者は基本的に忙しく、特に三十代までは、自分の時間など持てないぐらいだ。それ故、学生時代からつき合っていた相手と結婚するか、比較的時間に余裕のある支局時代に相手を見つけるパターンが多い。それを逃すと、後は見合い……見合いは一種の賭けだから、頼りたくはなかった。まあ、実際にはまだ猶予はあるはずだ。本社へ上がるのは早くて来年、実際には再来年の可能性が高いから、それまでに決断すればいい。結婚して東京へ行くことになっても、隆子も困らないだろう。何しろ学生時代の四年間は東京で過ごしているのだ。

既に結婚する前提で考えていることに気づき、高樹は思わず苦笑してしまった。これは都合が良過ぎるだろうな……。

支局内はざわついていた。県内の記者は、二十人強。取材拠点の新潟支局には、十二人が所属している。支局はまだ新しいがそれほど広くなく、会議などで支局員全員が集まると息苦しくなるほどなのだが、今日は本社の地方部や社会部からの応援組がいるので、明らかに定員オーバーだった。そういう連中が、煙草を吸いながら大声で電話で話している。何だか職場を乗っ取られたようで気に食わなかった。だいたい、新潟の取材は新潟に任せておくべきではないか？　わざわざ本社から応援に来るのは、こちらの取材能力を信用していないからではないだろうか。

肩身が狭い。これなら支局へ戻って来ない方がよかったと思ったが、寒い中、何の用もないのにまた外へ出て行くのも馬鹿らしい。結局新聞のスクラップをしたり、資料をまとめたりして時間を潰した。時にテレビを眺める……しかしこの時間だと、民放——新潟では二局しか映らない——は子ども向け番組、NHKもニュースは流していないので、観るものもない。

社会面の早番、地方版用の原稿は、午後六時過ぎには送り終わる。これで仕事は終了……何か新事実が発覚して、社会面の遅番用に原稿を差し替えることになれば、まただざわつくことになるが、だいたい夜には大きな動きはないものだ。唯一気になるのは、海保で行っているタンカー船長への事情聴取だ。一気に逮捕とでもなれば、原稿は大きく変更になる。

仕事を終えた本社からの応援組が、支局長の村田《むらた》に連れられ、揃って出て行った。これから夕飯接待か……既に慌てて取材するような状況ではなくなっているから、こんな余裕も出てきたのだろう。

デスクの富谷《とみや》が煙草に火を点け、疲れた様子で煙を吹き上げる。デスクが一番参っているかもしれない、と高樹は同情した。取材を統括し、記者が書いた原稿をチェックするデスクは、自ら現場に出るわけではないが、長時間座りっぱなしだとかえって疲れるだろう。富谷は立ち上がり、大きく伸びをすると、ソファに腰をおろした。そこにいつも置いてある出前メニューを取り上げ、うんざりした表情で見やる。

支局のデスクの仕事は、非常にきつい。朝から夜まで、一日中支局にいて取材の指示を飛ばし、若い記者の下手くそな原稿を直す。昼飯時には短時間外出できるものの、夕飯はだいたい出前……原稿を送り終わっても、本社から問い合わせがあるので、支局から出られないのだ。富谷は、子どもがまだ小さいので、新潟へは単身赴任である。自炊する気にはなれないだろうし、ストレス解消の手段は酒を吞むぐらいしかないだろう。そんな生活が、月曜から土曜まで続く。日曜だけは、年長の記者が代理デスクに入って休めるのだが、何か大きな事件でもあれば出てきてしまうから、身も心も休まる暇がないはずだ。

「ちょっと出てきますね」高樹は敢えて軽い調子で声をかけた。

「夜回りか？」

「田岡の秘書と吞む約束になってるんです」

「ああ……選挙も近いしな」

「それで、ちょいと情報収集で」

「吞み過ぎるなよ」富谷が忠告する。

「大丈夫ですよ。それより本社の連中、まだいるんですか？」声を潜めて訊ねる。

「明日には帰るんじゃないかな。こういう火事場は今日までだろう」

「引っ搔き回すだけ引っ搔き回しておさらば、ですか」

「そう言うなよ」富谷が顔をしかめる。「お前も本社に上がれば、地方に取材に行ってでかい顔をするんだから」

「俺はそんなこと、しませんよ」高樹は顔をしかめた。

「立場が変われば人は変わる」

富谷がぴしゃりと言った。これは彼の口癖である。今年四十歳の富谷は、様々な職場を経験していた。多くの記者たちを見てきた結果の、この格言めいた口癖なのだろう。しかし、本社へ上がったからと言って、地方の記者に対して威張ることはないよな……もっとも、支局の記者は基本的に若手が多いから、本社の記者が上から押さえつけるような態度になるのは当たり前かもしれないが。

俺も、立場が変わると性格も変わるのだろうか。

2

支局を出て、いっそう気温が下がってきた夜の街を歩き出す。もう、マフラーや手袋が必要な陽気だ。誕生日――先月だった――に隆子がプレゼントしてくれたマフラーを、まだ一度も使っていない。そろそろ出番を作ってもいいだろう。

三年半前、新潟に赴任してきて一番驚いたのが、街の賑わいだった。裏日本の寂れた街だろうと想像していたのだが、とんでもない誤解で、新潟市は人口四十万人近い大都市なのだ。全国に名の知れた大きな企業もあるし、古町あたりの賑わいといったら、東京の繁華街と遜色ない。学生時代の高樹は、酒はほどほどというタイプだったが、新潟に来て、日本酒の美味さに目覚めた。やはり、米が美味いところは酒も美味いのだろう。そのせいもあって、新潟で三キロほど太ってしまった。米を食べる量が増えたのと同じようなものだから、これは仕方がない。

市内の主な繁華街は、新潟駅に近い方から本町通、東堀通、古町通、西堀通と呼ばれる。「堀」の名前がつく通りが多いのは、港町として発展した市街地に、水運を活かすために堀が整備されていたからである。戦後しばらくは、そういう堀の一部が残っていたのだが、昭和三十九年の新潟国体を機に完全に埋め立てられ、今は街の名前として残るのみである。名残はそれだけではない。かつて掘割沿いに並んでいた柳の並木が新潟名物だったことから、新潟市の別称は今でも「柳都《りゅうと》」なのだ。まだ堀があった時代の新潟でも仕事をしてみたかった、と高樹は時々思う。モータリゼーション優先で、国内の街は道路を中心に整備が進んだ結果、どこも似たような表情になってしまっている。昔の方が、よほど個性豊かだったのではないか……。

古町は南北に長大な繁華街で、大正時代には映画館や百貨店などができて、長く賑わいの中心になってきた。新潟大火や新潟地震で大きなダメージを受けたものの復興は早く、今も華やかな雰囲気が漂う。西堀通は呑み屋が多い。東堀通は少し静かな雰囲気だが、それでもなかなかいい呑み屋がある。高樹は、ネオンで賑やか過ぎる古町よりも、東堀通の方が好きだった。

ゆっくり歩いて、「東」にたどり着く。ここも何度も来ている店で、店員とも顔馴染みだった。新潟の郷土料理ばかりで、酒の品揃えも豊富。支局員が揃って行くような店でないのも、気に入っている理由の一つである。たまには仕事と関係なく呑みたい時もあるのだ。

店に入ったのは八時前。店員に確認すると、田岡はまだ来ていなかったが、キャンセルの連絡はないという。安心して、小上がりの席に陣取った。注文は、あいつが来てからにするか……ショートホープをふかしながら待っていると、八時五分に田岡が姿を見せた。

「悪い、遅れたな」田岡は既にコートを脱いで腕にかけていた。コートを座敷に放り出すと、屈みこんで靴を脱ぐ。相変わらずだな、と高樹は苦笑してしまった。この男は昔から、どこか行動が雑である。バッグなどはいつも乱暴に扱って、放り出すように置くものだから、中身を床にぶちまけてしまったことが何度もあった。今日はバッグを持っていないので、コートがその代わりになったのかもしれない。あんな風に物に対して乱暴なのはどうしてだろうと常々疑問に思っていたが、理由を聞いたことはない。

「今来たところだよ。何を呑む？」

「いきなり日本酒でいいか？」

「ビールではなく？」まずビールで喉を潤して、その後に腰を据えて日本酒なりウイスキーにするのが高樹の呑み方だ。

「今日は、ビールの陽気じゃないだろう」

確かに……支局からここまで歩いてくる間にも、すっかり体が冷えてしまった。

店員を呼んで、越乃寒梅を注文する。この酒は、東京にいる時にはまったく知らなかったのだが、地酒として全国的に有名になりつつあるらしい。新潟へ来て最初に呑んだ時には驚いた。日本酒らしくない——さらりとして呑み口は軽く、いくら呑んでも酔わないようだった。どんな料理にでも合う万能の酒らしいが、本当は塩を舐めるぐらいで、こいつだけをちびちび呑むのが似合うかもしれない。ただし高樹は、そこまで酒が強くないから、そういう呑み方はしないのだが。

料理も適当に頼み、まず越乃寒梅の冷やで乾杯する。この酒は温めるより、冷やで呑んだ方が魅力が分かりやすいと思う。より冷たくした方が美味いという人もいて、そのための専用の容器もある。中が二重になったガラス容器で、中心部に氷を入れ、その周囲に酒を満たすのだ。そうすると酒は氷に直接触れないから薄まらず、ずっと冷えた状態で呑める。見た目も洒落た魔法瓶という感じで、高樹も一度試したこともあるのだが、常温のコップ酒の方が好みだった。

「しかし、越乃寒梅は本当に美味いな」田岡が感心したように言う。

「東京だとなかなか呑めないだろう」

「呑み屋では、まずお目にかからないな。酒屋でも滅多に手に入らない」

「こっちの人がさ、外へ出すほど生産量が多くないって自慢するんだよ」

「呑みたいなら新潟まで来て下さい、か。観光業界的にも、そういう売り方が正解じゃないかな」

「さすが、視野が広いことで」

「いやいや……」田岡が唇を少し歪ませるように笑った。「まあ、地方に名物があるのはいいことだよ。俺も、東京では新潟の地酒の自慢ばかりしてる。こういうのを呑むと、普通の日本酒は呑めなくなるな。何だか甘ったるい感じがしてさ」

「酔っ払うためだけなら、そういう日本酒でもいいだろうけど」

「純粋に味を楽しむなら、圧倒的に越乃寒梅だ」納得したようにうなずき、田岡がコップを口に運んだ。美味いと言う割に、ほんの一口舐めるような呑み方である。もしかしたら今夜は、まだ仕事があるのかもしれない。代議士の秘書、しかも長男ということになれば、名代としての役割もあるだろう。

お通しとして、かきのもとのおひたしが出てきた。秋から初冬にかけての新潟名物——食用菊なのだが、独特の紫色なので、初めて見た時にはぎょっとした。しかし食べてみれば美味い。味わいは淡く、普段酷使している体が内部から清浄化されていく感じがするぐらいだった。あとはいごねり、のっぺ、鮭の焼漬けと次々に地元の料理が出てくる。これで酒を楽しみ、最後は独特の焼きおにぎりであるけんさん焼きで締めるのが、高樹のいつものコースだった。

「しかし、お前も思い切ったな」高樹は切り出した。

「そうか？」

「会社を辞めて、いきなりオヤジさんの秘書とはね」

「会社はいずれ、辞めるつもりではいたから。前からそう言ってただろう？」

「それにしても、商社の仕事を覚える暇もなかったんじゃないか」どこか中途半端というか、焦っている感じもする。

「でも、コネはできた」

「社内に？」

「ああ」田岡が自慢げにうなずく。

それも妙な話だ、と高樹は内心首を捻った。大きな仕事を任せられる機会も、社内で立場が上の人間と知り合う機会もなかったはずだ。それこそ社長とつながれば、政界に転身しても役立つことがあるだろうが……。

「お前のオヤジさんにも会ったぜ」

「ああ、オヤジも言ってたよ」田岡が入社してすぐぐらいの時だった。高樹の父親は、田岡が入った商社で、国内部門を統括する役員を務めている。

「オヤジさん、会社だと全然違うんだな。厳しい、厳しい……」田岡が苦笑した。

「そりゃ、家と会社では違うだろう」

高樹と田岡は小学校から大学まで一緒で、互いの家をしばしば行き来していた。忙しい田岡の父親が家にいることは滅多になかったが、高樹の父親は普通のサラリーマンだったから、休みの日は家にいた。田岡に将棋の手解《てほど》きをしたのは、高樹の父親である。高樹自身は「見込みなし」としてさっさと見捨てられた。

「君はこの会社で出世は目指さないのか、なんてはっきり言われてさ」

「まあ、オヤジも出世欲がない人じゃないだろうしな」戦前の男爵家の出で、子どもの頃から特別な教育を受けていたようだ。しかし出征し、戦地ではかなり厳しい目に遭い……戦後は華族が没落する中、商社で働き始めて自力で今の地位を築いた。立場に甘える人でないのは間違いない。

「そりゃそうだよ。実際、年齢的には社長の目もあるんじゃないか？」

「その辺の事情は、俺には分からない」

「しかしお前も、何でオヤジさんの会社に入らなかったんだ？　華族の出なんだから、有利なんじゃないか」

「今さらそんなこと言われても」高樹は苦笑した。「戦後何年経ってると思ってるんだ」

「しかし、わざわざ試験を受けて新聞社に入らなくても……」

「新聞社の試験なんて、そんなに難しいものじゃないよ。司法試験とはレベルが違う――司法試験を受けたことはないけど。それよりお前こそ、何でこんな早く辞めたんだ」

「政治の世界でスタートを切るなら、早い方がいいと思ってさ」田岡が打ち明ける。「本当は、大学を出たらすぐに秘書になりたかったんだけど、それも何だかな……少しは社会を見た方がいいだろう」

「商社勤めも結構楽しみにしてたじゃないか。海外で仕事したいって」

「そういう夢もあったけど、まあ、望んでること全部が叶うわけじゃないから。海外へ行く機会は、またあるだろう」

秘書なら、父親の外遊につき添って……ということもあるだろう。ただし、かなり窮屈な旅になるだろうが。

「選挙、出るのか？」

「いずれはな」田岡がさらりと言った。「でも、すぐじゃない。かなり時間はかかると思う。オヤジの地盤を継ぐとしたら相当後になるし、そうじゃなければ……選挙区を選んで、自分で地盤を整えなくちゃいけない」

「そういう場合、オヤジさんの影響力を使うことは……」

「どうかな」田岡が首を捻る。「民自党政調会長だって、やれることに限界はある。それにオヤジは、絶対的に選挙に強いわけじゃない」

確かに。田岡の父親・一郎は当選六回を数えているが、選挙巧者とは言えない。連続当選してはいるが、毎回「圧勝」とは程遠い結果だった。

「じゃあ、お前が自分で頑張らないと」

「頑張ってるさ。頭の下げ過ぎで腰が痛くなるよ。肩も凝る」田岡が声を上げて笑った。「まだ具体的に、どこの選挙にいつ出るかは決めてないけど、顔繋ぎは絶対必要だろう？会う人会う人に頭を下げてるから、身長が縮んだかもしれない」

「まさか」

「いやいや……でも、人の名前と顔を覚えられる能力があってよかった。お前はそういうの、苦手だったよな」

「実は今でも苦手なんだよ」

これが、新聞記者として致命的な欠点になるのでは、と高樹は懸念していた。記者は普段「担当」を持ち、取材相手とは毎日のように顔を合わせる。そういう状況なら、さすがに相手の顔も名前も覚えるが、中には一度しか会わない、あるいはごく稀にしか会わない取材相手もいる。次に会った時に、さっと相手の名前が出てこないのは失礼になるわけで、将来的にはそれが心配だった。こういう記憶力は、どうやって鍛えればいいのだろう？

料理と酒が進み、高樹は次第にリラックスしてきた。そうなると、文句の一つも言いたくなってくる。

「秘書になったらなったで、連絡ぐらいくれてもよかったのに」

「悪い、悪い」田岡が苦笑しながら謝った。「何かと忙しくてさ。それに、そのうちお前を驚かせてやろうと思ってたんだ」

「実際、驚いたよ」高樹はうなずいた。「あんなところでばったり会うなんて」

「でも、俺は月の半分は新潟にいる。お前とは、いつかは会うんじゃないかと思ってたよ」

「本当に、さっさと連絡してくれればよかったのに。人が悪いなあ」

「悪い人間じゃないと、政治家になんかなれない」

「よせよ。それじゃ、政治家全員がワルみたいじゃないか」

「清廉潔白な人を探しても、たぶん一人も見つからないぜ」

田岡の偽悪的な言い方が少し気になった。

　田岡は常に、理想を語る男だった。その傾向は大学生になると非常に顕著になり、馬鹿話をしていても、いつの間にか相手を政治論争に巻きこむようになった。高樹たちの大学時代といえば、六〇年安保と七〇年安保の狭間。先輩たちから聞く六〇年安保の世界は遠い昔のことのように思えたし、後輩たちが巻きこまれた七〇年安保は、社会人として見ていたから、完全に他人事だった。警察回りをやっていた頃は、新潟でも学生運動が盛んで、デモや集会を記事にしたことがあったが、自分たちには関係ない世界の出来事、という感覚が強かった。

「石丸《いしまる》、覚えてるだろう?」田岡が唐突に旧友の名前を出した。

「ああ」

「あいつ、今逮捕されて公判中だ」

「本当に？」石丸は仲間内で唯一、本気で学生運動に身を投じていた人間だった。高樹たちといる時は大人しく、声を荒らげることもなかったのだが……。

「石丸は就職しないで、そのまま極左の専従活動家になったんだよ。半年ぐらい前に起きた内ゲバ事件で逮捕された」

「何やってるんだかね、あいつは」高樹は溜息をついた。「もったいない」

「石丸には石丸の覚悟があったと思うけど、確かにもったいないよな。自分の人生を自分でぶん投げたみたいなものだよ。俺たちには関係ない世界だけど……」

「やっぱり、大学を卒業すると、人生は分かれるな」

「お前は、目標通りに生きてるか？」

「どうかな」高樹はコップの酒を呑み干して、またショートホープに火を点けた。「まだ修業中という感じだよ。地方支局なんて、やっぱり新聞社の中では主流とは言えないし」

「でも、そろそろ東京へ帰って来るんだろう？」田岡がコップ越しに高樹の顔を見た。越乃寒梅は、まだ半分ほども減っていない。

「一年後か二年後……こういう人事は、自分で決められることじゃないからな」

「何か手柄を立てれば、上の覚えがめでたくなって、早く本社へ転勤できるんじゃないか？」

「そんなに簡単なものじゃないけどな」高樹は苦笑してしまった。高樹も、新潟支局に来てから何本かは独自ネタを書いたが、派手に目立つものは一本もなく、本社の人間の目に留まるようなことはなかっただろう。デスクや支局長は、支局員の成績を定期的に本社に上げているはずだが、太鼓判を押して推薦する、という感じではないと思う。そういう意味では、やはりでかい特ダネが欲しい。かといって、今はその芽すらないのだが。

「まあ、じっくりやるよ。目の前でしっかり取材しなくちゃいけないこともあるし」

「例えば？」

「ジュリアナ号の本筋は他の記者が取材してるから、俺は選挙だな」

「そうだな。衆院選は間もなくだろう。お前、取材を担当してるのか？」

「県政担当の最大の仕事は、国政選挙だよ」

「まあ……この話はあまりしない方がいいかな」田岡が急に言葉を濁した。「俺も、下手なことを言うとまずいから」

「ヤバい情報でも握ってるのか？」

「一区は、どうなると思う？」答えず、田岡が逆に質問した。

「どうと言われても……民自党にとってはなかなか厳しい選挙になるんじゃないか」

一区の定数は三。そのうち一議席は長年田岡の父親が占めているが、残り二議席は毎回流動的だ。民自党としては確実に二議席を占めるべく動いているのだが、まだ二人目の候補の公認が決まっていない。

「本間《ほんま》さん、どうなるかね」高樹は訊ねた。二人目の民自党公認候補と目される人物だ。

「どうかなあ」田岡がコップをテーブルに置いた。

「とぼけるなよ。お前も絡んでるんじゃないのか」

「まあな。まだ本間さんの公認は決まってないけど、そっちを手伝ってはいる」

「オヤジさんは安泰だから、新人の方に注力ってことか」

「そういう感じだ。でも初めての選挙だから、頭を下げるだけで終わっちまいそうだ」

「お前が頭を下げる、ねえ」にわかには信じられない。田岡は態度が大きいわけではないが、常に胸を張って生きている感じがしたのだ。実際、ただ歩いている時でさえ堂々として、見ていて清々しいほどだった。

「慣れるもんだよ。中央でやりたい仕事をやるためには、地元で頭を下げるぐらい何でもない。手段と目的の違い、みたいなものかな」

「だったらもう、地元ではずいぶん顔を売ってるんじゃないか？」

「まだまだ」田岡が首を横に振った。「靴底をすり減らすっていうのは、本当にあるんだな」

「そんなに減ってるか？」

「気分の上ではな。実際は車で回ってるし……でも、とにかく自分でしっかり歩き回らないといけないのは間違いない」

「慣れても、頭を下げるのは気分よくないだろう」

「とはいえ、票を入れてくれる人たちだからな。とにかく俺は、しっかり仕事をしたいんだ。新潟にはまだまだ課題が多いし、中央でも……代議士は、地元の課題も中央の課題も、両方見ていかないといけないから大変だよ。単なる地元の利益代弁者にはなりたくないけど、票をくれる人のために働く、という考え方も間違ってないからな」

「選挙は大変だぜ」

「分かってるよ。お前よりは大変さが分かっているはずだ」

高樹は内心首を傾げていた。田岡は代議士秘書としての道を歩み始めたばかりで、これまで一度も大きな選挙を経験していないはずだ。一方高樹は、地方選挙を既に何度か取材している。当事者である代議士と記者では関わり方はまったく違うが、選挙の裏側は自分の方がよく知っているかもしれない。

「まあ、実際に俺が選挙に出るのはずっと先の話だろうけどな。お前が本社で偉くなった頃になるんじゃないか」

「そうかもな」

「二人とも理想があるのはいいよな」田岡が嬉しそうに言った。「俺はオヤジの後を継いで政治家になる。そして、アメリカと対等の立場の日本にする。今の日本はアメリカの言いなりだからな……アメリカと渡り合える人材を育成するために、教育に力を入れる。お前は新聞社で偉くなって、世間を動かすような記事を書く。今のところ、その目標に向かって二人とも動いていると言っていいんじゃないか。俺たち、上手くやってるよな?」

「お前はともかく、俺はどうかな。本当の記者生活は、東京へ行かないと始まらない」今はまだ助走期間という感じだ。それにしては長過ぎるが。

「だったら、早く東京へ戻って来いよ。俺はこっちと東京と半々の生活だから、向こうでも会える。むしろ東京の方が会いやすいんじゃないかな」

無邪気な感じは昔と変わらない。そう……小学校、中学校時代には、田岡と将来を語り合うことなどなかった。実際、本人も何も考えていなかっただろう。それは高樹も同じである。軍人上がりで商社で活躍する父と同じ道には進まないと決めて、新聞記者を職業として選んだのは、大学時代だった。田岡が「政治家になる」と言い出したのも同じ頃だったが、後で聞くと、高校時代には既に意志を固めていたという。

田岡は中学・高校と陸上に打ちこみ、高校ではインターハイにも出場した。体育大学から誘いが来るぐらいのいい選手だったが、「運動は高校まで」とあっさり言い切って、大学受験に臨んだ。今考えると、その頃には、既に後継指名を受けていたのだろう。高校生や大学生で「後を継げ」と言われるのは——特に政治の世界では、なかなか厳しいことだと思う。商売ならば、手取り足取りノウハウを教えて、きちんと次世代に仕事を引き渡すことができるだろう。しかし政治の世界では、そういうやり方ではなかなか上手くはいかないのだ。何しろ相手にするのは、無名の有権者である。商売と違って、「客」全員の顔が見えているわけではない。大衆の心を掴むテクニックは、誰かに教えられて身につくものではあるまい。

田岡の父親・一郎は、戦前に旧内務省で活躍した官僚で、戦後、内務省が解体された後は、新潟県選出の代議士・戸澤総一郎《とざわそういちろう》の秘書になった。内務省時代に、大臣を務めていた戸澤の秘書役をしていたことがあり、その頃から能力を買われていたらしい。そして戸澤が六十五歳で急逝した後は、後継候補に担ぎ上げられた。戸澤には息子がおらず、三人の娘も全員が政治とは関係ない人間に嫁いでいたことから、一番近くで戸澤を支えていた田岡一郎に白羽の矢が立ったのだ。

しかし、政治家の後継者として、血が繋がった人間に比べて秘書は弱い。地元では広く顔を知られる実力者であっても、有権者は「血筋」も見るものだ。田岡一郎は内務省出身ということもあり、「有能だが官僚臭が抜けない、どこか冷たい人物」と受け止められたようで、民自党の県議・新潟市議の全面協力が得られず、最初の選挙は最下位当選だったという。

田岡が高校生の頃というと、父親は何期目だっただろう……いくら何でも、息子を後継指名するには早過ぎるのではないだろうか。いや、正式な後継指名というわけではなく「将来はそのつもりでいろよ」と心構えを説いただけかもしれないが。

それにしても、と思う。

田岡はすっかり、レールに乗っている。高樹の感覚では、既に政治家気取りだ。まさか、新潟の米作りについて得々と話し、政府の減反政策の問題点を指摘してくるとは思ってもいなかった。新潟で記者をやっている限り、米作りは避けて通れない話題だが、田岡の知識は自分よりずっと深いようだ。やはりきちんと勉強している。

二時間近く話して別れた。別れ際、田岡は「近くにいるんだからまた会おうぜ」と言って、笑顔で握手を求めてきた。それに応じながら、高樹はさらに違和感が高まるのを感じた。こいつはまるで、俺のことを有権者みたいに扱っている。確かに、今は住民票を新潟に置いているから、選挙権もあるのだが。あるいは、新聞記者を上手く利用してやろうとでもいうつもりか。

会うのは三年半ぶりだったが、その短い間に田岡はすっかり変わってしまったと強く意識せざるを得なかった。それがいいことか悪いことかは分からない。

高樹は、新潟大学医学部に近い学校町にアパートを借りている。新人記者として赴任して以来ずっと住んでいる部屋で、狭い六畳間は本と古い新聞で埋まっていた。思い切って整理しようと考えることもあるのだが、どうせいつかは引っ越すのだから、と面倒な気持ちが先に働いてしまう。

歩いて戻ると午後十時。いつもの癖で、すぐにラジオをつけた。ちょうどNHKのニュースの時間で、そのままこの後の番組「若いこだま」を聴くのが習慣だ。隆子への電話はどうしよう……約束はしてあるからかけてもいいのだが、向こうは実家暮らしだし、もう時間も遅い。どうしたものかと躊躇《ためら》っているうちに電話が鳴った。

「はい」

「隆子です」

「ああ、ごめん。今帰って来たところなんだ」思わず頬が緩んでしまう。「ちょっと待ってくれる?」

流しでコップに水を入れ、一気に飲み干す。いかに越乃寒梅が淡麗辛口とはいえ、酒を呑めば口の中が粘つく感じになる。これでさっぱりした──煙草に火を点け、電話に戻る。

「今日は申し訳ない。約束を反故にしてしまって」

「でも、元々難しかったんじゃない? ジュリアナ号の取材、大変でしょう」

「あれは、本社から来た連中が張り切ってやってるから、俺には出番がないんだ」実際、県庁絡みの短い原稿を何本か書いただけで、取材しているとは言い難い。だからこそ、今日は現場を見てみようと思ったのだが。少しは取材に参加した意識を持ちたい。

「そうなの?」

「ああ。だから友だちと会う時間もできた。田岡一郎、知ってるよな」

「もちろん。地元の代議士じゃない」

そう言われて初めて、新潟バスは田岡と深い関係があることを思い出した。社長──隆子の父親が後援会の幹部をやっている。地元の大企業だから、田岡としても新潟バスを味方につけることは大事だっただろう。企業選挙で、関係者の票が何千と計算できる……。

「その息子が、幼馴染みなんだ」

「そうなの?」

「小学校から大学まで、ずっと一緒だった」

「そうなんだ」隆子は心底驚いている様子だった。「その人が新潟に……お父さんの秘書か何か？」

「ご名答」高樹は思わずニヤリとしてしまった。隆子は勘がいい。打てば響くところがあって、話していて心地好いのだ。こういうのは大事だな、としみじみと思うことがある。大学時代までのガールフレンドたちは、高樹に対してどこか遠慮しているような部分があったのだ。「今は、東京と新潟、半々で行ったり来たりしているらしい。今日、ジュリアナ号の現場で久しぶりに会ったんだ」

「秘書さんがどうして現場に？」

「視察だよ。県議と市議を引き連れて——いや、くっついて、が正解かな。とにかく、もう一端《いっぱし》の政治家みたいだった」

「本当に幼馴染みなの？」

「何か変か？」

「何だか、嫌ってる人のことを話してるみたいだから」

「そんなことないよ」

「そうかなあ」

何で俺の気持ちまで分かるのだろう、と高樹は不思議に思った。しばらく会ってもいなかったのに。

「本人はもう、選挙に出ることは決まってるんだ。学生時代は聞き流していたけど、実際に父親の秘書になって、東京と新潟を行ったり来たりしているのを知ったら、本当なんだと思ったよ」

「でもそれは、治郎さんと関係ないんじゃない？　治郎さんは記者だし、その人は政治家――政治家になる人で、進む道が全然違うでしょう」

「それはそうだ。今後も、俺が取材するようなこともないと思う。でも、何ていうか……もう政治家気取りなんだよ。それがちょっと不自然というか、気に食わない。俺なんか、完全に下に見られてる」

「まさか」電話の向こうで隆子が笑った。「まだ選挙に出てもいないのに？」

「でも、出ることは決まっている。オヤジさんの地盤を継げば、間違いなく当選できるだろう。それは分かるんだけど……何だかな」

「昔の友だちが急に偉くなってしまったみたいで、それが気に食わない？」

「実際には偉くなってもいないんだ。もちろん、政治家の秘書にもそれなりの権力があると思うけど、それは虎の威を借る狐みたいなものじゃないか。本当は、そういうこととは関係なしで話したかったんだけどな」

「幼馴染みっていうことは、悪ガキ同士？」

「何でそういう発想になるかな」高樹はぼやいた。「普通に遊んでた普通の子どもだったよ。戦後の、ごちゃごちゃした東京でさ」

「今とは比べ物にならないぐらい貧しかった時代ね」隆子も東京の大学に通っていたが、彼女が知っている「東京」は、既に綺麗に整備された大都会だったはずだ。

「戦後、そんなに時間が経っていない頃だからね」しかし貧しかったかというと……二人とも恵まれていたと思う。

高樹も田岡も昭和二十年生まれだ。物心ついたのは昭和二十年代後半から三十年代にかけて……その後、東京はオリンピックに向けて一気にその姿を変えていくのだが、その前ののんびりした空気感は記憶に鮮明である。生まれ育った麻布周辺にもまだ空き地があり、三角ベースやチャンバラごっこで遊んだのは、小学校の低学年の頃だっただろうか。その頃から田岡は足が速く、三角ベースでは大活躍していた。しかし今の子どもたちは、そんなこともできないだろう。今や、東京では空き地を見つけるのが難しい。東京オリンピックが終わり、再開発は一段落したものの、終わったわけではない。空き地は日々埋まり続けている。空き地があれば、それは何かの「工事待ち」で、子どもは気楽に入れない。

「うちに遊びに来る話、どうする？」

「ああ……そうだな……うん」ずっと避けていた話を持ち出され、高樹はしどろもどろになってしまった。

「年末は忙しい？」

「だいたい忙しいね」

「だったら、お正月にどう？　新潟のお正月、ちゃんとやったこと、ないでしょう」

「そうだな」これまで新潟では、三回年を越している。ただし、正月が泊まり勤務だったり、年明けにすぐ東京の実家へ帰ってしまったりで、新潟らしい正月を味わったことは一度もない。もっとも、一人暮らしのアパートでは、正月もクソもないのだが。「新潟の正月って、やっぱり鮭だよな」

「鮭とイクラ。雑煮も具沢山よ。最後にイクラをたっぷり載せて」

それは想像しただけでもよだれが出そうだ。イクラは、新潟で食事をすればどの店でも出てくるのだが、家庭料理で食べるのはまた格別だろう。

しかし……ここで簡単に巻きこまれてしまっていいのか、という疑問はある。家に招くということは、交際相手として正式に認めてもらうということだ。隆子も結婚適齢期だし、両親も当然それを意識しているだろう。いきなり結婚などという話が持ち上がったら、その場では即答できない。正月までまだ間があるにしても、その間に決断できるとは思えなかった。

「まあ、今月がどれぐらい忙しいかによると思うな。ジュリアナ号の件は、年を越しそうだし」

「そうよね」

「今日、現場に行ってきたけど、油の臭いが凄くてさ……まだ頭が痛い」

「大丈夫？」隆子が本気で心配そうに言った。

「頭痛薬も呑んだし、寝れば治るさ。とにかく、しばらく日和山には近づかない方がいいよ」

「分かった」

高樹のアドバイスに、隆子が素直に同意した。それも嬉しい——自分の言葉を、疑いなく認めてくれる人がいるのはいいことだ。新聞記者は、言葉を使い、言葉で戦う。取材相手との「言った、言わない」という論争はしょっちゅうだし、記事の微妙なニュアンスを巡ってデスクと遣り合うことも珍しくない。そんな神経が疲れる日々の中で、隆子の存在は唯一の慰めだった。

隆子と知り合ったのは、県政記者クラブに出入りするようになって、県の広報課長から

「いい人がいるけど会ってみないか」と言われたのがきっかけである。見合いのようなものだが、最初から第三者は介在せずに二人だけで会っていた。初めは何となくぎくしゃくしていたが、ほどなく、何でも自然に話せるようになった——後に、彼女の父親である新潟バスの社長は、広報課長の学生時代の先輩で、広報課長は「娘の相手を探して欲しい」と頼まれていたことが分かった。彼女の父親は、堅実な県職員か市役所の職員辺りを念頭に置いていたのだろうが、広報課長は何故か、新聞記者である自分を紹介したのだった。ヤクザな商売だし、高樹自身も、決して品行方正な人間とは言えないのだが……。

ここはやはり、気持ちを決めるべきだろうか？　結婚にはまだ早いという気持ちもあったが、ここを逃すと、結婚するのはだいぶ先になってしまうだろう。本社勤務よりも支局勤務の方が時間に余裕があるから、彼女とより深く知り合うチャンスもある。決めるべきタイミングがきたかもしれない、と高樹は半ば覚悟を決めた。

3

ジュリアナ号座礁事件の現場を視察した翌日、田岡は石崎の事務所を訪ねた。今年五十八歳の小柄な県議の顔色は悪かった。

「大丈夫ですか？」と思わず聞いてしまう。

「昨夜から頭痛がひどくてね」石崎が広い額を掌で撫でた。

「原油のせいでしょう。あの臭いは強烈過ぎました」

「まったくだ。ひどい事故だな」

田岡はバッグに手を突っこみ、小さな袋から頭痛薬を取り出した。

「お呑みになります？」

驚いたように、石崎が田岡の顔をまじまじと見た。

「あんたは、いつも薬を持ち歩いてるのか」

「頭痛薬、胃薬、歯痛の薬は持ってます」

「そんなにしょっちゅう、あちこちが痛むのかね」

「違いますよ」田岡は声を上げて笑った。「誰かが体調を崩した時のためです。秘書として普通の心がけですよ」

「あんたは理想的な秘書だねえ……だったら、もらっておこうか」

石崎が差し出した掌の上に、頭痛薬を二錠落としてやる。石崎はいきなり薬を呑みこみ、その後でお茶を飲んだ。田岡は思わず顔をしかめた。

「薬を呑むなら、お茶より水の方がいいですよ」

「俺はいつもこうなんだよ」石崎が両手を広げ、痛みを押し潰そうとするように強く額を揉む。「ま、そのうち治るだろう。それより、選挙の方はどうなりそうだ？」

「二月二十日投開票の線でまず決まりですね」

「それはまあ、悪くはないな。雪が助けてくれるだろう」

石崎の言いたいことはすぐに分かった。民自党の支持者は義理堅い。高齢者や、企業ぐるみの応援などで投票する人は、それこそ雪が降ろうが槍が降ろうが投票に行く。一方、政友党支持者は、そこまで投票に熱心ではない。大雪になって投票率が下がれば、確実に投票する後援者が多い民自党が有利になる、というのが新潟の選挙の常識だった。

「二月二十日だと、まだ大雪の可能性はありますね」

「新潟市だとそこまで降らないが……それで、本間さんはどうなんだ。引き回しは上手くいってるのか」

「今のところ、予定通りこなしています。公認が決まっていないので、おおっぴらにできないのが辛《つら》いですが」

「あんたの感触は？」

「正直に言っていいですか」田岡はソファから少しだけ身を乗り出した。

「どうぞ。ここで出た話は、表には漏れない」

「あまりよくないですね。本間さん、どうしても官僚臭が抜けないんですよ」

次期総選挙で、民自党から新潟一区に出馬予定の本間章《あきら》は新潟市出身で、地元の高校を出て東大を卒業後、大蔵省入りした官僚である。今年四十五歳。生まれは戦前とはいえ、完全に戦後派と言っていい。民自党は次期総選挙の新潟一区で、長年田岡の父親とトップ争いを続けてきた代議士の引退を受け、既に一年以上前から後継候補の調整を続けていた。何人もの名前が上がっては消え、最後に残ったのが本間である。本間の実家は新潟市内で古くから続く造り酒屋で、一家が地元に深く根を下ろしているという背景がある。そして本人は既に大蔵省を辞めて退路を断ち、出馬を明言していた。官僚上がりで、地元にある程度の地盤がある人間なら無難な候補者になる——しかし本当の人間性は、最初は分からなくても程なく明らかになってしまうものだ。しかも今回は、民自党にとって分裂選挙になる可能性がある。

「挨拶回りは、もう一巡したんだろう？」

「ええ。私もずっとついて行ったんですけど、どうも……」思い出すと、何となく気分が悪くなる。「本間さん、すぐに相手と議論を始めてしまうんですよ。議論というか、説教するような感じになる」

「それはまずいな」石崎が眉間に皺を寄せた。

「支援者と話をする時に、すぐに専門的な話題を持ち出したがりますしね。要するに、金の話ですが」

「大蔵官僚だから、数字に強いのは分かるがね。自分の得意分野を強調したいんだろう」

「それも、時と場合によるんじゃないですか？　演説会で、自説を一方的に披露する時はいいと思います。いかにも専門的に聞こえて、聴衆は頼もしく感じるでしょう。でも、一対一で話している時に、相手の言葉に被せて説明するような話し方はよくないですね」

「俺の方から言っておくよ」石崎が溜息をつく。石崎は、いざ選挙になったら本間陣営で中心的に動く予定なのだが、実はあまり本間を気に入っていない。

「いや、私が言います。本間さんの担当は私ですから」

「しかし、何もあんたが嫌な思いをすることはないんだぞ。相手はかなり年上だし、大変だ」

「それは関係ないです」少しむっとして田岡は吐き捨てた。「年上だろうが何だろうが、私が担当なんですから、きちんと言います。このままじゃ、選挙に勝てませんよ」

「悪い評判は、自然に広がるからな」石崎が音を立ててお茶を飲んだ。「あんた、抑えられるか？」

「それが私の仕事です」

「ヘマすると、我々がオヤジさんに睨まれるんだけどな」

「そんなことにはなりませんよ」田岡は笑みを浮かべた。「石崎さんあってこその、田岡一郎ですから。頭が上がらないのは父の方です」

それを聞いて、石崎が満更でもない笑みを浮かべた。石崎は、自分より年下の父を「オヤジさん」と呼ぶ。最初はこれが奇妙で仕方がなかったのだが、自分たちが担ぐ代議士を「オヤジ」と呼ぶのはごく一般的だと、事務所のベテラン秘書から教わった。

しかし父は絶対に、「オヤジさん」というタイプではない。「オヤジ」という呼び方には、厳しいと同時に愛情溢れる存在というニュアンスがあるが、父は決して熱くならず、深い情けを見せることもない。仕事はできる――政治家として必要なことはきちんとやっているのだが、父性愛を発揮して後援者から慕われる感じでは決してないのだ。だから選挙では苦労するのだ、と田岡には分かっている。政治家は、自分たちの代表であり親であり、親友でもある。日本の田舎ならではの感覚は、田岡の好みではなかったが、田舎を地盤にして選挙を戦う以上、そういう顔を見せなければ、選挙では苦しくなる。

「次の予定は?」

「しばらくは挨拶回り――二巡目です。その間は、私もこちらに張りつくことにします」

「本間さんの面倒を見るのはいいけど、オヤジさんの選挙の方は大丈夫なのか？」

「父には、ちゃんと高見《たかみ》さんがついてますから」

初当選の時から父親の選挙を支えてきた地元新潟の秘書だ。陰では「選挙の神様」と呼ばれていて、実際、その票読みは三桁の誤差で当たるという。その辺りのノウハウは、是非学んでおきたいものだ。将来は、党の選対で全国の選挙に関わることがあるかもしれないし……高見は強面でちょっと近寄り難い人間で、昔から苦手なのだが、今後はそんなことは言っていられない。

「逐一、私の方にも連絡を入れて下さいよ」石崎が言って膝を叩いた。

「県議団の方は……」

「それはご心配なく」石崎がうなずく。「ちゃんと割り振って、それぞれの担当で動いているから。こういうことでは、民自党県議団は、一糸乱れぬ動きを見せる。状況によっては、本間さんの方に援軍を送るよ」

「よろしくお願いします。その差配は、石崎さんでないとできないことですから」田岡は頭を下げた。

「任せておきなさい。あんたも初めての選挙だからいろいろ大変だと思うが、これも勉強だから」

「承知しています」

「一つだけ忠告しておく……」石崎が人差し指を立てた。「あんたはカッとしやすいところがある。本間さんに対しては頭にくることも多いと思うが、そこは抑えてくれ。あくまでオヤジさんのところからの応援だということを忘れちゃいかんよ」

「肝に銘じておきます」

石崎も基本的には食えない人間だ。県議として活動すること、既に二十年以上。民自党県連の重鎮であり、この人がいないと、県内の様々な選挙が混乱するのは間違いない。普段は飄々としているが、選挙の話になると途端に熱が入り、何時間でも話し続ける。奇妙なことに、「あそこの選挙区が危ない」という状況が大好きで、不利な候補のテコ入れに、人生の全てを懸けている感じだった。

もちろん田岡は、石崎の選挙テクニックを把握しているわけではない。父の秘書になって二年、新潟の選挙に関わり始めてからはまだ三ヶ月ほどで、選挙についてはまだまだ知らないことが多い。これから学ぶことばかりだと思うが、知らなければ自分の選挙が立ち行かなくなるのは間違いない。裏方の情報網やテクニックを知らないと、候補者としてもやっていけないだろう。ただ神輿に乗っているだけのような候補者は、有権者に見透かされる。

自分がどんな候補者になるべきか――どんな政治家になるべきか、まだビジョンはない。そういうのを築き上げるためには、この下積みの時間が大事なのだと田岡は自分に言い聞かせた。

先輩秘書たちからは、「地元で一人で移動する時は、できるだけ公共交通機関を使え」と言われていた。田舎では自家用車で動くのも普通になってきているが、バスや電車を使えば、地元の人たちの雰囲気をより正確に摑むことができる。もっとも父が、車以外の乗り物で移動するのを見たことはない。当選してしまえばどうでもいい、ということかもしれない。

田岡は、新潟交通の県庁前駅へ徒歩で向かった。さほど馴染みがなかった新潟の街だが、今ではその地理もすっかり頭に入っている。そもそも中心部は、昔の掘割が元になっている道路なので、銀座と同じようにきちんと区画整理されており、道路の名前さえ覚えてしまえば後は歩きやすい。

元々の中心部は、海に近い信濃川の北側である。南側には国鉄の駅があり、県外から来る人にとっての玄関口はそちらだ。そう言えば今は、洪水被害の軽減のために、信濃川の分水路が建設作業中である。来年には完成予定で、そうなると新潟の中心部は信濃川とこの分水に囲まれた完全な「島」になる。分水の工事現場は田岡も既に視察していたが、幅も広く、本当に市の西側が切り離される格好になるようだ。既に、中心部を「新潟島」と呼ぶ人もいるぐらいである。

県庁前駅は、まさに県庁の南側にある電鉄の始発駅で、側面が優雅にカーブを描いた二階建ての駅舎は、なかなか趣がある。燕までつながるこの路線は、正式には「新潟交通電車線」という名称なのだが、地元の人は「電鉄」と呼ぶ。完全に地元の人の足で、朝夕は、通学・通勤の客で満員になることもある。その時間帯は三両編成で運行されることもあるが、日中は一両か二両編成だ。利用者の多い区間は一時間に何本も走っているが、県庁前と燕を通し運転する便は一時間に一本ぐらいしかない。ただし、田岡が今行こうとしているのはすぐ近くなので、さほど待つことはない。

待っている間に、この近くに高樹がいるはずだ、と思い出した。普段の日中は、県庁に詰めて役人に頭を下げ、ネタをもらっているのだろう。記者にも当然修業は必要で、支局勤務がまさにそれに当たるのだろうが、田舎役人にへこへこするような仕事は虚しくないだろうか。

そう言えば……高樹は大学に入るとすぐに「新聞記者になる」と宣言したが、どんな記者になるかは言っていなかった。外報部に行って外国特派員になるのか、政治部で政権の中枢に食いこんで取材するのか。昨夜もあれこれ話したのだが、彼の希望については特に話題にならなかった。思い返すと、再会に浮かれて自分のことばかり話していた気がする。自分の考えや目標を人に広めることこそ政治家の仕事とも言えるが、いい政治家は人の話を聞くのが得意なはずだ……と反省する。

あいつが政治部に行けば、東京でも会う機会が増えるだろう。最初は記者と代議士秘書として。しかしそれほど遠くない将来には、記者と代議士の関係になる。そうなった時、高樹を味方につけておくメリットは計り知れない。何しろ小学生の頃からの幼馴染みで、気心が知れた仲なのだ。記者と政治家の関係は、しばしば「取材者とその対象」を超えて深くなる。記者が政治家の手足のように動いて情報を媒介することもあるし、政治家が記者を気に入って、政治の世界に引きこむこともある。高樹となら、どちらにも得になる関係を築けるのではないか。

新潟で今回の選挙を戦っている間に、高樹にはできるだけ会うようにしよう。全国紙の新潟支局が、選挙にどの程度影響力を持つかは分からないが、味方につけておいて損はない。

やることは山積みだな。田岡は、真っ黒になっている手帳のページを見詰めて、スケジュールを頭に叩きこんだ。

田岡は平島《へいじま》駅で降りて、少し歩いた。この辺りは静かな住宅街で、この時間——平日の午前中は歩く人も少ない。今日は風が強く、重苦しく雲が垂れこめた空からは、今にも雪が舞い降りそうだった。こういう暗く冷たい季節にも慣れないといけない、と敢えて背筋を伸ばす。石崎は「三区や四区に比べればましだから」と慰めるように言っていた。中越地区の三区、上越地区の四区の山沿いは、日本有数の豪雪地帯である。冬になると人の活動が急に止まってしまい、選挙戦も夏場と同じというわけにはいかなくなる。新潟市を中心にした一区は、そういうところに比べれば雪も少ないから動きやすい。

五分ほど歩いて、一軒の民家の前で立ち止まった。正確には民家兼事務所。石崎と同じ新潟県議である、富所《とみどころ》の自宅だった。まだ若いが数字に強く、選挙の票読みに長けている。彼からは情勢分析を勉強しておくといい、と石崎からアドバイスされていた。

富所は自分で田岡を出迎えてくれた。今年四十歳。実家は運送業をやっており、本人も今でも、役員として経営陣に名前を連ねている。ただし、実際には仕事はしていない。

自宅にいるのに、富所はきちんとネクタイを締め、背広を着こんでいた。自宅で会う時も、常にこういう格好である。家にいる時ぐらい寛げばいいのでは、と聞いたことがあるのだが、「急に呼び出されることがありますからね」というのが彼の言い分だった。本当に、寝る時以外は背広を着ているらしい。

応接間に通され、早速情勢分析を始める。

「ちょっと気になってることがあるんですよ」富所は腰の低い男で、年下の田岡に対しても常に敬語で話す。

「東田《ひがしだ》さんのことですよね」今回の選挙の不確定要素である。

「ああ」富所が渋い表情でうなずき、手帳を広げる。「このところ東田さんは、絨毯爆撃的に挨拶回りをしています。彼の個人ファンも多いから、まずは確実な票を固めようとしているんでしょうね」

「しかし、そう簡単にいきますかね」

「簡単ではないでしょう。でも、彼の力ならかなりの票を積み上げることは難しくない」

東田も、民自党会派に所属していた県議である。昭和三十八年の選挙で初当選し、今年の春に行われた選挙では、危なげなく三回目の当選を果たしていた。初当選の時に三十代前半だったので、今もまだ四十一歳――古株が多い民自党県連の中では、富所と同様、まだまだ若手である。

東田は、以前から国政への転身を狙っている、と言われていた。実際、県議は代議士への足がかりだと考えていた節がある。三度目の当選を果たし、地盤が完全に固まったと判断したのか、今年の夏頃から支持者に対して出馬の意思を打ち明け、民自党県連と公認の折衝を続けてきた。もちろん、民自党が新潟一区での二議席確保を確実にしようとしている状況に乗っかった作戦である。県議としてある程度の票数を見こめるし、政治家としての実績も積んできたから、是非公認が欲しい——。

しかし県連の重鎮の中では、意見はまとまらなかった。四十一歳は、代議士になるにはまだ若いし、二度目、三度目の県議選ではトップ当選を果たしたものの、その票は固定票とは言い難い。実際、「あれは雰囲気だけ」と馬鹿にする古手の議員もいるぐらいだ。若くてルックスもいいから、政策などに共鳴しなくても、何となく「感じだけ」で投票していた有権者が多いはずだ、と。

なかなか公認が得られず、結局東田は自爆した。県連幹部との話し合いの中で、「古い考えでやっていると民自党は潰れる」「老人選挙はもううんざりだ」と暴言を吐いたのである。話し合いは紛糾し、それまで東田を支持していた県議たちも見限った。そして今、公認は元大蔵官僚の本間、ということで大勢が固まりつつある。

東田は十一月頭に県議を辞職し、選挙準備を始めている。積極的に有権者と接触し、挨拶回りを続けて顔を売っているのだ。民自党とのパイプは完全に切れていたが、富所たちは「要注意人物」として情報を収集している。

「彼は若いから、とにかくよく動くんですよ」

「分かります」

「自分で車を運転して、あちこちに顔を出すぐらいだから、印象も強烈です」

「それはそうですよね」田岡はうなずいた。「しかし、事故とか怖くないんですかね」

「まあ、若いから怖いもの知らずなんでしょう」富所が皮肉っぽく言った。富所と東田はほぼ同世代なのだが。

「富所さんだって若いでしょう」

「若いから車を運転するわけじゃないですよ。私は家の仕事で、自分で運転することもあったけど」

「本当に運送の仕事をしてたんですか？」

「それが家業ですからね」

きちんと背広を着こんだ富所が、作業服を着てトラックのハンドルを握る様子を想像しようとしたが、上手くいかない。今の彼は、どこからどう見ても政治家そのものなのだ。

「東田さんは、今のところ、五万は確実に固めた感じですね」

「もう、そんなにですか？」田岡は目を見開いた。

新潟一区の有権者数は、概ね四十五万人程度。十万票取れればトップ当選、とよく言われている。定数三で、最下位と次点の差は結構開いてしまうことが多い。過去二回の選挙結果を見た限り、五万票の基礎票はかなり大きい。絶対安全とは言えないが、選挙までとして有利な状況なのは間違いない。

「東田さんは、基本的に女性人気が高いんですよね」富所が嫌そうな表情を浮かべる。

「確かにハンサムですからね」

「女性票は、読めない部分が多いからなあ。会社で票を固めても、その家族まで確実に巻きこめるかどうかは分かりません。それに働く女性も増えてきているでしょう？　そういう人たちは、企業選挙に乗っからないことも多いんですよ」

企業ぐるみで特定の候補を応援することはよくある。地方では、そういうやり方は効果的だ。特に地元の建設業を押さえておけば、かなりの票を計算できる。地方においては、建設業はかなりの力を持つのだ。公共事業を通じて行政とも結びつき、下請け、関連企業も多い。それ故、トップが号令をかければ、多くの社員や関係者が特定の候補に票を投じるのだ。ただし中には、そういう方針に逆らう人間もいる。別の義理があったり、特定の政治思想の持ち主だったり――もっとも、いかに企業選挙でも、「誰に投票したか」を確認するようなことはしない。誰もが正直に答えるとは限らないし、そんなことまでされたら、さすがに社員もそっぽを向くだろう。だから実態は分かりにくい。

「本間さんの票は、上積みできそうなんですか？」

「それが、増えないんだなあ」富所が髪を掻き上げた。「今のところ、四万は確実と見ていいでしょう。ただこの中には、オヤジさんの方から回す票が、五千ぐらい入ってますからね」

「その五千は確実だと思いますが」

「まあ……ただ、民自党内の浮動票が結構あって、そこを摑み切れていないんですよ」

若い連中のことか……家族や勤務先に命じられて民自党員になる若者は結構多い。ただし彼らは、選挙の度に必ず民自党候補に投票するとは限らないのだ。その時々の雰囲気で、結構簡単に乗り換えて政友党の候補に投票したりする――これまでの分析で、そういう傾向があることは分かっていた。

「あとは、本物の浮動票はまったく読めないんですよね」富所の額の皺が深くなる。「新潟市は都市化が進んで、他の場所から引っ越してくる人も増えているでしょう。そういう人には政治的なしがらみがないから、投票の動向が読みにくい。どうせ誰も政策なんか見てないんだから、それこそ見た目で選んでしまうことも多いんですよ」

「そういう浮動票、どれぐらいあるんでしょう」田岡は訊ねた。

「数万……五万はいかないと思うけど、これは不安定要因になりますね」

「その五万をどう取るかも問題ですけど、民自党の中も固め切れていないのがきついですね。石崎さんは、県議団は一致していると言ってましたけど、大丈夫でしょうか」

「うーん……それはちょっと心配ですね」富所が首を傾げる。「公認関係で揉めてるし、本間さん本人にも問題がね。昔から安定の官僚候補とは言うけど、結局は人柄を見られますから。本間さんが土下座するような場面、想像できますか？」

「土下座が必要でしょうか」

選挙終盤の集会で、候補者が「厳しい戦いです」「皆様のお力が必要です」と叫んで土下座する――場合によっては、候補者の家族までそれに倣《なら》うことがある。いくら何でも妻まで土下座するのはやり過ぎだと思うのだが、それができる候補は強い。恥も外聞もなく戦わなければ、選挙は勝てないのだ。

「場合によっては、ねえ」富所が嫌そうに言った。

「そういえば、本間さんの奥さん、あまり見ませんね」

「うん」富所が認めた。「実は、私もよく知らないんですよ。基本的に表に出てこない人だから……でも、そろそろきちんと話した方がいいでしょうね」

「私もそう思います」田岡はうなずいて同意した。「できたら本間さん抜きで、本間さんの奥さんと話したいですね。どれだけの覚悟があるか、確認しておきたい。選挙では、奥さんの存在は大事ですよね」

「ただねえ、本間さんの奥さんは育ちがいいから。本物のお嬢様みたいなんですよね。泥臭い選挙に耐えられるかどうか分からない」

「じゃあ、早速会ってみますか」田岡は膝を叩いた。

「田岡さん、会ったことは？」

「あります。挨拶ぐらいですけど……とにかく話してみましょう。電話を借ります」

手帳を広げ、本間の自宅の電話番号を確認する。大蔵省を辞め、立候補を表明してから、本間は新潟市の実家に住民票を移して家族共々引っ越してきた。高校生の子どもは、東京の家に一人残って暮らしているという。なかなかの覚悟だが、それは妻にも共通しているだろうか。

電話の向こうで、本間の妻・弥生《やよい》は戸惑っていたが、取り敢えず午後一番に面会できることになった。

「富所さんも一緒に行きますか？」

「もちろん。本音を直接探ってみたいですね……何時ですか？」

「一時です」

「じゃあ、その前に飯を済ませておきましょう。何か奢りますよ」

「ありがとうございます」

頭を下げたが、少しだけうんざりしていた。新潟名物といえば、蕎麦ぐらい……昼飯に蕎麦は普通なのだが、新潟特有のへぎそばは、田岡の口に合わなかった。独特のぬめりがあって、食べているうちにどういうわけか腹が冷えてくる。飯で贅沢なんか言っていられないぞ、と田岡は自分に言い聞かせた。飯は腹を満たし、栄養を摂るためだけのもの。食べる楽しみなど、老後に取っておけばいい。

4

本間は挨拶回りで不在。自宅の応接間で会った弥生は、やはり緊張していた。

「本間さんがいない時に、申し訳ないです」富所が愛想よく切り出した。

「いえ……お茶、どうぞ」

勧められ、田岡はすぐに湯呑みを口に運んだ。濃いお茶で、先ほど食べたタレカツ丼の脂が洗い流されていく。新潟に来て驚いたのは、カツ丼が卵で閉じられていないことだった。醬油味のタレに潜らせたヒレカツが二枚か三枚、丼飯の上に載っているだけ。何だか貧乏臭いと思ったが、食べてみるとさっぱりしていて案外美味い。カツに醬油はどうかと思ったが、考えてみれば鰻丼のようなものである。ちなみに普通の卵で閉じたカツ丼もあるが、それは「カツとじ丼」と呼ばれている。

「本間さんとは、選挙について話し合っていますか」富所が、愛想を崩さず訊ねる。

「いえ……家では、あまりそういう話はしません」

「奥さん、選挙というのは家族総出の戦いなんですよ。いや、家族だけではなく、一族総出の戦いになる。その中で、候補者の奥さんが一番大きな役割を果たすんです」

「でも、そもそも何をしたらいいか分からないんですが」

「我々がアドバイスしたら、その通りに動いてもらえますか？」

「それは構いませんけど……」弥生が目を伏せたまま答える。乗り気になっていないのは明らかだった。

「今後、選挙戦が本格化する前に、本間さんの後援会を正式に旗揚げします。その中では、婦人会の役割が極めて重要になります。奥さんには婦人会のトップとして、女性票の掘り起こしに尽力していただかないと、選挙は有利に戦えません。女性票の行方が、選挙の結果を決めることもしばしばですから」富所が畳みかける。

「でも私、こういうことにはまったく慣れていなくて」

「大丈夫ですよ。どんな政治家の奥さんも、最初は選挙に関わりなんかないんですから。すぐに慣れます」

「人前で話した経験も全然ないんですよ」

弥生の父親も大蔵官僚だった。戦前から役人生活を送ってきた人で、最後は次官になった。父親としては、本間に目をかけ、娘を嫁がせることで、大蔵官僚の「血筋」を守りたかったのかもしれない。最後は自分と同じように官僚トップの次官にまで上り詰めて欲しい——しかし本間は官僚レースから降り、政治家への転身を決めた。弥生の父親は既に亡くなっているが、もしも生きていたら、この状況をどう考えただろう。

弥生は一人娘、箱入り娘で、大事に大事に育てられたことを田岡も知っている。そのせいか、結婚して二十年近く経つ今になっても、まだ娘のような雰囲気が残っている。とても選挙の荒波に飛びこんでいけるとは思えなかったし、ましてや土下座など……この人は戦力として考えない方がいいかもしれない。実際、家族をまったく巻きこまずに選挙を戦っている候補もいないわけではないのだ。ただしそういうのは、組織票が強い左翼系の候補に多い。

富所は、婦人会の役割を必死で説明したが、弥生は最後まで話に乗ることがなかった。ろくな話も引き出せず、手詰まり……田岡は、富所が黙りこんだタイミングで話を引き継いだ。

「息子さん、高二でしたよね」

「ええ」

「東京で、一人暮らしは大変でしょう」

「そうなんですけど、学校も簡単には変われませんから」本間の一人息子は、難関の私立男子校に在籍している。毎年三桁の東大合格者を出す名門校で、成績優秀なので、当然東大を目指しているという。ということは、将来はやはり父親の後を追うように官僚になるつもりだろうか。東大の最も上澄みの部分は大学に残って研究者になり、その下のレベルが官僚や法曹関係の道へ進む、と聞いたことがあるが、あれは本当だろうか。

「高校生ですから、もう何でも一人でできますよね」

「でも、食事には不便しているんです」弥生の顔に影が差す。「高校生で、いきなり自炊と言われても……毎日何を食べているか、心配です」

ああ、この人は選挙に身を入れられないな、と田岡は不安になった。母親の本音としては、東京で息子の面倒を見たい、ではないだろうか。本間の実家では両親がまだ健在だし、二人の姉は嫁いだものの近くに住んでいる。本間の面倒を見てくれる人はいくらでもいるのだ。選挙のような面倒事に引っ張り出して……と夫を恨んでいるかもしれない。

話し合いは不調に終わり、二人は三十分ほどで本間の実家を辞した。車に乗りこむなり、富所が「あの人は政治家の奥さん向きじゃないな」とぼそりと言った。

「そうかもしれません」

「私は、ちゃんと話すのは初めてでしたけど、夫よりも子ども、というタイプなんでしょう。最近はそういう人も多いけど」

「まあ……子どもがいい高校に通っていて、東大を狙えるような成績だとしたら、面倒を見てやりたいと思うのは母親として普通じゃないでしょうか」

「でも、そんなに甘やかさなくてもなあ。高校から一人暮らしをしている人間なんて、いくらでもいるでしょう？」

「東京の子どもはひ弱なんですよ」

「田岡さんも？」

「そうかもしれません」認めた。当時は分からなかったが、子どもの頃は両親の大きな屋根の下で守られていたのは間違いない。政治家の息子、という特殊な立場を意識したことはほとんどないが、周りは当然、そういう目で見ていただろう。

「ちょっとお茶でも飲みましょうか」アクセルをぐっと踏みこみながら富所が言った。

「いいですよ」

二人は日銀の支店近くにある喫茶店に向かった。駐車場は三台分、しかし端の一台分しか空いていない。かなり駐車が難しい場所だったのだが、富所はバックで一発で停める。普段から車の運転に慣れているのは明らかだった。

店内の隅の席に陣取り、二人ともコーヒーを頼む。富所はすぐに煙草に火を点けた。

「参ったな」と零《こぼ》して、しきりに煙を吹き上げる。

「婦人会、難儀するかもしれませんね」

「うん……候補者の奥さんが愛嬌を振りまいて、奥さん連中の気持ちを摑まないと、一枚岩にはなれませんからね。本間さんが代議士になれば、その後は地元を守っていくことにもなるし。本人が地元に戻れなくても、奥さんがしっかり地元と顔をつないでおけば、選挙では苦労しませんし」

「本当に、箱入りのお嬢様だったんでしょうね。苦労もしないで結婚して、子育てに専念してきた――そんな感じじゃないでしょうか」

「それは、官僚の奥さんとしては悪くないけど、政治家の妻としてはねえ」富所が溜息をつく。

「奥さんを説得して、精力的に動いてもらうことは可能だと思いますか」

「本間さん本人にも話をして、奥さんを説得してもらうように頼むしかないけど、本間さんも選挙を甘く見ている節がありますからね。家族まで巻きこむ必要はないと思っているかもしれない」

「次に会った時、話してみますよ」

「本間さんは、あなたの言うことは聞きますか？」

「いやあ……」田岡は苦笑いした。本間とは何度も会って話をしているし、酒を酌み交わしたこともあるのだが、未だに本音は摑めない。同じ選挙区で共に当選を目指す民自党の先輩代議士の息子で、初めての選挙の応援に入ったブレーン――自分ではそう意識しているし、本間もそれは分かっているはずだが、どうもこちらを見下しているのだ。それは確かに、自分は東大出でもないし、官僚の経験もない。中途半端な立場と言ってしまえばそれまでで、本間にすれば「こんな若造が何で偉そうなことを言っているんだ」という感覚かもしれない。

「本間さんに本当に釘を刺せるのは、かなり上の人間でしょうね」田岡は言った。

「それこそオヤジさんとか」

「しかし父は、やんわりした話し方ができない人だ」

「確かに」富所が苦笑いした。「オヤジさんは、前置き抜きの人ですからね」

そんな風に言われていることを、田岡は最近初めて知った。父はどんな場でも、いきなり用件を切り出すというのだ。言われてみれば、家でもずっとそうだった。富所いわく、「まるで世の中には仕事しかないようだ」。政治家としてはそれが正しいかもしれないが――何しろ忙しくて雑談している暇もない――どうにも余裕がないようにも感じられる。秘書になってから、他の議員の講演会などに顔を出す機会も増えたが、本当に話が上手い人が多い。地元の話題を少し盛りこんで場の雰囲気を盛り上げ、そこからゆっくりと硬い本筋に入っていく。政治家同士の話を聞いていても、やはりまずは軽く雑談して、というパターンが多いようだ。一度、父親に「講演では少し柔らかい話を入れてから始めた方がいいんじゃないか」と言ったことがあるのだが、「俺は落語家じゃない」とあっさり言われてしまった。政治家の話に「枕」はいらないし、そんな余裕もない。人生の時間は限られているんだ、と。

返す言葉もなかった。性格というか、信念として「無駄話はしない」ことにしているのだろう。

「正直、私は不安ですね」忙しなく煙草をふかしながら、富所は打ち明けた。「選挙は水物です。一つの動きで、思わぬ大敗を喫することもある。そうならないためには、確実に取れるところを取っていかないと」

「どうします？」

「石崎さんと相談ですね。田岡さん、今夜の予定は？」

「空いています」

「取り敢えず三人で……いいですね？」

「もちろんです」

会話は弾まないまま、二人は店を出た。ふと、すぐ近くの小さなビルに「東日新聞新潟支局」の看板がかかっているのが見えた。

「どうしました」その場で立ち止まっている田岡に、富所が声をかけた。

「いや……東日の支局に知り合いがいるんですよ」

「そうなんですか？」

「幼馴染みなんです。今、県政担当をやっているんですが、何か役に立ちますかね」

「それはどうかな」富所が首を捻りながら、車のロックを解除した。「地方の選挙だと、やっぱり地元紙の力が大きいですよ。全国紙は、そもそも地方では部数が少ないから、何を書いてもあまり影響はない。中央のことは全国紙、地方のことは地方紙――情報の棲み分けができてるんです。知り合いがいて損することはないけど、あまり期待しない方がいいでしょう。それより、地元紙との関係を深めた方がいいですよ」

「それもやっています」地元紙の県政担当キャップとは何度か酒も呑んだ。それを足がかりにして、いずれ編集幹部にも食いこむつもりでいる。新潟で選挙を戦うなら、やはり新潟の地元紙との関係を強化していかないと――何だかんだ言って、やはりマスコミの力は馬鹿にできない。

高樹との関係は、やはり東京で活かすべきか……そのためにもまず、この選挙をしっかり戦わないと。

「しかし、あまり状況がよくないな」富所が煙草を灰皿に押しつけた。「もっと強い手が必要だ」

「それは……」田岡の頭には一つの考えがあった。勝つことが全て――そのためには、なりふり構わぬ作戦が必要だ。

「最終的には、実弾しかないと思います」

田岡が宣言すると、石崎が低い声で「俺もそう思う」と同調する。

「狙いは……」合わせて富所も小声になった。

「民自党県議団は一枚岩とはいっても、やはりまだ態度がはっきりしていない人間が何人もいる。首長もそうだ。今回の公認の状況から見て、当然そうなるわけだが」石崎が淡々とした口調で続ける。「そういうところにも実弾は必要だし、きちんと支持を表明している人間に対しても、今後の動きを確実にするために——金は必要だな」

「相当の資金が必要になりますよ」富所が指摘した。

「総司くん、その辺は？」石崎が田岡に話を振った。

「私が差配できる金は大したことはないですが、何とかします」田岡は答えながら、にわかに緊張するのを感じた。やはりこういう話になるわけか……いずれ向き合わねばならないだろうと覚悟はしていたが。

「リストが必要ですね」富所が言った。

「駄目だ」石崎がピシリと言った。「そういうものは作らない。ここでの話だけで……それで、漏れがないようにしないといけない」

証拠は残さないようにということか、と田岡は納得した。思わず石崎に訊ねる。

「何人ぐらいですか？」

「今ざっと考えたところでは、百人だな」

「百人……」田岡は絶句した。「何人でやるんですか？」

ポストに投函して回れば済むようなことではない。直接会って、入念に言い含めねばならないのだ。選挙まで時間がないし、ある程度の人数をかけて一気にやらないと、間に合わない。

「動くのは、せいぜい十人だ。しかも、それなりの立場の人間が渡さないとまずい。単なる配達人ではないんだ」

「説得も必要なわけですね」

「ああ。だからあんたも……覚悟しておいてくれよ」

「もちろん、そのつもりでいました」田岡はうなずいた。自分が言い出したのだから、率先して動く必要がある。

「分かっているなら、結構。受け渡す側の人間は、俺が全部決める。そしてあんたたちは、その全てを知る必要はないからな」

「まさか、石崎先生が全部責任を負うおつもりなんですか？」田岡は、顔から血の気が引くのを感じた。

「今、そこまで大袈裟に考える必要はないよ」石崎が苦笑する。しかし突然一転して真顔になった。「いいかい、こういうことは暗黙の了解で進めるものと決まっているんだ。詳しく話さない方がいい。その方が、いざという時に『詳しいことは知らなかった』と言えるんだから」

「しかし……」

「まあ、心配なら手はある。穴を塞げばいいんだ」

「穴、というのは？」

「警察だよ。警察を押さえておけば、安心して動ける。警察は上位下達のシステムだから、動きを抑えるのはそれほど難しくはないんだ。トップを抑えれば、それで終わる」

「何か方法を考えてみます」それも自分の役目だと田岡は覚悟した。

「方法は一つだ」石崎が厳しい口調で指摘する。「県警の捜査二課長は木原《きはら》という男だ。知らないか」

「いえ……」

「あんたの大学は大きいから、知らないか。俺の手元にある情報だと、あんたの二年先輩、法学部卒の男だぞ」

田岡の大学からは、毎年一定数の国家公務員上級試験合格者が出る。東大・京大ほどの大勢力ではないが……なるほど。同じ大学の同じ学部で先輩後輩の関係となれば、つながりが作れるかもしれない。同じゼミ出身の可能性もある。

「こういう仕事に抵抗はないか？」自分で言っておきながら、石崎が心配そうに訊ねる。

「どうでしょう。やってみないと分かりませんね」

「難しい仕事だが……」

「難しい仕事は好きです。やりがいがあります。それに、政治の世界が綺麗事だけで動くわけではないことは、きちんと理解しているつもりです」

「頼もしいな」石崎がうなずく。「君は、ここから一歩を踏み出す。もちろん、オヤジさんの後継者としての基礎勉強のようなことだが、こういうことを経験しておけば、オヤジさんにはない強みが出る」

「父は、自分の手を汚すことをしません。基本的には、神輿に乗っかっているだけの人間です」

「俺は、そこまでは言っていないぞ」石崎が苦笑した。

「政治と選挙の裏の裏まで知っていることは、確かに強みになると思います。清濁併せ呑む政治家になるためには、こういうことも必要かと」

「あんたを危ない目に遭わせるようなことはしない」石崎が請け合った。「オヤジさんから預かった大事な人だからな。これはあくまでトレーニングだ。慎重にいこう」

「いえ、思う存分使って下さい。何でもやります」

「分かった。ではまず、あんたには捜査二課長と接触してもらいたい。その方法は――」

石崎の提案を聞きながら、田岡は暗い興奮を感じていた。これこそが政治の世界、選挙の世界だと思う。綺麗事を言っているだけでは誰も動かない。「世間」という、正体が見えない大きなものを動かすためには、汚い手を使う必要もあるのだ。

「あ、そう、堀江《ほりえ》先生のゼミだったんだ」警戒していた木原が、急に嬉しそうな表情を浮かべた。少し酒が入ったせいもあるだろうが、それまでの堅苦しい雰囲気とは全く違う、若者らしい表情になっている。

東堀にあるバー「レトワル」。ここは富所に紹介してもらった。一年ほど前にできたばかりの新しいバーで、女性はいないが雰囲気はいい。実はあまり人気《ひとけ》がないので、人と会う時にはむしろいい——初めて会うのに、いきなり家を訪ねるのは図々しいだろうと、田岡はこの店を密会場所に選んだのだった。そもそも、県警の捜査二課長は、どこでも若いキャリア官僚であることが多い。そのため、官舎が用意されているのだが、訪ねる場所としては敷居が高い。やはりこの店が正解だった——自分たち以外に客はいない。一つしかないボックス席に着いたのだが、ソファの背が高いので、他の客が入ってきてもすぐには分からないだろう。

「堀江先生、元気ですかね」

「半年前に会いましたけど、お元気でしたよ。また髭が伸びてました」

「髭?」木原が顎に手をやった。「そんなに?」

「今は仙人みたいな感じです」

「太った仙人はいないけどねえ」木原が急に笑い出した。

「確かにそうなんですけど、髭だけ見たら……会ったら驚くと思いますよ」

大学で日本政治史のゼミを教えている堀江は、見た目が強烈な男だ。年齢は確か五十歳。身長百八十センチぐらいある大男で、しかも太鼓腹が突き出している。体重は軽く百キロを超えているだろうし、何より顔の下半分を覆う髭が強い印象を与える。その髭は、半年前に田岡が会った時には、先端が胸に届きそうになっていた。少し白いものが交じった髭には、時々食べ物のカスがついている。だらしない男なのに講義は常に熱っぽく、学生の人気は高い。強烈な反民自党主義者なのだが、かといって特定の政党を支持しているわけではない。「俺は批判者でありたい」と常々言っていて、「要するに権力を批判しているだけなんだ」というのも口癖だった。万が一、政友党が政権を取ったら、今度は政友党攻撃を始めるだろう、と。

「先生にもお会いしてないなあ」急に木原が懐かしそうな声を出した。

「たまには顔を出したらどうですか？　先生、ＯＢは歓迎してくれますよ。実際、年に一回はＯＢ会をやっていますし」

「卒業してから一度も行ってないよ。今度、東京へ戻ったら出てみようかな」

「次は東京――本庁勤務ですね」

「ヘマしなければね」木原が唇を奇妙な具合に捻じ曲げた。「私がヘマしなければ、じゃなくて部下がヘマしなければだけど」

「上に立つ人は大変ですね」

「神輿、なんて言われてるけどね」木原が皮肉っぽく言った。「私たちはお客さんだから。何の問題もなしに、取り敢えず本庁へお帰りいただく——そういうことですよ」

「いずれ組織のトップに立つ人は、傷ついちゃいけませんよね」

警察キャリアの人事については、田岡も少しは知っている。地方の県警と警察庁本庁を行ったり来たり——その途中には、在外大使館勤務や他の省庁への出向が挟まることもある。そうやって次第に出世の階段を上がっていくわけだ。

木原のキャリアも、ここまでは同期と横一線という感じだろう。「研修」とも言える最初の数年間を終えると、まず地方県警の捜査二課長に転出するのが決まったルートなのだという。しかし……本当に「お客さん」なんだろうな、と田岡は皮肉に思った。自分より年上、二十八歳の木原は童顔なのだ。今は背広を着ているが、私服姿だと大学生に見えるかもしれない。これでは訓示をしても示しがつかないのでは、と心配になるぐらいだった。

「しかし、うちのゼミの後輩に田岡先生の御子息がおられるとはね」木原が感心したように言った。

「御子息なんて大層なものではないですよ」田岡は苦笑しながら否定した。「ただの雑用係です」

「そういう仕事をしておかないと、将来は上手くいかないとか」

「そうかもしれません。選挙や政治を下から支えてくれる人のことが分からないと、政治家としては成熟しないいんじゃないですかね」自分の父のように。実際に秘書として仕事をするようになると、「いい歳をして未熟だ」と感じることが多いのだ。特に人との接し方において。

「今は、忙しいだろう？　選挙が近いし」

「そうですね。年明け解散、二月総選挙とも言われています」

「政局が荒れてるからねえ。通常国会の最中に解散となったら、なかなか大変だ」

「予算が特に大変でしょうね。でも、政治家というのはそういうことに慣れているものですから……木原さんも、選挙となると大変じゃないですか」

「現場にいる刑事たちは大変だけど、私は報告を受けるだけだから」

「私に分かることでしたら、お手伝いしますよ。別に、課長が情報収集したらいけないということはないでしょう」

「まあ、そういうのはあまりないけど……余計なことをすると、部下に煙たがられるしね」

「どこから出ても、情報は情報じゃないですか」田岡は指摘した。

「警察には警察のルールと仁義があってね。それを無理に崩すことはないんだよ」

「大きな情報でも？」

「何かそんな情報があるんですか？」

「あくまで仮の話です」田岡は笑みを浮かべた。「もしもそういう情報があれば、必ずお耳に入れますよ」

「そういうのは、何か怖いな」木原が引き攣《つ》った笑みを浮かべる。「政治との関係はほどほどに……ということは、先輩からも言われているからね」

「先輩も、将来選挙に出る可能性はあるんじゃないですか？　警察官僚から政治家へ、という道もあるはずです」

「まあ……今は何も考えていませんね」

「でも、つながりがあるのは悪いことではないと思います。どこで役に立つかは、分からないでしょう。どうですか？　私もこれからはしばらく新潟に張りつきですから、たまに会って情報交換するというのは。いずれ先輩が東京へ戻られた時に、役に立つと思いますよ」

「まあね」

「週に一回とは言いませんけど、二週間に一回でも。何か、いい情報を仕入れておきますから」

「一方的に情報をもらうような関係は怖いけどね」おどけた調子で木原が言った。

「そこは、いろいろあるでしょう……ところで先輩、独身ですよね」

「残念ながらね。上からはさっさと結婚しろってしつこく言われてるけど」

「予定はないんですか？」

「ない。そのうち、上の方から見合いを押しつけられて、よく知らない娘と結婚することになるんじゃないかな」

「そういうのも寂しいですねえ。今は、そういう時代じゃないでしょう」

「とはいえ、ちゃんとしたところの娘さんとは、なかなか知り合う機会がなくてね」

「何か、場所を設定しましょうか？」

「君、そういうことに伝手があるの？」木原は急に興味を惹かれたようだった。

「ないでもありません。女性と呑むのは嫌いじゃないですからね。どうですか？　今度、身元のしっかりした女性と一緒に呑むのは。新潟の女性でも構わないんでしょう？」

「選べるような立場じゃないですよ、私は」自虐的に言って、木原が声を上げて笑う。

「でもそういうのは、是非お願いしたいですね」

引っかかったな、と田岡は内心ニヤリとした。この男の弱点が何かはまだ分からないが、女性が穴になるかもしれない。男は所詮単純な生き物で、金、酒、女性……三つのうち、どれかで引っかかる。もっと年齢が上がると「名誉」という人参を鼻先でぶら下げることができるのだが、自分や木原にはそういうのはまだ早い。

女の世話をする人生か。

かすかに嫌気がさしたが、一瞬のことだった。これも秘書の仕事。そして自分の人生の中では大きな礎《いしずえ》になっていく。

新潟にも田岡の家はある。平日は誰もいないが、週末、父親が帰って来る時に使う家だ。選挙が近くなると、母がこちらに常時詰めて、後援会との接触を密にする。この母がいなかったら、父の選挙はもっと厳しいことになっていただろう。石崎が「愛想担当は奥さんだからな」と言っていたが、まさにその通りなのだ。冷たく、官僚的な父には、どこか近寄り難いところがある。しかし母は誰に対しても愛想がよく、地元の婦人会では絶大な人気を誇っている。

帰ると、家に灯りが灯っていた。誰かいるのか……父がこちらに来るのは明日の予定だが。

　母がいた。温かい料理の匂いが流れ出してきてほっとする。のっぺか……結局木原とは酒を呑んだだけだから、腹は減っている。

「ちょうどのっぺを作ったところだけど、食べる？」

「食べようかな」何も食べないわけにはいかないだろう。おかずにのっぺは、あまり合わない……根菜や鮭が入っている具沢山の汁だが、味つけが薄いのだ。もう少し濃ければ、豚汁代わりに飯のおかずになりそうなのだが、こういう味だから仕方がない。

　母の洋子《ようこ》が用意してくれた簡単な料理で、遅い夕飯にする。のっぺに焼き鮭、漬物……全体に味が薄い。母親は京都出身で、昔から家の料理は薄味だった。しかしそれに気づいたのは、新潟に足繁く通うようになってからである。新潟は寒い土地柄だけに、全体に料理の味つけが塩辛いのだ。その中で、のっぺは例外的に薄味である。

「あなた、体は大丈夫なの」母が心配そうに聞いてきた。

「何で？」

「ずいぶん忙しいみたいだから。秘書の仕事は大変でしょう？」

「でも、いい人ばかりだからね。新潟の人は人情が厚い。いろいろ教えてもらって、勉強になってるよ」

「ところであなた、誰かつき合っている人はいないの？」母が唐突に訊ねる。

「いや……どうかな」実は、いる。学生時代からのつき合いだから結構長いのだが、まだ両親には紹介していなかった。ちゃんとした生まれの女性なのだが、ある事情でちょっと紹介しにくい……タイミングが難しいな、と小さな悩みになっていた。

「いい人がいるなら、早くうちへ連れてきなさいよ。早くお嫁さんをもらうのも大事なことなんだから」

「分かった、分かった」食べ終えた食器を、自分で流しに持っていく。台所はひんやりしていて、新潟の冬を強く意識した。母は既に、「次」の世代のことを考えているのだろう。父は後継問題を一切口にしないのだが。

テーブルに戻って食後のお茶を飲んでいると、母が向かいに座る。

「とにかく体だけは気をつけて。お父さんも正念場なんだから、あなたがしっかり支えないと」

「分かってるさ……でも母さん、オヤジに総理の目はあると思うか？」

「それはいろいろな条件によることだから分からないけど、私には覚悟はあるわよ」

「そうか……」

「正直言えば、総理大臣になって欲しいわね」

「総理夫人が夢なのか？」

「そうじゃなくて」母が苦笑いした。「総理大臣になれば、さすがに今までとは選挙も違ってくるでしょう。総理大臣を落選させるわけにはいかないから、地元の人たちが今まで以上に頑張ってくれる――そうしたら私は、少しは楽ができるじゃない」

「母さん、選挙では苦労してきたもんな。もしかしたら、オヤジ以上に苦労したかもしれない」

「人に頭の下げられない人だから、仕方ないけど……あなたは、ちゃんと頭を低くしておかないと駄目よ」

「頭の下げ過ぎで、肩が凝ってばかりだ」

高樹が田舎役人にへこへこしていると思ったが、自分も同じようなものである。とはいえ、これは避けては通れない道である。この先にあるもの――栄光を手に入れるためには、今の努力が絶対に必要なのだ。

第二章　悪い噂

1

政友党代議士・島岡孝太郎《しまおかこうたろう》の選挙事務所。ざわつく雰囲気の中、実質的な責任者の服部《はっとり》が、高樹に向かって零した。

「今回はひどい選挙になるな」

判断は早過ぎるだろうと高樹は思った。公示日から一週間、選挙戦は中盤に入っているが、情勢はまだ流動的である。

島岡はこの二回、連続で当選を果たしている。しかし二回とも最下位で、特に前回の選挙では、次点との差はわずか五百票だった。選挙に強いタイプとは言えないし、今回は無所属で出馬した東田の影響を受けるだろう、と言われている。

「ひどいにも、いろいろ意味がありますが」高樹はボールペンの先でメモ帳を突いた。

「本間のところ、相当実弾をぶちこんでるらしいぞ」服部の声がいっそう低くなった。選挙事務所は出入りが多く、ざわついていて相手の声を聞き取りにくい。高樹はさらに身を乗り出した。安っぽいパイプ椅子が、ぎしぎしと音を立てる。

「そいつは穏やかな話じゃないですね」

「実際今回は、穏やかな選挙じゃないんだよ」

服部が腕組みをした。県内労働団体の大立者である服部は、自身も代議士を二期務めた。落選した後は一線から退き、後進の育成に全力を尽くしている。六十五歳で、まだまだ精力満点という感じだが、その一方でひどく老成した雰囲気も漂わせていた。

「民自党の公認問題、まだ尾を引いてるんだ。それはあんたも知ってるだろう」

「ええ」

「結局、無所属で出馬した東田が、うちだけじゃなくて民自党の票のかなりの部分を食ってるんだよ。民自党にとっては実質、分裂選挙みたいなものだ」

「民自党が、公認選びでかなり揉めたのは間違いないです」高樹が同意した。

「東田がちゃんと筋を通せば、本間じゃなくて東田が公認されてたんだよ。本間はこっちの生まれとはいえ、落下傘候補みたいなものだし、地元の有権者にとっては、県議だった東田の方が親しみやすい。あいつは怒りっぽいところがあるから、長老連中の怒りを買ったんだ」

「でも、官僚候補は今でも有力なんじゃないですか」

「まだ戦前の官選知事の感覚が残ってるのかもしれんね」

「さすがにそれはないでしょう。今年で戦後二十七年になるんですよ」

「だけど俺は、官選知事の時代をよく覚えてるよ」

「服部さんぐらいのベテランなら……でも、話は知事選じゃなくて衆院選です」

「ああ、そうだね。とにかく本間陣営は、民自党内の票も固めきれていないようだ。田岡陣営から票を回すという話もあるみたいだけど、そんなにスムーズにはいかないだろう。民自党も、きっちり票を二つに分けているわけじゃないし、固まりきれない部分がかなりある」

「政友党としては、そこに割りこむ隙間があるんですね」

「そうだといいんだけどね。まあ、民自党の牙城を崩すのは容易じゃないよ」

「さっきの実弾の話ですが……」選挙違反となれば警察回りの担当だが、この情報は知っておきたい。

「ずいぶん派手にやってるらしい。あんた、何も聞いてないか？」

「そういうのは取材の対象じゃないので」

「そうか。いずれ、看過できなくなると思うよ。かなり範囲が広いようだ」

「議員ですか？」

「首長も対象だ」

「となると……本当にばらまきじゃないですか」

「この件、注意してよく見ておいた方がいい」服部が忠告した。「本間陣営は、かなりばたついてるんじゃないかな」

「確かにそういう感じはありますね」

「人の陣営のことをあれこれ言うほど、うちには余裕はないけどな」服部が自虐的に言って溜息をついた。

「具体的にどういう人が受け取ったか……」

「単に噂で聞いてるだけだから、無責任なことは言えない」急に服部の表情が険しくなる。

「服部さんの情報は、いつでも確実じゃないですか」

「あんた、佐渡へ取材に行くような余裕、ある？」

「佐渡でも金をばらまいているんですか？」それなら現地取材も考えないと……しかし新潟港から両津港までは、フェリーで二時間半もかかる。取材は一日では済まないだろう。現地の通信局の記者に任せるのも手だ。

「佐渡だけじゃなくて、西蒲《にしかん》の首長だけでも結構な数だけどね」

新潟一区全体では、自治体の数はかなり多い。新潟市、燕市、佐渡の両津市の他、西蒲《にしかん》原《ばら》郡の四町七村、さらに佐渡郡も七町二村ある。これだけの数を回って、首長や議員に現金工作をするのは、相当の手間だろう。

選挙事務所を辞して、古町通を歩き出す。二月、体に重くのしかかってくるような寒さで、気持ちも冷え切ってしまう。

この選挙違反は、まずい。

田岡は今回の選挙で、父親の陣営ではなく本間の陣営を手伝っていると言っていた。今の話が本当なら、田岡も嚙んでいる可能性があるのではないか？

あいつは、裏の仕事に手を染めるような人間ではないはず……少なくとも高樹が知っている田岡は、そんなことができる人間ではない。

わずか二年ほどの秘書生活で、あいつは変わってしまったのか？


県政記者クラブのキャップ・佐々木は、入社十二年目の中堅記者である。ただし、本社では一度も仕事をしたことがない。新潟が三ヶ所目の支局……東日では、彼のようにずっと支局を回って取材活動を続ける記者がいる。支局には入社から数年以内の若手記者が多いので、「指導役」として支局回りを続ける記者も必要なのだ。

佐々木はまだ三十代半ばなのに、実年齢よりずっと老けて見える。体は緩んででっぷりしており、髪にはもう白いものが目立つ。地方回りを続ける記者も大変なんだよな、と高樹は彼の顔を見るたびに同情してしまう。自分はあくまで本社で勝負したい。

佐々木は県政記者クラブで、原稿用紙を鉛筆で突いていた。書きにくい原稿を抱えているようだ……いわゆる生原稿——行政や政治関係の普通の原稿ならすらすら書くのだが、コラムになると急に筆が重くなるのがこの先輩の弱点だ。この辺は向き不向きという感じで、高樹もコラムは得意ではない。しかし新潟版では週に一度、記者持ち回りのコラム「越後路」が掲載されているから、数ヶ月に一回は順番が回ってくる。

「『越後路』ですか」

声をかけると、佐々木が驚いたように顔を上げる。記者クラブは、各社のデスクが並んでいるだけの開けた場所なのだが、佐々木は完全に自分の世界に入りこんでいたようだ。

「お前、代わってくれないか？　飯一回奢りで」

「俺もそういう原稿は苦手ですよ」

「こんなの、載せる意味なんかないのにな」佐々木が首を捻る。「載せたけりゃ、支局長が書けばいいんだ。青森の地方版のコラムは、ずっと支局長が担当してるんだぜ」佐々木の前任地は青森支局である。

「まあ、頑張って下さい……それより、ちょっといいですか」

高樹は立ったまま、ドアに向けて顎をしゃくった。

「先に行ってくれ」原稿用紙から顔も上げず、佐々木が言った。

高樹は記者クラブから廊下に出た。壁に背中を預け、左右に視線を投げながら佐々木を待つ。佐々木は、一緒に出るといかにも怪しい感じがすると判断して、高樹を先に行かせたのだろう。県警の記者クラブは、各社のブースに仕切られていて、小声ならば内密の話もできるのだが、県政のクラブではそういうわけにはいかない。

一分ほどして、佐々木がぶらぶら出てきた。廊下なので吸うわけにはいかないが、唇の端に煙草をぶら下げている。

「どうした」

「政友党の服部さんから聞いたんですけど、本間陣営が実弾攻撃を派手にやっているそうです」

「なるほど」真剣な表情で佐々木がうなずく。

「ちょっとケアしておこうかな、と思いますけど」

「いいけど、派手にっていうのはどれぐらいの話だ？」

「百人単位で金を配っていると」

「百人ねえ」佐々木が煙草を箱に戻して顎を撫でた。「そういう話は、選挙の度に必ず出てくるな。新潟なんて、選挙違反は昔からひどいんだろう？」

「青森ほどじゃないですよ」少しむっとして高樹は言い返した。この県には縁もゆかりもない——数年間腰かけで仕事しているだけなのだが、最近は悪口を言われると苛つくようになってきた。「津軽選挙って、全国的に悪名高いじゃないですか」開票所の灯りが一斉に消えて票がどこかに消える、などという話も聞いていた。

「津軽選挙は、規模が小さいんだよ。件数は多いけど、額も小さい」

「そういう問題じゃないと思いますが……」

「田舎だと、どこでもある話だ」

「書く意味はないと？」

「事件化すればともかく、そうでなければ書けないだろう。裏で金のやり取りをしていたら、それこそ確認しようがない。警察みたいに強制捜査できる権限があれば別だけど」

「弱気ですね」

「違う、違う。なるべく慎重にやれってことだ」佐々木が言って、左右を素早く見渡した。急に顔を近づけて、声を潜める。「本間派の実弾攻撃の話は、実は俺も聞いてる。ただし、東田陣営からだけどな。対立候補の陣営から出た話だから、為にする情報だろうと思っていたけど、政友党側からも出てきたとなったら、真面目に考えた方がいいかもしれない」

「そうですね」

「ただ、そのまま信じるわけにはいかないぞ。今回の選挙では、政友党陣営も今まで以上に必死で、偽情報を流すぐらいはするだろう。保守分裂のせいで確実に議席を取れるかというと、そんなこともないからな」

「東田人気を恐れてますよね」

新潟一区はこのところずっと民自党二、政友党一と議席を分け合ってきた。ただし、民自党としては盤石の選挙だったとは言いにくい。票差は常に接近し、毎回苦しい戦いを強いられた。今回、田岡はトップ当選間違いなしと言われているが、残りの民自党票が確実に本間に集まる保証はない。東田の得票によっては、政友党が議席を失う可能性も低くないのだ。

「不利な立場になると、おかしな情報を流すわけだよ」

「でも、東田陣営が言っているというのは、やっぱり気になりますね。今のところ、東田の方が有利に選挙戦を進めているし、マイナス情報を流す意味はないでしょう」

「だからと言って、彼は無所属候補だ。依って立つものがないと、いろいろ考えるんじゃないかな。やれることは何でもやっておこうとしてもおかしくない」

「となると、やっぱり気になりますね」

「分かるけど、警察回りに任せておけばいいんじゃないか？　こういう話は、当然警察の耳にも入っているはずだ。警察回りに取材させるのが筋だぜ」

「ちょっと自分で調べてみようと思ったんですが……」

「お前、本当に警察《サツ》が好きだな」佐々木が苦笑する。

「警察が好きなわけじゃないです。事件が好きなんです」

「まあ、選挙の本筋の取材に影響が出なければ、別にいいよ」

「……そうですか」

「こういうのは、だいたい字にならないことが多いんだけどな」

「いつも警察の後を追いかけてるだけじゃ、面白くないじゃないですか」

「とにかく慎重にな」佐々木が警告した。「そう簡単に書けないし、書いちまったら影響が大きい。俺がデスクでも、すぐにゴーサインは出さないぜ」

「もちろんです」

佐々木が乗り気にならないことは分かっていた。元々何をするにも慎重で、原稿を書き上げてもまだ念押しで取材をするような記者なのだ。裏が取りにくい選挙違反で、「さっさと書け」とこちらの背中を押すとは考えられない。

しかしこれで、一応の許可は得た。現代の記者の仕事は、基本的にチームワークだ。世の中が複雑になっているから、一人で突っこんでいって、全てのネタを回収できる可能性は低い。少しでも危ういネタを取材する時には、複数の記者で取り組むか、「自分は今こういう取材をしている」ということを同僚に話しておかないといけない。事態がさらにややこしくなった時に、助っ人を得やすくするためだ。

とにかく、空いた時間に動いてみよう。正直、選挙そのものよりも選挙違反に興味を惹かれる。

選挙期間中の県政担当記者は、何かと忙しい。昼間は各候補の街頭演説の様子を取材したり——大物が応援に来ることもある——陣営で幹部に取材したりする。夜も集会などがあるから、そこでの候補者や応援弁士の発言をチェックしなければならない。ほとんど記事にならないのだが、何が起きるか分からないから、現場にはできるだけ顔を出す必要がある。そうしながらも、選挙情勢の分析は続く。

この日も、高樹は島岡陣営の集会に顔を出した。中身は特になし……島岡は演説が下手で、居眠りを始める参加者がいるのを見て、高樹は呆れてしまった。労組の固い組織票がなければ、当選は難しいだろう。選挙を支える服部が焦るのも分かる。

集会が終わって午後九時。地元の大きな公民館で行われていたが、出る人で混み合うので、高樹は主催者の最後の挨拶を待たずに公民館を出た。少し離れた路上に停めた愛車のコロナ――既に走行距離は四万キロになっている――に向かい、そのまま国道一一六号線を西へ走る。関屋昭和町《せきやしょうわちょう》の交差点を左折して一分ほど。目指す家まで車で五分というところで、コロナを路肩に停めた。この時間だから所轄の警戒も緩くなっているし、この辺りにはしばらく路上駐車していてもチェックが入らないことは経験で分かっていた。

警察官は、基本的に夜が早い。朝も早いから当然だが、中には酒が大好きで宵っ張りの警察官もいる。これから会おうとしている刑事も、やはり酒好きだった。腰を据えて呑むとだいたい午前様になるので、訪ねて会えるかどうかは五分五分……いなければさっさと引き揚げようと決めていた。この辺りが夜回りの難しいところで、徹底的に粘って会えても、相手は泥酔していて話にならないこともある。

幸い、畑山《はたやま》は家にいた。軽く酒が入っている感じだが――結局家でも呑むのだ――話をするには問題なさそうだ。

「お、何だい。珍しいね」畑山が表情を緩める。今年四十五歳、髪には白いものが目立ち始めているが、顔つきはまだ若々しい。

「遅くにすみません」高樹は頭を下げた。畑山の家へ来るのは久しぶり——遊軍時代に顔を出して以来だから、一年ぶりぐらいではないだろうか。こぢんまりとした一戸建てで、玄関脇には畑山の唯一の趣味である植木——しかしこの時期には、自慢の花はない。

「ま、入んなよ。寒いだろう」

「いいですか？」

「玄関先で話してたら、こっちが風邪を引いちまうよ」

「じゃあ……失礼します」

当然家に入る前提で訪ねて来たわけだが、少しは遠慮する姿勢を見せないと。これは夜回りする方とされる方の一種の礼儀のようなものだ。

「ま、どうぞ」

食堂の隣にある六畳間。予想した通り、ちゃぶ台の上にはコップ、畳には一升瓶が置いてある。畑山は、いつもこういう呑み方なのだ。傍に一升瓶を置いて、コップ酒を乱暴にぐいぐい呷る。それでも決して泥酔することはないから、相当強いのは間違いない。

「あんたもどう？」畑山が一升瓶の首を摑み、ぐっと差し出す。

「今日は車なんですよ」車でなくても、一緒に呑むのは避けたかった。畑山のペースに合わせて呑んでいたら、絶対に潰されてしまう。

「だったらお茶だな。母ちゃん、美味いお茶を淹《い》れてやってくれよ」

すぐに畑山の妻が緑茶を用意してくれた。寒い中、コロナを停めてきた場所から結構歩いてきてしまったので、冷えた体に熱いお茶が染みる。本当は日本酒をぐっと呷って、体を内側から温めたいところだが。

「康二《こうじ》君、どうですか」

「今、必死にやってるよ」畑山が人差し指を上に向けた。二階の自室で勉強中、ということか。「来週からしばらく、東京の親戚のところに泊まる」

「大学受験も本番ですから、大変ですね」

「何も、大学になんか行かなくてもいいのにな。しかも東京の大学なんか」畑山の表情が微妙に変化した。「金がかかってしょうがないよ」

「でも、勉強ができるんだから、大学へ行かないともったいないですよ」

「そうかもしれないけど、うちの親戚一同で、大学を受けるのはあいつが初めてなんだ」

「そうなんですか」今の大学進学率は二十パーセントぐらいだろうか。高校生の五人に一人が大学へ進むのだから、それほど珍しいことではない。

「うちは新潟の百姓一族だからね。浪人でもされたらたまらんよ。無事に国立に受かってくれればいいんだが」

「康二君、試験に強そうなタイプですよ」畑山の長男・康二は、県内でも屈指の進学校の三年生だ。まだ警察回りだった頃、畑山の家に夜回りした時に、少し勉強のアドバイスをしたことがあるが、頭の回転が速いのに驚いた。本人はその頃——中学生の頃から大学進学を目指していたが、「親が賛成してくれないんですよ」と零していたのを思い出す。今の畑山の言葉は本音だろうか？　本当は、息子が東京の大学へ進学することを誇りに思っているのではないだろうか。

「試験ねえ……」畑山が嫌そうな表情を浮かべる。

「国家公務員一種に合格して、畑山さんの上司で新潟に戻って来るかもしれませんよ」

「冗談じゃねえよ。どんな顔して仕事すればいいんだよ」乱暴に言いながら、畑山はどこか嬉しそうだった。やはり、息子が優秀なのは嬉しいのだろう。

「じゃあ、検事とか」

「それも嫌だな。事件係にでもなったら、それこそ警察にとっては上司みたいなものだから」

事件係の検事は、まさに警察の事件捜査を指揮する立場だ。もちろん、検事と直接捜査の話をするのは幹部であり、平刑事である畑山が直接やり取りすることはないだろうが。

二人はしばらく、他の刑事の——主に幹部の噂話をして時間を潰した。こういう風に場を温める時間は絶対必要だと思う。

「選挙、どうですか」

「新聞の情勢分析を見ると、一区は大変そうだね」畑山が慎重に言った。本当は、畑山が所属する捜査二課は、独自に選挙情勢を分析しているはずだ。おそらくその読みは、候補者の陣営や新聞と同じぐらい正確だろう。その情報を表に漏らすことはまずないが。

「有力候補が四人ですからね」

「誰が落ちてもおかしくない──田岡だけは安全圏内かな」

「その辺、深読みする人もいますよ。田岡は、自分が確実にトップ当選するために、少し弱い候補を公認に選んだ、と」

「確かに本間は弱いよな」畑山がうなずく。

「東田が公認されていたら、トップ当選を窺う勢いだったかもしれません」

「それを避けるために、敢えて本間を公認したわけか……田岡は民自党の県連会長に就任したから、トップ当選しないとみっともない」

選挙の公認については、民自党の選対本部が最終的に決定することになっているが、地元の意見は重視される。特に問題がなければ、地元が推薦してきた候補がそのまま公認されるのが普通だ。党本部の選対本部が調整に入るのは、かなり揉めている時である。

「まあ、県連と民自党の選対本部でどんな話し合いがあったかは、新潟にいては分からないところですよ」

「田岡に聞いてみればいいじゃないか」

「本人に？　まさか」高樹は苦笑した。「取材しにくい人ですからね」

「そう？」

「記者が嫌いなんじゃないかと思います。少なくとも、地元の記者は」

「地元を馬鹿にしているから、毎回選挙で苦労してるんじゃないか」畑山が指摘した。

「何だか、本間はとばっちりを食ったみたいな感じじゃないですか？　党本部からは相当応援が入ってますけど、それは戦いが厳しい証拠でもありますよね」

「東田の処遇をもう少ししっかりしていれば、こんな風に民自党票が割れることもなかっただろうにな。東田は参院に回るように説得するとか、手はあっただろう」

畑山は本当に選挙が好きなのだな、と実感する。田舎の人は基本的に選挙が好きだというが――一種の祭りなのだ――畑山の場合、そこに仕事としての義務感も加わっている。高樹も、警察回りをしていた頃に、畑山から選挙について多くを学んだ。もちろん彼は、自分が担当している事件については絶対に喋らなかったが……ずいぶん仲よくなったと思っていたのだが、いいネタをもらったことは一度もない。去年の統一地方選で選挙違反を摘発した時には、会おうともしなかった。それから半年ぐらいして、捜査の裏側をすべて話してくれたのだが、時既に遅し、である。その辺は、彼自身の中できちんと一線を引いているのだろう。もっとも高樹は、統一地方選の時は既に県政担当になっていたから、畑山の眼中になかったのかもしれない。

「今回はとにかく、荒れ模様ですね。本間はぎりぎりの線じゃないですか」

「まだ投票までは間があるよ。最後の追いこみになると、民自党は強いぞ」

「もう実弾が飛んでるという噂も聞きましたけどね。百人ぐらいにばらまいていると……かなり大規模ですよ」

「百人ねえ。立件が大変そうだな」

「立件するんですか」

「さあな」畑山がとぼけて、空になっていたコップに日本酒を注ぐ。半分ほど入れたのを一息で呑み干したが、まったく乱れる様子がない。「俺は今、こうやって呑気に酒を呑んでるよな」

「酒はいつも呑んでるじゃないですか」

「でも、呑まない時もある」

「厳しい捜査に入っている時は——呑まないですね」

「そういうことだよ」

捜査二課で選挙違反を担当する刑事たちは、選挙戦の最中にはあちこちに情報網を広げている。密かにネタ元と会い、情報を引き出す——まさに新聞記者の取材と同じような捜査が必要になってくる。そしてそういう捜査は、やはり夜が中心だ。この時間に畑山が自宅でゆったりと酒を呑んでいるということは、刑事たちを大量動員して一気に調べるようなネタはないということだろう。いや、畑山のようなベテランが、他の若手刑事たちと同じような仕事をするわけはない……今の言葉をそのまま信じることはできないな、と警戒した。

電話が鳴った。畑山は急いで立ち上がり、妻に「俺が出る」と声をかけて電話に向かった。畑山家の電話は食堂の片隅に置かれており、畑山は受話器を摑むとそのまま廊下へ出た。コードが一杯に引っ張られているのが見える。ぼそぼそと声が聞こえたが、何を話しているかは聞こえない。

長くなりそうだ……高樹は煙草に火を点け、吸い殻が何本も溜まっているガラス製の灰皿を引き寄せた。何本吸うことになるだろうかと考え始めた瞬間、畑山が帰って来る。

「悪いね」どっかりとあぐらをかくと、畑山も煙草に火を点けた。

「こんな時間に仕事ですか」電話がかかってくることは、事前に分かっていたのだろう。

そうでなければ、畑山はあんなに慌てて自分で電話を取らないはずだ。

「まあまあ……ところで俺、少しだけ担当が変わったんだよ」

「ご栄転ですか？」

「いや、係の中でちょっとな」

「いつですか」

「去年の十二月」畑山はベテランの巡査部長だ。昇任試験に合格したのだろうか……四十五歳で警部補になるのは普通だが、畑山は試験勉強をするよりは現場で捜査をしていたい、というタイプだ。何か心境の変化でもあったのだろうか。

「俺が知らない間に、警部補になったんですか？」

「まさか」畑山が大袈裟に顔の前で手を振った。「俺は、昇任には興味はないよ。ちょっと係の編成が変わってね……今回の選挙を睨んだ形だけど」

「それはどういう――」

「言いにくいねえ」畑山がニヤリと笑った。「警察の外には関係ない話だし、漏れれば面倒なことになるかもしれない。ただ、俺は現場から外された」

「外された？」物騒な話だが、畑山の表情に変化はない。

「キャップになったということだよ。上も下も関係なく、俺が一番、選挙違反の捜査が長いからね」

「それは、畑山さんにとってはいいことなんですか？」

「あまりよくはないな」畑山の表情が少しだけ険しくなる。「俺は外を回って、ネタ元とやり取りするのが好きなんだ。脅したりすかしたり、時には頭を下げたりね。選挙っていうのは、人間の欲が噴出するイベントだから、とにかく面白い。本音が見える……ただ、俺もこういう仕事を二十年以上やってるからな。そろそろ、全体を見るような仕事をした方がいいという考えも、上の方にはあるみたいだ」

「全部の面倒を見ろということですか」

「ま、そんな感じだ。もちろん、実際の捜査は係長や管理官が指揮を執るんだが、情報収集に関しては俺が責任を持ってちゃんとやらなくちゃいけない。本部にずっと詰めてると毎日泊まりこみになるから、今は夜は家にいるようにしてるけどな。ここでも電話は受けられるから」

「それで上手くいってるんですか」

「ノーコメント」畑山が真顔で言ったが、直後には表情を崩した。「これ、一度言ってみたかったんだ」

「本当にノーコメントですか」

「そりゃあ、捜査している最中の事件については何も言えないよ」

「つまり、捜査はしてるんですね」

「あんた、嫌だねえ」畑山が唇を捻じ曲げた。「昔からそういうところがある。人の言葉尻を捉えてさ」

「引っかかるんだから、しょうがないでしょう。どうなんですか」高樹はなおも迫った。

「それは言えない。ただ……」

「ただ？」

「あんたもいいネタを掴みかけてるんじゃないか」

「実弾攻撃はある、ということですね」

「ノーコメント」畑山が首を横に振った。「二回言うと、もうつまらなくなるな」

「この件、取材を進めたら何かいい線は出てきますか」

「警察の捜査と新聞の取材は違うだろう。同じことを見ていても、結果は違う……一つ、忠告しておこうか」

「はい」

「余計なことはするなよ。捜査の邪魔になるようなことは——今回は絶対に駄目だ。先走って書いたら逮捕するぞ」

そこまで言うか？　逆に言えば、畑山たちが摑んでいるネタは相当大きいということだ。先に記事になったら潰れてしまう、そういうことは絶対に避けたい——間違いなく、大規模な実弾攻撃が行われていると高樹は確信した。

2

多くの県警で、捜査二課の課長は若いキャリア組が務めるのが決まりになっている。初めて「所属長」になるのが地方県警の二課長というのは、まあまあ妥当なのだろう。地方の捜査二課は、それほど忙しいわけではない。仕事の花形である汚職事件の摘発など、数年に一度あるかないかなのだ。それ故、積極的に事件捜査の指揮を執るというより、所属長として部下とどうつき合っていくかを学ぶ場として適切、ということのようだ。

現在の捜査二課長・木原は、高樹より二歳年上の二十八歳だ。一度挨拶したことがあるが、何とも頼りない感じ……キャリア官僚というのは、若くてもそれなりの凄みや重みを感じさせる人が多いのだが、彼の場合は何となく軽かった。それでも、こちらとしては特に問題はない。最後の最後、裏取りの時も、ナンバーツーである次長に当てることが多い。

秘密保持が第一なので、だいたいが秘密主義の人間が多いのだが、今の次長・萩原《はぎわら》は、珍しいおとぼけタイプだった。

畑山との関係は個人的なものなので、警察回りの連中には何も言わず夜回りをかけたが、普段から警察回りが取材している次長の場合、黙ってやるわけにはいかない。畑山と会った翌日、夕方支局に上がった高樹は、県警記者クラブに電話を入れ、キャップの戸川《とがわ》と話した。

「何ですか」今年入社三年目、高樹の一年後輩になる戸川は露骨に用心していた。何か余計な仕事を押しつけられるのではないかと心配している様子だった。

「ちょっと、二課の萩原次長に取材したいと思ってね」

「それ、こっちの話じゃないんですか」今度は露骨に不満を漏らした。

「いずれはな。今のところ、個人的に下調べしている段階なんだ。はっきりしたら、そっちにも話すよ」

「分かってるなら、今話してくれてもいいじゃないですか」

「まだ曖昧なんだ。一応そっちにも仁義を切っておこうと思って——悪いな」

「いえ……」

電話を切ったが、予想していたよりも後味が悪い。戸川は自分にやたらと自信を持っているタイプで、仕事の邪魔をされると激怒する。今も、県政担当の記者が勝手に警察回りの領分に割りこんできた、と怒っているのだろう。まあ、黙ってやって、後でバレるよりはましだ。

「どうした」同期の関谷《せきや》が声をかけてきた。最近、また痩せたようだ……入社した時からひょろりとしていたのだが、今は一目見て分かるほど頬がこけている。支局の生活では、不規則な食事のせいで大抵の記者は太るのだが、この男は貴重な例外のようだった。かといってひ弱なわけではなく、二日連続の徹夜ぐらいは平然とこなす。

「いや、戸川に仁義を切ったんだけど、むっとされた」

「戸川の縄張りに入ったらそうなるよ」関谷が笑みを浮かべた。「あいつは、抱えこみがちな人間だしな……それより飯でも食うか？　俺、今日泊まりなんだ」

「そうだな」

二人は連れ立って、支局近くにある洋食屋『養生軒《ようせいけん》』に入った。新潟支局に配属されてからずっと通っている店で、出前を取ることも多いが、店で食べると二段階ぐらい味が上だ。

いつものように、カウンター席に陣取る。高樹はポークソテー、関谷はハンバーグを頼む。関谷のライスは大盛り。「痩せの大食い」は本当にいるのだと、この男と食事をする度に思う。

「今日は暇なのか？」高樹は訊ねた。

「連載の原稿はもう出したよ」

関谷は支局の遊軍である。特定の担当を持たず、どこかで火事が起きるとすぐに駆けつけて消火作業に参加する——万能の助っ人だ。大きな仕事としては、連載がある。警察回りから新潟市政担当を経て遊軍になった関谷は今、一昨年から続く「にいがた'70」という大型連載の主力だ。新潟市は今、大規模な開発の最中にあり、今後十年で街の表情が大きく変わると言われている。一番注目されているのは、去年七月に開発概要が発表された「万代《ばんだい》シテイ」だ。国鉄の駅に近い万代地区にある巨大なバスターミナルを中心に、様々な商業施設を配して、まったく新しい街を造るという斬新な計画である。新潟の繁華街と言えば、古町通を中心にした付近だが、この辺りは国鉄新潟駅から二キロほども離れており、交通の要所と街の中心部が離れていることが、長年問題視されてきた。駅に近い場所に全く新しい繁華街ができれば、人の流れも大きく変わると予想されている。これに対して、古町周辺が衰退するのでは、と懸念の声も上がっている。

このほかにも、信濃川にかかる新しい橋の計画などもあり、七〇年代の新潟市は、がらりと表情を変えるだろうと予想されている。新潟市は、新潟大火と新潟地震で受けた甚大な被害から取り敢えず復興したと言っていいのだが、災害に強い街造りは、長年の大きな課題になっていたのである。新しい橋も、慢性的な渋滞解消の他に、災害時の避難路を確保する意味がある。単に目新しさや便利さを追求するだけの再開発ではないのだ。

関谷は、飄々と取材して淡々と原稿を書く人間で、デスクにすれば便利この上ないタイプだ。どんなに難しい課題を出しても、軽く受け止めて期待を上回る出来の原稿を出してくる。

「選挙は、揉めてるみたいだな」

「何だ、お前も聞いてるのか」

「新潟の財界も、今回の選挙には注目してるから。いろいろ話が入ってくるよ」関谷は経済部志望である。市役所担当の時には経済担当も兼務して、地元企業に食いこんで取材していた。今もつき合いは続けているようだ。

「財界は、民自党でまとまらないのか？」

「なかなか難しいみたいだな。本間って、財界でも人気がないんだよ」関谷が渋い表情を浮かべる。

「威張ってるって？」

苦笑しながら関谷がうなずく。ある意味本間という人間は首尾一貫しているな、と高樹は思う。どこへ行っても偉そうで、目線は常に上からだ。

「どうなるか分からないけど、開票当日は長くなりそうだね」関谷がうんざりした口調で言った。「徹夜にならないといいけど」

「どうかねえ」

「選挙なんかで徹夜になったら、たまらないよ」

「お前は、一日二日徹夜しても大丈夫じゃないか」

「下らないことで徹夜すると、疲れるんだよ」

「選挙を下らないと言われても」

関谷は、政治を見下しているところがある。経済あってこその政治、という考え方のようだ。あまりにも見下した言い方をするので、高樹とはしばしば論争になってしまう。今日もそうなるかな、と思ったが、ちょうど料理が運ばれてきて、言い合いは不成立になった。

鉄板で供されるポークソテーは、パチパチといい音を立てている。養生軒の料理は何でも美味いが、高樹は特にポークソテーを気に入っていて、最近はいつもこれを頼んでいる。東京の洋食屋でもよくポークソテーを食べていたが、この店はよほどいい肉を仕入れているのだろう。ポークソテーと言えば、店独自のソースに工夫を凝らして食べさせるものだが、この店はソースを使わない。塩と胡椒だけの味つけで、肉の旨味自体をしっかり味わわせる。特に脂身の甘さが最高で、酒に加えてここのポークソテーを食べ続けたせいで、体重が増えてしまったのだと高樹は思っている。いずれにせよ、三十歳ぐらいの店主の腕は大したものだ。

関谷はハンバーグを最初から一口大に丁寧に切り分けてしまい、ゆっくりと味わっていた。ハンバーグの濃いデミグラスソースは、かすかに苦味があるのが特徴だ。「大人が食べるハンバーグ」という感じで、関谷はだいたいこれを選ぶ。

高樹は食べるのが速いので、いつも関谷が食べ終えるのを待つことになる。相手が食べている間は煙草も吸いにくいし……仕方なく、食後のコーヒーを頼んだ。カップの中身が半分ほどに減った時、関谷がようやくハンバーグを食べ終える。

ふと気になり、訊ねてみる。

「新潟バスはどうだ？　本間支持で固まってるのか」

「あそこは堅いだろうな。民自党との関係は古いから。民自党というより、田岡とだけど」

「そうだよな……」

「今回の選挙では、本間陣営に対する田岡の意向がはっきりしないのも問題だと思うよ」

「だけど田岡はあくまで、本間支持じゃないのか。同じ民自党の公認候補なんだから」

「企業相手には、本間をあまり売りこんでないみたいだ」

「それは筋が通らない。最終的に本間の公認を決めたのは田岡だぜ」首を傾げ、高樹は煙草に火を点けた。

「田岡って、どんなことでも明言しないタイプじゃないか」

「まあな」建設大臣時代、国会での答弁は「田岡語」と揶揄《やゆ》されていた。話は長く、結論は曖昧になる。最初と最後の発言がずれて、野次を浴びることもしばしばだった。本心を誤魔化すためなのか、人とは考え方がずれているのか……表に出るより、裏で政務をやっている方が合っているのかもしれない。選挙と言えば政務の極みのようなもの……自分と同じ選挙区で戦う公認候補をはっきり応援しないのも、おかしな話だ。そもそも本間を公認候補に推したのも田岡自身なのに。

「定見が定まらないっていうか、本音を言わないって言うか、難しい人だね」

「そうだな」高樹はその息子と何度か会っている……この件は支局の人間には言わないでおこうと思った。何となく話しにくい。

「まあ、新潟バスに関しては本間支持で一本化されてると思うよ。田岡ははっきり言わなくても、党の方針には従う、ということだろう。それよりお前、隆子さんとどうなんだよ」

「どうって……」

「そろそろ結婚しないのか」二人の関係は、同期の関谷にはバレている。

「まだ決めてない」

「こういうのは早く勝負を賭けた方がいいぜ」

「俺は、お前みたいに決断が速くないんだ」

関谷は支局に来て二年目に大学時代の同級生と結婚して、去年、長男も生まれていた。確かにそれから、急に落ち着いた感じがする。落ち着けばいいというものでもないだろうが、結婚のことであれこれ考えて気が散るのも嫌だった。

「新潟バスに伝手ができれば、いろいろ便利じゃないか」

「新潟に太いつながりができるのは、将来的にはどうなのかね」

「別に悪いことじゃないと思うけど」関谷も煙草に火を点けた。「記者を馘になったら、新潟バスの後取りになれるじゃないか」

「あそこは、長男が後を継ぐことに決まってるんだよ」

「それでも役員ぐらいにはなれるんじゃないか？」

「新潟バスの役員か。興味ないなあ」

「ま、お前の人生だから」関谷が肩をすくめる。「でも、いつまでも放っておくと、見捨てられちまうぜ。隆子さん、美人だから、周りの野郎どもが放っておかないだろう」

「まあな」実際、自分にはもったいないと思う。彼女とつき合っているのが未だに信じられなくなることもあった。

「じゃあ、俺はそろそろ出るよ」高樹は腕時計を見た。

「選挙取材か？」

「選挙関連だな。お前もさっさと戻らないと……今日、泊まりだろう？」本当は、泊まり勤務の人間は、午後六時以降は支局にずっといなければならない。夕飯は出前で——しかし関谷はしばしば、平然と外へ食べに出る。あまりにも自然なので、デスクも支局長も文句を言う気になれないようだった。

関谷と別れ、近くの駐車場に向かう。今日も雪が降っていて、夜の運転は少し心配だった。取材は自分で車を運転して、というのが支局の決まりなのだが、高樹は運転にあまり自信がない。ローンを組んで新車で買ったコロナも、既に何回かぶつけていた。まあ、東京へ持って帰らず、新潟で乗り潰してしまえばいい——基本的には走りさえすればいいのだ。

二時間ほど停めておいた間に、フロントガラスには薄く雪が積もっていた。足元は……

何とか発進できそうだ。ガラスに積もった雪を素手で落とし、エンジンをかけて暖気運転する。車内もすっかり冷えている。ヒーターの効きもよくないので、両手を交差させて二の腕を必死に擦《さす》り、体を温める。エンジンの回転が落ち着いたところで、慎重に車を出した。スパイクタイヤはしっかり路面を捉えているが、駐車場から道路へ出る時に、一瞬滑ってしまった。

萩原の自宅は、「駅南」と言われる国鉄の駅の南側にあった。車があまり通らない場所なので、道路は積もった雪で白くなっている。これぐらい積もるとかえって滑らなくなるもので、高樹は一安心した。

ドアをロックし、慎重に歩き出す。冬用に履いている長靴の下で、雪がきゅっと音を立てた。傘はなしで、雪は頭に降りかかるまま――新潟に来て驚いたのだが、雪が降っていても傘をささない人が結構いる。東京の湿った雪に比べると、気温が低いせいかさらさらしており、少し頭に積もっても、払い落とすだけで済む。

しかし今日は失敗だった。

近所の人に気づかれないように、夜回りの時には目的地から離れた場所に車を停めておくのが原則だ。途中で立ち止まって頭から雪を払い落とすと、かなり積もっているのが分かった。帽子を持ってくればよかった、と悔いる。あまり格好良くはないが、傘代わりにはなるのだ。

萩原の家はささやかな平屋建てだ。何度ここへ来たことか——萩原は次長になる前は捜査二課の管理官で、高樹がつき合っていたのはその時代なのだが、家に上げてもらったことは一度もない。せいぜい、玄関先で一言二言会話を交わすぐらいだった。追い返すことはしないが、「特にないよ」と言われると、その先は質問を継げなくなってしまう。

今夜はいきなり外れた。呼び鈴を押すと妻が出てきたのだが、まだ帰っていないという。運が悪いなと内心舌打ちしたが、しばらくここで待つことにした。

幸い、家の向かいには煙草屋があり、ささやかながら屋根もかかっている。辛うじて雪を避けられるので、そこに避難することにした。店先には大きな吸殻入れも置いてあるのでまず一服……暇潰し用にといつも本を持ってきているが、この雪では本は広げられない。何とかページをめくっても、街灯の灯りが乏しいので目を悪くしそうだ。年末に買った、イザヤ・ベンダサンの『日本人とユダヤ人』が、まだ一ページも読まれないまま、バッグの中で眠っているのだが。

夜回りで、ただこうやって待つことには慣れている。しかし慣れてはいても、好きになれるわけではない。こういう取材は、できればないに越したことはないのだ。

煙草を二本灰にして、一時間。時刻は午後八時になっていた。やはり選挙の最中、情報収集が進んでいて、本部に詰めているのだろうか。しかし選挙違反については、畑山がキャップになって捜査を進めているはずだ。まだ次長が本部に張りつきになって指示を飛ばすような段階にはなっていないはずである。

三本目の煙草に火を点けようとした瞬間、誰かが向こうからやって来るのが見えた。雪灯りの中、ぼんやりと浮かび上がる姿は、間違いなく萩原だった。一歩踏み出し、左右を見回して細い道路を急ぎ足で渡る。途中、滑りそうになって、慌てて姿勢を立て直した。萩原が玄関にたどり着いた瞬間、高樹は追いついた。

「萩原さん」

声をかけると、萩原が、摑みかけていたドアノブから手を離した。一瞬、物凄く嫌そうな表情を浮かべる。

「何だ、あんたか。どうして県政クラブの担当者がこんなところにいる?」

「いろいろありまして」

「あんたに押しかけられる理由はないけどなあ」

「そうおっしゃらずに」

いつものおとぼけ、かつ素っ気ない態度は変わっていない。これでは取材にならないだろうと、高樹は早くも諦めかけた。

「上がるかい？」萩原が予想外のことを言い出した。

「え？」どうした？　今まで一度も家に入ったことはないのに。

「あんた、凍えて死にそうな顔してるよ」

「いや、別に……」

「何だよ、入るのか、入らないのか」

「お邪魔します」

一礼して、萩原の後に続いて玄関に入る。暖かい空気に体を包まれ、ほっとした。

「俺、飯食ってないんだ。先に済ませていいか」

「もちろんです」

「じゃ、この部屋で待っててくれ」萩原が玄関脇のドアを開けた。真っ暗……中の様子は分からない。

「何ですか、この部屋」

「書斎のような書庫のような、応接間のような。寒かったら、石油ストーブがあるからつけておいてくれ」

「じゃあ、失礼します」

部屋に入って灯りを点ける。「書庫」が正解かな、と思った。両側の壁は本棚になっており、全ての棚が埋まっている。実際には、二重に押しこまれているところもかなりあった。そして部屋の中央には、一人がけのソファが二脚。間には小さなテーブルもあった。普段は書庫で、来客があった時は応接間として使う感じだろうか。

萩原は「寒かったら」と言っていたが、寒くないわけがない。空気は冷たく澱《よど》んでいて、外より寒い感じさえした。マッチを擦《す》って、石油ストーブに火を入れる。部屋が暖まるまではしばらく時間がかかる……ストーブの前で蹲踞《そんきょ》の姿勢を保ったまま、両手を擦り合わせた。そうしながら、目の前にある本棚を観察する。萩原が読書家なのは間違いないが、特に歴史小説が好きなようだった。山岡荘八の『徳川家康』が全巻。司馬遼太郎や吉川英治の本もずらりと揃っている。

暇潰しに本棚から一冊抜こうかと思った瞬間、萩原が両手にコーヒーカップを持って入って来る。まだネクタイも外していなかった。ということは、食事はこれからだろうか。

しかし萩原は、ソファに座ると、自分の分のコーヒーに手をつけた。

「終わったよ」

「萩原さん、食事は？」

言われて思わず腕時計を見て、目を丸くする。家に入ってから、まだ十分しか経っていないではないか。

「いくら何でも早過ぎませんか」

「俺は、飯を食う速さは、県警の中で常に一番か二番だ」

「そんなの、正確に分かるものなんですか」

「実測値じゃなくて印象だよ」

相変わらずとぼけたことを……高樹はゆっくり立ち上がり——体はまだ冷えていて固くなってしまった感じがした——ソファに腰を下ろした。短時間に二杯目のコーヒーを飲んだので、今夜は眠れなくなるかもしれないが、仕方がない。

「何で今夜は家に上げてくれたんですか」

「そりゃあ、あんなところで凍りついていたら、放置するわけにはいかんだろうよ。凍死でもされたら、目覚めが悪い」

「あれぐらいじゃ、死にませんよ」

「だいたいあんた、粘りが足りないよな」

「そうですか？」

「真冬に待ってたこと、ないじゃないか。夏なら、誰でも何時間でも待てる」

そうだっただろうか？ 記憶をひっくり返してみたが、思い出せない。雪が降っているから夜回りしない、あるいは行っても粘らないということもないのだが……これも萩原得意のおとぼけかもしれない。

「コーヒー、美味いですね」無難な話から入ることにした。

「うちの奥さん、コーヒーを淹れるのが上手いんだ。喫茶店より美味いだろう」

おっと、こんな奥さん自慢をする人だっただろうか……萩原のことがますます分からなくなってきた。

萩原が煙草に火を点け、煙越しに高樹の顔を窺う。しばらく二人とも無言を貫いていたが、やがて萩原が声を発した。

「この時期に俺に会いに来たってことは、選挙だろう」

「ええ」

「あんた、今県政クラブにいるんだろう？　選挙の本筋の取材をしてるんじゃないのか」

「基本的にはそうですね」

「じゃあ、うちには関係ないじゃないか。戸川キャップに任せておくのが筋だろう」

「戸川には、綺麗にまとめてネタを進呈する予定なんですよ」

「よく分からないな」萩原が首を傾げ、火を点けたばかりの煙草を灰皿に押しつけた。萩原は愛煙家だが、「少ししか吸わなければ毒にならない」というのを持説にしている。一口か二口吸ってはすぐに揉み消し、また新しい一本に火を点ける——それで健康にいいとはどうしても思えないのだが。しかし今は、すぐには次の一本を引き抜こうとはしなかった。本当に本数を減らすつもりかもしれない。それを見ているうちに、高樹は煙草を吸う気がなくなった。

「でかい選挙違反がありますよね」

「多かれ少なかれ、選挙違反はあるんじゃないかな——一般論で。民度の低い県では、どうしても違反はなくならないよ」

「自分が住んでいるところに対して厳しいことを言うの、辛《つら》くないですか」

「前向きな批判、提言と言って欲しいね」萩原が鼻を鳴らした。

「それで、選挙違反の件ですが」

「何も聞いてないね」

微妙な言い方を……判断に困る。直接の選挙違反事件の担当である畑山は、捜査しているると暗に認めていた。しかし萩原は「聞いていない」と言う。畑山のところで情報が止まっていて、次長にまで上がっていないのだろうか？ いや、それはあり得ない。警察の世界で、何か情報を摑んだのに報告しないということは考えられない。

嘘をついているのは萩原だ、と判断した。しかしここで「嘘ですね」とは突っこみにくい。嘘だと断じるだけの材料を、こちらも持っていないのだ。

「為にするような情報もよく出てくるじゃないか」

「それが選挙だとは思いますが……」高樹も渋々同意した。実際選挙では、悪質な噂や怪文書がしばしば登場する。大抵は相手を精神的にぐらつかせるための作戦——いわば神経戦だ。かといって、全てがでっち上げというわけでもない。その辺の見極めは難しいが、極めて大事だ。今回は複数の線で、現金をばらまく大規模な買収が行われているという話があるから、無視するわけにはいかない。

コーヒーを飲みながら、萩原の顔を観察した。相変わらずのおとぼけで、愛想のいい表情を浮かべてはいるが、本音がどこにあるかはやはり分からない。捜査を潰さないために、現時点では「何も聞いていない」という反応を示しただけかもしれない。「ない」と否定すれば嘘になるかもしれないが、「聞いていない」というのは微妙に上手い逃げになる。必ずしも嘘とは言えないからだ。

「まあ、選挙違反の捜査っていうのは、選挙の最中には動かないよ」

「投票後に摘発、が普通ですよね。今回もですか？」

「今のは一般論だ」

「しかし——」

「雪の中来てもらって申し訳ないけど、今は何もないねえ」

今は——その一言が引っかかったが、ここはまだ突っこむべきタイミングではないと判断する。

「私がどうしてこんなことを気にしていると思います？」

「うん？」萩原が新しい煙草をくわえた。しかし火は点けない。煙草の香りだけで、吸いたい気持ちを満たそうとしているようだった。

「私は県政担当です。選挙違反は、普通は警察回りが取材する」

「余計なことをされて、戸川さんは怒ってるんじゃないの？」萩原が面白そうに言った。

「警察回りだけでは対応できないこともあるでしょう。通常の選挙違反事件よりも、もっと大きな影響が出るかもしれない」

百人に現金をばらまく——「有権者百人」にだったら、それほど大きな選挙違反事件にはならないだろう。しかし首長や議員百人が金を受け取っていたら大問題だ。県政界全体に影響が出るぐらい、揺らぐかもしれない。

「だから県政担当が出てきた？」

「そう考えていただいて結構です。悪いことをしている奴がいれば警察は逮捕する。我々はそれを報道して、社会の悪を抉《えぐ》り出す。警察と新聞の仕事は、そういう点では重なり合っていると思います」

「理想論だねえ。そういうことを語れる若さが羨ましいよ」萩原が溜息をつく。「長いこと生きてると、どうしても理想論だけでは動けなくなる」

「そんなにしがらみがあるんですか？」

「警察だって、組織だからね。いや、警察だからこそ、組織の原則は固い。それ以外にも、いろいろ面倒な問題があるんだ」

「それを教えてもらうことはできますか」

「冗談じゃない。内輪の恥を晒すような真似、できるかよ」

恥？　あまりにも強い言葉に、高樹は戸惑った。新潟県警は、外の人間には言えないような恥を抱えているのか？

3

「では町長、こちらを」田岡は封筒を差し出した。

「これは？」

「上越新幹線関係の最新の資料です。まだ表には出せない非公式なものですから、取り扱い注意でお願いします。町長の胸の中だけにしまっておいていただければ……情報保持のために、ご自宅までお伺いしました」町長室でやり取りしたらまずいものが入っているのだ。

「そんな重要な資料を渡すのは、まずいのでは？」町長の顔に不安の色がよぎる。

「ご心配なく。実は、沿線予定の自治体の首長に順次配っているものです。今後の地方振興のための参考にしていただければ」

「では」町長が封筒を押しいただいた。「中を確認しても？」

「もちろんです」

町長が封を開け、中から資料を取り出した。しかし途中で、顔をしかめる。封筒の中に手を突っこみ、一回り小さな封筒を取り出した。

「これは？」

「お納めいただけますか」

町長が、掌に載せた封筒を二度、三度と持ち上げた。重さを量るように……そうしているうちに、中身に気づいたようだった。

「これは？」もう一度問いかける。

「百、あります」

「百、かね」町長の顔が歪んだ。今年六十五歳のこの町長は、四期目。小柄で、どこか自信なげだ。田岡と話している時も、なかなか目を合わせようとしない。

「百です。選挙は苦しい戦いが続いています」田岡はテーブルに置かれた自分の名刺を見た。肩書きの「新潟政経研究会」は、父親の後援会の名称でもある。ただしその横に、「本間章事務所」ともう一つの所属が入っている。今回の選挙では、田岡は父の事務所から「貸し出される」形で本間の選挙を手伝っているのだ。選挙区内をくまなく歩く時には、やはり名刺にきちんと所属・肩書きが入っていないと相手に信用されない。

「あなたも、お若いのにずいぶん難しいことをするものだ」

「父の下で修業をしています」

「そうか、田岡先生のご長男か……」町長が微妙な表情を浮かべる。感心しているような、馬鹿にしているような。どちらだろう、と田岡は興味を惹かれた。

「父はかねがね『選挙は生き物だ』と申しております。私も今、その意味が分かったような気がしています。本当に、予測できないものですね。しかも新潟一区は、いつも接戦になる。民自党のためには、どうしても町長のお力が必要なんです」

「しかし私は、こういうものは……」

町長の表情はやはり晴れない。経験がないわけでもあるまいに、と田岡は内心皮肉に思った。この男に関する悪い噂は、田岡も聞いている。金があれば、どちらへも転ぶ。信義よりも、その場の雰囲気に流されるのだ。そして父親とは少し距離がある。過去の選挙でも、積極的に応援に入ってくれたことはない。せいぜい、「消極的応援」というところだろうか。こういう時に、父親の人望のなさが出てしまうな、と情けなくなった。地方選挙は、義理人情が第一なのだ。最後は人間的なつながりが結果を決める。しかし次に大事なのは「金」だ。額の多寡が問題ではない。「渡した」「受け取った」という事実が、双方を縛りつけて、関係をより強固にする。

「本間さんの当選は、民自党本部にとっても最大の懸案です。新潟一区で民自党の二議席を堅いものにする——将来的には全議席独占を狙うためにも、今回の選挙は大きな試金石になります」

「それは承知してますよ」

「そのためにも、町長のお力がどうしても必要なんです。これは、ご面倒をおかけすることに対する、ささやかな手間賃だと思っていただければ」

町長が黙って、金の入った封筒を大きな封筒に戻した。素早くうなずき、「それでは、田岡先生にもよろしくお伝え下さい」と短い一言で締める。

これで任務完了。既に慣れたと思っていたが、やはりやる度に緊張する。今日はこの後、同じように二人に会わねばならない。さらに夜は、本間の演説会だ。民自党の増渕《ますぶち》幹事長も応援弁士として参加する予定だから、これにはどうしても顔を出しておかねばならない。微妙な気持ちだった。自分は選挙戦の中心にいて、重大な役割を果たしているという意識はある。それは誇らしいが、やはり違法行為をしているのは間違いないのだ。これが日本的選挙の典型と言ってしまえばそれまでだが、やはり後ろめたい気持ちは否定できない。

雪降る中、首をすくめて歩き出す。この雪が、自分の中の汚れた部分を浄化してはくれないだろうか。

白山公園内にある県民会館のホールに足を踏み入れた瞬間、田岡はほっとした。四年前に開館した県民会館は、小ホールでも三百の客席がある。大ホールは千七百三十席で、県内では最大規模のホール施設だ。さすがにそちらを埋めるのは難しいだろうと、今回は小ホールが選ばれたのだが、既にほぼ満席になっている。こういう時に見栄を張って広い会場を選ぶと、空席が目立って、候補者が意気消沈してしまうものだ。小ホールとはいえ満席ならば、ぐっと盛り上がる。これから来る人もいるはずだから、最終的には立見も出るのではないだろうか。

この個人演説会に関しては、田岡にできることはない。足を運んだのは、幹事長の増渕に挨拶したいという個人的な希望からだった。

二時間ほどの演説会では、本間本人の前に多くの人が「前座」で登場する。トリはもちろん本間本人で、その直前が増渕の出番だ。一時間ほど、地元の議員たちのつまらない演説を我慢した後、ようやく増渕の出番になる。

増渕とは直接の面識はなかったが、民自党幹事長とあって、新聞やテレビなどで見かける機会も多い。こちらが一方的に顔見知りと言ってよかった。有名人というのはそういうものだろうが。

空気を揺らすような拍手で聴衆に迎えられた増渕は、まず壇上に控えた本間とがっちり握手を交わした。増渕はそれほど小柄ではないのだが、自分より背が低い本間よりも深く頭を下げていることに田岡はすぐに気づいた。全国の選挙を取り仕切る立場として、「応援に来てやった」と威張っていてもおかしくないのだが、あくまで腰は低く、候補者を守り立てようとしている。

演台に立つと、増渕は聴衆に向かって深く一礼した。コンサートだったら、ここで黄色い声援が飛ぶところだろう。その代わりに、またも大きな拍手。

増渕は当選七回を数えるベテランで、今や民自党を支える陰の実力者と言われている。入閣は、前内閣で労働大臣に就任した時だけで、基本的には党務をこなして実力をつけてきたタイプである。本人はあまり表に出る訳ではないが、喋れば弁が立つ――演説の上手さには定評があった。そのせいもあり、地元の富山一区では連続七回、トップ当選を果たしている。

「ご紹介いただきました、民自党幹事長の増渕でございます」

また一礼。また大きな拍手。小ホールの後ろの方から見ても、増渕の顔は艶々して自信に溢れているのが分かった。いかにも政治家という感じ——自分が目指すべきが、ああいう感じかどうかは分からなかったが。

「本日はお忙しいところをおいでいただきましてありがとうございます」そこでまた拍手。

「私、仕事柄、全国あちこちに参ります。その時に、その土地土地の言葉に触れる機会がありますが、新潟言葉だと『なじらね』がいい言葉ですね。柔らかくて、相手を思いやる気持ちが溢れている。新潟の人の優しさが滲み出た言葉だと思います」

「なじらね」は、「どうかね」というぐらいの意味の新潟弁で、挨拶の言葉としてごく一般的である。田岡が東京で友人と会う時に「元気？」「どうしてる」と交わすようなものだ。

「ちなみに、私の出身の富山県では『気の毒な』と言った時に『ありがとう』という意味になります。どうしてこういう風になったかは分かりませんが、こちらも柔らかくてよろしい言葉かと思います。かように、土地土地には様々な特徴があり、旅をする度に、日本は広く、多様性に富んだ国だと実感する次第です。国会議員というのも、国会という国の中心で仕事をしているわけですが、実際は多様な地方の代表者であるわけです。しかし、私のように田舎出身で、田舎で仕事をした後で東京へ出て行った人間は、どうにも不器用だ。未だに、銀座などを歩いているとびくびくしてしまいますからね。新潟の古町で修業を積んでから東京へ出るべきではなかったかと、未だに後悔する次第です……いや、古町の賑わいも大変なものですけどね」

古町界隈には多くの飲食店があり、利用者には東京や関西からの出張組も多い。新潟へ来れば、一泊や二泊はしていくわけで、そういう人たちが落としていく金は馬鹿にならない――まあ、これは増渕のリップサービスだろう。

「余計な話をいたしました。私の政治家としてのキャリアについてお話ししたかったわけでありますが……私の後にお話しいただく本間君は、私から見れば理想的な政治家の道を歩んでいると思います。新潟で生まれ育ち、東京の大学を出て大蔵省で仕事をして政治家を目指す――地元のことは、子どもの頃の記憶としてしっかり残っていると思います。知り合いもたくさんいるでしょう。そして若い頃から、中央の行政の仕組みを学び、頭の悪い政治家ともあれこれ遣り合ってきました。その彼が今、故郷から出馬を決めた――中央と地元を知り尽くした人間は、政治家に最も向いているのです」

軽い拍手。それにしても上手いな……柔らかい前振りから入り、あっという間に聴衆の心を摑んでしまった。ここに集まった人の多くは義理で来ているのだろうが、増渕の演説を聞くだけで、元が取れた感じがしているのではないだろうか。

その後の主役——本間の演説は、田岡にとってはどうでもいいものだった。いろいろな人から忠告されたせいか、さすがにいつもの上から押さえつけるような物言いは影を潜めていたが、それでもどうにも固く、理屈っぽいのに変わりはない。こんなところで細かい数字を挙げて話をしても、聞いている人の頭には残らないだろう。個人演説会は、メモをとりながら聞くようなものではないし。

田岡は演説が終わりに近づくと、楽屋に回った。増渕のスケジュールは把握している。今日は新潟泊まりで、明日は富山の自分の選挙区に入る。増渕ぐらいになれば、地元に戻らなくても選挙で苦戦することはないはずだが、選挙期間中に一回や二回は顔見せしておかないとまずいのだろう。

楽屋はごった返していた。地元の県議や市議が何人もいるし、増渕の秘書らスタッフも……この中でどうやって増渕に挨拶するか、困った。誰か紹介してくれる人がいた方がいいのだが。

ほどなく本間の演説は終わり、遠くから拍手の音が聞こえてきた。増渕は自分の演説が終わった後で一度引っこみ、本間の挨拶の後でステージに戻って、一緒に聴衆に挨拶する手筈になっている。間もなく戻って来るだろう――楽屋が混み合い過ぎていたので廊下に出て待った。とにかく、挨拶だけはしたい。

すぐに増渕が戻って来た。ベテランと若手、二人の秘書を引き連れている。ステージで照明に照らされたせいか、広い額はてかてかと汗で輝いていた。一歩踏み出し、挨拶しようとした瞬間、向こうから声をかけてきた。

「田岡君じゃないか」

「はい」思わず直立不動の姿勢を取ってしまう。

「頑張ってるそうじゃないか。いろいろ話は聞いているぞ」

「恐縮です」

「今夜は空いてないか？　軽く飯でも食おう」

「いえ、はい――」実はこの後、また富所と会う予定だった。実際彼は、演説会が終わるタイミングで、この会場に来る約束になっていたのである。しかし増渕に呼ばれたなら、そちらが優先だ。すっぽかしてしまうが、後で説明すれば富所も分かってくれるだろう。

「泊まりはイタリア軒だ。この後、そっちへ来てくれないか？」

「分かりました。お供します」深々と頭を下げる。

「お供じゃないよ」増渕は声を上げて笑った。「飯ぐらい、楽しく食おうじゃないか。それでは、また後ほど」

短い会話の後で、田岡は増渕にぐっと惹きつけられた。こういうのが、この人の強みなのだろう。初対面の人でも、まるで旧知の友人のように扱って、しかも相手に嫌な思いを一切抱かせない。

先輩の政治家から盗むものはいくらでもありそうだ。

イタリア軒は、新潟で一番古いホテルである。明治七年にイタリア人が開いたレストランがその始まりで、後にホテル業務も始めた。出自のせいか、ホテル内のレストランは充実しており、新潟でちょっと気取って食事をしたい時によく選ばれる店だった。田岡の感覚では、料亭に上がるよりもこのホテルの方が緊張しない。

ホテルのフロントで増渕の居場所を訊ねると、既にレストランで食事をしているという。慌てて洋食メーンのレストランに赴くと、既に客はほとんど引いており、隅の方の席で増渕が食事しているのが見えた。テーブル二卓が埋まっているが、座っているのは全員増渕の関係者だろう。その中に割りこむのは、なかなか勇気がいることだった。

「遅れまして、申し訳ございません」テーブルに近づき、さっと頭を下げる。

「ああ、よく来た。座んなさい」

言われて見ると、増渕の正面の席しか空いていない。まさか、自分のために空けておいた？ そんな特別扱いをするのはどうしてだ？ 光栄に思うよりも警戒してしまう。しかしこういう場合は、躊躇ってはいけない。躊躇う方が無礼だ。

「失礼します」座ると、目の前が料理で埋まっているのが分かった。増渕の前にはステーキとカレー、それにサラダの皿が並んでいる。確かに増渕は精力に溢れた感じがする男だが、既に六十二歳である。この人の胃袋はどうなっているのだろうと、田岡は内心首を傾げた。

「遠慮なく食べなさい」

「はい。では、私もカレーをいただきます」

「他には何かいらないか？ ここのステーキは美味いだろう」

「カレーでも十分量がありますから」

「そうか、遠慮することはないのに」

「遠慮はしていません」

見ると、他のスタッフもほとんどカレーを食べている。実際、ここのカレーは上品でいかにも高級な味がするのだ。そして誰も酒を呑んでいない。増渕は酒を呑まないと聞いていたが、周りの人もそれに合わせているのだろう。まあ、自分も酒なしでいい。どんな話になるか分からないから、頭をアルコールで曇らせるわけにはいかなかった。

増渕がステーキを切り分けて口に運び、しばらく目を閉じてじっくりと味わった。一口が大きく、食欲の旺盛さを感じさせる。政治家というのはやはり、こんな風に食べるものなのだろうか？ 体力勝負ということかもしれない。父はそんなに食べる方ではないのだが。

「何だい、鳩が豆鉄砲くらったみたいな顔をして」

「いえ……よくお食べになるな、と」田岡は正直に言ってしまった。

「私は富山の生まれだ。基本的に、三十代の終わりまで、富山で仕事をしてきた」増渕が打ち明け話を始める。戦後すぐから富山県議、さらに代議士へ——まさに地元叩き上げの政治家ということは、田岡もよく知っていた。「富山は、何と言っても魚なんだよ。新潟の魚も美味いが、正直に言えば富山の魚の方がずっと上だ」

「そういう風に仰る方は多いですね」田岡は話を合わせた。

「ところが、東京へ出てから洋食にはまってね。もちろん富山にも洋食はあるが、東京の洋食はやはり本場だ。味が違う。もちろん、ここも美味いけどね」

「歴史的には、新潟の洋食は東京や横浜と同じぐらい古いですよ」

「だったら美味いのも分かるよ。とにかく、脂の多い料理はすぐにエネルギーになる気がしてね。ただ、脂っこいものばかり食べていると体に悪そうだから、酒はやめたんだ」

「料理のために酒をやめたんですか？」田岡は目を見開いた。

「やる時はやる——極端に走るのも面白い人生だよ」

「すみません、まだ修業が足りないので、そういう境地にはなれません」

「そうか、そうか」増渕が豪快に笑った。人を惹きつけて離さないこの話術は、やはり増渕の大きな武器だろう。

食事が終わり、コーヒーが運ばれると、増渕の表情が急に引き締まった。

「君には大変迷惑をかけていると聞いている。田岡政調会長にも申し訳ないことをしたと思っているんだよ」

「いえ、とんでもないです」

「選挙の嫌な面も見ているのでは？」

それは事実だ。しかしこれは必要悪なのだと、自分では割り切るようにしている。そうしないと厳しい——精神を病みそうな予感があった。

「それも含めて修業だと思っています」

「君は真面目だねえ。評判通りの人だ」

「そんな評判が流れているんですか？」

「政治の世界は、評判と噂が全てだよ。大事な情報だ」

「はい」

「今回の新潟一区が難しい状況にあるのは、君にも分かっていると思う。本間君もまだ選挙に慣れていないし、後援会や事務所もばたついている。君がいてくれて、本当に助かったと思っているよ」

「私も、選挙ではほぼ素人です」

「しかし勘がいい。こういうのは、経験ではなく天賦の才能かもしれないな。思う存分やってくれ。選挙は面白いか？」

「面白いかどうかは分かりませんが、やりがいはあります」

「だろうな。ただしこういう裏方は、君の一生の仕事ではないぞ」

「はい」田岡は思わず背筋を伸ばした。

「君はいずれ、皆に担がれる立場だ。その頃の新潟一区がどうなっているかは分からないが、君がこの選挙区を政調会長から引き継いで、新たな民自党王国を作っていくのは間違いない——そうして欲しい」

「今は、王国にはなりませんね。父が頼りないからですか？」

「そうは言わんが」増渕が苦笑する。「まあ、政調会長のことについては、別の機会に話そう。とにかく君のように、清濁併せ呑む――表も裏も知っている人間こそが、これからの新潟一区を支えていくんだ。それを常に意識して、今回の選挙も進めて欲しい。ただ――ほどほどにな」

「ほどほど、と言いますと？」

「虎の尻尾を踏んではいけないということだ」

田岡はうなずいた。何が「尻尾」なのかは分からないが、増渕が言っていることは何となく理解できる。上手くやれ、警察に目をつけられるな、ということだろう。警察だけでなく、検察も考えねばならないが……選挙違反となると、検察も積極的に捜査の指揮に乗り出してくるだろう。警察は何とか排除できるかもしれないが、検察はどうしたものだろう。伝手はなく、変に裏工作をしたら、かえってややこしいことになりそうだ。

「一応、手は打っています。完全かどうかは分かりませんが」

「結構だ。自分の身は自分で守るのが基本だからな。ただし、少しでも危ないと思ったらすぐに手を引きたまえ。本当は、君が自分で手を汚すことはないんだ。選挙の裏側を知ってもらうだけで十分なんだよ。これは、帝王学の一種なんだ」

「父の最大の弱点は」田岡は慎重に切り出した。「自ら手を汚さないことだと思います。

だから選挙でも国政でも、どこか他人事のように見ている感じがあります。それは、政治家として正しいことなんでしょうか」

「君は――君の覚悟は大したものだな」嬉しそうに増渕がうなずく。「気骨のある若者は、もういなくなったと思っていたよ」

「ここにいます」田岡は自分の胸を拳で叩いた。「私は政治と選挙の全てを見て、自分で経験するつもりです」

「分かった。それなら一つ、言っておくことがある」増渕は人差し指を立てた。「民自党は、党のために尽くした人を絶対に見捨てない。しかも君は、新潟一区の王国後継者だ。傷つけずに、無事に選挙を乗り切らせてみせるよ」

「ありがとうございます」礼を言ったが、にわかに不安になってきた。「傷つけずに」。つまり、傷がつく可能性があると増渕は思っているのか？

4

翌日の昼、田岡はまた深い雪の中にいた。田舎の町村長たちに会って頭を下げ続けるのにはいい加減うんざりしていたが、避けては通れない。

「こういうものは受け取れない」まだ五十代の町長は、現金百万円が入った封筒をテーブルに置き、身を乗り出すようにして田岡の方へ押しやった。昼間の町長室——公務の場を訪ねることは避けていたのだが、もう時間がなくなっていた。明後日が投開票で、まさに「最後のお願い」のタイミングなのだ。

「日頃の感謝の気持ちです」田岡は笑みを浮かべた。

「本間さんとは接点がないんでね。だいたい私は、あの人が好きじゃない。要するに、落下傘候補じゃないですか。落下傘候補ほど、地元を馬鹿にしたものはない」

「正確には落下傘ではありません。新潟出身なんですから」

「縁は切れていたはずだ。そんな人をいきなり応援しろと言われても、地元の人間の心情としては無理だね」

「お怒りはごもっともです」田岡は頭を下げた。「今回の公認については、私としては何も言えません。内部の人間ですから、決定に従うだけです……ただ、これまで民自党を支えていただいた皆さんに頭を下げて、お願いするだけです」

「虚しくないかね」町長が馬鹿にしたように言った。「あんたも若いのに、こんな汚い仕事をやって」

「汚いも綺麗もないと思います」田岡は言い切った。「これが選挙じゃないですか」

「そうかね」

「そうです」田岡は背広の内ポケットからもう一つの封筒を取り出した。これまで、取り引きを拒否した人間はいない。しかしいずれこういうこともあるのではないかと想像して、常に準備している「追加」分だった。

田岡はテーブルに置かれた封筒の上に、追加の封筒を重ねた。そのまま、町長の方へ押し出す。町長は腕組みしたまま、二つの封筒を見下ろしていた。

「そういう問題じゃない」封筒を凝視したまま、押し出すようにつぶやく。

「だったらどういう問題ですか」田岡は迫った。「選挙が終われば日常が戻ってきます。仮に本間さんが落選して、一区で民自党の議席が一つだけになってしまったら、これからの民自党は新潟では厳しくなるでしょうね。町長も、その荒波に揉まれることになると思います。今後の町政運営、県政運営において、こういう不安定な状況は好ましいものではないですよね」

「それは分かっている」

「町長は、次の選挙をどうお考えですか？　ここで本間が当選しないと、議会の民自党会派の半分は、いい顔をしないでしょうね。自分たちの努力が水の泡になるわけですから。

そうなったら、今回の総選挙に尽力しなかった町長のことをどう考えるでしょう」

「おい――」町長の顔から血の気が引く。

「安定して町政を運営していくためには、普段からの議会との関係が大事でしょう。簡単なことじゃないですか。今までと同じように、民自党にお力を貸していただければいいんです。本間さんを気に食わないのは分かりますが、党のためだと考えていただければ……それに東田さんを応援しても、あまりいいことはありませんよ」

「どうして」

「基本的に東田さんを応援しているのは、特定の支持政党を持たない人たちです。無党派層と言っていい。そういう人たちは、選挙の度に投票する人が違ってくる。今回東田さんに投票した人が、今後町長の役に立ってくれるとは限らないでしょう」

「君は……」町長が言葉をなくした。「私を脅すのか？」

「まさか」田岡はぱっと明るい笑みを浮かべた。「そんなことをするわけがない。これまでの町長のご尽力と今後の協力に対して、お礼を申し上げるために来たんです。これは感謝の印です」

田岡はさらに、札束の封筒を町長の方へ押しやった。町長は動かない。田岡はさっさと立ち上がった。拒否しないということは、受け取ったも同然である。

結局人は金で動く。要するにこの町長は、百万では足りない、と暗に言っていただけなのだ。その証拠に、追加の百万をまったく断らなかった。

精神的にも肉体的にも疲れる——しかしこれで何とかなるはずだ、という自信があった。当初予定していた相手に対しては、全て現金を配り終えた。金を受け取った人が、明後日までにどう動いてくれるか……これればかりは分からないのだが、それもまた面白いと思う。先が見えないことこそ、選挙の醍醐味ではないか？

その日の夕方、田岡は本間の選挙事務所に向かった。既に石崎と富所は到着している。石崎の渋い表情を見て、田岡は依然として状況が厳しいと悟った。

投開票日の二日前とあって、西堀通にある選挙事務所は人の出入りが多く、ざわついている。奥には打ち合わせなどができる小部屋があり、三人はそちらに詰めたのだが、電話で話す声、打ち合わせする声が容赦なく入ってくる。最初はこの騒がしさが嫌だったが、いつの間にか慣れてしまった。人は集中すると、どんなに騒がしい環境の中でも普通に仕事ができるようになるものだ。

「ご苦労さん」石崎が労ってくれた。「どうだった？」

「二倍に上積みしました」田岡は人差し指と中指を立てて見せた。

「強欲な男だな」

「ですね」思わず苦笑してしまう。

「それで大丈夫そうか？」

「突っ返さなかったということは、了解した証拠でしょう」

「そうか……」石崎が、手元の地図を見直した。新潟一区をカバーする白地図で、市町村の名前だけが書いてある。そこに石崎が、赤い丸と黒い×を書きこんでいた。赤は、その自治体でターゲットにした人間を完全に落とした印、黒は見込みなしの印だ。何も書かれていないところは、そもそも首長が政友党系である場合、それと新潟市だけだった。一区最大の大票田である新潟市の政治状況は複雑で、市長を落とせば一定の票が期待できるものでもない。巨大都市の新潟ではむしろ、職域で固めた方が票を計算できる——そちらにも既に手は打っていた。

「この状況で、票読みは……」

石崎が、富所に向けて顎をしゃくった。富所も渋い表情で、すぐには答えない。

「よくないんですか」田岡は思わず訊ねた。

「まだ三位争いですよ」富所が低い声で告げる。「田岡先生のトップは確定、島岡は二位に入りそうだ。本間さんがぎりぎり三位ですね」

「次点が東田ですか？」

富所が無言でうなずく。苛立たしげに、指先でテーブルを何度も叩いた。

「ただし、本間さんと東田との票差は、現段階では四桁いかないと思う」

「かなりきついですね。東田がそんなに追い上げるとは……」

「その言い方は正確じゃない」石崎が訂正した。「公示日当日の分析だと、東田の方が上だったんだ。うちが何とか逆転したんだよ。ただ、当日の天気次第では、ひっくり返される恐れがある」

「日曜日は晴れの予報ですね」

「ということは、気まぐれな人間が暇潰しに投票所へ行くわけだ」石崎が、苦虫を嚙み潰したような表情で言った。「投票行動に関しては、俺たちにはどうしようもない。できるのは、固められる票をさらに上積みすることだ」

石崎がボールペンの先で白地図を叩いた。そこは空白──田岡にも嫌な記憶がある。地元の町長、そして議長に会いに行ったのだが、やんわりと面会を断られてしまったのである。「時間が合わない」というのは断りを入れる一番無難な言葉だが、当然嘘だろう。この町長と議長は民自党の人間なのだが、以前から田岡とは微妙に距離がある。今回の公認の件で、田岡を露骨に批判していた、という噂もある。父が悪口を言われるのは別に何とも思わないが、それで選挙が不利になるのは困る。

「俺が出よう」石崎が両手で膝を叩いた。「今夜、会ってみる。本音を聞いてみたい」

「資金は……」

「心配するな。それより君、今夜は別件があると言っていたな」

「ええ」

「選挙絡みの話か？」

「予防線です」

「ああ」石崎の表情が微妙に変わる。「しかし、もう十分手は尽くしただろう。あまり派手にやるとまずい」

「ご心配なく。接待は慣れていますから」

「元商社マンの力かね」

「お任せ下さい」

金か女——金で落とすのは難しい相手だ。しかし女なら……田岡はその辺もきちんと計算している。相手は、頭はいいが経験が少ない、薄っぺらい人間だ。今はもう、完全に底が見えてしまったと確信している。

官僚を手玉に取るのは簡単だ。そして一度手懐けてしまえば、後は一生、犬のように使える。

　田岡はタクシーに向かって一礼した。馬鹿馬鹿しいと思ったが、一応、接待ではお見送りは必須である。

　西堀通の外れ、西堀広小路の交差点。この辺までくると飲食店はすっかりなくなり、夜も更けたこの時間は人通りもまばらである。ここで木原が女とタクシーに乗っても、誰かに見られる心配はない。もちろん周囲には目を配り、誰もいないことを見越しての行動だったが。

　女には、しっかり言い含めておいた。相手は「プロ」だから、こちらが余計なことを言わずとも、きちんと役目は果たしてくれるだろう。ただし、少しだけ戸惑っていたのも事実である。店で呑んでいた時、木原がトイレに立って席を外した時に、「あの人、女性経験ないんじゃない？」と呆れたように言ったのだ。確かに……今回は女性がいる店――上品なナイトクラブだ――に連れていったのだが、女性のあしらいが上手いとはとても言えなかった。隣に座った女性とまともに話ができないぐらいぎこちない。逆に酒が入ると、急に体を密着させたりして、一かゼロしかないという感じなのだ。勉強ばかりで女遊びを経験していない人間は、こんな風になるんだよな……学生時代に適当に遊んでいた人間の方が、社会に出てからは何かと上手く振る舞うものだ。

「さてと……」今夜は、夜中にもう一度集まることになっている。どっちつかずの態度を取っている町長と議長に石崎が会った後で、打ち合わせをするのだ。二人の動向によっては、さらに追加の作戦を考えねばならない。しかし待ち合わせまでにはまだ時間があるから、どこかで少し時間を潰していく必要がある。

食事は済んでいるから、少しだけ酒を吞むか……西堀通を、柾谷小路《まさやこうじ》に向かって歩き出す。国道一一六号線の古町近辺をこう呼ぶのだが、まさに新潟の中心地そのものと言っていい。駅の方へ向かえば、新潟のシンボルである萬代橋を通る。反対方向へ行けば寄居町。道路は拡幅工事が続き、現在は片側三車線の大通りになっている。先日増渕と会食したイタリア軒の前を通り過ぎた時、東日の支局が近くにあることに気づいた。高樹はまだ仕事をしているだろうか？　しばらく会っていなかったのを思い出し、無駄になるのは承知で呼び出してみることにした。どこか店を決めてからでいいか……西堀の交差点の向こうに小林百貨店が見える。交差点をそちら側に渡っても、いい吞み屋はない。結局西堀交差点の一つ手前の交差点から古町通に入り、何度か入ったことのあるバーに腰を落ち着けた。こちらは女性の従業員がおらず、バーテンが一人でやっている小さな店だったが、その分落ち着ける。穴蔵のような奥に細長い店だが、純粋に酒を楽しむにはいい環境だった。

ウイスキーの水割りを注文しておいてから、出入り口にあった赤電話に十円玉を入れる。東日の新潟支局の番号を回し、「田岡」と名乗っただけで、高樹を呼び出してもらった。高樹はすぐに電話に出た。

「よう」意識して軽い口調で声をかける。「古町で呑んでるんだけど、ちょっと出てこないか？」

「今か？　今は……そうだな、三十分ぐらい待ってくれるか？」

「忙しいのか？」

「当たり前だよ」高樹が怒ったように言った。「明後日、投開票だぞ。こっちはてんてこ舞いだ」

それもおかしな話だと思う。何も新聞社が選挙をやるわけではないのだ。ただ選挙の結果を報じるだけなのに、何故そんなにバタバタする必要があるのだろう。

「お前、のんびり酒なんか呑んでて大丈夫なのかよ」逆に高樹が訊ねてきた。

「今更じたばたしてもしょうがないだろう。もう、まな板の上の鯉だよ」

「実際は、余裕しゃくしゃくってところじゃないか」

「まさか。実は今夜も、まだ打ち合わせがあるんだ」

「何だよ、俺はそれまでの時間潰しか」憤慨したように高樹が言った。

「いいじゃないか。呑む理由なんて、何でもいいんだから」

「とにかく三十分待ってくれ」

「急がなくていいぞ」

今、午後九時。石崎は「十一時集合」と言っていたから、まだ二時間ある。それにここから選挙事務所までは、歩いて十分もかからない。

田岡は、酒を呑む時にあまりつまみを必要としない。塩辛いものを食べて酒を流しこむのは体に悪い感じがするし、純粋に酒の味を楽しむためには、つまみも邪魔になる。結局、高樹が現れるまで、煙草二本を灰にしただけだった。突き出しとして出してもらったナッツの小鉢には手をつけていない。高樹が店のドアを開けた時には、水割りは二杯目になっていた。

「いやいや、参ったな」第一声で零しながら、高樹が隣に座った。「何呑んでる？」

「水割り」

「じゃあ、俺も同じものを」注文しておいてから、高樹がマスターにさらに声をかける。

「つまみは何がありますか？　少しボリュームがあるものがいいんだけど」

「ピザとかどうですか？」

「ピザか……ピザねえ……」高樹が指先で煙草を弄びながら悩んでいる。

「何だよ、飯食ってないのか」田岡は思わず言った。もう午後九時なのに——新聞記者の生活もなかなか大変そうだ。

「今夜はそんな暇もなかった」

「ピザ、食えよ。お前、好きだったじゃないか」

「キャンティか？　懐かしいな」

田岡たちが高校生になった頃に開店した飯倉片町のイタリア料理店「キャンティ」は、レストランであり「社交場」でもあった。金持ちのボンボンたちが集まって「野獣会」という遊びのグループを作り、夜な夜なそこに集まっているという話は、田岡たちの高校でも噂になっていた。そう言えば自分たちだって、いいところのボンボンじゃないか、と高樹が言い出し、高校二年生の時に何人かで遊びに行ったのだった。「野獣」というからどれだけ乱れているのかとびくびくしていたのだが、実際にはそんなことはなく——その日はたまたま「野獣会」の人間は来ていなかったらしい——洒落た服装の若者たちが静かに食事をしていた。そこで田岡も高樹も、生まれて初めてピザを食べたのだった。夢中になっていたのは高樹の方だったが。その後、大学へ入ると、キャンティほど高くないイタリア料理店へ行く機会も増え、高樹は必ずピザを頼んだ。一度真顔で、「イタリアに行ってピザ職人になりたい」と言っていたが、あれは本音だったのだろうか。

「ま、ピザにするか」

高樹は結局、マスターに頼んだ。アルコール主体のこんなバーで、どういうピザが出てくるかは分からなかったが。二人は水割りで乾杯した。

「しかし、そんなに忙しいのか」田岡は思わず聞いてしまった。

「今日が最終的な当落判定会議でね」

「そんなことやってるのか?」

「ある程度目処が立ってないと、当日の取材態勢も決められないじゃないか」

「なるほどね」

「そう言えばこの前、オヤジさんの演説会に顔を出したよ」

「相変わらず、喋るのは下手だろう」田岡は苦笑いした。

「まあ、演説が上手いから政治家として優秀ってこともないだろうけど。お前は、あの演説会にはいなかったんだろう?」

「ああ」

「本間陣営につきっきりなのか」

「今回は、あそこで勉強させてもらってるよ」

「で……どうよ」高樹がグラス越しに田岡の顔を見た。「本間さん、ぎりぎりの線じゃないか」

「余裕たっぷりではないな」田岡は認めた。新聞記者にどこまで話すか、線引きは難しいが、これぐらいは言っても問題ないだろう。そもそも新聞各紙の情勢記事でも、本間は「当落線上」と書かれている。なかには「東田有利」とはっきり打ち出している社もあった。民自党の票読みはかなり正確だが、この二人のどちらが最下位で滑りこむかは、最後まで読めない。それこそ最終的には天気勝負になる可能性もある。

「こんなところで酒なんか吞んでていいのかよ」高樹が、かすかに非難するような口調で言った。

「焦ってもしょうがないさ。俺が一人でやってるわけじゃないし」

「参謀は、どっしり構えて動かないってことか」

「参謀なんて偉いもんじゃないけどな」

「それより、どうだよ？　実際のところはどう見てる？」

「正直、厳しい戦いだ。どういう結果になってもおかしくない」

「結局、公認問題が未だに尾を引いているわけか」

「オヤジも、人を見る目がないっていうか、政調会長として信頼を失いそうだよ」

「おいおい」高樹が諫《いさ》める。「そんなこと言っていいのかよ」

「前向きな批判だ。まあ、この選挙の結果が、親父の責任問題になることはないと思うけど」

「そうかな」高樹が首を捻る。「新潟一区は、今回の選挙で民自党の重点区だろう？　この結果は、中央政界の動きにも響くんじゃないか」

「何とも言えないな。全国的には、重点区は他にもあるし。新潟一区で全てが決まるわけじゃない」

選挙の四方山話をしているうちに、高樹のピザが焼き上がってきた。それほど大きくないが、形が少し歪《いびつ》なところを見ると、冷凍物ではなく手作りかもしれない。高樹がタバスコをたっぷりかけて、さっそくピザを食べ始めた。

「美味いな」驚いたように目を見開く。

「キャンティより？」

「あれとはまた別の美味さだ。こんな美味いピザがあるなら、この店、贔屓《ひいき》にしてもいいな。また来ようぜ」

「ああ……ただ、選挙が終わったら、俺は一度東京へ戻るけどな。オヤジの秘書業務に逆戻りだ」

「忙しないな。行ったり来たりは落ち着かないだろう」

「しばらくは東京にいることになると思うよ。こっちにはこっちで、ベテランの秘書が何人もいるし」

「そうだな……ところで」

高樹が食べかけのピザを皿に戻して、少し椅子の角度を変えた。

「何だ？」田岡は急に空気が変わるのを感じた。

「ああ、その――いや、いいや」

「何だよ、言いかけたんだから、ちゃんと最後まで言えよ」

「まあ、今はいいよ」

「何だよ、気持ち悪い奴だな」

「お前のことをどう考えていいか分からないんだ。友だちなのか、取材対象なのか」

「兼任ってわけにはいかないのか」田岡は軽い調子で言った。

「友だちをネタ元にはしたくないんだよ。厳しいことを聞かなくちゃいけないかもしれないし」

「厳しい話があるのか？」普通に訊ねながら、田岡は内心警戒した。

「そういうわけでもないけど」

「何だかやりにくいな」田岡は苦笑いした。

「そうなんだよ。お前は大事な友だちだけど……友だちだからこそ、取材相手にはしたくない。お前が画家とか小説家なら、別にいいんだけど」

「何だよ、それ」田岡は吹き出してしまった。「俺が画家？　小説家？　一番縁遠い世界だな」

「でも、そういう人を取材するのは楽なんだ。向こうが言う通りに書いておけばいいんだから」

「画家なんか、俺たちには分からない専門用語でまくしたてるんじゃないか？　それを普通の人に分かりやすいように記事にするのは大変そうだ」

「そんなこともない。政治家の取材の方がよほど大変だ」

「俺は政治家じゃないけどな」

「政治家候補、だ」高樹が人差し指を田岡に向けた。

「政治家候補は、ただの人だよ。落選したらただの人ってよく言うだろう？　それと同じことだ」

「しかしお前は、落選しそうにないけどな」

「選挙に出るなんて、何年先の話だよ」田岡はつい声を上げて笑ってしまった。それだけは心配である。父親が引退した後にその地盤を継ぐのか、それとも全く別の選挙区を主戦場にして出馬するのか……父親の後を継ぐ世襲候補になるのが一番自然だし、選挙も楽だろうが、父はまだ引退しそうにない。そんな話をしたことはないが、現在五十一歳ということを考えると、最低あと二十年は議員の座にいるだろう。二十年後には、田岡はもう四十六歳。国会議員としてスタートを切るのに遅い年齢とは言えないが、早ければ早いほどいい。どうせなら地方議員から始める手もあるな、と最近は考えている。ただし、地方議員からの叩き上げは、どうにも泥臭い。田岡としては、もっとスマートに中央の政界に出ていきたかった。田舎の垢を背負わず、新しい時代の政治家としてスタートを切るために。

「俺たちの時代は、まだ来ないだろうなあ」早くも酔いが回りかけた様子で、高樹が頬杖をついた。

「お前は、どうなったら自分が主役になると思う?」

「どうだろう……」高樹が顎を撫で回した。「一線で取材できるのは、四十歳ぐらいまでだな。そこから先は、デスクになって、部長になって……だいたいそういうルートかな」

「生涯一記者ではなく?」

「やろうと思えばできないこともない。自分の専門をしっかり持っていれば、だけど」

「そうか……将来は社長を目指す手もあるけど、ずっと取材の現場にいるのも記者の生き方か」

「さすがに社長はないだろうけどな」

「そんなの、分からないだろう」田岡はニヤリと笑った。高樹は決して「出世欲」が強い人間ではないが、向上心は強い。社長にならなくても、一記者としてはしっかり仕事をしていくだろう。ただ、それが自分と関係あるかどうかは分からない。地方で、地味な話題を追いかけて記者人生を終える可能性だってあるのだ。

「今回はかなり厳しい選挙で、裏の動きが激しいと聞いている」高樹が唐突に言った。

「厳しいのは間違いないね……何が言いたい」

「お前、一つも違反しないで選挙を戦っていると言い切れるか？」

「馬鹿言うなよ」田岡はわずかに怒りを滲ませて反論した。「俺は公明正大にやってる。いや、もちろん、運動員全員が何をやってるか、知ってるわけじゃないけどな。あくまで手伝いというだけで、あちこちで頭を下げているだけだから」

「それだけか？」

「何が言いたい？」

「いや……いいんだ」

「変なこと、言うなよ。俺が泥を被るような真似、するわけないだろう。俺は綺麗に生きたいんだから。変なこと言ってると、お前のピザ、食っちまうぞ」

「どうぞ」

高樹が皿を田岡の方に押しやる。無表情——しかし目を見れば、必死に考えているのは分かった。ピザどころではない。

「東日が？」石崎が目を細める。少しアルコールが入って機嫌よさそうだったのが、田岡が高樹の様子を話した途端、急に素面《しらふ》に戻ったようだった。

「確証はないです。しかし、何か摑んでいるのは間違いないですね。どこまで詳しくかは……分かりませんが」

「まずいな」富所が舌打ちし、石崎に顔を向ける。「石崎先生、高樹という記者はご存じですか」

「もちろん知ってる。東日の県政クラブの記者だ」硬い表情のまま、石崎がうなずく。

「融通が利く人間ではないな。説得できるかどうかは分からん」

「地元紙なら、一言釘を刺しておけば何とかなるんですが……全国紙の場合は、そうもいかない」不安そうに言って、富所が顎を撫でる。

「もしかしたら、カマをかけてきただけかもしれません」自分を安心させるために田岡は言った。「手がかりらしきものは摑んでいるかもしれませんが、はっきりしないんじゃないでしょうか」

「どうする？」

「事件にならなければ、問題ありません」田岡は真顔でうなずいた。周囲を見回し、選挙事務所にもうこの三人しかいないことを確認して続ける。「警察が事件化しない限り、新聞は書けないでしょう。自分たちの調査で選挙違反を報じるほどの力はない」

「そう言い切っていいものか」冷めたお茶の入った湯吞みを、石崎が口元に運ぶ。一気に吞み干して、「クソ」と吐き捨てた。

「警察は私の方で確実に抑えました」田岡は自分の湯吞みにも茶を注ごうとした。しかし大きな急須には、もうお茶は入っていない。喉が渇いて仕方がなかったが、今からお湯を沸かすのも面倒臭かった。

「絶対に大丈夫なのか？」

「こういう事件の捜査を担当する部署のトップですよ？　当然です」

「どんな手を使ったんだ？」

「女をあてがいました。その辺の事情は分かっている人ですから、後腐れはありません」

「絶対に信用できるか？」石崎が念押しした。

「金で何とでもなります」

「そうか……」石崎が腕組みをした。「キャリアの人間は、金では落とせないだろう。女の方が効果的なのは間違いない。今は、君のやり方に賭けるしかないな」

「心配しないで下さい。捜査が動かなければ、新聞も動けませんから。怖いのは地元紙ですが、それは抑えられますよね?」田岡は石崎に確認した。

「それは心配いらないが」石崎がうなずく。

電話が鳴った。こんな時間に、と思ったが、自分にかかってきた電話だと分かっている。そういう約束になっていたのだ。石崎と富所を目線で制して立ち上がり、受話器を摑む。

「はい……本間章選挙事務所です」

「田岡先生、いらっしゃいます?」

艶のある女性の声で、すぐにピンときた。一言聞いただけだが、作戦は上手くいったのだと分かる。

「田岡です」

「あ、今帰ったわよ」

「どんな感じだった?」

「そんなこと聞くなんて、趣味悪いわ」女が声を上げて笑った。

「いや、そういう意味じゃなくて」田岡はしどろもどろになってしまった。

「大丈夫。上手くいったわ。にやけながら帰っていったから」

「録音は……」

「ちょっと再生してみたけど、問題ないわ。でも、自分のあの時の声を聞くなんて、気持ち悪いわよね。テープ、どうしますか」

「こちらで引き取って、然るべきところに預けておきますよ。私も聞くつもりはないですから」全部は。しかし木原の声の確認ぐらいはしなければならないだろう。人のセックスの音声を聞くのは、ひどく趣味が悪い行為に思えたが。「金の方は、予定通りに。月曜――いや、火曜にお渡しするようにするから」

「よろしくね」軽い口調で言って、女が電話を切った。

田岡はそっと息を吐いた。これは明らかな脅迫行為になるから、できれば使いたくない。しかしいざという時の保険にこれがあれば安心だ。

「大丈夫なのか？」石崎が心配そうに聞いてきた。

「ええ」

「何をしたかは――」

「それは、石崎先生は知らないでいた方がいいと思います」いざとなったら自分が全て責任を被る。それぐらいの覚悟がなければ、選挙は戦えない。

第三章　勝利宣言

1

高樹は、ラジオで本間の「万歳」を聞いた。現地——選挙事務所には、一年目の警察回りと遊軍の関谷、二人が詰めている。今回の選挙で最も注目されたのが三位争いで、直前の情勢分析で「本間がわずかにリード」と判断していた東日は、本間事務所に記者二人を送りこんでいたのだ。本間と三位争いを繰り広げている東田の事務所には一人。しかし、実はこの二人の選挙事務所は百メートルほどしか離れておらず、もしも東田が三位に滑りこんだら、すぐに本間事務所から一人が応援に向かう手筈になっていた。

支局に詰めて原稿を処理しているのは、高樹と県政キャップの佐々木。全体のまとめは佐々木が行い、高樹は電話で送られてくる原稿を受けて整理し、佐々木に流していた。

電話が鳴る。呼び出し音が一回鳴っただけで、高樹は受話器を引っ摑んだ。本間事務所に詰めている関谷からで、現地から原稿を読みこんできたのだ。

「いいかい?」

「どうぞ」高樹は左肩と耳で受話器を挟み、右手で鉛筆を構えた。

「ええ、三位当選を決めた本間章さんの事務所では、午後十一時半、当選の一報に万歳三唱が鳴り響いた、マルギレ。本間さんは、鳴り止まぬ拍手の中、支援者に押されるように挨拶に立ち、五秒間ほど深々と一礼、マルギレ。顔を上げると珍しく目を潤ませながら、カギ開いて、苦しい戦いでした、マルギレ、支えていただいた支援者の皆様に深く御礼申し上げます、カギ閉じ、と時折言葉を詰まらせながら勝利宣言した、マルギレ」

原稿を書き留めながら、高樹は現場の様子を想像した。開票時、候補者の事務所で取材したことは何度もある。世の中で、明暗がこれほどはっきり分かれることはないと実感した。ものだ。当選した候補の事務所は、まさに喜びが爆発して収拾がつかなくなる。敗れた候補の事務所では、声を上げる者もいない。

「読み返すぞ」高樹は、書き取ったばかりの原稿を読み上げた。全体にちょっと弱い……すぐに注文を出す。「選対の責任者のコメントが欲しい。石川《いしかわ》を摑まえて話を聞いてくれ」石川は引退した民自党代議士で、今回は本間選対の責任者を務めている。

「分かった……ここには見当たらないけど、探してみるよ」

電話を切って、もう一度原稿を読み直し、『珍しく』という一節に鉛筆で二重線を引いて消した。これは関谷の主観であり、こういう原稿には必要ない。

「本間陣営の原稿、上がりました。あと、選対責任者の石川のコメントを発注しました」

高樹は原稿用紙をまとめて佐々木に渡した。佐々木がこちらを見もせずに受け取る。

「あとは、東田陣営の雑観だな。敗戦の弁で何を語るか……」原稿に目を通しながら佐々木が言った。「その二つを除いて、だいたい揃ったか」

「そうですね」高樹は煙草に火を点けた。

「警察回りの方からは？」

「短く出てますよ。二十行」

警察キャップの戸川が出してきた原稿を、佐々木に説明した。「買収容疑などで三陣営を朝から家宅捜索」だそうだ。ただしその中には、本間陣営は入っていないという。どういうことだと高樹は首を傾げたが、今日は確認しようがない。開票結果が確定するまでは、支局から動けないのだ。日付が変わってかなり経つまで、待機することになるだろう。

今日は総選挙で締め切りを延ばしているが、東京から遠い新潟の地方版には、確定票はとても入らない。当選者の名前も全ては掲載できないのだ。明日の朝刊で詳細を書いてくる地元紙に比べると、一日遅れになってしまう。悔しいが、これればかりは仕方がない。

「さて、これで一段落だな」原稿の処理を終えた佐々木が、両腕を突き上げて欠伸をする。「だいたい予想通りに収まった。三番手の争いは厳しかったけどな。東田が入ってもおかしくなかった」

「そうですね」

佐々木がソファに移動し、本社からファクスで送られてきた早版のゲラを確認した。既に早版は印刷に回ってしまっているのだが。

「本間のところの選挙違反の件、どうよ」佐々木が話を振ってくる。

「何か、変な具合になってるんですよ」高樹は、現場の刑事と幹部の間で話が食い違っていることを説明した。

「上は簡単に認めないだろうけど……もっと具体的な話だったら、認めざるを得ないかもしれないが」

「また当ててみますよ」

「でも、警察回りの連中も否定してるじゃないか。明日の朝の捜索予定に、本間陣営の事務所は入っていない」

「はっきり言って、よく分かりません」高樹は正直に認めて首を捻った。あちこちで聞いていたのは、結局「為にする」情報だったのか？　実際、政友党の島岡は、二位で楽々当選を決めている。何となく漁夫の利をさらっていった感じだ。

「ま、選挙では常に怪情報は流れるものだから」佐々木は既に、具体的にならないこの件に関心をなくしているようだった。「俺、水曜日から休みを取るから、よろしく頼むよ」

「ああ、冬休み、まだでしたね」

「まったく、二月に総選挙なんかやるからだよ」佐々木が溜息をついた。

「冬休みはどうするんですか？」

「田舎へ帰るよ。去年のお盆も帰省できなかったから、ジイさんバアさんに孫の顔ぐらい見せてやらないと」佐々木には二人の幼い子どもがいる。田舎は和歌山……家族四人で帰省するだけで、毎回かなりの金額が吹っ飛ぶだろう。「お前は交代で、俺の後に冬休みだな」

「ええ」

佐々木がいない間も、県政の原稿は書かなければならない。しかしその間に、何とか選挙違反の取材も続けたい。

とてもゆっくり冬休みを取れる感じではなかった。

投開票日から三日後の水曜日、佐々木は予定通り遅い冬休みに入った。県政取材も一休み……高樹は県警クラブに顔を出し、戸川を昼飯に誘った。県庁と県警本部の庁舎は隣り合っているので、簡単に行き来できる。ただし普段は、二つのクラブに所属する記者同士が一緒に食事をすることはない。仲が悪いわけではなく、単に忙しくて昼飯の時間が合わないからだ。

既に午後一時半。新潟では夕刊は出ていないが、東京や首都圏で出る夕刊向けの「警戒」として、最終締め切りの午後一時過ぎまでは持ち場を離れないのが決まりだ。そのため、記者の食事の時間は普通のサラリーマンとはずれている。

二人は県庁近くの蕎麦屋に入った。二人とも天せいろを頼む。新潟の蕎麦屋がどこでも特有のへぎそばを売りにしているわけではなく、普通の東京風の蕎麦も出す店がほとんどだ。

「新潟の蕎麦屋には慣れないですね」

蕎麦が出来上がってくるのを待つ間、戸川が文句を零した。戸川は東京——神田の生まれで、子どもの頃から名店と言われる蕎麦屋に通っていたという。家族揃って蕎麦好きで、週に一度は蕎麦屋で食事をしていたらしい。好き嫌いではなく、東京内の蕎麦の味に慣れてしまうと、地方の蕎麦は口に合わない感じがするものだ。高樹も同じで、新潟の蕎麦は、蕎麦自体はいいのだが、汁が少し弱いように感じている。東京の蕎麦なら、もっときりりと辛く引き締まった汁がつきものだ。

「ちょっと甘いんだよな」

「そうなんですよ。締まりがないっていうか」

「選挙違反、不発だったな」高樹はすぐに話題を変えた。

「まだ分からないですよ」戸川は首を横に振った。「三ヶ所もガサ入れしたのは間違いないんですから。捜査はこれから本番です」

「しかし、選挙違反の捜査なんて、ある程度証拠が固まっていて、ガサ入れはその裏づけというレベルじゃないのか」

「それでさらなる証拠が出てこなければ立件できない──それだけの話じゃないですか」

戸川は平然としていた。実際は彼の言う通りなのだが、何となく釈然としない。戸川は自分の縄張りを侵されると激怒するタイプなのだが、仕事自体に対する熱量は低い。

「Hの方、どうなんだ」高樹は具体的な名前を伏せた。しかしそれでも、戸川はピンときたようだ。

「あれ、やっぱりガセじゃないですか。噂だけが先走りしていたんじゃないかな。県警も手をつけてないですからね」

「それにしては、何人もから同じ情報を聞いてる」

「そもそもガセだったら、関係ないでしょう。複数の人間から聞いても裏が取れたとは言えない」戸川が耳を掻いた。「俺は、S陣営の陰謀だと思いますね。あれでおかしな噂が流れて、Sが議席を拾ったわけじゃないですか」

「まあな」そもそも高樹も、S——島岡陣営から聞いた話なのだ。選挙で流れる怪情報は、大抵は「怪しい」以上の意味を持たないものだが、今回は功を奏したということだろうか。

「サツはどう見てる?」

「Hの話は誰もしないですね」

「お前が聞かないからじゃないのか」

「そんなことないですよ」戸川がムッとして言い返した。「ちゃんと全陣営の状況を見てますよ」

「そうか……」また戸川の領分に土足で踏みこんでしまった。少し反省しつつ、戸川ももう少し熱心に取材してくれればいいのに、と寂しく思う。少しでも引っかかったら、徹底的に調べるべきなのだ。しかし、新聞記者は誰でも、同僚からネタをもらうのを嫌う。自分で発掘し、自分で取材して自分で記事にする——それが当たり前だと思っているのだ。「こんなネタがあるんだけど、取材してみたら」と言われて頭を下げるのは、新人記者ぐらいである。

「あのな、お前が怒ると困るから予め言っておくけど、俺はこの件、もう少し取材するからな」

「そいつは無駄だと思いますよ」戸川がさらりと言った。「何も出てこないと思うなあ」

「それは、もっと突っこんで取材してみないと分からないだろう」

「まあ……取材するのは自由ですからね。でもこれ以上何か出てこなければ、うちから人は出せませんからね」戸川が肩をすくめる。

そこで天せいろが運ばれてきて、緊張感あるやり取りは中断した。やはり汁は甘く、東京の蕎麦が懐かしくなる。一方で、天ぷらはなかなかのものだと思う。地の魚や野菜を使っているから素材がいいし、揚げ方が派手——衣を大きく広げ、花が開くような状態で仕上げる——なので見た目が華やかなのだ。文句を言っていた戸川も、いざ蕎麦を前にすると、勢いよく箸を使っている。こいつもいろいろ問題のある男だが、蕎麦の食べ方だけは一流だな、と高樹は変に感心した。さすが下町の蕎麦屋で鍛えられたというべきか。

まあ……これで一応、戸川に仁義は切ったことになる。あとは自分の力次第だ。

警察への取材は先送りにした。まず、別の筋からネタを探る。

県議会の政友党会派に所属する上谷《かみや》は、まだ四十代前半と若い。労組の支持を取りつけて当選し、二期目。若くして県議に推されたのは、「その後」も期待されているからだろう。本人も、中央政界への意欲満々だった。ただし、政友党の島岡が三度目の当選を果たしたばかりであり、彼の後を継いで国政に挑戦するのは先の話になるだろう。いや、もしかしたら次の総選挙には、上谷は強引に出馬するかもしれない。今回、島岡が二位当選した事実は大きい。島岡と最下位当選の本間の票数はかなり開いており、本間を追い落として、あわよくば政友党で二議席獲得……という狙いが出てきてもおかしくない。

県議会は二月定例会の最中だが、議員はずっと議場に縛りつけられているわけではない。本会議や常任委員会は午前十時から開かれるのが決まりなので、新潟の地元の議員は、朝早くなら自宅や事務所で摑まえられる。上谷の自宅は、国鉄白新線東新潟駅の近くにあった。この辺は静かな住宅街で、上谷の家もごく普通の二階建てである。妻と、中学生と小学生の男の子の四人暮らし。議員というより、普通のサラリーマンのような家庭だと高樹は知っていた。

上谷は、駐車場の雪かきをしていた。新潟市内でも、年に何回かは雪かきをしないと車が出せないほどの雪が降る。中越・上越地区では、これが毎朝の日課になるのだ。

近くに愛車のコロナを停め、音を立ててドアを閉めた途端に、上谷が顔を上げる。高樹に気づくとうなずきかけ、額を手の甲で拭った。

「おはようございます」

「どうしたんですか」上谷が怪訝そうな表情を浮かべる。

「ちょっと上谷さんと雑談をしたいと思いまして」

「こんな朝早くから？」上谷が首を傾げる。この男は基本的にクソ真面目で、冗談や雑談を好まない。取材でも、「すぐに本題を聞いてくれ」と急かすタイプだった。

「夜まで待つのもどうかなと思いまして」高樹は、家の横にある駐車場をちらりと見た。屋根のあるガレージなら雪の心配をしなくていいのだが、空き地に車を置いてあるだけなので、雪の時は大変だろう。実際、雪かきはほとんど進んでいなかった。

「県庁までお送りしますよ。その時間だけ、いただければ」

「そうねえ……まあ、いいか。でも、近くで下ろして下さいよ。記者さんを運転手代わりにしているのを誰かに見られたら、何を言われるか分からない」

「では、近くまで」

「準備しますから、ちょっと待って下さい」

高樹は車に戻った。ヒーターで車内を暖め、持ってきていた地元紙の朝刊に目を通す。気になるような記事はない……新潟では、地元紙が圧倒的な力を持っている。高樹が新潟に来て一番驚いたのもそれだった。東京では当然全国紙しか出ていないわけで、新聞社を受験しようと決めた後で初めて、各地に「地方紙」と呼ばれる新聞や、複数の県をカバーして発行されている「エリア紙」というのがあるのを知ったぐらいだった。地方紙など、大したことはあるまいとたかを括っていたのだが、それは大きな間違いだった。とにかく人脈がすごい。記者にすれば、幼馴染みや昔の友人が県庁や県警にいることが多いので、それだけでもネタが取りやすい。そのせいでもあるまいが、新潟の地元紙は全県で五十万部出ている。他の全国紙は十万部に遠く及ばず、県内での影響力は地元紙に比べて圧倒的に小さい。地元紙に特ダネを書かれて、慌てて裏取りに走ったことは一度や二度ではない。悔しいが、こんな思いをするのは新潟にいる時だけだ。東京へ行けば、地方紙の存在はまったく関係なくなるから、今はとにかく我慢、我慢……もちろん、特ダネで地元紙の鼻を明かしてやれば、それがベストだ。

十分ほどして、上谷が家から出てきた。それほど分厚そうではないベージュのコート、足元も一見したところ革靴である。しかし実際には、革靴に見える黒いゴム製の靴だ。高樹も二足持っている。

ドアを開けてやるのはやり過ぎという感じがしたので、彼が自分でドアを開けて助手席に入ってくるのを待った。

「お待たせしまして……」腰が低いというか、上谷はいつも丁寧だ。民自党のベテラン県議など、高樹を小僧扱いしてろくに話もしてくれないことがあるのだが……これは立場の問題ではなく、上谷個人の性格によるものだろうと思う。政友党の議員でも、妙に威張っている人はいるのだ。

高樹は慎重に車を出した。道路には分厚く雪が積もっており、タイヤが一回転する度に車がぼこぼこと不安定に揺れる。大通りには雪はほとんどなくなっているのだが、ちょっと裏道に入っただけでこの始末だ。

「それで……何の話ですか」

「本当に雑談なんですが」

「違うでしょう」上谷が指摘する。「雑談するためだけに、朝からこんなところまで来るはずがない」

「上谷さんにすれば、雑談に感じるかもしれないということです」

「よく分からないな」

高樹が一呼吸置いて、本題を切り出した。本当は煙草を吸いたいところだが、上谷は非喫煙者なので、彼を不快にさせるのはまずい。

「選挙の時に、本間陣営が大規模な実弾攻撃をした、という話がありますよね」

「ああ……聞いてはいますよ」

「あれ、本当だったんでしょうか。百人ぐらいに金をばらまいていたっていう話があるんですけど……しかも首長や議会の重鎮クラス対象に」

「他の陣営の話ですから何とも言えません。しかも終わったことだ」

「選挙が終わっただけで、選挙違反が消えたわけじゃないですよ」高樹は指摘した。「こんな大規模な選挙違反事件だったら、新聞としても目をつぶるわけにはいかないんです」

「そうですか」

ちらりと横を見ると、上谷は顎に拳を当てていた。眉間には深く皺が寄り、必死で何か考えているのが分かる。

「他陣営の話ですからね」上谷が繰り返した。「無責任なことは言いたくないんです」

「無責任に語ってもらってもいいですよ。それをそのまま書くことはないですから。裏が取れなければ、絶対に書けません」

「民自党の選挙違反事件には、定番のパターンがあるでしょう」上谷が低い声で言った。「票の取りまとめを依頼して、有力者に金を渡す――共産党ほどじゃないけど、民自党の組織も固い。上に金を渡せば、そこから自然に下に流れていくんです。投票の依頼と一緒に」

「ええ」

「民自党系の首長というのは、田舎の庄屋みたいなものですしね」

「庄屋……」その古めかしい言い方に、高樹は思わず苦笑してしまった。

「日本人は、そういうタイプの人が好きなんですよ。田舎の実力者で、揉め事を解決したり、人の面倒を見たり――それが典型的に現れるのは選挙ですね」

「今回も？」

「民自党の首長に取材しても、そんなことは認めないでしょう。選挙違反に対する世間の目は年々厳しくなっている。特に、新潟市は大都会ですからね。昔ながらの田舎の倫理観は通用しなくなっているんです」

そう、新潟市は大都会だ――高樹も、初めてこの街に足を踏み入れて驚いたものだ。しかも今も再開発の途上である。新潟大火と新潟地震が、この街を大きく変えつつあるのは間違いない。

「本間陣営は、相当焦っていたみたいですね」上谷が急に切り出した。

「ええ」高樹は短く相槌を打った。相手が話す気になっている時は、余計なことを言わない方がいい。

「民自党は今回、実質的に分裂選挙みたいなものだったでしょう？　そうなると、民自党の票を固めるだけでは安心できない。いろいろなところに声をかけていたみたいですね」

「政友党陣営とか？」

「さすがにそれはない」上谷が苦笑した。「ただし、手を出せる相手はいますよね」

「例えば？」

「木本《きもと》先生とか」

「ええ？　まさか」

木本は、新潟では珍しく、完全無所属の県議である。消費者問題に詳しく、「安全安心な生活の実現」を政策に掲げて、現在二期目を務めていた。基本的に、政党からは距離を置いている市民活動家、という感じである。

「木本さんにアプローチしたんですか？」

「そういう噂もありますよ。木本さんがどうしたかは分からないけど」

その後、上谷の口調は曖昧になった。それ以上詳しい情報を知らないのか、知っていて話したくないのか……しかしこれで、一つの手がかりは得られた。

高樹は、白山小学校の前で上谷を降ろした。ここからなら、県庁まで歩いていける。しばらく車を路肩に停めたまま、高樹は考えた。次のターゲットは決まったが、どうアプローチするか……県政担当記者として何度か取材したこともあったが、深く知っている相手とは言えない。

あまり策にこだわらず、正面から行くのがいいだろう。今夜が勝負だな、と決めた。実際、明日の夜は動けないのだし……明日は、隆子の家を訪ねる約束になっている。それで結婚が決まるわけではないが、何しろ彼女の家を訪ねるのは初めてなのだ。どうしても結婚を意識せざるを得ず、緊張してしまう。

まあ、それは明日の話だ。今は今日の取材を必死でやろう。

2

「遅いよ」木本が険しい表情を浮かべた。

「遅い、というのは？」馬鹿にされたように感じて、高樹は低く抑えた声で聞き返した。

木本は、本町通に事務所を構えている。議会が終わった夕方、ここに顔を出すのではないかと思って訪ねたら「当たり」だったのだが、第一声でいきなり厳しく当たられた。

「取材するつもりがあるなら、もっと早く来ればよかったんだ」

「選挙中に、ということですか」

「ああ。ひどい選挙だったよ。私はその一端しか知らないが」

木本は今年五十歳。がっしりした体格の男で、常に厳しい面構えをしている。笑ったところが想像できない人間だった。コーヒーは淹れてくれたものの、あまり友好的な態度ではない。

「実際、実弾攻撃が激しかったという話は聞いています」

「私のところにも来た」

いきなり打ち明けられ、高樹は思わず背筋を伸ばした。まさか、こんなにすぐ認めるとは思っていなかったのだ。

「いつですか？」

「投開票日の三日前。そのタイミングで私のような人間のところに来たということは、かなり危機感を持っていたんだろうな」

「金を渡してきたんですか？」

「もちろん、受け取らなかったよ。信じるか信じないかはあんたの判断だが、私は特定の政党の支持に興味はない。選挙も公明正大に、違反なく行われるべきだと思っている。だから、金を出されても受け取るわけがない」

「どういう感じで金を出してきたんですか」

「いきなり封筒を出したよ」木本が、どこか馬鹿にしたような笑みを浮かべる。「かなり分厚い封筒で……あれはたぶん百万だ。百万の札束は、だいたい一センチの厚みになる」

木本が、右手の人差し指と親指で、一センチほどの隙間を作って見せた。「これでよろしくお願いします、ということだったんだろうが、当然お引き取り願った」

「向こうはそれで納得したんですか」

「ああ。しつこく迫ると逆効果になると思ったんだろうな」

「しかし、どうして木本先生に……木本先生には、組織がないじゃないですか」

県議選では毎回かなりの票を集める木本だが、それは組織票ではない。いわば木本個人の「ファン」による投票なのだ。もちろん後援会組織はあるのだが、その結束は民自党や政友党の後援会に比べればずっと緩い。木本が一声かければ、それで数千人、数万人の人間が確実に動き出すものでもないのだ。

「まったく馬鹿馬鹿しいというか……私に金を渡して、民自党の票が増えるとでも思っていたのかね。だとしたら、本間陣営の選対責任者も、目が曇ったとしか言いようがない」

「金を持ってきたのは誰ですか？」

「若い人だったけど……ちょっと待った」

木本が立ち上がり、デスクの引き出しを開けた。すぐに一枚の名刺を持って戻って来る。

「ああ、田岡という人だ。この人、田岡代議士の親族じゃないかな。息子さんとか……本人は何も言ってなかったけど、顔はよく似てたよ」

高樹はその場で固まってしまった。田岡……あいつが本間陣営を手伝っていたのは知っている。しかし、金までばらまいていたのか？　政治の世界に転身してからわずか二年で、田岡は平気でそういうことができるようになったのか？

その後、気分はまったく落ち着かなかった。まさかあの田岡が、と考えると心がざわついてしまう。もしもこのまま取材を続けていったら、田岡はどうなるのだろう。県警が真剣に捜査をしたら、田岡の名前はすぐに捜査線上に上がってしまうだろう。もしも逮捕されるようなことになったら……このまま取材を進めていいのか？　俺が原稿を書くのか？　判断できない。

そういう嫌な気分のまま、隆子の実家に赴くのは辛かった。せいぜい愛想よくして、第一印象をよくしようと思っていたのだが、笑顔を浮かべられるかどうかも分からない。

「父親が酒好きだから」と隆子が言っていたので、それにつき合うことになるだろうと思い、高樹はマイカーを使わず、支局から歩いて隆子の家に向かった。支局からも近い西大畑町——この辺は市内の高級住宅街として知られており、立派な門がまえの大きな家が多い。いずれはこの辺も、相続で家が分割され、普通の住宅地になってしまうかもしれないが。

隆子の家も立派だった。昔からの家というわけではないが、高い塀に囲まれた、大きな二階建てである。さすが、新潟バスの社長の家は違うと感心してしまった。それと同時に、緊張感はさらに高まってくる。

インタフォンを鳴らすと、すぐに隆子の声で「はい」と反応があった。

「高樹です」

「今、出ます」

鉄製の門扉の二メートル向こうにあるドアが開き、隆子が顔を見せた。笑みを浮かべてはいるが、少し心配そうでもある。高樹を父親に会わせるのが、そんなに不安なのだろうか。

「入って」

言われるままに門扉の内側に手を入れて鍵を外し、敷地内に入る。一度肩を上下させて深呼吸すると、隆子が声を上げて笑った。

「おかしいか?」

「こんなに緊張している治郎さんを見るの、初めてよ」

「そりゃそうだ」高樹はまた肩を上下させた。一向に緊張が去る気配はなく、むしろひどく肩が凝ってきた。

「治郎さん、フランス料理は大丈夫？」

「フランス料理？　いや……どうかな」食べたことはないでもない。ただしそれは、ホテルで行われた親戚の結婚式か何かでだった。専門店に自分から進んで足を運んだことは一度もない。「どうして？」

「母が張り切っちゃって、フランス料理で揃えたのよ」

それはまずい……もっと気楽な挨拶だと思っていたのだ。何だか分からないフランス料理の皿を前にして、何を話したらいいのだろう。そう言えば、フォークとナイフを使う順番はどうだったかな。

しかし、気にしていてもしょうがない。とにかく挨拶しないと、この先どうなるにしても何も始まらないのだ。

長い廊下を歩いて、食堂に入る。食堂は独立した部屋になっており、そこだけで十畳ぐらいの広さがあった。八人が座れる細長いテーブル。そのうち、台所に近い位置に、四つの席が用意してあった。一人分の小さなテーブルマットが揃えられ、そこにフォークとナイフがずらりと並んでいるのが見える。

「一応、お土産を持ってきたんだ」高樹は紙袋を顔の高さに上げた。父親が酒好きだと聞いていたので、奮発してシーバスリーガルの十八年ものを買ってきている。

「ありがとう。父に？」

「君が呑んでもいいけど」

「私、お酒は苦手だから」

「そうだよな……」

そこへ、隆子の父親・貢《みつぐ》と、母親の皆子《みなこ》が入って来た。高樹は思わず、直立不動のまま頭を九十度下げた。我ながらぎこちない……顔を上げながら、「高樹治郎です」と挨拶した。

「お父さん、お土産、いただいてるわ」隆子が紙袋を父親に手渡した。

「ああ。お気遣いいただいて」

貢が紙袋を受け取り、高樹に向かって丁寧に頭を下げた。今のところ、まったく普通の父親という感じ……仕事から帰って来てネクタイを外し、シャツにカーディガンというリラックスした格好だった。中肉中背、眼鏡の奥の目は穏やかだ。私服で寛いでいる姿を見た限りでは、新潟最大級のバス会社の社長には見えない。母親の皆子は小柄で上品な感じの女性で、穏やかな笑みを浮かべている。隆子はどちらかというと母親似だな、と思った。

「ま、座って下さい。取り敢えず食事にしましょう」

貢に促されるまま、高樹は席についた。横に隆子が座ってくれているのは心強いが、正面に貢がいるので、やはり緊張してしまう。

皆子がさっそく料理を出してくれた。既に準備してあったようで、まるで店で食べるようにスムーズだ。酒はワイン。ワインは普段まず呑まないので、調子に乗って呑み過ぎないようにしようと自分を戒めた。

前菜はサラダ、続くスープはコーンポタージュ。この辺までは緊張なく食べられた。魚料理は、ホタテを焼いて、薄い黄色のソースをかけたもの……食べやすいように気を遣ってくれたのかもしれない。これなら、ナイフを使わずとも大丈夫なぐらいだ。

「お父さんは、商社で役員をされているとか」貢が慎重に切り出した。

「はい」

「あなた、お父さんと同じように商社で仕事をする気はなかったんですか」

「なかった……ですね。同族経営の会社ではないので、入社したからと言って出世できるとは限りませんし。別に出世したいわけではないですが」

言ってしまってから、今のはまずかったかな、と悔いた。新潟バスは、既に亡くなった貢の父親が戦後すぐに興した会社で、典型的な同族経営である。長男の貢が社長、次男が専務を務めている。既に入社している貢の長男は、当然将来の社長候補だ。そういうのを馬鹿にしたように聞こえたのではないだろうか……しかし貢は、気にする様子もない。

「新聞社だと、仕事が大変でしょう」

「拘束時間は長いですね。でも、慣れるものです」

「いずれは東京へ戻るんでしょう」

「そうですね……やはり、記者になったからには、中央で仕事をしてみたいです」

「たとえば、どんな？」

「それは今、考えています。新潟でいろいろ勉強して、自分に合った分野を探すつもりです」

何だか官僚答弁という感じになってしまう。聞いている方も、つまらない人間だと思っているのではないだろうか。

魚料理の後は肉になる。酒のせいもあって、この辺でもう腹が一杯になってきていたが、皆子はメーンの料理にローストビーフを用意してくれていた。

「ごめんなさいね、温かいお肉を出したかったけど、これなら事前に用意しておけるから」皆子は本当に申し訳なさそうだった。しかし高樹としては、ローストビーフが出てくるだけで驚きだった。普通の家庭には、こんな料理を作るための天火もないだろう。

「母さん、飯と漬物をくれないかな」貢がどこか申し訳なさそうに言った。

「はいはい」皿を配り終えて座ろうとした皆子がまた台所へ向かう。ここまではフランスパンを食べてきたのだが、貢は食事には米がないと駄目な人なのかもしれない。皆子が振り返り、「高樹さんもご飯、お食べになる？」と訊ねる。

「あ、はい。いただきます」つい言ってしまった。飯が入るほど腹に余裕はないのだが、ここは父親の貢に合わせておくことにした。

炊き立ての飯が美味い。大根の味噌漬けは、それだけで飯がいくらでも食えそうないい塩梅だった。とはいえ、ローストビーフも食べないと。皆子はローストビーフのソースに少し醬油を入れているようで、これがまた飯に合う。結局、ご飯をお代わりして、すっかり平らげてしまった。

「治郎さん、大丈夫？」隆子が心配そうに訊ねた。「そんなに食べて……」

「美味かったんだ」高樹は胃の辺りをさすった。美味かったのは事実だが、後で消化剤でも呑んだ方がいいかな……。

とはいえ、まだデザートがある。高樹はベルトの穴を一つずらして、最後の戦いに備えた。それを見て、隆子がくすくす笑う。

幸いと言うべきか、デザートはアイスクリームだった。小さなクッキーが添えられているが、量はそれほど多くないので、何とかなりそうだ。アイスクリームがありがたいのは、部屋が十分暖まっているせいもある。そうか、この部屋にはエアコンがあるのか……エアコンも次第に一般的になってきて、普通の民家で見ることもあるが、ここのエアコンはかなり高性能なようだ。失礼にならないなら上着を脱ぎたいぐらいである。

何とかアイスクリームを平らげ、食後のコーヒーで胃を落ち着ける。食後の煙草が吸いたくなったが、灰皿が見当たらないところを見ると、貢は煙草を吸わないのだろう。だったらここは我慢だ……。

「どうだい？　食後酒でも」貢が誘ってきた。食事が始まってから既に一時間半。酒も入って少しはリラックスしてきたが、いつまでここにいるべきかが分からない。あまり長居しても失礼だし、食べたらさっさと帰るのはもっと無礼だろう。二時間から二時間半が目処かな、と高樹は見当をつけた。これから食後酒で酔っ払わなければだが。

リビングルームに場所を変えて、貢が酒を用意してくれた。先程のシーバスリーガルではなく、オールドパー。おっと……これはシーバスリーガルよりも高いのではないか？　父親のリカーキャビネットにも入っていて、昔盗み呑みしたことがあるのだが、「高い」という先入観が強かったせいか、味も何も分からなかった。

「君はどうする？」

「ええと……どうされますか？」

「水で割ったらもったいないよ」貢が笑う。やはり相当の酒好きのようだ。「私はオンザロックだな」

「では、同じでいただきます」

分厚い、見ただけで高級と分かるグラスに、大きな氷。そこにオールドパーを注ぐと、いかにも美味そうだ。しかし慣れないワインで結構酔いが回っているから、これ一杯で終わりにしようと決めた。

隆子が、チーズの盛り合わせを持ってきてくれて、高樹の隣のソファに座った。

「お前も呑むか？」貢が娘に声をかける。

「私はいいわ」隆子が顔の前で思い切り手を振った。

「ところで、二人は浦田《うらた》君の紹介で知り合ったんだよな？」

「ええ、あの……私は今、県庁を取材していますので。広報課長は、お義父さんの高校の後輩だと聞いています」

「ああ、そうだよ」貢が平然と言った。「彼は昔から世話焼きでね」

「広報課長は立派な方ですよ」高樹は言った。「いつもお世話になっています」

有能な官僚というより、話好きのオッサン、というタイプである。よく記者クラブに顔を出しては、暇そうな記者と話しこんでいるのだが、内容はだいたい他愛もないことだ。

そうやって、記者たちが今何を取材しているか探ろうとしているのかもしれないが……隆子と会ってみないかと勧められたのも、そんな風に雑談をしている時だった。

「彼は調子がいいんだけどな」かすかに笑いながら、貢は浦田の学生時代のエピソードを話してくれた。何故か人と人をくっつけようとするのが好きで、自分たちが通っていた中学の同級生と、近くの女学校の生徒との間を取り持っていた。それがバレて、きつくお叱りを受けたこともあるが、本当に仲良くなって、後に結婚したカップルもいたという。中学生――今なら高校生か――でそういうのが好きというのもよく分からない男だ。そして社会人になってからは、本格的に仲人をやるのが趣味になっていて、既に三十組ほどの仲人を務めたはずだ。

そんな人とは知らなかった。今度雑談をする時に、話のタネにしてみよう。

しかしそこで、高樹は微妙な違和感に気づいた。こういう話をすれば、次は「お前たちはどうする」と聞いてくるのが自然な流れだろう。実際、そういう会話になることを想定して、高樹は無難な答えを用意してきていた。「真剣におつき合いさせていただいていますす」。まずここから――まだ隆子にプロポーズもしていないのだから、いきなり結婚の申しこみをするのは順番がおかしい。

貢がいきなり、生臭い話題を振ってきた。

「この前の選挙はどうでしたか。東日さんではどう分析しているんですか」

「それはもう、新聞に書いてしまいました」

「書かないこともあったでしょう」貢はなかなかしつこい。

ここは気をつけないと、と高樹は気を引き締めた。新潟バスは、田岡後援会の一大勢力であり、貢個人も後援会幹部に名前を連ねている。

「民自党も、選挙では時々ミスをしますね」

「無事に二人当選したのに？」

「候補者の調整が上手くいっていれば、無風選挙になったかもしれません。党本部の責任ですね」

「そうか……」

「最終的に公認を決めるのは、党の選対本部、そして幹事長です。ちょっと情勢を読み違えた、という噂も聞きますよ」

「幹事長は、情に流されやすいという話も聞くね」

「私は直接取材したわけではないですから、あくまで噂のレベルですが……選挙も、冷徹に数字だけで決まるわけではないようですね」

「難しいもんだねえ。特に田舎の選挙は本当に難しい」

「仰る通りかと思います」この流れだと、選挙のことは少し深く突っこんで話してもいいかもしれない。ネタになるとは思わなかったが。「田岡陣営は安泰だったようですね」

「そりゃそうだ。田岡さんが危ないようじゃ、一区の民自党は大ピンチだよ。田岡さんのところは後継者もできて、これからも万全だろうね」

「後継者──そうですね」

「ご存じ？　さすが東日の記者さんだ」

「その後継者──息子と、小学校から大学までずっと一緒だったんです」

「ああ、そうなんだ。すごい偶然だね」貢が嬉しそうに笑った。「息子さんは、かなり切れる人だろう」

「昔から頭はよかったです」

「経験を積めば、立派な後継者になるだろうね」

「何だか不思議な感じです。幼馴染みが政治家になるというのは、ちょっと現実味が感じられません」

「だったらあなたも社長を目指せばいいじゃないか。東日の社長ともなれば、大出世でしょう」

「社長になるのがいいかどうか……現場で取材しているのが楽しいですよ」

「だったら、一生平記者ということですか」貢の表情がわずかに渋くなった。

「論説委員や編集委員は、平記者とは言えないですけど……」

「お父さん、今そんな話をしても」隆子が助け舟を出してくれた。「治郎さんも、ちょっと呑み過ぎてない？」

「そうだな」高樹はウイスキーのグラスを置いて、両手で顔を撫でた。貢に顔を向け、

「すみません、ワインで酔いました」と謝った。

「とんでもない。酒は何が好きなんですか？」

「新潟に来てからは日本酒ですね」

「確かに、新潟に来て日本酒を呑まなかったらもったいない。今度は美味い日本酒を呑みましょう。越乃寒梅だけじゃなくて、新潟には美味い酒がたくさんあるから」

「ありがとうございます」頭を下げ、何とか微妙な会話を切り上げることができた。その後トイレに行き、それをきっかけに取り敢えず家を辞することにした。最初の訪問としては、こんなものだろう。

隆子が途中まで送るというので、二人で家を出た。今夜は雪が降っておらず、比較的暖かい。家から十分離れると、隆子が高樹のコートのポケットに左手を滑りこませた。

「緊張した？」

「緊張した」素直に認める。「何かヘマしなかったかな」

「大丈夫だと思うわよ。上手く会話も転がっていたし」

「そうか……お父さんとお母さんが後で俺の悪口を言ってたら、教えてくれよ。次の機会に修正するから」

「そんなこと、言わないわよ」隆子が声を上げて笑った。「母は、治郎さんを気に入っていたみたいだし」

「そうかな……お父さんは？」

「大丈夫だと思うわ。あんなに機嫌良く話すのも珍しいわよ。治郎さん、さすが新聞記者っていう感じね。相手を乗せるのが上手」

「取材とこういう会話は、まったく別物だけどね」

「治郎さんの東京の家には、いつ行く？　正月休みは取らなかったでしょう？」

「しばらく無理かな。まだ忙しいんだ」隆子は、急いで話を進めようとしているようだ。しかしこれも順番が違う……高樹の実家に隆子を連れていくとしたら、本当に結婚の挨拶の時だろう。ということは、やはりさっさとプロポーズした方がいいのか？

「とにかく、今夜はありがとう」支局まで二百メートルというところで、高樹は立ち止まって彼女に礼を言った。「お父さんとお母さんにもよろしく言ってくれ。今度遊びに行く時は、お母さんに土産を持っていくよ。お母さんの好みは何だろう」

「甘いものなら何でも」

「お菓子か……」高樹は、そちら方面はまったく疎《うと》い。

「そうね。でも、一応相談して。家に何があるか、見ておくから。ダブらないように気をつけないと」

「分かった」

名残惜しいが、足元に雪が積もる寒い路上で、いつまでも話しこんでいるわけにはいかない。彼女と別れて久しぶりに煙草に火を点け、支局に向かってゆっくり歩き出す。このまま帰ってしまってもよかったのだが、何となくその気になれない。

久しぶりの煙草は染みた。冷たい空気の中に、自分の白い息と煙草の煙が混じり合って消えていく。私生活も急に騒がしい感じになってきた。ここは一発決めるか——実際、ここで隆子と結婚できないと、結婚がどんどん遠のいてしまう気がしている。打算ではなく、結婚するなら隆子だ、という確信があるのだが。

ドアを開けてビルの二階にある支局へ入った瞬間、電話の音が消える。続いて「はい、東日新聞——」と応じる声。今夜の泊まりは、一年生の警察回り・清水《しみず》だ。

珍しく人がいない。大抵、用もないのに居残って酒を呑んでいるか、麻雀をしている支局員がいるものだが、総選挙の取材で力を使い果たして、今は支局全体が疲弊している感じなのだろう。

「あ、はい。ちょっとお待ち下さい」清水が、受話器の送話口を掌で押さえて立ち上がる。

「高樹さん、お電話です」

「誰？」

「名乗らないんですが……高樹さんを名指しです」

面倒臭い電話だろうか。支局には、よく悪戯電話もかかってくるのだ。記者はあちこちで名刺をばらまくから、まったく予想もしていない人間に名前と電話番号が知れていることもある。

「三番に回してくれ」

自席の電話だ。高樹は立ったまま、鳴り出した電話を取った。

「高樹です」

「東日の高樹さん？」

「そうです」支局に電話をかけてきているのだ、わざわざ「東日」と確認することはないのだが……酔っ払いだろうかと訝《いぶか》ったが、声の調子を聞いている限り、酒が入っている気配はない。

「電話で申し訳ないんだけど、県議の須田《すだ》ですがね」

「ああ、須田さん」民自党の須田なら、当然顔見知りだ。しかし、支局に直接電話してくるほど仲がいいとは言えない。

「今、ちょっといいかい?」

「大丈夫ですよ」高樹は自席に腰を下ろし、ショートホープに火を点けた。「何かありましたか?」

「あんた、本間派の買収のことで、あちこちで聞き回っているだろう」

「あちこち、ではないですが」思わず訂正した。

「まあ、いいよ」須田が焦れったそうに言った。「あのな、その件は間違いないぞ」

「間違いない?」

「俺のところへも来たんだ」

少し酔いが回った頭で考える。須田は元々、田岡派の人間である。しかし今回の選挙では、本間の応援をするように指示されていたはずだ。本人がそれを納得していたかどうかは分からない。民自党は必ずしも「鉄の組織」を誇るわけではないのだ。もちろん、組織はきちんと機能しているのだが、そこに人間関係が複雑に絡んでくる。上から命令されたらそのまま機械的に動くわけでもないのが、民自党内部の複雑怪奇なところだ。

「須田さん、東田さんを推してたじゃないですか」

「それは事実だよ。民自党も、いつまでもジイさんばかりの集団じゃ困る。東田みたいな若い風が必要なんだ……ただそれは、公認争いが決着するまでの話だよ。党として決まれば、俺は従う。だからちゃんと本間陣営で選挙を応援した。ところが俺は、信用されていなかったみたいだな」須田の声には次第に怒りが入ってきた。「念押しのつもりだったんだろう。金を持ってきやがった。ふざけた話だよ。突き返したけどな」

「なるほど」

木本と同じパターンだろうか。誰もが素直に金を受け取るわけではない。「ふざけるな」と激昂して突き返す人間も一定数はいるわけだ。特に、プライドを傷つけられたと思ったら、金など絶対に受け取らないだろう。

「しかも、持ってきたのが田岡の秘書——息子だぜ」

ここでも田岡の名前が出てきた。あいつの「本間陣営での仕事」は、有力者に金を配って回ることだったのか？

「そういう話は他でも聞いています」

「だろうね」須田が鼻を鳴らした。

「いくらだったんですか？」

「あれは百万だな。封筒の厚さを見れば分かる」

一目見て百万の札束と分かるものか？　世間の人は、百万円分の厚さを普通に知っているのだろうか？　貧乏記者にはよく分からない世界だ。

「場所は？」

「事務所へ来たんだ。電話もかけないで、いきなりだぞ？　失礼にもほどがあるだろう」

電話をかければ、賄賂を持ってきていいというものでもないだろうが……須田の怒りは間違いなく本物だ。舐められたと思うと人は怒り、その吐け口をどこかに求める。須田の場合、それが高樹だったのだ――ありがたいことに。

「須田さん、激怒してますよね？」

「当たり前だ」

「そうじゃないと、私にこんな話をしませんよね。つまり、書けっていうことでしょう？」

「ああ、どんどん書いてくれ」

「ただし、私は『断った』という証言しか聞いていません。『受け取った』という話が必要です」

「俺の名前は出さないだろうな？」

「何も受け取ってないんだから、須田さんはこの件には巻きこまれていませんよ」彼の言うことが本当なら、だが。いや、実際に金を受け取ったことを誤魔化そうと、こんな電話をかけてくるわけがない。そんなことをしたら、どこかで嘘がバレて、墓穴を掘る可能性が高い。「実は、相当多数の人が現金を受け取っているという話を、選挙期間中から聞いています。須田さん、具体的に金を受け取った人をご存じないですか」

「俺からは、言えることと言えないことがあるな」須田が急に素っ気なくなった。「仁義の問題もある」

「そうですか……」

「しかし、おかしな話だな」

「何がですか？」

「あんたの耳にも具体的な話が入ってきているぐらいだから、今回の件はかなり大規模で、やってる当人たちも、隠す気はあまりなかったんだと思う。だけど、警察はきちんと捜査していない。どうしてだと思う？」

「さあ」上と下で警察の態度が違うのは分かっていた。しかしその意味を、高樹は摑みかねている。

「あんたも取材が甘いねえ」須田が馬鹿にしたように言った。「警察も一枚岩とは限らないよ。本間陣営のやり方は度を越している。俺は正直、愛想をつかしたね」

「何をやらかしたんですか、本間陣営は」

「それは、本間陣営に直接取材してくれ。とにかく、ちゃんと記事にしないと駄目だぞ」

乱暴に言って、須田が電話を切ってしまった。本間陣営に直接取材できないから困っているのだが……しかしこの件は、絶対表に漏れる。他紙の動きも要警戒だ。須田が、東日だけに怒りをぶちまけるとは思えない。

3

投開票の翌々日、田岡は東京へ取って返した。ゆっくりしている暇もないが、今回の新潟での仕事は終わった、と考えるとさすがにほっとする。本格的に選挙に取り組むのは初めてだったが、まず上手くいったと言っていいのではないだろうか。

当選が全てだ。

上野駅へ着いて、改めて新潟の遠さを実感する。これまであまり縁がなかった新潟は、今や第二の故郷——とまでは言わないが、少しは馴染めたと思う。いずれは自分の地盤になる地域だから、これからも頻繁に訪れることになるだろう。ただし、東京から遠いのはやはり難点だ。上越新幹線が開通しさえすれば、おそらく東京と新潟は三時間ほどでつながり、ぐっと近くなるのだが、それはまだ先の話である。

父は都内にも自宅を持っている。麻布の住宅街にある二階建ての家で、二階の窓からは東京タワーを望める。田岡が子どもの頃は、近所にはまだあちこちに空き地があって、山手線の内側にしては田舎っぽい雰囲気も残っていたのだが、今は住宅地と繁華街が入り混じる、東京らしい賑やかな街に変貌した。それにしても、東京の変貌ぶりには驚くばかりだ。東京タワーができた頃から変化は一気に加速し、オリンピックで決定的に近代化された感じがする。しかも今でも、日々変わり続けている。

正月以来、東京へ戻っていなかったので、実に久しぶりな感じがする。新潟に慣れ過ぎてしまい、違和感さえ覚えるほどだった。自分は新潟を好きになりかけているのだろうか？　そうかもしれない。

新潟の人間を取りこむのは容易《たやす》かった。

もちろん、手引きしてくれる人がいたからこそできたことなのだが、それでも自分の感覚では、田舎のオッサンたちを掌の上で簡単に転がすようなものだった。あの実弾攻撃が、本間の当選を引き寄せたのは間違いない。日本の民主主義は、結局金の上に成り立っているのだということを実感した一件である。どいつもこいつも平然と金を受け取った。いや……突っ返してきた人間もいて、それにはやはりショックを受けたのだが、よくよく考えてみれば、相手は民自党の二人の候補の間で揺れている人間ではなかったのだ。そこに金を持っていったのが、そもそも無駄だったと思う。これは石崎の人選ミスだ。

自宅には、珍しく誰もいなかった。普段は家族だけではなく、事務所の人間もしばしば出入りしているのだが、今日はしんと静まり返っている。自室に荷物を下ろし、ベッドに寝転がった。選挙、そして長旅の疲れが体のあちこちに巣食っているのだが、寝ようと思って目を閉じると、眠気はどこかへ行ってしまう。まだ体の中で、選挙の興奮が燻《くすぶ》っている感じだった。

まあ……寝なくてもいい。東京でやることもあるのだ。

まずは彼女だな。昨年末からずっと会っていなかった恋人の滝山尚子《たきやまなおこ》に、久しぶりに連絡しなくては。階下に降りて受話器を取り上げ、急いでダイヤルを回すと、彼女がすぐに電話に出た。

「今、どこにいるの?」尚子が心配そうな声で訊ねる。話すのも久しぶりだったのだ。

「さっき東京に戻って来た。今日、会えるかな」

「もちろん。夕飯でも一緒に食べる？」

「そうだな」これで、東京での日常が戻ってくるはずだ。自分の人生は様々に変化していくだろうが、束の間の安堵の日々があってもいいだろう。

尚子は「滝田《たきだ》玲子《れいこ》」という芸名で活躍する女優である。出会ったのは学生時代。大学には数少ない女子学生で、しかもスタイル抜群の長身ということもあって嫌でも目立った。先に声をかけたのは田岡の方だが、実際につき合うようになると彼女の方が積極的になった。こんなに積極的な女性は初めてで、田岡にとっては新鮮な経験だった。

尚子は、大学三年生の時に映画会社のオーディションを受け、「ニューフェイス」として採用された。確かに、映画やドラマで活躍してもおかしくない容姿だったが、田岡は事前にまったく話を聞いていなかったので驚いた。しかも採用が決まると、彼女はあっさり大学を辞めてしまった。「だって私、女優になりたくて東京に出てきたから」という彼女の言葉に呆れたのを覚えている。田岡たちの母校は、相当の難関である。入試を突破するだけでも大変なのに、大学進学を、東京で芸能人になるための足がかりとしてしか見ていなかったわけだ……。

今は映画やテレビドラマなどで、「ヒロインの親友」「主人公の妹」的なポジションを演じることが多い。名前が出るのは二番手、三番手だが、彼女は今の自分の立場を大事にしていた。「主役は神経がすり減るばかりだし、主役ができなくなった後が辛い。脇に回れば、ずっと長く出続けられるから」というのが彼女の説明だったが、そういうものだろうか。田岡は芸能界の事情にはまったく疎いので、彼女から聞く話にはいつも驚かされる。

田岡が商社から政治の世界に転身してからも、ずっとつき合いは続いている。目立たない個室のある店で食事をするか、彼女のマンションで落ち合うのが普通だった。たまには旅行へでも行きたいところだが、二人とも忙しいし、世間の目もあるので、それはなかなか叶わない。

今日は、昔から行きつけの鰻屋で落ち合った。田岡が子どもの頃から来ていた店で、店員とも顔見知りである。それ故、電話一本かければいつでも個室を用意してくれる。

尚子はいつでも旺盛な食欲を発揮する。それでいて一向に太る気配がなく、初めて会った時と同じ抜群のスタイルを維持しているのが謎だった。今日も大きな白焼きを平然と平らげた後、蒲焼とご飯を嬉しそうに食べている。軽く日本酒も呑んで、田岡も選挙の疲れがゆっくりと抜けていくのを感じた。

「選挙、大変だった?」あらかた食事を終えたところで尚子が切り出す。二人の間では、田岡の仕事の話が出るのも普通だった。

「大変だったけど、こういうのは経験しておかないといけないものだから。田舎の選挙の仕組みがよく分かったよ」

「それで、あなたはいつ選挙に出るの？」

「そんなの、まだ分からないさ」田岡は苦笑した。学生時代から「いつかは代議士になる」ということは言っていたのだが、彼女は最初からその話を真剣に受け取り、背中を押してくれていた。もちろん、田岡の家の事情もよく分かっている。

「私も、最近いろいろ勉強してるわよ」

「そうなのか？」

「新聞を二紙取って、政治面をよく読むようにしてるし」

「新聞に必ず本当のことが書いてあるわけじゃないけどな」

「でも、政治家の名前を覚えておくだけでも役に立つでしょう？」

「まあね」

「この後、総司さんの予定ってどうなってるの？」

「細かい用事がたくさん入ってるんだよな」田岡は体を斜めに倒し、尻ポケットから手帳を抜き出した。見開き一週間のスケジュールは、毎日が黒く埋まっている。土日も関係なし。平日には会えない人に会う予定がびっしり入っていた。つくづく政治家は——秘書は、人とのつながりを作るのが仕事だと思う。とにかく住所録を埋め、相手の特徴を頭に叩きこみ、人脈を広げていく。

「一度、うちの田舎に来ない？」

「名古屋か……泊まりになるよな」

「そうね。近くに温泉、あるわよ」

「それは魅力的だけどなあ」田岡は頭を掻いた。二日間の休日を捻出するのは、今は非常に難しい。

「そろそろうちの親にも会ってもらいたいの」尚子が真剣な表情で言った。

「それは——そうだな」結婚に対しても、彼女の方が積極的だった。

「それに、あなたの家にも挨拶に行かないと……そういうの、男の人から言い出してくれないと駄目よ」

「ああ」一気に攻められ、田岡はたじろいだ。尚子は最高の女だと思う。ルックスも、明るい性格もいい。こっちが難しいことを考えて固まってしまっている時に、さりげない一言で救ってくれることもあった。

ただし田岡としては、なかなか結婚に踏み切れない。今の彼女は、女優として働くことで輝いているのではないかと思っていた。自分がこれから本格的に政治の道へ進み、代議士になった時には、彼女には「代議士の妻」の役目を務めて欲しい。地元を守り、選挙では時に夫の代わりに頭を下げ――ほとんどの政治家の妻がそうしている。いわば、夫の分身だ。しかし自分の都合で、彼女に「女優を引退してくれ」と言うのも筋違いな気がする。女優になるのは、政治家になるより難しいかもしれないではないか。その道で成功しかけている彼女の将来を閉ざすのが、正しいことかどうか。

さらに、自分の家族が彼女のことをどう思うかが分からない。芸能人というだけで、偏見で見そうな感じがする。ましてや結婚などという重要な話を、どうやって納得させればいいのか。

「私、いつでも女優、やめるわよ」尚子が唐突に言った。

「え？」

「将来的にはやめて、あなたのサポートに回るつもりでいるから」

「それは……もったいないんじゃないか？　女優なんて、なりたくてもなれない人ばかりだろう？」

「政治家も同じでしょう。政治家の方が難しいかも」尚子がさらりと言った。

そこまで覚悟しているのか……確かにこれまで、二人の間で結婚の話が出たことがある。しかしそれはあくまで「もし結婚したら」という仮定の話で、田岡の方からきちんと結婚を申しこんだことはない。彼女の覚悟が固まっているなら、自分もしっかり覚悟すべきではないだろうか。

「初めてあなたに会った時から、この人は大物になるって分かったの」尚子が箸を揃えた。「まさか」今は単なる代議士秘書だ。父親の庇護下にあるようなもので、とても一人前になったとは言えない。

「私、人を見る目はあるのよ」尚子が自分の目の下を人差し指で突いた。「芸能界って、何を考えているか分からない人が多いから、そういう能力がないと変な仕事に巻きこまれることもあるでしょう。でも今まで、一度も失敗したことはない……だからあなたも、絶対に大物になるわ」

「占いみたいだな」

「人に懸けてみようと思ったのは、あなたが初めてよ。アメリカと対等の日本にするって、素晴らしい考えよね。パートナーとして、世界をリードする。あなたなら、絶対に実現できる」

「そう簡単じゃないさ」田岡は思わず笑ってしまった。

「そうかなあ……そうだ、私、来月新潟へ行くのよ」

「そうなのか？」

「映画の撮影があって、一ヶ月くらい向こうにいることになるみたい。美味しいご飯屋さん、後で教えてね」

「それなら、向こうでも会えるかもしれないな」

「新潟なら、人目を気にする必要ないし、いいわよね」

うなずきながら、彼女の大胆さが心配になってきた。尚子は女優として、世間に顔を知られるようになってきている。そんな人が、自分と腕を組んで歩いていたら何と思われるか。しかも自分は新潟で顔を売っている。会うならむしろ、人が多い東京の方が安全ではないだろうか。

「後でまとめて渡すよ。その時、スケジュールを教えてくれないか」

「分かった。じゃあ——取り敢えず今夜はどうしようか？　うちに来る？」

「いいかな」

「大丈夫。明日、オフだから」

尚子がにっこり微笑んだ。ああ、この笑顔だよ、と田岡は腹の底が温かくなるように感じた。今夜はゆっくりできそうだから、覚悟を決めて正式に結婚を申しこんでもいい。何か、格好いい台詞を決めて——。

「失礼します」少し甲高い声の後、襖が開く。馴染みの中居が、何となく申し訳なさそうに頭を下げた。

「田岡様、お電話がかかってきています」

「今、行きます」

自宅を出る時、今夜はここで夕飯を食べるとメモを残してきた。誰かがそれに気づいて電話してきたのだろう。やはりゆっくりはできないものだ。毎日何かの用事で引っ張り回される。

「ちょっと待っていてくれないか？」

「いいわよ」

鰻の脂のせいか、妙に黒光りする階段を慎重に降り、一階で電話を受ける。予想もしていない相手だった。

「増渕事務所の津野《つの》と申します」

「ああ、津野さん」新潟で増渕と会った時に、名刺を交換していた。自分と同年輩の増渕の秘書である。「ご無沙汰してます」

「すみません、お食事中ですよね」

「いや、もう済みました」

「そうですか……これから、増渕のところへ来ていただくことはできますか？」

「ああ……はい」せっかく久しぶりに尚子と会ったのだから、今夜はゆっくりと、と思っていたのだが仕方あるまい。増渕からの呼び出しを拒否するわけにはいかない。「分かりました。どこに伺いますか」

「自宅へお願いします」

「目黒でしたね」タクシーを飛ばせば、ここから三十分もかからないだろう。

「ええ。住所は……」

田岡は、傍にあったメモ用紙を引き寄せ、ボールペンで住所をメモした。「目黒御殿」と言われているのだが、それでタクシーの運転手が分かるかどうか。

「三十分ぐらいで伺います」

「急な話で申し訳ありません」

「とんでもないです。お招きいただきありがとうございます」電話に向けて頭を下げてしまった。馬鹿馬鹿しい……やはり、民自党幹事長の呼び出しで緊張しているのだと自覚する。

でかい家だな、と田岡は唖然とした。増渕の家が「目黒御殿」と言われていることは知っていたが、想像していたよりもずっと大きい。都心の一等地にこれだけ大きな家を建てられる増渕の財力に驚いた。門扉から玄関までかなり歩く間に庭がちらりと見えたが「庭園」と言うに相応しい広さだった。桜の木が何本もある。もう少ししたら、ここで花見ができそうだ。

秘書の津野が出迎えてくれた。申し訳なさそうな表情を浮かべ、「急な呼び出しですみません」と頭を下げる。

「いえ……何だか騒がしいですね」

「そこで、記者連中が待ってるんですよ」津野が玄関脇にあるドアを指さした。

「夜まで取材を受けるんですか？」

「来ちゃうんだから、しょうがないですよ。オヤジは来る者拒まずなので」

いかにも精力的な増渕らしい話だ。この人に寝る時間はあるのだろうかと、田岡は首を傾げた。夜は夜で、毎日のように民自党幹部や若手、財界人との会合があるだろう。それを終えて、さらに家で記者連中の相手もするのだから、並の体力・精神力では務まらないはずだ。

田岡は、六畳ほどの部屋に通された。中は煙草の煙で白く染まり、低い音量でクラシック音楽が流れている。煙草はともかく、クラシック音楽は増渕には合わない感じがするが……ドアのところで立ち止まってしまった田岡を見て、増渕がニヤリと笑う。

「ブラームスの交響曲第三番」

「はあ」

「私には、こういうのは合わないと思うだろう」

「いや、そんなこともないですが」

「藤圭子もクール・ファイブも嫌いじゃないが、クラシックが一番だ」

立ち上がり、増渕がステレオのボリュームを落とした。そのまま、田岡に座るよう促す。

「失礼します」

この部屋はオーディオルームなのか……確かに、壁の棚一杯にレコードがびっしりと詰まっている。田岡が座ったソファの正面には、いかにも高価そうな大型のステレオセットが鎮座していた。

「先日の選挙は、本当にご苦労だった」増渕がソファにまた座り、脚を組む。「地元の議員たちから、君の活躍は聞いたよ。きつい仕事だったと思うが、実によくやってくれた」

「大変なのは雪だけでした」田岡は敢えて軽口を叩いた。「東京でつくづく甘やかされていたんですね」

「一昨年だったかな……東京でも結構な大雪が降ったのを覚えているか？　うちの庭でも、膝まで埋まりそうなぐらい積もった」

「はい。都内の電車がほとんど止まって大変でした」

「うちの若い秘書連中も、転んで怪我して……まったく情けない。俺は長靴で、普通に歩いていたけどな」

「増渕先生とは鍛え方が違うと思います」

「俺は富山の田舎者、ということだよ」増渕が鼻を鳴らす。

「そういう意味ではありませんが……」もしかしたら怒らせてしまったのだろうかと心配になった。

「君は、少しは雪に慣れたか？」

「まだまだですけど、何とかなると思います」

「だったら、新潟から出馬することにも問題はないな」

「ええ……かなり先になると思いますけど」

「常在戦場だ。常に選挙に備えておかないと」

「勉強になります」田岡は頭を下げた。

増渕が、吸いかけの煙草を取り上げ、ゆっくりと味わった。灰皿に押しつけて揉み消すと、どこかから封筒を取り出してテーブルに置く。

「取っておきたまえ」

「先生、これは……」

「いいから。これは、君の働きぶりに対する評価だ。俺のポケットマネーだが、党の意向と考えてもらっていい」

「それはもちろん、幹事長が党そのものだということは理解できていますが」田岡はまだ封筒に手を伸ばさなかった。

「そういうおべっかはいい。取りなさい」

増渕の口調は、有無を言わさぬものだった。仕方なく、封筒を手にする。持ち上げた瞬間、百万円の札束が入っていると分かった。自分で何度も百万円の札束を封筒に入れたので、その厚みと重さは体が覚えている。

「先生、いくら何でもこれでは……」

「今回の君の働きぶりに対する評価だ」増渕が繰り返す。

「しかし……」

「こういうのは、黙って受け取っておくものだ。我々としては、先行投資の意味もある。君はいずれ選挙に出る。その際は必ず、派閥の長が軍資金を出す。これはその一部だと思ってもらっていいよ」

「まだ先の話かと思いますが」

「心配するな。帳簿はつけてある」

一瞬その意味を捉えかね、田岡はきょとんとしてしまった。増渕が困ったような表情を浮かべ、「冗談だよ」と言って声を上げて笑った。

「しかし、選挙については本当に常在戦場だ。普通に考えれば、君は政調会長の後を継いで選挙に出ることになるが、それはかなり先の話になると思う。田岡政調会長も、まだまだ党と国民のために働いてもらわないと困る。むしろこれからが本番だ」

「はい」

「だから君には、別の舞台を用意することも考えている。普通は地方議員から始めるんだが、君はそのルートでは不利な立場だ。東京だとゼロからの戦いになるし、新潟に地盤を築くには長い時間がかかる」

「おっしゃる通りです」

「参院全国区なら、地域性は関係ない」

「あれは有名な人が候補で出るものではないですか?」それこそタレントとか。全国一律の投票なので、地域性は関係なく、とにかく本人の知名度が大事になってくる。

「それは確かに、タレントさんが当選したりしているのは事実だ。しかし、それだけではない。知名度がなくても党の力があれば、十分当選圏に押しこむことができる」

「私が参院議員ですか……」それは、可能性すら考えていなかった。

「もちろん、参院議員よりも衆院議員の方が、国会議員としては面白い。仕事をしている実感も、衆院議員の方がずっと大きいだろう。しかし、参院議員で政治家としての第一歩を踏み出して、そこから衆院議員に鞍替えする方法もあるぞ。そういう道を辿ってきた人はいくらでもいる」

「ええ」

「もちろん、今すぐ選挙に出ろという話ではない。あくまで仮定の話だが、こういうやり方もあるということだ。そういう可能性も頭に入れておいてくれ。いきなり言われて慌てないようにな」

「はい」うなずいたものの、やはりさほど現実味がない話だった。そもそも、参院議員の被選挙権は三十歳で、立候補できるまでにはまだ間がある。いや……これから四年間、秘書としてみっちり仕事を覚えた後で、参院選に臨む手もあるのではないか？　父親がどう考えるかは分からないが。

「今後も、何かあったらすぐ俺に相談しなさい。必ず後ろ盾になる。君のように有望な人材は、党としても大事にしなければならないから」

「お気遣いいただいて恐縮です」

この世界、自分の意思だけで決まることばかりではない。時に、大きな流れに身を任せてみることも必要だろう。しかし、何が起きているか、その裏にどんな意図があるかは見極めるようにしておかないと。政治はやはり、魑魅魍魎《ちみもうりょう》の世界だ。ニコニコ笑って相手の言うことを聞いているだけだと、いきなり後ろから刺される可能性もある。

結局尚子の家には行かず、自宅へ戻った。今日のことは、取り敢えず父親には話しておかないと。

父は既に帰宅していて、食堂で一人むっつりとウイスキーを呑んでいた。増渕と違って、誰でも簡単に受け入れるような人間ではない。新聞記者が訪ねて来ても、会うかどうかはその時の気分次第だ。追い返してしまうこともよくある。

母親はもう休んでいた。基本的に早寝早起きをモットーにしている人で、よほどのことがない限り——選挙の時など以外は、十時には床についてしまう。その時間でも誰か客が来ていることはあるのだが、その相手はしない、というのが夫婦の暗黙の了解になっているようだ。若い頃は体が弱かったそうで、無理をさせないことになっていたのが、今でも続いている感じである。

「今、増渕さんと会ってきた」

「うん？」父親が顔を上げる。かなり酔いが回っている感じだった。秘書をしていて気づいたのだが、父は誰かと会食している時はあまり酒を呑まない。酒を楽しむのは一人の時だけ、という個人的な決まりでもあるのかもしれない。酔って醜態を晒すようなことはないのだが、もしかしたら若い頃に酒で失敗しているのかもしれない。それを教訓にして、自分で酒量を制限しているとか。

田岡は背広のポケットから、百万円入りの封筒を取り出した。

「これをもらったんだ。今回の働きぶりに対する評価ってことだと思う」

「そういうものは人に見せずにしまっておけ」父親が無愛想に言った。

「増渕さんは、俺を評価してくれている。しっかり裏の仕事をこなしたからな」

「そういうことは、やらずに済めば、やらない方がいい」

意外なことを言われ、田岡はむっとした——いや、意外ではない。父は金にはクリーンなのだ。増渕には様々な錬金術があって、目黒の一等地にあんなでかい屋敷を構えているのだが、田岡家はごくごくささやかなものだ。しかも代々引き継いだ土地に、戦後新しく家を建てただけである。そして選挙の度にいつも金で苦労している——清廉潔白というわけではあるまいが、とにかく金の汚い面が嫌いで、汚い金に触りたくない人間なのは間違いない。

「しかし、あれは本間選対全体で決めたことなんだ」

「それなら俺は口出しはできない。しかし……俺だったら絶対にやらないな」

「父さん、それは、俺の仕事の否定なのか？」

「俺は口出しはできない」父親が繰り返した。「お前を送りこんだのは、選挙を勉強させるためで、田舎の県議や首長に頭を下げて金をばらまくためじゃない」

「それだって、選挙の一つの側面じゃないか」顔が赤くなるのを意識した。父親の言い方は、まるで俺を断罪しているようなものではないか。こっちだって、必死に仕事をしてきたのに……。

「それでお前が得たものは何だ？」

「それは……田舎では、あんな風に選挙が動くということが分かった」

「金で動くような人間は、金が切れたらそこで関係も終わりになる。お前はそれでいいと思ってるのか？」

「そういうことを言ってるから、父さんはいつも選挙で苦労してるんじゃないか？」

「苦労はしても、当選すれば問題はない」

「そうか」

ここで本格的に喧嘩しても意味はない。父とは昔からこういう感じだった。決して自分を認めようとしない。高校生の頃まではむきになって議論を挑んだりしたものだが、いつも軽くいなされていた。それ故、いつの間にか論争をすることにも飽きてしまったのだが……決して父を全否定していたわけではない。中学生の頃から政治家の仕事には興味を持っていたし、高校時代には「いつかは自分も」と真剣に考えるようになっていた。だからこそ、自ら進んで父の秘書になったのだ。ただし父は、後継のことについては一切口にしない。二世議員を否定しているのか、まだ早いと思っているのか。周りの人間は、常に後継を期待して話をするし、自分も普通にそれに乗るのだが。

「増渕先生からは、参院での出馬も念頭に置いておいた方がいいと言われた」

「それはリップサービスだろう」鼻を鳴らし、父親がごくりとウイスキーを呑んだ。

「いや、俺はあり得る話だと思っている。今回、汚い仕事を引き受けたのも、間違っていなかったと考えている。これで、増渕さんたちに顔と名前を覚えてもらえたんだから。議員を一人当選させたんだし、十分党の役に立っていると言えるんじゃないか」

「自惚《うぬぼ》れるな。それに、幹事長も永遠に権力を持ち続けているわけじゃないんだから」

「何か動きでも？」民自党の党内は、決して一枚岩ではない。平時こそ、陰で足の引っ張り合いがあるのだ。

「誰でもいつかは死ぬ。そうでなくても政治家を引退する。引退した政治家には、何の権力もない」

「増渕さんが引退するまでに、何とかするさ」

「そうか。お前の人生だ。俺には何も言うことはない」

この人は何を考えているんだ？　俺を後継者にしたくない？　だったらどうして秘書になることを許可したのだろう。取り敢えず、身近にいる人間を雑用係にしたつもりなのだろうか。

さすがに頭にきて、少し爆弾を落としてやることにした。仮面を被ったようなその顔に、少しひびを入れてやりたい。

「結婚しようと思ってるんだ」

「そうか」びくともしない。

「相手は女優なんだ。滝田玲子——父さんも名前ぐらい知ってるだろう」

「いや」

かすかに失望したが、それも当たり前か。父はテレビはニュースしか観ないし、映画館にも行かない人だ。

「彼女は、俺を支えてくれると言っている。大きい味方になるんだ。何しろ顔を知られている人だから」

「そういう話は母さんにしろ」父が立ち上がり、流しにグラスを置いた。

「父さん——」

父は振り向きもしなかった。

4

「新潟に、ですか」田岡は受話器を握り締めた。東京の、父親の議員会館。珍しく暇で電話番をしていたら、石崎から電話がかかってきたのだった。

「ああ」

「何か、新しい仕事でも……」

「いや、そういうわけじゃない。しかし、できるだけこちらにいて、顔を売って欲しいんだ」

「選挙みたいですが」

「いずれはそうなる。今から顔を売っておいても損はないだろう。本当は新潟に住んで、こちらの地元秘書として仕事をする方がいいぐらいなんだが、それはオヤジさんも許さないだろう。あんたをずっと手元に置いておきたいはずだから」

「そんなこともないと思いますが」先日の素っ気ないやり取りを思い出し、途端に嫌な気分になる。「この件、父は了解しているんですか？」

「もちろん、話は通してある。ちなみに、新潟に軸足を置くというのは、増渕先生からの提案なんだ」

「増渕先生が？」

「先生も、いろいろ考えておられるんだよ。あんたが、民自党の次世代のホープなのは間違いないんだから、いろいろな経験を積ませて将来に備えたいということなんだろう。あんたの一番の弱点は、新潟における地盤だ。まずそこでしっかり地歩を築くのが大事、ということだよ。歩いて歩いて、地元の人に名前と顔を覚えてもらうのが、結局一番効果的なんだ。あんたは若いんだから、そういうことをする時間はある。若さの利点を有効に使わないと」

「分かりました」増渕が絡んでいるとしたら、絶対に断れない。「日程を調整して、そちらに伺うようにします。要するに挨拶回りですよね」

「先日の選挙の御礼を兼ねて——そう言うことは必ずやっておいた方がいい。あんたに対する相手の印象も確実によくなる」

そう言われて少し心配になり、声を潜めて訊ねてしまう。

「警察は動いてますか？」

「いや……それは大丈夫だろう。もう、投開票から一週間近く経っている。この時点で何もなければ、心配いらないんじゃないかな。そもそも我々は、しっかり作戦を練って実行した」

「ええ」

捜査二課長の木原に会っておこうかと思った――捜査する気はないだろうな、と念押しするために。何もないと言われれば安心できるが、逆に危険かもしれない。わざわざ寝た子を起こさなくてもいいのではないか？　まあ、このタイミングでは余計なことはしない方が得策だろう。

新潟か……そう言えば尚子も、映画の撮影で新潟に行くと言っていた。彼女が撮影している間は新潟にいるのもいいだろう。場所を変えて会えば、気分も変わる。

母親も東京にいるので、田岡は新潟の家では一人きりになった。これはこれでいい。撮影隊と一緒の尚子は勝手に宿を変えられないかもしれないが、会う時はこの家に来てもらうのも手だ。それぐらいの時間はあるだろう。

しばらく滞在するつもりだったので、まず荷物を家に下ろす。既に三月になっていたが、まだ気温は低く、街中の陽が当たらない場所には雪が残っている。とはいえ、選挙戦の最中のような真冬の雰囲気は薄れていた。これなら車の運転も少しは楽になるだろう。

田岡はまず、富所に連絡を取った。県連の中では石崎の方が圧倒的な実力者なのだが、比較的年齢が近い富所の方が話しやすい。富所は自宅にいて、いつでも来てもらっていい、と言ってくれた。

午後五時、富所の家の前に車を停める。この時間でもまだ陽が落ちていないのは、やはり三月だからか。とはいえ、寒さはまだ厳しい。東京では、今朝はコートがいらないぐらい気温が上がっていたのだが、さすがに新潟ではコートなしでは厳しい。

「やあ、とんぼ返りですね」富所が笑顔で迎えてくれた。

「東京も遠いわけじゃないですよ。地元へ戻るのがもっと大変な先生も、いくらでもいます」

「山陰とか、北海道の北の方とか」

そういう人たちは飛行機を使うのだろう。その点、新潟は東京から微妙に遠いという感じだった。裏日本、という言い方は嫌いだが、言い得て妙という気もする。

事務所に落ち着くと、コーヒーが出される。煙草に火を点けたところで、田岡は早速切り出した。

「何か気になることでもあるんですか」

「警察の動きがね……ちょっと分からないんです」

「と言いますと？」

「捜査している、という噂があるんですよ」

「いや、それはないでしょう」田岡は即座に言った。上から押さえつけるようにきちんと工作してきたのだから。石崎も大丈夫だろうと言っていた。あるいは、彼と話してから状況が変わったのだろうか。

「田岡さん、捜査二課長に手を回したんですよね」

「ええ」

「うーん……」富所が腕組みをした。「捜査二課長では、押さえが効かない可能性がありますね」

「まさか。捜査の責任者ですよ」

「しかし、県警で捜査二課長はキャリアのお客さんだ。地元の刑事たちは馬鹿にしているところもある」

「そんなこと、あるんですか？」

「まあ……」富所も煙草に火を点けた。「単なる神輿ですからね」

「下で支える人たちが、勝手に捜査を始めたということですか？　でも、どこまで捜査が進んでいるかは……」

「事情聴取を受けた人がいるのは間違いないんですよ」

低い声で富所が告げると、無意識のうちに背筋がピンと伸びる。これはいずれ、自分のところにも手が回るのではないか？

「しかし、調べるにしても名簿がないでしょう」田岡は指摘した。

「そう、名簿はありません。そういうものを作らないという石崎さんの指示は、間違っていなかったと思う。もしも名簿を残していたら、金を受け取った人間全員の名前がバレてしまう。警察の圧力に負けて喋る人も出てくるでしょう。捜査の目は私たちに向いてくる。最終的には石川さん——選挙の責任者に捜査の手が届くかもしれない。そうなったら……」

「連座制で本間さんの当選も危なくなる」田岡は言葉を引き取った。石川は本間選対の最高責任者だ。「しかし、本間さんは何も知らないんですよ」

まさに「神輿」だ。下で担いでいる人が何をしているかは、上からは絶対に見えない。そもそも下を向こうともしないのだ——向く必要もないが。下を向いた瞬間に、見たくないものを見てしまうことは、神輿に乗る本人も分かっている。

「とはいえ、連座制という決まりがありますからね」富所の表情は依然として渋い。

「取り敢えず、二課長に確認してみますよ」やはりそこに突っこむしかないようだ。

「いいですか？」

「本当は石崎さんは、そのために私を呼んだんじゃないですか？」

「石崎さんは、そんなことは言ってません」富所の口調が微妙に揺れる。

「確かに私も聞いていません。でも、私を新潟に呼んだ本当の理由は、そういうことじゃないかと思います。挨拶回りというのはあくまで方便で」

「まあ……ご推察の通りだと思います」富所が認める。

「いいでしょう」田岡は膝を叩いた。乗りかけた船というか、自分が最初に計画した作戦だ。責任を取るのも自分しかいない。


田岡の父は、自宅の隣にさらに一戸建ての家を借りており、そこが新潟での事務所になっている。選挙の時などには、ここが最前線になるのだ。普段は地元の秘書たちが詰めて、陳情を受けたり、後援会の会報を作るなどの作業をしている。選挙の時は常にざわついていたが、今は静かだった。だいたい、六時を過ぎると人がいなくなるのだが、今日は開けておくように頼んでおいた。電話をかける作業を事務所でやりたかったのだ。というより、寒々とした家に戻る気にはなれない。事務所なら必ず人がいて、一日中石油ストーブを焚いているから、全員が引き揚げてもまだ暖かい。

警察の業務は午後五時過ぎには終わる。もちろん、そのまま夜まで仕事が続く場合もある。特に今は、選挙の後始末――他の陣営の選挙違反事件もある――をしているから、夜まで会議や打ち合わせが続くはずだ。

そう予想して、田岡は県警本部の二課長席の電話を鳴らしたのだが、誰も出ない。どういうことか……石崎や富所の考え過ぎで、実際には捜査の的にはなっていないのではないかと訝った。何もなければさっさと帰るのが、公務員の基本だろうし。必要もない残業をするのは、税金の無駄遣いだ。

既に家に帰ったかもしれないと思い、官舎の電話も鳴らしてみる。こちらも反応がなかった。二ヶ所で摑まらないとなると、どうしたものか……ふと予感に襲われ、車を家に置いたまま、歩いて古町に向かった。陽が落ちてからは急激に気温が下がっており、田岡はマフラーをきつく巻き直す。顔に冷たい針が刺さったように感じ、雪が降ってきたことが分かった。これだから新潟は油断できない。実際、中越地区の山の方など、未だに雪の中だ。福島県境に近い入広瀬村など、まだ三メートル近い積雪が残っているのではないか？

田岡は、呑み屋ばかりが入ったビルに足を踏み入れた、エレベーターに乗りこんだところで、マフラーを緩める。行き先は、新潟市内では高級なナイトクラブの一つだ。まだ時間が早いせいか、店内はガラガラだった。新潟でこういう店が混みだすのは、午後九時を過ぎてからである。どこかで飯つきで軽く一杯やった後、本格的に呑みだするとなると、それぐらいの時間になる。

田岡は店に入るとすぐに顔馴染みの黒服を呼んで千円を摑ませ、「木原さん、来てないか」と訊ねた。

「お見えです」黒服があっさり認める。

「今、誰がついてる？」

「花《はな》さんですね」

花の本名を田岡は知らない。知らなくても困らないし、むしろ知らない方が互いに都合がいい。しかしこの場面は……まずいな。何とかしないと。

「悪いけど、ちょっと花さんと話したいんだ。木原さんに気づかれないように、別の席に呼んでもらえないか」もう一枚千円札を取り出し、黒服の手に押しつける。彼らは低い基本給を、客からのチップで補っていると言われている。こんな風にすぐに千円札が手に入るのなら、いい商売だ。一日に稼ぐチップはどれぐらいになるのだろう。

「かしこまりました。一番手前の席でいかがですか？ そこなら……」

木原の席からは見えないわけか。このクラブの席は、全て背の高いソファになっており、しかもそれぞれの席が背中合わせになっている。半個室のようなもので、座ってしまえば、他の席の様子は分からない。

田岡は入り口に近いテーブルに陣取り、水割りを頼んだ。これは店に金を落とすための儀式のようなものであり、長居するつもりはない。

水割りが運ばれた直後、花が隣に滑りこんできた。既に事情は察しているようで、他の客に対するようには体を密着させない。

「木原さん、来てるんだろう」

「今日だけじゃないわ。毎日よ」花がうんざりした表情を浮かべる。

「毎日？」

「お客さんだから断れないけど、ちょっと……効き過ぎたみたいね」

女を知らずに勉強ばかりしてきて堅い仕事に就いた男に世馴れた女性をあてがえば、夢中になるのも分かる。しかし、あまりにも効果があり過ぎると、いろいろ不都合が生じる。今まさに、木原はそうなりつつあるようだ。

「迷惑してるか？」

「お金は落としてくれるから、お店としてはありがたいんだけど、木原さんはちょっと……私に花束なんか持ってくるのよ」

「何だい、恋人気取りかよ」まったく、冗談じゃない。

「どうしたらいいかしら」花が頬に手を当てる。「面倒なことになりそうな気がするんだけど」

「分かった。俺の方から言っておく」作戦は成功したと思っていたが、この状況は後々まずい事態を生みかねない。「今日は、早く帰るように何とか上手くあしらってくれないかな。俺が彼の家で待つようにするから」

「分かりました。でも、田岡さんも計算し過ぎじゃないかしら」

「確かにな」悔しいが、認めざるを得なかった。

「策士策に溺れるってよく言うでしょう。物事を複雑にし過ぎると、ろくなことにならないわよ」

「肝に銘じておくよ」

田岡はうなずいた。世馴れた女性のアドバイスは、いつでも参考になる。

田岡は、捜査二課長の自宅——官舎の前で待った。寒さはいっそう厳しくなり、立っているだけで体が凍りつくようだった。せめて懐炉でも持ってくればよかった、と悔いる。

しかし木原も、私生活は侘しいのではないだろうか。捜査二課長の官舎はこぢんまりとした一軒家である。独身の彼は、ここで一人で生活しているわけだ。飯を炊き、風呂を沸かし、トイレのちり紙がなくなれば買いに行く——そんな侘しい暮らしに女性が現れれば、たちまちのめりこんでしまうのも当然かもしれない。

一時間ほどして、家の前にタクシーが停まり、木原が一人で降りてくる。さほど酔った様子ではない。

「先輩」

声をかけると、木原がびくりと身を震わせてこちらを見た。目を細めているのは、目が悪い上にこの辺が暗いからだろう。背広の胸ポケットに挿していた眼鏡を取り出してかけると、安心したように表情を緩ませた。記者が待ち伏せしているとでも思ったのかもしれない。

「ちょっとお話があって伺いました」

「ああ……いや、どうしようかな」

「家の中でなくてもいいですよ。どこか場所を変えましょうか」

「できれば」

田岡は急いで駆け出し、まだその場に停まっていたタクシーのドアを叩いた。話をするなら人が少ない場所——東堀の「レトワル」がいい。田岡は木原のためにタクシーのドアを押さえてやり、自分は後から乗りこんだ。東堀通と鍛冶小路《かじこうじ》の交差点まで、と告げてシートに背中を預ける。

「何かあったのか？」と木原が不安そうに訊ねる。

「それは、向こうでお話ししましょう。『レトワル』、覚えてますか？　何度かご一緒しましたよね」

「ああ」

「あそこなら静かだから、落ち着いて話ができますよ」

それだけ言って、田岡は口をつぐんだ。隣に座る木原が、落ち着きなく体を動かす。今はこのまま不安にさせておこう、と田岡は決めた。落ち着かない状態で話をした方が、大きいショックを受けるだろう。そうすれば身に染みて、今後は行動を慎むはずだ。

「レトワル」は、相変わらず客が少なかった——というより、自分たち以外に誰もいなかった。これで商売になるのかと心配になったが、自分がそんなことを考えても仕方がない。

カウンターに落ち着き、それぞれ水割りを注文する。田岡は呑む気がまったく失せていたが、こんな店でジュースを頼むわけにもいかなかった。カクテルも出すから、何かしらのジュースはあるはずだが。

木原が、落ち着きなく水割りをぐっと呷った。田岡は一口だけ、舐めるように呑んでから煙草に火を点ける。

「木原さん、彼女にあまり入れこんじゃ駄目ですよ」いろいろ言葉は考えていたのだが、結局分かりやすく告げることにした。

「いや、私はそんな……」木原の言葉が途中で消える。

「最近、あのクラブに入り浸りだそうじゃないですか」

木原がうつむいて唇を噛む。本当に入り浸りなのだと、田岡は少しだけ呆れた。

「こんなこと言うと失礼かもしれませんが、彼女は水商売の人ですよ。いわばプロです。そういう人に夢中になると、木原さんとしてはいいことは何もない」

「私は、遊びのつもりじゃない。本気なんだ」木原が真剣な表情で告げる。

「だったら尚更――」

「恋愛に決まりはない。何が悪いんだ？」

「いいですか」こいつは子どもか、と呆れながら田岡は続けた。「あなたは大事な立場にいる人だ。将来は、二十万人もいる組織のトップに立つことになるかもしれない。そういう人の奥さんが、水商売の出身だと知れたら、あなたの人事にも悪影響が出るんじゃないですか」

「まさか」

「いいえ、上の人間は、いろいろなことを見ているものですよ」商売女と結婚するとは何事だ――出世リストに書かれた彼の名前が赤い線で消される様を、田岡は想像した。確かに、水商売の女性と結婚したからと言って、世間から文句を言われる筋合いはないが、警察の上層部はそうは考えないだろう。水商売で働くような女性には何か事情があるかもしれないと勘繰って背景を調べるだろうし、万が一少しでも問題があれば、手を引くように警告してくるはずだ。そこで揉めれば、当然上への道は完全に閉ざされる。田岡としては、できればこのまま出世してもらって、しかもこちらの思うように動かせる駒にしておきたかった。

「木原さん、彼女をあなたに紹介したのは私ですよ」

「分かってる」怒ったように木原が言った。

「その私が忠告するんです。やめておきなさい。深入りしない方がいい。私はあなたを買っているんです。あなたのように高い能力を持ち、高潔な人格の持ち主なら、今後もずっと出世を続けるでしょう。本当に、大きな組織のトップになることも不可能ではないと思う。私はそれを見届けたいんです。今後、あなたと私で日本の行く末を決めるような仕事を一緒にできるかもしれない。私はその日を楽しみにしているんです」

この説教が染みたかどうか……木原は納得できない顔つきで、また水割りを大きく一口呑んだ。田岡は煙草を灰皿に押しつけ、自分のグラスに口をつけた。

「木原さん、あなたはもう、人に言えないことをやってしまったんですよ。私が彼女を紹介したことは……あれは、大声で言えないことでしょう」

途端に、木原の顔から血の気が引いた。明らかに脅し——それは分かっているが、しっかり言っておかないとまずいことになる。

「そしてあなたは、私のお願いを聞いてくれた。これを世間では何と言いますかね」

「脅す気か？」木原の喉仏が上下する。

「いえ。先輩とは暗黙の了解が成立していると思います。しかし先輩が本当にご理解いただいているかどうか分からなくなったので、念押ししているだけです。どうですか？　私がお願いしたことは、まだ生きていますよね？」

「それは……私は何の報告も受けていない」

「報告が上がってきたらどうするつもりですか」

「やらせない」

「そうですね。私はそうお願いして、先輩も了承してくれた。阿吽《あうん》の呼吸というやつで、日本人はこうあるべきだと思います。ただし一つだけ、あなたはこの計画の筋からはみ出そうとしている。もしもどうしてもというなら、腐れ縁のない人をまた紹介しますよ。一人に固執してはいけません。あなたには、然るべき家柄の、しっかりしたお嬢さんこそが相応しいんです。それを意識していて下さい。リーダーになる人には、それに相応しい家族が必要なんですよ」

「しかし……」

「子どもみたいなことを言いなさんな」田岡は語気を強めた。「遊びは遊び。そこを割り切らないと、あなたも彼女も傷つくことになります。将来を見据えて、冷静にやって下さい。後悔しないように……」

木原はうなだれている。これで了解してくれただろうか。あるいは……彼の心の中までは読めないが、後で行動を確認することはできる。それでもまだ花にこだわるなら、こちらとしては最終手段に出るしかない。

父や増渕には、当然警察庁にも知り合いがいるだろう。知り合いというか、自由に動かせる人間が。そういう人間経由で、木原の将来を絶ってしまえばいいのだ。二十代で、もう出世が望めないような異動を命じられたら、さすがに木原も自分の愚かさに気づくだろう。

気づいた時にはもう遅いのだが。

表に出てタクシーを摑まえる。木原を先に押しこみ、自分も乗りこんだ。このまま帰してしまってもいいのだが、自棄になって花の店に乗りこまれても困る。家まで送れば、その後は外に出る気もなくなるのでは、と読んだ。

行き先を告げ、首を捻って背後を見やる。一緒にいるところを誰かに見られたくないのだ。幸い誰もいない——いや、今まさに「レトワル」のドアが閉まるところだった。自分たちの後に、誰かがあの店に入ったのだろうか。だとしても、自分たちの姿を見ているとは思えなかったが……大丈夫、と自分に言い聞かせても、どうしても嫌な予感しかしなかった。

「……どうかした？」

ベッドの中で何度目かの寝返りを打った後、尚子に声をかけられた。

「いや」

「今日、元気ないわね」尚子が田岡の背中に人差し指を這わせる。

「二十代も後半になって女性を知らない男は、手に負えないね」

「それ、誰のこと？」

「知り合い」

「あなたの知り合いにも、変な人がいるのね」

「そうだな……結構変な人だと思う」しかし、田岡としてはどうしても手綱を握っておきたい相手だった。変な人間でも、権力を握っていれば使いようがある。

田岡は枕元の目覚まし時計を引き寄せた。もう午前一時か……彼女は、明日朝八時には撮影現場に入らないといけないという。自分が近くまで車で送って行くにしても、六時には起きないと間に合わないだろう。女性は、朝の準備にいろいろ時間がかかるものだし、しかも彼女は女優だ。

それにしても変な気分だ。新潟のこの家は、父親が地元にいる時用に借りているだけで、田岡にはあまり馴染みがない。それでも、この家で尚子と寝たという事実が、奇妙な感覚を生む。実家で親がいる時にセックスしたら、こんな感じになるのではないだろうか。

「オヤジに、結婚するつもりだって言ったんだ」今言うことではないと思いながら、田岡はつい口にしてしまった。

「お父様、何て？」

「君のことを知らないそうだ」

一瞬間を置いて、尚子が吹き出した。「だったら私、もっと頑張らないと。誰でも知っているぐらいの女優にならないと駄目ね」と真面目な口調で言う。

「結局、お袋に話せってさ。オヤジは、俺が誰と結婚しようが、関心がないんだと思う」

客観的に考えれば、尚子は政治家の嫁として実に相応しい人間だ。女優という職業に関しては眉をひそめる人がいるかもしれないが――芸能人に対する偏見は確かにある――彼女の実家は老舗の呉服店で、名古屋では名家として知られている。しかも父親は民自党員で、地元の選挙に積極的に関わっていることも分かっていた。田岡家としては一番安心できる家柄だし、彼女の実家も、民自党代議士の息子に娘を嫁がせるのは大歓迎だろう。女優業に対してはあまりいい顔をしておらず――大学を中途で辞めたことに今でも批判的なようだ――いいところに嫁に行くなら、さっさと女優なんか辞めた方がいいと、両親ともに未だに言っているそうだ。

「でも、家を継ぐ話でしょう？　お嫁さんや後取りに関心を持つのが普通だと思うけど。田岡の家の話じゃない」

「オヤジは、二代続けて政治家を出すことにあまり興味がないのかもしれない」

「だったら、どうしてあなたを秘書にしたの？」

「そこだよ」

田岡はまた寝返りを打って彼女の方に向き直った。尚子が剝き出しの長い脚を絡めてくる。

「オヤジの本音がまったく分からないんだ。秘書になるって言い出したのは俺だけど、その時もイエスもノーも言わなかった」結局ずっと、先輩秘書の指示で動いているだけだ。

「もっとよく話せばいいじゃない」

「そういうのは苦手でね」田岡は正直に言った。昔からそうだった。何かと堅苦しい父親には、家族の愛情を感じたことがない……。

「じゃあ、お母様と話すとか」

「その方がまだましかな」

「話しにくいんだったら、私が代わりに話してあげてもいいわよ」

「まさか」まだ紹介もしていないのに、そんなことは頼めない。

「私は女優だから……初対面の人が相手でも、きちんと話せる自信はあるわ」

「そこまで君の世話になるわけにはいかないよ」

「家族になるのに？」

「ええと……それはまだ、はっきり言ってないと思うけど」

尚子が声を上げて笑い、「決断力がないと、何をしても駄目よ」と言った。言い返そうと思ったが、彼女がすぐ寝息を立て始める。何だよ、と思ったが、これが彼女の美点である。寝ようと思ったらすぐに眠れる。常に睡眠時間は八時間を確保。そしてたくさん食べる――これが彼女の美しさの源泉なのだろう。田岡は、夜中に考えこみ過ぎて、眠れなくなってしまうこともしばしばだった。ただし、それで翌日辛くなって居眠りしてしまうようなこともないから、元々短い睡眠で済むタイプなのだろう。

かなりリズムの違う二人が結婚したらどうなるか。興味深くも怖くもあった。

第四章　内偵捜査

1

あれ、田岡じゃないか？

高樹は「レトワル」の手前で立ち止まった。黒いコートを着た田岡が、もう一人の男――自分たちと同年輩のようだ――を支えるようにして、店から出て来る。酔っ払いの面倒を見ているようにも見えるが、相手は友人だろうか？

東堀通にある「レトワル」は開店から一年も経つのだが、常客がついていない。それ故いつも空いていて、一人で静かに酒を呑むのに適した店だった。特に高樹は、店のマスター、菊原《きくはら》と気が合ったので、この店を贔屓にしている。支局員や他社の仲間、取材相手には紹介しない、自分だけの店ということだ。

声をかけようか……歩みを早めようとした瞬間、もう一人の男の正体に気づく。県警捜査二課長の木原ではないか。一瞬で、頭が混乱する。田岡と木原が顔見知り？　あるいはたまたまここで一緒になって、泥酔した木原の面倒を田岡が見ている？　田岡は昔から、面倒見がいい男ではあったが……。

何故か、声をかけるのは憚《はばか》られる。何かありそうなのだが、それが何か分からない以上、自分が声をかけることで、その場のバランスが崩れてしまいそうな気がした。

二人がタクシーに乗りこむのを見届けて、高樹は店に入った。いつものように、他に客はいない。これで商売になるのだろうかと、本気で心配になった。カウンターについて水割りを頼む。

「マスター、本当にこの店、大丈夫なんですか？」

「高樹さんが他のお客さんを連れてきてくれたら、助かるんですけどねえ」菊原が真顔で答える。本当に赤字続きなのかもしれない。

「ここは、他の人に教えたくないんですよ。俺にとっては隠れ家みたいなものなので」

「勝手に隠れ家にされてもねえ……」

水割りを一口。煙草に火を点けて、高樹はドアの方にちらりと目をやった。

「さっき、二人連れが出て行きましたよね」

「ええ」

飲食店の関係者は、実によく客を観察しているが、同時に客のプライバシーを大事にする。しかし小さなとっかかりがあれば、何とか話を引き出せる……。

「黒いコートを着ていた奴、知り合いなんですよ」

「そうなんですか」

「実は、幼馴染みで」

「東京の？」菊原が目を見開く。

「そうなんですよ。あいつ、新潟でも仕事をしてましてね」

「新潟でも？」菊原が首を傾げる。立派な口髭を生やした男臭い顔立ちなのだが、仕草は妙に可愛いところがある。

「あいつ、代議士の秘書なんですよ」

「ああ、そんな偉い人なんですか。道理で堂々としてるわけだ」納得した様子で、菊原がうなずいた。

「別に堂々としてはいませんけどね」高樹は苦笑した。「俺から見たら、まだまだ修業中という感じですよ」

「何の話だか……」菊原も合わせて苦笑いする。

「一緒にいた人が誰か、知ってますか？」

すけどね」


「さあ……」菊原が首を捻る。「役人さんみたいだけど、名前は知りませんね」

「あの二人、ここへは初めてですか？」

「いや、何回か一緒にお見えになってますよ」

「ふうん」高樹は煙草を深く吸って、すぐに灰皿に押しつけた。二人が何を話していたかは気になるが、ここであまり一気に突っこむと面倒なことになるだろう。「確かに役人ですけどね」

「あら、知ってるんですか」菊原が目を見開く。

「偉い人なんですよ」

「お若いのに？」

「ええ」

「そんな風には見えないけど」

「肩書きのバッジをつけて歩いてるわけじゃないですからね」

菊原が声を上げて笑ったが、すぐに真顔になる。

「私は、何か微妙な関係だと思ってましたけどね」

「微妙というのは、どういう？」

「恋人かな、と」

「何言ってるんですか。男同士ですよ」

「そういうのだってあるでしょう……いつも額を寄せ合って内緒話をしてるんだから」

「じゃあ、何を話しているかは聞こえなかった？」高樹はカウンターに身を乗り出した。

「いや、選挙の話とかね……そう言えば、あの二人がここに来るようになったのって、この前の選挙が始まる頃だったかな」

「二月？」

「一月だったかも」

興奮と疑念が同時に押し寄せてきた。あっという間に、頭の中で推理がつながっていく。同時に、選挙違反の情報の中でずっと感じていた違和感が少しずつ薄れていくのが分かった。これが本当なら……自分はどうするべきだ？

「マスター、今度支局の人間をたくさん連れてきますよ」

「あれ、どういう風の吹き回し？」

「お礼です」

「お礼されるようなこと、したかねえ」菊原が首を捻る。

「いつも美味い酒を呑ませてくれてるから」

「バーなんだから、美味い酒を呑ませるのは当たり前でしょう。変なこと、言うね」

からないのだった。

「新聞記者なんて、基本的に変わり者ですよ」

その変わり者が本気を出したらどうなるか。しかし本当に本気を出すべきかどうかは分からないのだった。

翌日の夜、高樹は畑山の家を訪れた。「キャップ」に昇格したので、ずっと本部に詰めている必要はないと言っていたのに、この日は帰りが遅い。高樹は、畑山の妻から「家に上がって待っていればいい」と言われたのだがそれを断り、玄関を監視できる電柱の陰に陣取った。もちろん、例によって遅くまで呑んでいるだけかもしれないが……ここにいれば、帰って来た時に見落とすことはないと思いながら、文庫本を取り出す。電柱の灯りは乏しいが、本が読めないほどではない。夜回りで相手の帰りを待つ間に本を読むのは数少ない楽しみだが、いかんせん、今日は冷えるのでページをめくるのもきつい。手袋をすれば寒さはしのげるが、今度はページをめくれない。高樹は本を読むのが速いので、ページをめくる度に手袋を外したりはめたりするのが面倒でならなかった。結果、夜の読書はすぐに諦めることになった。

煙草を二本灰にし、一時間経過。既に十時近くになっている。これは、今日は相当遅くなる——もしかしたら本部に泊まりこみかもしれないと思った時、声をかけられた。

「待ってたのか」

びくりとして振り向くと、畑山がコートのポケットに両手を突っこみ、むすっとした表情で立っている。

「今お帰りですか」高樹はすぐにペースを取り戻した。

「ああ。上がるか?」

「いいですか? 遅いですけど……」

「どうせ明日は日曜だ」言われて初めて、今日は土曜日だったと思い出す。ということは、畑山は半ドンの後、夜までずっと残業を続けてきたことになる。

畑山はコートを脱いでネクタイを外しただけで、ダイニングテーブルについた。妻に茶を命じると、すぐに煙草に火を点ける。

「飯、いいんですか?」

「向こうで済ませたよ。冷めた弁当だったけどな」嫌そうに畑山が言った。

「忙しいんですか」

「忙しくなけりゃ、こんな時間にならない」畑山の機嫌は直らない。

畑山の妻が、二人分の茶を持ってきて、すぐに引っこんだ。畑山は煙草を灰皿に置くと、テーブルに出してあった沢庵を口に放りこんだ。快い音が高樹の耳を刺激する。音を立ててお茶を飲むと、ぎろりと高樹を睨んだ。

「あんた、例の件の取材は進めてるのか」畑山の方で切り出してきた。

「ええ。その件で、ちょっと確認を取らせていただければと」

「俺の方からは話すことはないよ」

これが単なる口癖だということは分かっている。何かあれば喋ってくれるのだから。

「金を渡されそうになったけど、突き返した、という人が二人いました」

「ほう」

「金を受け取ったとされる人間のリストも作りました。不完全なものですし、裏は取れていないんですが……でも、百人前後に、計二千万円ほど配りまくった、という噂は根強く流れています。数字が具体的なんですよね」

「それで?」

「最初は、島岡陣営が流した悪意のある噂かもしれないと思ったんです」どれだけ効果があったかは分からないが、実際、島岡は余裕で二位当選を果たしている。「だけど、金を受け取りそうになった、という証言が出てきましたからね。当然、二課でもそういう情報は摑んでいるんでしょう?」

「ブンヤさんが知ってることを、我々が知らないわけがないだろう」素っ気ない言い方なから畑山は認めたが、機嫌の悪さは変わらない。

「それ以外は？」

「ああ？」

「実際に金をもらった人からは事情聴取してるんでしょう？　俺が、不完全ながらリストを持っているんだから、警察はもう、もらった人間全員を割り出しているんじゃないですか」

「何も言えないな」

「でも、当然立件を目指して――」

「捜査はしていない」

「え？」

「ちゃんとした捜査はしていない、という意味だ。今回の選挙では、違反の摘発数が過去最低――俺が関わるようになってから最低になりそうだな」

三陣営で七人が買収容疑で逮捕されていた。新潟では総選挙の度にかなりの逮捕者が出るのだが、これまでの実績を考えれば、今回は警察が捜査をサボっていると言われても仕方がない。

「俺たちには何も決められないんだよ」

「それはどういう……」

「クソ、呑むか」

畑山が立ち上がり、一升瓶を持ってきた。お茶を飲み干すと、湯呑みにどぼどぼと日本酒を注ぐ。

「あんたは？」

「車なので……畑山さんが見逃してくれれば呑んでもいいですけど」

「警察官としては、それは許し難いな。たまには歩いてこいよ」

「すみません」

畑山が酒を一気に干す。乱暴な呑み方なのが気になったが、畑山は溜息を一つ漏らしただけで二杯目を注いだ。

「あんた、書きたい原稿を書けなかったこと、あるか」

「ありますよ」高樹は即座に答えた。

「どんな話で？」

「遊軍をやっていた時に、市役所の入札で揉めたことがあって……」

「ああ、あった、あった。でもあれ、解決したんじゃないの？」

「裏があったんですよ。実は、新潟市議が口利きしていたという情報があったんです」

「初耳だな」畑山の顔に、急に怒りの表情が入りこんだ。「本当だったら、事件になるような話じゃないか」

「あれは、畑山さんの担当じゃないでしょう。それに贈収賄が成立したかどうかは、俺には分からなかった。結局、その辺が曖昧で詰め切れなかったから、原稿にしなかったんです」

今考えると、自分の取材は不十分だった。デスクや支局長は当然「裏づけが必要だ」と最初の原稿をはねつけた。問題の市議には直当たりしたが、当然のように全否定。もちろん「口利きをお願いした」という別の人間の証言は得られていたのだが、これだと「言った、言わない」で衝突するだけで、真相は分からない。

「サツが動かない限り、記事にできない」と言われ、高樹は当時のデスクと大喧嘩した。結局記事は掲載されず、事件化もされずに、真相は闇に埋もれてしまったのだった。

「あの時、警察がどうして捜査しなかったのかは分かりませんでした。捜査に入っていれば、それを引き金にして書けた」

「他の係のことは言いたくないが、警察も何でもかんでも事件化するわけじゃないんだよ。手間と成果のバランスを考えて、敢えて手をつけない場合もある」

「是々非々でいって欲しいですね」当時の怒りを思い出し、高樹は頭が熱くなるのを感じた。「──何でそんなこと、聞くんですか？」

「だから、警察も新聞と同じなんだ」

「だけど、捜査は慎重に行くべきでしょう」先ほどまでの考えとは矛盾しているなと思いながら、高樹は言った。「逮捕して人の身柄を取るのは、大変なことですよ。小さな事件でも、一人の──あるいはたくさんの人間の人生が狂ってしまうことがあるんだから」

「何だよ、急に真面目になって」

「俺はずっと真面目ですよ。それより畑山さん、何が言いたいんですか」

「あんたは準備不足で原稿が書けなかったかもしれないが、うちの刑事たちはそういうヘマはしない」

「つまり」鼓動が速くなり、かすかな吐き気も感じた。「きちんと捜査しているのに、事件化できない案件があるんですか？」

畑山は何も言わなかった。言わないが、目を見れば何を言いたいかは分かる。酒のせいではなく、目が赤くなっていた。酒を満たした湯呑みを持つ手が震え、二杯目の酒が少し溢れてテーブルを濡らす。

「上から止められたんですか」

「俺は何も言わないよ」

「本間陣営の話ですね？　事前にあれだけ情報が流れていたのに、立件どころか捜査もしないのは不自然——」

「警察はな！」畑山が声を張り上げる。「鉄の組織なんだ！　命令は絶対、その原則が崩れたらまともな捜査はできない」

「その命令が間違っていたらどうするんですか」

「命令は命令だ」畑山が唇を尖らせる。

「正義と法とどっちを選ぶか、という話じゃないんですか？　いや、違うな。正義と法は、だいたい同じ側にある。だけど、組織の論理がそれと合致するとは限らない。そういうことでしょう？」

「まあな」不機嫌に言って、畑山が左手で顎を撫でる。

「上の命令は、本当に絶対なんですか？」

「ああ？」

「本当に事件なら——だけど何らかの事情があって上が捜査にストップをかけたら、それで終わりなんですか？」

「何が言いたい？」

「上の人間が抱えている事情が違法なものだったら、命令に従う必要はないでしょう。上司が違法行為をしているなら、逮捕すればいいんじゃないですか」

「それは……現実味がなさ過ぎる」

高樹も酒が呑みたくなってきた。しかしここは我慢、我慢……車で来ているからというより、頭を完全にクリアにしておきたかったのだ。酒を呑む代わりに煙草に火を点ける。今日はもう一箱以上吸ってしまっていて、喉がいがいがしたが、どうしても煙草の刺激が必要だった。

「俺は一つ、危ない情報を持っています」

「高くつきそうだな」畑山が湯呑みを持ち上げ、目の高さに上げた。湯呑みの縁越しに、高樹の情報の価値を吟味しているようだった。「話す気はあるか？」

「話したら、捜査してもらえますか？」警察が動けば書ける――入札事件で身に染みた新聞のやり方である。今回はそれを守り、デスクにも支局長にも文句を言われないような原稿を出すつもりだ。そのためには、まず警察を動かさないと。

「それは、あんたが持っている情報の内容による」

「でかいです」

「ブンヤさんは、何でも大袈裟に言うからな」畑山が鼻を鳴らした。

「早い時期から、プレッシャーがかかっていたんじゃないですか」高樹は指摘した。「捜査できると言う人と、捜査なんかしていないと言う人と……話が分かれていた。上層部は最初から、この件を事件化する必要がない——事件化してはいけないと判断していたんだと思います。畑山さんたちが、いつそんな風に指示されたかは分かりませんけど」

「それこそ、あんたに言う必要はない」

「今から捜査を再開して、きちんと立件できますか」

「捜査は終わってないんだよ。俺たちの中では、一時停止しているだけなんだ。集めた証拠や証言は消えてしまうわけじゃない。ちゃんと使える」

「やりますか？　やるなら、俺も少し考えたい」

「何を？」

「確実に捜査を再開してもらう方法を、です。はっきり言えば、畑山さんと話しているだけでは埒が明かないと思います。もっと上の人とも話さないと」

「そうか。俺を飛ばす気か」畑山がむっとした表情で言った。

「違います。畑山さんには、然るべき人に一緒に話を聞いてもらって、それで説得します」

「東日さんは、警察と合同捜査するつもりなのか？」

「あくまで取材です」

「その結論は、いつ出す？」

「明日には連絡します。もしかしたら今夜かも」

「そうか」畑山がまた顎を撫でた。「だったら俺は、今夜は寝ないで電話を待ってるよ。俺を寝不足にするなよ」

そんなに速く決断できることではない。しかし、支局の中には相談する相手もいないのだ。「書く、書かない」になったらデスクや支局長と話を詰めなくてはいけないが、今はそれ以前の段階である。

悩んだまま自宅へ戻ると、高樹は驚いた。泥棒に入られたか――違う、逆だ。いつも散らかしっぱなしの部屋が、そこそこきれいに片づいている。デスク――ここはまだ乱雑だった――の上に一枚のメモ。

たまには掃除してね

隆子か……胸の奥に温かいものが流れ出したが、綺麗になったのは部屋だけで、心の中では様々な思いが散らばったままだった。

隆子と話したい、とふと思った。しかし既に十時。家に電話するには少し遅い。先日、両親への挨拶は上手くいったと思うが、だからと言って無礼な電話をかけていいという法はない。

結局、今夜は何の結論も出せない。「まだ分かりません」と畑山に連絡すべきかどうか迷ったが、そんな電話をかけるのも不自然だろう。

今日はさっさと寝るか……眠れそうにないことは分かっているのだが。

2

翌日、原稿を出し終えて一段落した午後六時、県政記者クラブの電話が鳴った。受話器を取った瞬間、高樹は自然に背筋が伸びるのを感じた。

「東日新聞ですか?」声を聞いただけで分かる。隆子の父親、貢だった。

「はい。東日、高樹です」

「ああ、高樹さん、先日はどうも。お忙しいところ、無理に時間を割いていただいて、申し訳なかったですね」貢は先日よりもはるかに愛想がよかった。

「いえ、こちらこそありがとうございました……どうかしたんですか？」どうしてここに電話してきたのだろう？　渡した名刺には、県政記者クラブの電話番号も載せてはいるのだが。

「支局に電話したら、こちらだと言われたのでね。どうですか？　今日は時間はありますか？」

「仕事は終わりました」

「だったら、一杯つき合ってくれませんか？　今度は日本酒で」

「ええ」応じながらも、嫌な予感がしてきた。「あの、何かあるんですか？」

「いやいや、大した意味はないですよ」貢が笑って否定した。「今、うちには酒を吞む人間がいないんでね。仕事が終わってまで会社の部下と吞む気にはなれないし、接待の酒は疲れる。そういう面倒なことなしで吞める相手は……と考えた時に、あなただと思った」

「吞み友だちということですか？——すみません、生意気言いました」

「吞み友だちでいいですよ」貢が電話の向こうで笑った。「どうですか？　いきなりのお誘いで申し訳ないですけど」

「いえ、喜んで」隆子はこのことを知っているのだろうか？　彼女が一緒ならともかく、父親と二人きりで酒を酌み交わすのは気が引ける。初めて会った時、そんなに気に入ってもらえたとは思えないし、会話が盛り上がったわけでもない……まあ、いいか。これから隆子との関係がどんな風に転がっていくにせよ、貢といい関係を築いておいて、悪いことは何もないだろう。

貢が指定してきたのは、古町にある小綺麗な腰かけの料亭だった。高樹は入ったことがないが、外から覗いただけでも高そうなのは分かる。店に入ると、貢は既によく磨かれた白木のカウンターについて、コップで冷酒を呑んでいた。

「すみません、遅れました」急いでコートを脱いで、隣に腰かける。

「いや、私も今来たところだから。どうしますか？」

ちらりと貢の手元を見る。枡に入ったコップ酒。日本酒なら文句なしだ。「同じものをいただきます」と言った。

すぐに、なみなみと酒が注がれたコップ入りの枡が運ばれてくる。まずコップの酒を少し啜って、枡に溢れた分も呑んでしまう。越乃寒梅とは逆方向――かなり濃厚な味わいの酒だった。

「いい酒ですね」

「だろう？　ここは酒の品揃えが豊富でね。これは富山の酒なんだけど、新潟の酒に負けないぐらい美味い」

「そうですね」

「この店のことは秘密にしておいてくれないか」貢が面白そうに言った。「一人になれる店の一軒や二軒、持ってないと」

「確かに、そういう店は必要ですね」高樹にとっては「レトワル」がそれだ。

「一人で呑んで食って……呑む方中心の店だけどね」

二人ともゆっくりと一杯目を呑み、高樹は勧められるままに、二杯目の酒を頼んだ。今度は秋田の酒。こちらはさっぱりして、澄んだ水のような味わいがある。

雑談を交わしているうちに、何となく場が温まってくる。声高に大笑いするような酔っ払いがいない上品な店で、高樹はそれも気に入った。酒場も、いろいろな種類があっていいと思う。仲間同士で来て馬鹿騒ぎする店もいいし、こんな風に静かに、純粋に酒を楽しむ店も悪くない。

「ところで」貢が、急に真面目な口調になった。「君は、隆子と結婚する気はあるのかね」

思わず日本酒でむせてしまった。何度か咳をして、ようやく気持ちを落ち着かせる。

「それは……」

「そう慌てなさんな」貢が苦笑いした。「年頃の娘がボーイフレンドを連れてきたら、親は必ずそういうことを考える。で、君としてはどうなんですか」

「真面目におつき合いさせていただいています」自宅の鍵を渡すほどの仲なのだが。

「だったら、問題は何もないわけだ」

「反対ではないんですか？」

「どうして反対する理由がある？　だいたい、私が浦田に頼んで娘の相手を探してもらったんだから」

「引っかかってきたのは新聞記者……ろくな商売じゃないですよ」自分より二十歳ほど年上の支局長、村田が零していたのを思い出す。村田は戦後すぐにこの世界に入ったのだが、その頃は世間からヤクザな商売だと見られていたそうだ。家を借りるのも一苦労。結婚となったら、ほとんど駆け落ちみたいなものだった、と。村田はどんなことでも大袈裟に話す人なので、話半分で聞いていたのだが、若い女性にとって新聞記者は、現代でも理想の結婚相手とは言えないだろう。何しろろくに家に帰って来ないし、休みも取れない。子どもが生まれたらそのまま母子家庭だよ、と嘆く先輩の声を何度も聞いた。

「しかし、現代のエリートなのは間違いない。言論界の代表だ」

「そんな大層なものじゃないです」今度は高樹が苦笑する番だった。

「いずれ東京へ戻って、中央の政界や財界を取材するわけでしょう」

「何をやるかは分かりませんけどね」

「東京へ戻る……まあ、それはあまり心配してないけどね。隆子は学生時代、東京にいたし」

実際隆子は、東京での暮らしを懐かしく語ることがあった。地元・新潟が嫌いなわけではないが、一度東京で暮らしちゃうと、どうしてもあの便利さや華やかさが忘れられないわよね――と。

「東京は嫌いじゃないみたいですね」

「私のように、新潟で生まれ育った人間にとって、東京というのは得体の知れない魔都みたいなものだけどね」

「魔都、ですか」大袈裟な……高樹の感覚では、決してそんなことはない。確かに人は多くてざわついているし、歓楽街には得体の知れない人間が潜んでいるが、そういうところには近づかなければ問題ない。公共交通機関が発達していて――都電を大削減したのは大愚策だが――買い物も便利だし、映画や芝居もいつでも観られる。隆子が東京を懐かしむ気持ちは理解できた。

「隆子は三番目の子だし、自由にさせていいと思って育ててきた。いずれ、家を出て嫁に行くわけで……君のように身元がはっきりした、将来有望な人にもらってもらえれば、それに越したことはない」

「でも、新聞記者というのは――」

「君のところは立派な家系だそうじゃないか。元華族の家柄なんだし」

「調べたんですか?」

「すぐに分かるよ」

「まあ……そういうことの恩恵はほとんど受けませんでした」高樹は苦笑した。男爵家に生まれたとはいえ父は五男で、戦時中も苦労した。今の立場――商社の役員というのは、自分の努力だけで手に入れた地位である。

「戦後二十七年も経ってこういうことを言うのは何だが、今でも家柄というのは大事だと思う。それにあなたのお父さんも、これから社長になる可能性があるんじゃないかな」

「それはどうでしょうか」何を言い出すんだと思いながら、高樹は曖昧に返事をした。

「役員ですから、可能性はないでもないですけど」

「いや、可能性はかなり高いんじゃないかな。ちょっと調べさせてもらったんだけどね」

「そんなこと、分かるものですか」腹の中を探られているようで、少し嫌な気分になった。

「財界には財界で、いろいろとつながりがあるものでね」貢が酒を一口呑んだ。今のところまったく酔っている気配がない。「しかし君は本当に、商社で仕事をするつもりはないんだね」

「記者の仕事が性に合っています。それに、父親が勤める会社に入ったからと言って、人事で有利になるわけでもないと思います」

「ちなみに君は、うちで仕事をする気はないだろうね」

「新潟バスで、ですか」思いもよらぬ誘いに、高樹は少したじろいだ。いや――同期の関谷とそんな話をしたことを思い出す。

「もしもうちで仕事をしてくれるなら、将来の経営陣入りは約束するよ。うちのような田舎の会社は、信頼できる身内の人間で固めておきたいんだ。元男爵家とつながりができるのは悪くない」

新潟バスでどんな仕事をするのだ？　これから大型の免許を取って、バスの運転手から始めてみるとか？　まさか。しかし総務部門で仕事をするのも想像できなかった。

「いや、まあ、そういう考え方もあると思ってね」貢が一歩引いた。「地元で仕事をすると、しがらみも大変だから。君は自由に仕事をする方が好きなようだ」

「その方が合っていると思います……地元のしがらみはそんなに大変ですか」

「そりゃあ、もう」貢が疲れたように首を横に振った。普段から周辺に気を遣って――遣い過ぎていて、その疲労が石化して体の中にこびりついているようだった。

「お義父さんは、もう気を遣われる立場ではないでしょう」お義父さんと呼ぶことにかすかな抵抗を感じた。もしかしたら、阿部さんと呼ぶべきだったかもしれないが、貢は気にする様子も見せない。

「そんなこともないよ。政財界のつき合いは面倒なものなんだ」

「財界は分かりますけど、政界は……」

「選挙があると、どうしてもいろいろ言ってくる人がいる。こっちにも普段のつき合いがあるから、かなり無理な話でも聞かざるを得ない。何だか、いつも綱渡りしているような気分だよ」

「そんなに大変ですか」自分は、選挙を上空から眺めているだけなのだとつくづく思う。やはり当事者でないと分からないことが多いのだろう。

「今回の選挙は特に、ね。いろいろ難しいことがありましたよ」

「いつも不思議なんですけど、企業選挙って言うじゃないですか？　実際に会社のトップが特定の政党とつながりがあることは分かりますけど、それが理由で、従業員全員がその候補に投票したりするものですか？」

「実際には難しい。無理強いはできないからね。無理強いどころか、お願いも無理だよ。

建設業なんかでは、会社が一枚岩になってやることもあるようだけど、それは公共事業に密接に絡んだ業界だからこそ、です。そういう事情は、一般の従業員もよく分かっているからね。ただしうちのような企業は、そういう感じではない。一種のおつき合いのようなものですよ」

ずいぶんあけすけに喋る、と驚いた。ちらりと見ると、貢はかすかに体を揺らしている。酒の影響はまったくないように見えたが、実際は酔いが回っているのかもしれない。

「何かねえ……新潟で生まれ育った人間としては、選挙はこういうものだと分かっているんだけど、時々釈然としなくなる」

「そんなに厳しい選挙だったんですか」

「田岡さんのところから指示がくれば、それには従わざるを得ない。でも、今回はそもそも分裂選挙になったのが間違いの元だけどね。最初にきちんと締めてくれれば、何の問題もなかったんだ」

「問題、ですか」

「保守分裂はよろしくないね」貢が首を横に振った。「心情的に東田君を推したくてもできなかった」

「お義父さんは東田さんを応援していたんですか」

「彼は中学の後輩なんですよ。県議時代にもいろいろな会合でよく顔を合わせていたから、どうしても情が移るというかねえ。彼には申し訳ないと思ったけど、選挙の最中にわざわざ頭を下げるわけにはいかないし。後で詫びを入れなくちゃいけないんだが、どうも、タイミングがね」

「難しいですね」高樹は田岡の顔を思い出していた。どんなに昔からの知り合いで仲が良く、学生時代には理想を語り合った仲だとしても、社会に出ればそれだけで済むわけではない。互いの利益がぶつかり合い、一転して敵に変わる恐れもある。

田岡は敵なのか？

「田岡さんの長男の総司君というのが、かなり強引な男でね。いずれ田岡さんの後を継いで代議士になるんだろうけど、ああいう強引なやり方をしていたら、そのうち必ず行き詰まる」

「そんなに強引だったんですか」突然田岡の名前が出てきたので驚いたが、高樹はできるだけ平静を装った。

「そりゃあ、もう。私に頭を下げても何にもならないのにねえ。頭を下げるだけならともかく……」

「何ですか？」

「——いや、何でもない」

途切れた言葉に引っかかった。しかし、深く突っこむわけにもいかない。仮にも隆子の父親なのだから、際どい話を持ち出して互いに嫌な思いをする必要はない——とはいえ、どうしても気にかかる。

「金でも持ってきましたか」高樹は思い切って言ってみた。わざとらしいかと思ったが、できるだけ軽い口調で。

「そういうことは、大きい声で言ってはいけないな」貢がたしなめる。

「すみません。記者なもので。どうしても気になってしまうんです」

「新潟の人はこういう話が大好きなんだけど、あまり堂々と話すことでもないね」

部外者に対しては、というニュアンスを高樹は敏感に感じ取った。これは、新潟に赴任してきてから、しばしば感じていることだった。露骨に「余所者《よそ》が」と言われたことはないが、知り合った人たちはよく「東京へはいつ帰るのか」と聞く。ほんの数年新潟にいるだけで、どうせ腰かけ程度にしか考えていないのだろう、という本音が見え見えだった。そんなことはないと否定したいのだが、それだと嘘をつくことになる。新潟は嫌いではないが、やはり通過するだけの街、という感覚は否定できない。隆子と結婚すれば、一生この街——この県とつながりができるだろうし、東京へ異動になっても頻繁に顔を出すことになるだろうが……この感覚が、全国紙と地元紙の違いかもしれない。地元紙の人間も、東京や関西の大学を出て、故郷へ戻って就職した人間が多いのだが、やはり地元にずっとべったり、という感覚が強いはずだ。この街で生まれ育ち、よく知った人たちの間で仕事をし、死んでいく。

いい悪いではなく「違い」でしかないと思うのだが、そういう地元べったりの姿勢が、記事にも滲み出ている。一泡吹かせてやりたいといつも思っているのだが、今のところこちらの一勝九敗というところだろうか。ただし、でかいネタを全国版で飛ばせば、一気に優劣を逆転できるかもしれない。

それには多くのものを犠牲にしなければならないが。

貢を家まで送ることにした。礼儀というより、隆子に会いたくて。しかし残念ながら、隆子は友だちと会食中ということで不在だった。「もう一杯呑んでいきなさい」という誘いを断り、すぐに家を辞する。

寒いが、星が見える空である。少し酔いを覚ますために、高樹は家まで歩いて帰ることにした。すぐ近くに支局があるのだが、今夜はそこに顔を出す気にはならない。

家に帰ってドアを開けた瞬間、電話が鳴り出した。靴を蹴るように脱ぎ、急いで受話器を取り上げる。

「はい」

「隆子です」

「ああ……さっきまで君の家にいたんだ」あぐらをかき、ワイシャツのポケットから煙草を取り出す。火を点けようとした瞬間、灰皿に吸い殻が林立していると気づいた。電話のコードを一杯に伸ばしても、ゴミ箱までは届かない——何を悩んでいるんだと馬鹿馬鹿しくなり、高樹は「ちょっと待って」と言って、灰皿の中身をゴミ箱に捨てた。

「ごめん」電話に戻って、煙草に火を点ける。貢と会う時は遠慮していて、その後も吸うのを忘れていた。珍しいことだが、吸う本数が減るのは悪くないだろう。「そうだ、部屋、掃除してくれたんだよな。ありがとう」

「普段からもうちょっと綺麗に……出したら戻す、をやるだけでずいぶん違うのよ」

「分かってるよ」結婚したら、彼女は家の掃除について口やかましく言いそうだ。「でも、君も忙しいだろう？　俺の部屋の掃除なんかしなくてもいいのに」

「だって、ちょっと可哀想じゃない」

「部屋のことで同情されるようじゃ、俺もおしまいだな」高樹は声を上げて笑った。

「お父さんと呑んでたんだって？」

「ああ。誘われたんだ」

「ふうん……珍しいわね」

「そうなのか？」

「お父さん、人を誘って呑みに行くような人じゃないから。接待やつき合いで呑みに行くことはあるし、会社の人を家に連れてくることもあるけど、そういうのって基本的に仕事絡みよね」

「そうだな」

「今日、プライベートでしょう？　こんなの初めてじゃないかしら」

「自分だけの行きつけの店だって言ってたよ。社長だと、どうしてもいつも周りに人がいるだろう？」

「呑むなら、家に帰って来ればいいのに」

「男には、家でも会社でもなくて、一人になれる場所が必要なんだよ」

「治郎さんにも？」

「ある」高樹は認めた。「でも、女の人はいない店だから」

「別に、そういう店に行ってもいいけど……」

「女の人がいる店は高いんだよ。貧乏記者には厳しい」

「お父さんと何の話、したの？」隆子が探りを入れてきた。

「まあ、いろいろ……仕事のこととかかな」

「仕事の話から入るのは、お父さんらしいわね」

「趣味とかないのかな」

「そうねえ」電話の向こうで隆子が考えこむ。「何だろう……趣味らしい趣味って、ないんじゃないかしら」

「仕事一筋？」

「せいぜい散歩ぐらいかしら。日曜の朝とか、出かけると二時間ぐらい帰ってこないのよ」

「その辺は、散歩に向いてる場所だからね」

隆子の実家は、海まで歩いて十分ほどだろうか。その手前の西海岸公園は東西に長く広がり、夏場などは海風を感じながら木立の中を歩くのが心地よい。ただし、冬は地獄だ。初めて冬場に海岸へ行った時、高樹は思わず固まってしまった。海はどこまでも暗い鈍色《にびいろ》で、強風のために雪は真っ直ぐ降らず、宙を舞うばかり。あの辺りは海から道路までが近いから何とも思わないが、もしも高い場所にあったら自殺の名所になっていたかもしれない、と物騒なことを考えた。

「散歩に誘われたら、何とか断るよ。二時間も歩いてたら足が攣る」

　隆子が、電話の向こうで陽気な笑い声を上げる。自分の言葉に、こんな風に笑ってくれる人がいるのは嬉しいことだ。自分の両親は……少なくとも自分の前で、二人が笑い合っている場面を見たことはない。

「今夜は二時間ぐらい、一緒にいた？」

「二時間はいなかったかな……一時間半ぐらい？」

「よく持ったわね」隆子が心底感心したように言った。

「新聞記者は、人の話を聞くのが上手くないとやっていけないんだ」それ故か、プライベートになると自分のことや自分の考えをやたらと話したがる記者は多い。

「だいぶ詮索されたんじゃない？」

「多少ね。でも俺には、話すことなんかないからさ。空っぽの人間なんだ」

「まさか」

「でも、心配事はあるけどな」

「例えば？」

「今取材している件をどう処理するか、とか」

「記事にするかどうかっていうこと？」

「ああ」彼女にこんな悩みを話していいかどうか、分からない。支局の同僚に相談するのが一番いいのだろうが、何故か今は彼女の助けが欲しかった。外部の人間で、こういう話ができる相手は彼女しかいない。「もしかしたら、友だちをまずいことに巻きこむかもしれない」

「それって、前に話してた田岡さんのこと？」

「何で分かった？」

「だって治郎さん、新潟で友だちって言える人、いる？」

「……いないかな」痛い指摘だった。基本的には仕事しかしていないし、仕事の知り合いと友情を育むことは、高樹には考えられなかった。プライベートで行く「レトワル」のような場所でも、他の客と会話を交わすこともない。もっとも「レトワル」では他の客に会うことは滅多にないのだが。

「友情か仕事か……難しいわね」

「ああ、難しい」

「一つ、個人的なことを言っていい？」

「もちろん」彼女も同じような経験をしているのだろうか。二十年以上生きていれば、誰でもシビアな選択に何度も直面してきたと思うが。

「あなたが書こうかどうか迷ってる記事、大事なもの？」

「ものすごく」

「その記事を書いたら、早く東京へ戻れるとか」

「どうかな……悪いことは特にないと思うけど」

「そうか……私のために書いてくれる、ということはない？」

「君のために？」そんな発想はまったくなかった。

「駄目？」

「要するに、君が早く東京へ行きたいわけだ」

「不純かな、私」

「かなり」

　そこで二人とも声を上げて笑ってしまった。確かに不純だ。これが芸術家なら「君のために作った作品だ」と堂々と言えるだろう。スポーツ選手でも「この勝利を君に捧げる」はなかなか格好いい。しかし新聞記者が「この記事は君のために書いた」というのは……何だか間抜けな感じだ。

　しかも、この件を記事にすると、彼女の父親に何らかの影響が及ぶ可能性もある。そうしたら、彼女が望む東京行きも危うくなるのではないか？　そもそも結婚の許しが出なくなってしまうだろう。

自分はぎりぎりの線に立っているのだと意識する。それでも「書かない」という選択肢はないと思う。問題は「書き方」だ。自分の周りの人間への影響を、どれだけ抑えられるか……しかしどんなに考えても、田岡は犠牲になってしまいそうだ。

3

「遅いんだよ」畑山が文句を言った。

「すみません。なかなか決心がつかなくて」高樹は口の中でもごもごと言い訳した。

「あんたも愚図だねえ」畑山が呆れたように言った。「で、どうする？」

「畑山さんだけに話したら、同じことになると思います」

「だったら誰に話したい？　課長か？　それなら俺を巻きこまないでくれよ」畑山が露骨に嫌悪感を示した。

「課長には話せません」少なくとも今は。実際この件に関しては、記事にできるかどうか分からない。しかしこの件抜きにしても、本筋については書けると思う。

「じゃあ、どうしたいんだ」

「萩原さんと畑山さん、二人に同時に話したいんです」萩原は、情報が入ってきた初期段階で、何も聞いていないと言った。上下の食い違いが気になっていたのだが、今は何があったのか、何となく理解できる。いや、まだあくまで推測だが。

「そうか……どこで会う？」

「寺裏通――真浄寺《しんじょうじ》の境内でどうですか。そこで六時半とか」新潟市内には、寺が密集している静かな一角がある。

「いいけど、何でそんなところで」

「県警本部から近くて目立たないでしょう」

「あそこ、うちの寺なんだけどな。ジイさんバアさんの墓がある」

「だったら、墓参りということでお願いします」

「そんな時間に墓参りする奴はいないよ――六時半だな」

「ええ」

「都合がつかなくても、連絡はしない。三十分待っても俺が行かなかったら、今日は引き揚げてくれ」

「分かりました」

電話を切り、ほっと息を吐く。まだ午前中なので、支局には泊まり明けの記者とデスク、支局長がいるだけ。今日は事件も事故もなく、ゆったりと時が流れていた。もともと新潟は、そんなに事件事故が多い県ではなく、「事件記者は育たない」とよく言われている。横浜や浦和に赴任した同期の記者たちの活躍を聞くと、羨ましくもあった。そういう連中に限って政治記者志望だったりして、事件取材などいくら経験しても何の足しにもならないと、うんざりしていたりするものだが。

さて、昼間の仕事をきちんと終わらせて、夕方までには体を空けなければ。今日が、この仕事の大きな分水嶺になるかもしれない。

こういう時に限って、仕事が終わらない。昼間の取材が長引いて、原稿を出したのは締め切りぎりぎりの午後六時だった。デスクの富谷からは二回も問い合わせがあり——焦っていたせいで原稿の書き方がまずかったのかもしれない——県政記者クラブを出たのは午後六時二十分だった。十分あれば楽に行けるはずなのに、途中で長い信号に引っかかって、結局最後は小走りになった。

寺の境内に入ると、畑山と萩原は既に来て待っていた。二人ともコートを着て、立ったまま煙草を吸っている。

「言い出しっぺのあんたが遅れてどうするんだ」畑山が周囲を見回しながら小声で非難した。

「すみません。最後の原稿の処理が遅れて」

「まあ、いい」畑山が萩原に目配せした。この二人はほとんど同年齢のはずだが、階級は萩原の方が上である。

「わざわざこんな場所を選んで会合を開くんだから、それだけ重要な話なんだろうな」萩原が怪訝そうな口調で訊ねる。

「本間派の選挙違反事件、どうして着手しないんですか」

高樹はいきなり正面から切りこんだ。二人の顔が凍りつく。高樹は、二人の頭に言葉が十分染みこむのを待って続けた。

「本間派が、派手に実弾攻撃しているという噂は、公示前から流れていました。実際俺は、金を持ってこられたという複数の人間の証言を得ています。実際に受け取ったとされる人間にはまだ当たっていませんが、取材すれば喋らせる自信はあります。間違いなく、相当大規模な事件ですよね」

畑山は高樹の顔を凝視したまま。萩原はそっぽを向いている。この事件に対する二人の立ち位置がそのまま出ているようだった。

「次長、この事件については聞いていない、と仰いましたね」

質問に対して萩原は答えない。一瞬不安になったが、高樹は一気に攻めることにした。

「二課長から、捜査をしないようにという指示があったんじゃないですか」

「馬鹿な」萩原が下を向いたまま吐き捨てる。しかし否定ではない。

「捜査するかしないか、二課長は決定する権限を持っていますよね？　実際には、強権を発動することはないと思いますが……ないと、俺は信じていました。二課長は県警にとってはお客さんで、余計なことをしないで、問題なく警察庁へ戻ることしか考えていないと思っていましたから。ただし仮にも所属長ですから、命令すれば、萩原さんたち百戦錬磨の刑事さんを動かしたり止めたりできる。今回は、止めたんですね」

「俺に何を言えと？」萩原が不安そうに言った。ようやく顔を上げたが、目は泳いでいる。

「二課長が、自分の考えだけで選挙違反の捜査をストップさせると思いますか？　むしろ捜査をプッシュするのが普通だと思います。それほど苦労せずに事件は仕上がって、二課長の手柄にもなるでしょうから。止める理由なんかない——たった一つ考えられるのは、誰かに頼まれたからです。あるいは、籠絡《ろうらく》されたのかもしれない」

「それは、危険な発言だぞ」畑山が釘を刺した。

「二課長が、ある人間と頻繁に会っていたことが分かっています」

「何だと」二人が同時に声を上げ、困ったように顔を見合わせたが、結局萩原が「どういうことだ？」と訊ねた。

「今言った通りです。二人は頻繁に会っていました。本人に直当たりしたわけではないですが……二人には、昔からの関係はなかったと思います。ある人間が、特定の意図を持って二課長に近づいたと考えるのが自然でしょう」

「その相手とは？」

高樹は口をつぐんだ。ここで名前を出してしまえば、田岡が非常に微妙な立場に立たされるのは明白だ。選挙違反だけではなく、警察官に対する贈収賄も成立するかもしれない。警察庁のキャリア官僚が贈収賄で逮捕されたら、前代未聞の出来事になる。でかい記事になるのは間違いなく——一面も狙えるかもしれない——自分にとっては「勝ち」だ。社会部が即引っ張ってくれるかもしれないし、そうしたら隆子を連れて堂々と東京へ「凱旋」してやる。

——不純な思いは、煙が薄れるように消えていった。代わりに頭をもたげてきたのは、田岡に対する明確な怒りである。かつて田岡は、政治に対する理想を語り、「自分が民自党を、日本を変える」と明言していた。あまりにも大きな話なので、周りの人間は冗談扱いして笑っていたが、高樹は真剣に聞いていた。父親が代議士の田岡には、政治の世界に飛びこむ基盤がある。若いうちにすり減らずに、早く議員になれば、本当に「日本を変える」経験を積めるかもしれない。

その田岡は、政治の世界に足を踏み入れて早々、汚れてしまったのか？　それともこういうのは「必要悪」だと割り切っているのだろうか。どこでも、誰でもやっている当たり前のことで、こういうことこそ日本の政治の原点——だから、自分が汚い仕事をするのも自然と思っているのか？

だとしたら、あいつは既に汚れている。

ふと、大学三年の時に田岡と交わした会話を思い出す。学生運動に熱中していた石丸と激しく口論した後だった。

「あいつは馬鹿だ」田岡が吐き捨てた。「日本で革命なんか起きるわけがない。長い日本の歴史の中で、革命が起きたことが一度でもあるか？」

「ないな」高樹も同意した。「階級間での闘争、そして下の階級が上の階級をひっくり返すという意味での革命は、一度もない。明治維新でも——あれも、同じだ。基本的には武士階級の中での権力の移動に過ぎない。そこに外国勢力が絡んできたから、日本史上に残る大革命に見えただけで——」

「ああ、分かった、分かった」田岡が面倒臭そうに言った。「お前の言う通りだよ。これからだって、日本で革命が起きるとは思えない。あいつらがやってることは、所詮遊びなんだ。本当に日本を変えたいと思ったら、今の権力の中に入っていくしかない。そのための勉強や努力をしたくない連中が、革命なんて言い出すんだ」

「お前は違う」

「俺は、権力の真ん中に突っこんでいくよ」

「それで、どんな日本を作る？」

「行き過ぎた貧富の差がない社会構造で、誰もが自分に誇りを持てる。そして努力した人にはその分の見返りがしっかりある——おい、これじゃ、石丸と同じじゃないか」

その後の爆発するような笑いが懐かしい。無邪気な発言だったが、高樹は田岡の本気を感じ取っていた。ただしあの時、「手段」についての話は出なかった。田岡が学んだ、日本を変えるための手段は、選挙で大量の現金をばらまくことだったのか？

ふいに強い風が吹き、高樹は思わず首をすくめた。すっかり陽が落ちた寺の境内は静かで、不気味な雰囲気も感じられる。すぐ西側を市内の大動脈である国道一一六号線——東中通が走っているのに、その気配が感じられないほど静かだった。

「——どうした？」畑山が訊ねる。「相手は誰なんだ」

高樹は覚悟を決めた。二人がどんな反応を示すか分からないが、言わなければ何も始まらない。これから警察が捜査を進めるにしても、自分たちが関係者に当たる取材をするにしても、時間はないのだ。選挙から時間が経てば経つほど、捜査も取材も難しくなる。

「田岡です」

「田岡とは……」萩原が目を細める。「あの田岡代議士か？」

「その息子です。今は秘書なんですが、今回の選挙では本間陣営を手伝っていました」

「あんた、ずいぶん詳しいな。もうそこまで調べたのか？」

「実は……」喉が渇き、声が掠《かす》れてしまう。急いで咳払いして続けた。「俺の友人なんです。古い友だちです」

「つまり」畑山が一歩進み出る。これ以上ないほど真剣な表情だった。「あんたは友だちを売るつもりなのか」

「売るとか売らないとか、そういうことではありません。それが事実なんです」

「そうか……」萩原が顎を撫でた。「あんたのところでは、取材はどこまで進んでいるんだ？」

「それは言えません。だいたい、こっちが聞いても教えてくれないじゃないですか」

「捜査と取材は違う」萩原が畑山に目配せした。「ま……とにかく、話は聞いた」

「それで、どうするつもりなんですか？」

「内輪の話を、ブンヤさんに教えるつもりはない」萩原が左腕を顔の前に突き出し、腕時計を見た。「俺はちょっと用事がある」

畑山にうなずきかけ、萩原はさっさと寺の境内から出て行った。畑山と二人で取り残された高樹は、思わず深々と息を吐いた。

「課長からストップをかけられてるんだ」畑山が突然打ち明けた。

「やっぱりそうですか……」

「萩原さんを責めるなよ。課長と俺らの間で板挟みになって、苦しんでたんだから」

「苦しむ必要もないと思いますけどね」高樹は鼻を鳴らした。「容疑があれば捜査する、それが当たり前でしょう」

「ブンヤさんは、人の人生や社会に責任を負っていないから、そんな単純な原理原則で話せるんだろうな」

畑山が新しい煙草に火を点け、近くにあった木製のベンチに腰かける。高樹は急に疲れを感じて座りたくなったが、敢えて立ったままでいることにした。少しでも畑山を見下ろして、優位に立ちたい。しかし畑山は気にもしていない様子で、脚を組み、少し前屈みになってしきりに煙草をふかしている。ふっと顔を上げると、眉根を寄せて低い声で話し始める。

「この件は、本当に捜査できるかどうか分からない」

「それじゃあ……」意を決して話したのに、無駄になってしまったのか。高樹は全身から力がどっと抜けるのを感じた。

「今の状態では、という話だがね。ただし俺は、簡単には諦めない。ところでこの件、他紙は動いてるのか？」

「当然、動いているでしょうね」高樹もそれをずっと心配していた。特に地元紙……行政ネタでも事件ネタでも、やはり地元紙は圧倒的に強いのだ。今回の件についても、何も知らないということはあり得ないだろう。

「そうかな」畑山が首を捻る。「俺は動いてないと思うぜ」

「どうしてそう思うんですか」

「どこも、俺に当てに来ていない。俺の部下にもだ……まあ、連中が嘘をついている可能性もあるが。ただ、二課は秘密保持が絶対だ。新聞記者の動きについても情報共有している。相互監視のようなものだがね」

「じゃあ、俺が畑山さんと会っていることもバレてるんですか」

「まさか」畑山がニヤリと笑う。「俺が、こんなことを人に言うわけないだろう」

「じゃあ、情報共有ができてるって言うのは嘘じゃないですか」何という本音と建前だろう。

「まあ、細かいことは言うな」乱暴に言って、畑山が煙草を傍の吸い殻入れに放りこんだ。水に落ちた煙草が、じゅっと短い音を立て、最後の煙が短く立ち上がる。「俺たちはちゃんと捜査していた。最初にあんたが言っていた通り、現金を渡された人間は百人近くになると思う」

それを聞いて、高樹は頭からすっと血の気が引くのを感じた。あくまで「噂」として聞いていたことだが、刑事の口から聞かされると、事の重大性が身に染みる。

「使われた現金は、二千万円ぐらいになるんじゃないかな。もちろん、全部裏づけできたわけじゃないし、ちゃんと捜査できても、全部を証拠に使えるとは思わない。検察も、そこまでは求めないだろう」

この辺の「ずれ」は、金が絡む捜査では珍しくないことだ。例えば大規模な詐欺事件で「被害総額一億円」などという話をよく聞くが、実際に起訴された時には、一千万円に「整理」されることがある。被害者が全員きちんと証言するとは限らないし、証言があっても裏が取れないこともある。検事は、裁判で証拠としてきっちり提出できるものだけを起訴状に書くから、こういうことになるのだ。選挙違反でも同じだろう。

「受け取っていたのは、地元の議員や首長、それに財界関係者……とにかく手当たり次第にばらまいていた」

「本間の応援に乗り気でなかった連中ですね？　公認が決まるまでは東田を推していた人も多かったですから、民自党は一枚岩になれなかった」

「そういうことだ」畑山が新しい煙草を取り出し、高樹に突きつけた。「結局、本間陣営は票を金で買ったことになる」

「どこまで立件できますか」

「分からん。捜査は途中で止まっている」

「二課長の行動は――」

「殺す」畑山が低い声で言い切った。目が据わっている。

「畑山さん、それは……」

「もちろん、物理的には殺さない。しかし、社会的に葬り去ることはできる。あんたの証言で確信したけど、あの課長は警察官が越えてはいけない一線を越えたんだ。キャリアの二課長はあくまでお客さんだけど、お客さんだから悪いことをしていいってもんじゃない。このまま黙って東京に帰すわけにはいかない」

彼の決意は本物だと思うが、本当にそんなことができるかどうかは分からない。現場の刑事の正義感だけでは、どうしようもないことがあるはずだ。

「どうするつもりなんですか」

「うちとしては何もしないだろうな——当面は」

「様子見ですか？　それじゃ、何も変わりませんよ」

「まずは、何が起きるかを見極める。あんた、金を受け取った人間のリストは持ってるのか？」

「リストはありますけど」高樹は首を横に振った。「完全なものじゃありません。この人ではないか、という名前が何人か手元にあるだけです」

「ふむ……うちが持ってるリストを渡してやってもいいよ」

高樹は思わず言葉を呑んだ。これはつまり、警察が捜査する代わりに東日に取材しろということか？　昔は——それこそ昭和三十年代頃までは、警察と新聞が密かに協力して捜査、あるいは取材を進めることもあったという。今よりずっとおおらかな時代だったのだろうが、今はそんなことは絶対に不可能だ。

「改めて連絡する」畑山が膝を叩いて立ち上がった。「明日にでも……俺らの面子《メンツ》を潰すなよ」

「そんなこと、考えてもいませんでしたよ」

「そうか。じゃあな」

畑山は軽く手を振って、大股で境内を出て行った。一人取り残された高樹は、何が起きているのか——起きようとしているのか分からず、ただ佇むしかなかった。

耳元で電話が鳴る。寝ている時に電話で起こされるのには慣れているが、今日はやけに音が大きく刺激的で、一気に目が覚めた。何でこんなに音がでかいんだ……舌打ちしたが、隆子が部屋を片づけてくれたので、古い新聞や雑誌に埋もれていた電話機が剝き出しになっていたのだと思い出す。

「——はい」

「今日、あんたの家の郵便受けに、資料を突っこんでおく」

「畑山さんですか？」

「俺だ。寝ぼけてるんじゃないよ、もう七時だぞ」

おっと……確かに、もう起きなければならない時刻だ。昨夜、畑山たちの言葉をあれこれ考えて眠れなくなってしまい、明らかに寝不足である。

「起きてますよ。資料って何ですか」

「東日に渡しても問題ない資料だ。俺が夜遅くまでかかって作ったんだから、ありがたく受け取っておけよ」

「いったい何があったんですか？」高樹は布団から抜け出し、あぐらをかいた。もう三月なのに、朝の部屋は冷え切っている。思わず震えがきて、空いている右手で胸を思い切り擦った。

「二課の有志で、あれこれ相談した。結論として、あんたらを利用することにした」

「利用？　聞き捨てならないですね」傲慢な言い方にはむっとする。

「俺は、いちいち気を遣って言葉を選ぶような人間じゃないんだ。しかし、俺たちの結論はそういうことだから。上から圧力がかかってまともな捜査ができないなら、新聞に書かせちまった方がいい。関係者を逮捕して裁判に持ちこむか、新聞記事で社会的に抹殺するか、結果は同じようなものだ。こういうことをした人間は、二度と表舞台に出られない」

「それでいいんですか？」

「いや」

「畑山さん──」

「順番は逆だが、先に新聞に記事が出れば、俺たちも捜査せざるを得なくなるっていう計算だ」

「諦めてないんですか」

「馬鹿野郎」畑山は本気で怒っているようだった。「俺たちはしつこいんだよ。捜査二課がさっさと諦めたら、金で人を買えると思っている連中がやりたい放題になる。そういうのを許せると思うか」

「――失礼しました」

「今日の夕方、郵便受けを確認しろ。余計な詮索はするなよ」

「分かりました」

電話を切り、今のは捜査二課の総意だろうかと首を捻った。本当に、東日に書かせて、「仕方なく」という形をとって捜査せざるを得なくなるようにする――理屈では合っているが、作戦として現実的と言っていいのだろうか。

しかし今は、畑山を信じるしかない。いわば「生の捜査資料」のようなものが手に入るわけだから、これを最大限生かして取材を進める――一人でも現金の授受を認めれば、それで記事になる。

捜査二課は、東日の記事をきっかけにして捜査を始めるかもしれない。しかし問題はその先だ。ここまで大きな選挙違反事件で、しかも特定の陣営と県警幹部に癒着があったら、状況はさらにひどくなる。木原の名前を出して追及できるだろうか。彼が何の処分も受けずに、これからも警察内部で出世の階段を上がっていくとしたら、全面勝利とは言えない。畑山は木原を殺すと言っていたが、それが嘘とは思えなくなってきた。

高樹は、急遽会議を開いた。といっても、集まったのは支局長の村田、デスクの富谷、県政キャップの佐々木に県警キャップの戸川——いわば支局の幹部だけである。狭い支局長室の中は、煙草の煙で早くも白くなり始めた。これなら、上階にある広い会議室を使えばよかったと思ったが、今さら場所を変えるのも面倒臭い。

「サツから情報が入ってます」

最初の一言を発した瞬間、戸川の顔が目に見えて白くなった。拳を握り締め、辛うじて怒りを封印している感じである。

「俺にもサツの中にネタ元はいる。それにこれは、元々選挙取材の中で出てきた話なんだ」

「ずいぶん勝手なことしますね」戸川が吐き捨てる。

「それは悪かった」高樹は頭を下げた。後輩に謝罪することには抵抗があるが、ここで戸川を怒らせると話が前に進まない。言い合いをしている余裕もなかった。「しかし、本物の取材は警察回りに任せるしかない。でかいネタなんだ。ここは黙って協力してくれないか」

戸川は何も言わなかったが、拳をいつの間にか開いていた。取り敢えず話を聞く気にはなったようだ。

「公示前から、本間陣営が激しい実弾攻撃を展開しているという情報は入っていました。実際、金を差し出されたと証言した人もいます。受け取ってはいない、という話ですが……警察も、この件を早くからキャッチして、捜査を始めていたんですが、途中で捜査にストップがかかってしまいました」

「ストップがかかった？」デスクの富谷が、高樹の説明に食いついた。「誰が止めたんだ？」

「捜査二課長」

一瞬、場に沈黙が満ちる。戸川が「それは……」と声を上げたが、すぐに黙りこんでしまった。

「お前、二課長にはかなり食いこんでるよな」高樹は戸川に指摘した。

「選挙違反についても当てましたよ。でも、本間陣営の件では全否定です。捜査はしていないと……」

「捜査しないように、自分で命令していたんだから、当然そういう答えになるだろう。その件については、後で説明する」

高樹は手元のリストに視線を落とした。確かに畑山の字で、数十人の名前が書かれている。豪快で雑なようだが、畑山はこういう資料作りはまめにこなす人のようで、きっちり定規で線を引いて表を作り、そこに名前と連絡先が書きこんであった。多くの名前は、高樹にも見覚えがあった。会議を開く前に全員の名前を精査したのだが、「あの人もか……」と何度も驚かされた。政治家全員が清廉潔白だとは思わないが、普段のつき合いで、絶対に金など受け取らないだろうと信じていた人の名前がいくつもあった。結局、ここは田舎なのだ。濃厚な人間関係と金で、全てが決まっていく。選挙だからといって、誰も政策になど注目していない。

「今回の件の背景には、民自党の公認争いがあります。一般人気は東田の方が圧倒的に上ですから、公認を得たとは言え、本間が圧倒的に不利でした。しかし民自党としては、公認候補を落とすわけにはいきませんから、なりふり構わぬ現金攻勢に出たわけです。金を渡して票の取りまとめを依頼した人間は、地元の議員や首長を中心に百人程度、総額は二千万円ほどと見られています。百万円受け取っていた人もいます」

「それが本当なら、相当でかい選挙違反になるぞ」富谷が指摘した。

「新潟では、こういうのは普通でしょう」佐々木がさらりと言って、自分の前任地を引き合いに出した。「津軽選挙ほどじゃないけど、ここも金権選挙なのは間違いない」

「津軽選挙の方がひどいだろう」富谷がまぜっ返した。「開票所の電気がいきなり消えたり、選挙長が票を食っちまったりなんて話を聞くけど、それは本当かね」

「それはさすがに、昔の話ですよ」佐々木が苦笑した。

「とにかく……手元にリストがあります」高樹は話を引き戻した。

「それはサツの捜査資料なんですか」戸川が念押しした。表情は渋い――自分がそのリストを手に入れられなかったことを、明らかに悔いている様子だった。

「正式な資料じゃないけど、正式な資料から起こしたものだから、中身に間違いはない」

「サツは、本気で捜査する気があるのか？」富谷が疑わしげに訊ねる。「今までの話だと、捜査していない、というのが公式見解じゃないのか」

「捜査は止まっています。でも、現場の刑事たちはやる気満々で捜査を進めていた。それが結実したのが、このリストです」高樹は手元の資料を持ち上げた。「ただし、捜査二課長がストップをかけた。捜査二課長は、本間陣営の人間とつながりがあるんです。金か女で籠絡されたんだと思いますが」

「二人のつながりは確かなのか？」富谷はまだ手応えを感じていないようだった。

「ある呑み屋で一緒だったことを確認しています。二人で何度もその店に来たということですから、関係があったのは間違いありません。ただし、二課長が特定の陣営に便宜を図ったかどうかの取材は後回しでいいと思います。まず、選挙違反事件についてしっかり取材するのが先決かと」

「高樹」それまで黙っていた村田が、急に口を開いた。「お前、サツに利用されてるとは思わないか？」

「分かってます」高樹はうなずいた。「連中は自分たちで捜査できないから、記事に書かせようとしているんです。それはサツの方でも明言しています。逆にこっちが書けば、サツでも捜査せざるを得なくなるわけですから、一石二鳥ですよ」

「まさに新聞を利用しているわけか」村田が鼻を鳴らす。この状況を気に入っていないのは明らかだった。そうか、村田はサツ嫌いだった……どういうわけか警察取材が苦手で、酔うと、若手の頃に散々嫌な目に遭わされたと愚痴を零すのが常だった。

「こっちも警察を利用しているんです」高樹は反論を試みた。取材の陣頭指揮を執るのはデスクだが、支局の最高責任者は支局長である。支局長がストップをかければ取材はできない――それはまさに、今の捜査二課と同じだと思った。

「本当にそうできると思ってるのか？」

「利用される振りをして、サツを叩くつもりです」

「ああ？」村田が眼鏡の奥で目を細める。

「捜査二課長が不正を働いているのは明らかです。それを許した――不正な命令に従っている捜査二課自体にも問題があります。だから選挙違反を記事にしたら、それをとっかかりに捜査二課の問題を炙《あぶ》り出す」

「勝手なこと言わないで下さい」戸川が反論した。「そんな適当に、県警の中をかき回されたら──」

「戸川、俺たちは地元紙じゃない」高樹は静かに言った。「地元紙なら、忖度《そんたく》して不祥事を書かないこともある。奴らは、地元の利益や権益を優先して、新聞としての使命を半ば放棄しているからな。だけど、警察回りの最大の仕事は何だと思う？　警察の不祥事を暴くことだ。自分が取材している相手は監視対象でもあるんだ。だから何かあれば絶対に書く。それが記者の基本だろう」

「そんなの、綺麗事ですよ」戸川が吐き捨てる。煙草に火を点けると、忙しなくふかした。怒りを煙にこめているようだった。

戸川の気持ちもよく分かる。県警は、普段取材している対象で、戸川としては常にいい関係を保っていたいだろう。ネタを取るためには、相手に気に入られるのも大事なことだ。もしも二課の不祥事を書いてしまったら、東日は新潟県警で総スカンを食う恐れもある。その後は、針の筵《むしろ》に座るような毎日になるだろう。だが、記者には勝負をかけねばならない時はある。

「この件を記事にすれば、俺だって今後の取材がやりにくくなると思う。買収の対象には県議も含まれているんだから。普段取材している相手だよ」

「まあ、いいんじゃないかな」佐々木が耳を掻きながら、呑気な声で言った。「悪い奴は潰しておかないと。俺らはどうせ、何年かここにいたら、次の部署へ流れていく。どんなに叩いても、新潟から引っ越しちまえばそれで終わりだよ。一生恨まれることはない」

「後輩たちはどうなるんですか」戸川が反論する。

「後輩は後輩で、新たな関係を築いていけばいいんだよ。県警だって、どんどん人は入れ替わるんだから、恨みは続かない。それに高樹、今回のターゲットはあくまで二課長なんだろう？」

「二課の刑事さんたちを悪者にするつもりはありません」高樹はうなずいた。「もちろん、圧力に負けて捜査しなくなったのは、手抜きです。刑事としてやってはいけないことです。ただ、記事の書き方次第で、『どうしようもなかった』という方向に持っていくことは可能ですよ。警察は上の命令が絶対の組織ですから、逆らえなかった——警察の組織的な矛盾を暴くことは必要でしょうが、現場の刑事たちを貶《おとし》めるようなことはしない——それなら、戸川も今後の取材で困ることはあまりないんじゃないか？　それに、うちの記事がきっかけで捜査を再開できれば、現場の人は絶対うちに感謝します。むしろプラスになるんじゃないかな」

「分かった」村田が話をまとめにかかった。「でかい事件なのは間違いない。ここはやるしかないな。後先のことは――今後の影響については、その時に考えればいい。それでいいな、富谷？」

「ええ」富谷は拒否しなかったが、乗り気な様子ではない。しかし反対しているわけではなく、この取材が面倒なことになると予想して、心配しているだけだろう。

「じゃあ、取材チームを組んで……いや、支局総出だな」村田がうなずく。「選挙からもう時間が経ってしまっている。こういうのは、急いでやらないとまずいからな。富谷、取材の割り振りを頼む。今日はこれで解散だ」

村田が両手を打ち合わせる。この支局長は鈍重……しかも経費にうるさい、面倒臭い男なのだが、一つだけ美点がある。会議が短いのだ。本人が会議を面倒臭がっているだけかもしれないが。

取材の割り振りは後で富谷が連絡することになった。会議が終わると、高樹は戸川に話しかけた。

「二課長には直当たりするなよ。普段の取材も、自然にやってくれ」

「そんなの、分かってますよ」戸川が高樹を睨みつける。

「それと、他のキャリアの連中にも黙っていた方がいい」県警では、二課長の他に刑事部長、警務部長、本部長がキャリア組だ。「連中は、いざという時のための切り札に取っておくんだ。最終的には二課長を落とす——責任を取らせるのが狙いだけど、その話はいきなり持っていった方が効果的だろう。とにかく、他のキャリア組は、絶対に味方につけておかないといけない」

「二課長だけを切り捨てるんですか？」

「関係ない人間に悪影響を与えるわけにはいかないよ」もしかしたら刑事部長も巻きこまれているかもしれないが。「とにかくここは、お前の隠密行動が肝だ。上に気づかれないように、でもいざという時には一気に攻められるように準備を進めておいてくれ」

「そういうことは……高樹さんに言われなくても分かってますよ」

吐き捨て、戸川が大股で支局を出て行った。その肩は盛り上がり、怒りに満ちているように見える。しかし実際は——やる気の現れであってくれ、と高樹は祈った。

高樹はそのまま、暗室に入った。焼きつけなければならない写真があったのだ。この暗室では、いろいろ痛い目に遭った……暗室ランプの薄赤い光と独特の臭いは、嫌な記憶を呼び覚ます。高樹は記者になるまでカメラなど触ったこともなく、もちろん現像もしたことがなかった。露出を間違えて、現像したフィルムが真っ黒になってしまったり、定着液の中にネクタイの先端を浸して駄目にしてしまったり——今でも写真の腕には自信がないし、現像も下手だが、こういう仕事ともいずれはおさらばだろう。本社へ上がれば、写真の撮影も処理も写真部の仕事になる。

現像液の中で、印画紙に画像が浮かび上がってくる。どうでもいい話題物の写真だ。それを見ながら、自分も今後、県庁の中で取材がやりにくくなるのではないかと一瞬恐れた。戸川ほどではないが、議員たちのことを「収賄」側として書いてしまったら、高樹自身が厳しい状況に追いこまれるのは明白である。

しかも、新潟バスにも影響が出るかもしれない。畑山がくれたリストの中には、新潟バス社長・阿部貢の名前がある。あの人が金を受け取った？　つき合いで仕方なかったかもしれないが、看過されていいことではない。警察にも事情を聴かれることになるだろうし、自分にはそれを止める手がない。

父親を貶めるような相手と、隆子は結婚してくれるだろうか。

そして何より、田岡との友情はこれで終わるのではないだろうか。幼馴染みを刑務所にぶちこむことになるかもしれないのだから。人間関係がどんどん壊れていく——仕事とはいえ、耐えられるだろうか。仕事は、他の全てのことより重要なのか？

たぶん、そうなのだ。記者になった時に、こういう事態に直面するかもしれないと、薄らと覚悟していた。知り合いをネタ元に使ったり、あるいは記事で吊し上げたり――その予想が当たっただけではないか。記者として自分が何をすべきかは分かっている。

暗室に満ちる化学的な臭いにくらくらしながら、高樹は覚悟を決めていた。

4

田岡は、新潟に戻ってから初めて石崎と会った。久しぶり……実際にはそんなに間隔は空いていないのだが、選挙期間中は毎日のように顔を合わせていたので、少し会わなかっただけで妙に懐かしい感じになる。

彼の事務所を訪ねると、田岡はまず石崎の険しい表情に驚いた。県政界で長年活躍し、酸いも甘いも嚙み分けたこの男は、滅多なことでは感情を露にしない。厳しい選挙戦の最中でも、ほとんど表情を変えることはなかった。しかし今は、明らかに内心の焦りや怒りが顔に出てしまっている。

「どうかしたんですか」

「東日が取材に動いている」

「あの件ですよね？」

「東日が」田岡は鸚鵡《おうむ》返しにした。「ああ。金を受け取った人間が、何人も取材を受けている」

田岡は、背筋に電流が走ったような衝撃を受けた。高樹か？　あいつが、俺たちを貶めようとしている？

「連中は、リストを持っているようだ」石崎が両手を揉み合わせる。さながら、その中で秘密を握り潰そうとしているようだった。

「リストはないじゃないですか。そういうものは作らない——証拠になるようなものは残さないという方針だったでしょう」

「向こうが勝手に作ったリストなんだろうが、とにかくかなりの人間の名前が、警察にも新聞にも漏れているようだ。うちにも問い合わせが頻繁に入っているよ」

「まずいですね……」

「まずい」即座に言って、石崎が煙草に火を点けた。いつもと違う、忙しない吸い方。煙草を速く灰にすれば、問題が解決するとでも思っているようだった。

「警察は？」まさか、木原が捜査を許可したのだろうか？　その情報が東日に流れた？

「それは分からない。選挙の直後に事情聴取を受けた人間がいるのは分かっているが、その後は警察の動きはない……密かにやっている可能性はあるが、俺はあんたが打ちこんだ楔《くさび》が効いていると信じているよ。警察では、上の命令が絶対なんだから」

しかし、本当のところは分からない。捜査二課長は「お客さん」で、地元の刑事たちと本当の信頼関係が築けているかどうか……面従腹背で、指示を聞いている振りをして、裏で密かに捜査を進めている刑事もいるかもしれない。

「二課長は落とせても、その命令が実際に効力を発揮しているかどうかは……何とも言えません」

「ああ？」石崎が目を見開く。「それじゃ困るぞ」

「二課長は間違いなく抑えましたが……」

警察を抑えるという最初の作戦は正しかったと思う。しかし対象が間違っていたのかもしれない。自分と年齢が近い木原は、正しいターゲットだったのか……思い切って、同じキャリア組でももっと上の刑事部長や本部長を落とすべきだったかもしれない。その壁は木原とは比べ物にならないぐらい高かったはずだが、上手くいけばずっと安心できただろう。さすがに、刑事部長や本部長の命令に逆らえる人間はいないはずだ。

「どうしたものか……」石崎が力なく首を横に振る。

「東日が書いてきても、影響はないでしょう。地元紙に比べれば、部数は数分の一ですよ」

「それは県内だけの話だ！」

石崎が声を張り上げる。これも極めて稀なことで、田岡は思わずびくりとしてしまった。

「いいか、東日は全国で五百万部の部数がある。この件が記事になれば、当然全国版で扱われるだろう。そうなったら、日本中に話が広まってしまう。地元紙が書くよりも、影響ははるかに大きい。党本部でも問題視するぞ。我々にとっては、致命傷になりかねない」

自分はいつの間にか、新潟という狭い枠の中でしか物事を考えられなくなっていたのか、と悔いる。元々東京の人間なのだから、もっと広い視野を持って物事を考えないと。

しかし今は、反省している時間もない。

「とにかく、二課長に釘を刺しましょう」

「東日対策も必要だ。何とか記事が出ないようにして……上手い手はないだろうか」

「頼みこめば、まずいことがあると認めたも同然です。それはやらない方がいい」田岡は反論した。

「本社サイドに当たって止められないか？　それこそ党本部から口利きしてもらって……政治部の連中はいいなりだろう」

「選挙違反を取材するのは、社会部や地方支局です。そういう連中に、圧力が効く保証はありません」

「まずいな……」唸って、石崎が腕組みをする。早くも「詰み」とでも考えてしまっているようだった。

「とにかく、やれることはやってみましょう。まだ何とかなるかもしれません」

「何とかしないとまずいんだ」石崎の顔は、目に見えて蒼褪めていた。「この件が記事になると、警察も動き出すかもしれない。そうなったら、俺もあんたも危ないぞ」

自分が危ない橋を渡っていることは意識している。逮捕される可能性も、頭の片隅には入れていた。しかし本当に逮捕の危機が迫ってくるとは……自分は政治のキャリアを歩み始めたばかりである。こんな最初の段階でつまずいたら、全てがお終いだ。人生の計画が完全に狂ってしまう。

とにかく動くことだ。密かに、そして確実に。何もしなければ、気づかぬ間に後ろから刺されて死ぬ。

田岡は、木原を「レトワル」に呼び出した。官舎は危ない——東日の記者が張っている可能性もあるのだ。この件が、単純な選挙違反の記事で終わるとは思えない。連中は、自分と木原の関係も嗅ぎつけるのではないだろうか。一緒にいるところを見られたらアウトだ。

木原は、指定した時間に遅れた。その間、珍しくマスターと話をする。話し出すと止まらないタイプなのだと初めて知った。そして、度を越した巨人ファンだということも。巨人は、今年は八連覇を狙っている。王も長嶋も健在だし、そろそろ末次が出てきそうだ。それに一昨年ドラフト一位で入団した湯口というのがすごい。高校時代にノーヒットノーランを三回もやってるんだから、完成されたピッチャーですよ。こいつが出てくれば、今年も独走で優勝ですね……。

野球にさほど興味がない田岡は、適当に相槌を打ちながら聞いていた。しかしプロ野球は、もうキャンプからオープン戦に入る季節なのか。新潟ではまだ、春遠し、という感じなのだが。

「しかしこの店、本当に客がいないね。大丈夫なんですか」

「田岡さんが貴重な常連ですよ」マスターが皮肉っぽく言った。「たまには他の人も連れてきて下さいよ」

「だけど俺は、半分東京の人間だからね」

「そうですね……でも、半分は新潟の人でしょう」

「それはそうだ……いい店なんだけどね。他にはどんなお客さんが来るんですか」

「マスコミ関係の人とか、お見えになりますよ」

「へえ」さりげなく応じながら、田岡は内心どきりとしていた。自分は、マスコミ関係者が「巣」にしている店に入り浸っていたのか？　誰かに話を聞かれていた恐れもある。

「マスコミって言えば、東日には知り合いがいるんですよ」

「そうなんですか」

「高樹って奴なんだけどね。小学校からの同級生で」

「高樹さんは……お見えになりますよ」どういうわけか、マスターの歯切れが急に悪くなった。

「頻繁に？」

「そんなこともないですけどね。だいたいいつも、お一人です。お客さんを連れてきてくれって頼んでるんですけどね」

「そうですか」

その時、ドアが開いて冷たい風が吹きこんできた。見ると、木原が店内に足を踏み入れたところである。田岡は急いで、カウンターの椅子から降りた。

「マスター、今日はツケておいてもらえますか」呑み屋でツケにするのは嫌いなのだが、金を払っている時間ももったいない。

田岡はすぐに木原に歩み寄り、うなずきかけて「出ましょう」と言った。

「来たばかりじゃないか」木原が戸惑いを見せる。

「いいから出ましょう」

少し声が乱暴になるのが分かっていても、きつく言わざるを得なかった。この店には二度と足を踏み入れない方がいいだろう。今日の金は……まあ、いい。後で誰かに届けさせよう。このマスターと高樹はつながっている可能性がある。呑み屋の人間というのは、聞かない振りをして客の話に耳を傾けている。ここで自分と木原が話したことが、高樹の耳に入っている可能性もあるのだ。もちろん、具体的な話はしないように気をつけてはいたが。

「いったいどうしたんだ」外へ出ても、木原は不審げだった。

「ここだと、話の内容が漏れる恐れがあります」

田岡は木原を東堀通から鍛冶小路へ誘導し、信濃川方面へ向かって歩き出した。この辺には小さな商店や民家が並んでおり、東京で言えば江戸川区や江東区的な下町の雰囲気が濃くなる。この時間だと真っ暗で人通りもなく、密談を交わしながら歩くにも適している。

田岡は、いくつかの会社が入った四階建てのビルの隣にある駐車場に木原を誘った。通りから少し引っこんだだけで、急に闇が深くなったような気がする。

「木原さん、本当に捜査は抑えてくれているんでしょうね」田岡はいきなり本題に入った。

「もちろん」言いながら、木原の目は不安に泳いでいた。

「本当に？　東日新聞が取材に動いているという話があるんですよ」

「それは、私は知らない」

「我々が会っていることも、東日にバレている恐れがある」

「本当に？」木原が眉をひそめながら、田岡の顔をやっと見た。

「確証はありません。しかし、私とあなたが話していたことが分かっただけでも、東日は喜んで記事にするでしょう」

「まさか」闇の中で、木原の顔から血の気が引くのが見えた。

「まさか、じゃありません」田岡は低い声で木原を脅しつけた。「誰にも喋っていませんよね？」

「そんなことは絶対にない」

「彼女には？　花さんには会ってますか」急に気になって訊ねる。寝物語が表に出ることも珍しくはない。特に花は百戦錬磨の夜の女性だ。

「いや……」木原の答えは歯切れが悪い。

「まさか、まだ彼女を追いかけ回しているんですか？」

木原が黙りこむ。ここまで執着しているとなると、本当の――あるいは単純な恋愛感情だと考えるべきだろうか？　しかし木原も、彼女との恋愛が成就するなどと信じているなら、あまりにも考えが浅い。警察のキャリア官僚が、水商売の女性と結婚するなど、あり得ない話だ。花が本気になれば、水商売をやめてどこかで経歴を洗濯し、綺麗な身になった後で結婚する手もあるだろうが。

「東日新聞は、警察から情報を入手している可能性があります。それは、あなたが部下をコントロールできていない証拠ですよ。そんなことでは、将来が危うい」

「そんなことをあなたに言われる筋合いはない」木原が急に強硬的になった。

「いいから、部下をきちんと統率して下さい。新聞に情報を流さないように——書かれないように上手くやってもらわないと困ります。もしもこの件が記事になったら、あなたも私も破滅しますよ」

「そうなったら、あなたのせいだ」木原がむきになって突っかかってきた。「この話を持ちかけてきたのはあなただ。あなたが余計なことをしなければ、私は危ない橋を渡らずに済んだ。私の将来が危うくなったら、それはあなたの責任じゃないか」

「だから何ですか」田岡は鼻を鳴らした。保身のことしか考えていない、小役人が……。

「だからって……あんた、人の人生をぶち壊しにして面白いのか」

「面白くないですね。まったく面白くない」

田岡は木原に一歩詰め寄った。その気迫に押されたのか、木原が後ずさって、駐車場に止めてあった車にぶつかってしまう。慌てて姿勢を立て直し、ボンネットに手を当てて体を支える。田岡は一歩下がって煙草に火を点けた。

「いいですか、あなたは勘違いしている。子どもの頃から勉強ができて、当然のように大学に入って警察官僚になった。しかし、官僚というのは基本的に政治家の奴隷です。政治家の手足になって動くだけの存在だ。そこを勘違いしてもらっては困る」

「あんたは政治家でも何でもない！」

「確かに政治家ではないですが、私は政治の世界に生きる人間です。それほど遠くない将来、政治家になります。いずれはあなたを顎で使う立場になる。今まではあなたを持ち上げ、接待し、頭を下げてお願いしました。でもあなたはもう、泥沼にはまっているんです。自分でしっかり始末をつけて下さい。そうしないと、破滅ですよ」

「クソ……」木原が吐き捨てる。

「失礼しました」田岡は頭を下げた。「乱暴な言い方で申し訳ありませんでした。しかし、こう言わないと、あなたの頭には染みない」

田岡は一服しただけの煙草を投げ捨て、踏み消した。喉には苦々しい味だけが残る。

「あなたも私も、ここで立ち止まるわけにはいかないでしょう。つまずかないためには、厳しい判断をしなければならない時もある。今がまさにそうなんです」

焦る。

百人に金を配ったのだから、どこかで秘密が漏れてもおかしくない。刑事に締め上げられればもちろんのこと、新聞記者に厳しく攻められたら、口を割ってしまうだろう。所詮田舎の議員や首長なのだ……。

どうやって穴を塞ぐか考えると、田岡はすぐに行き詰まってしまった。本間陣営の運動員——自分と同じように金を配って回った人間を一気に動かして、説得に回ろうかとも考えた。しかし余計なことをすると、かえって東日や警察を刺激してしまうかもしれない。そして動きが漏れたら、「隠蔽工作」としてさらに批判を浴びる恐れもある。

「大丈夫？」尚子が心配そうに訊ねる。

「あ？　ああ」田岡は急に現実に引き戻されて答えた。まったく大丈夫ではない。

二人は、尚子の撮影の合間を縫って、田岡の家で会っていた。外で食事をしてもいいのだが、尚子はやはり目立つ。東京を離れて多少開放的な気分になっていたのだが、それでも人の目は気になった。変なことになったら、映画会社の人たちにも迷惑をかけるし……。

「今日、ずっと怖い顔してるわよ」

「いろいろ面倒なことがあるんだ」

「あなたの仕事も大変ね……お茶は？」

「ああ、もらおうか」

両親がたまに使っている家で、夫婦のようにテーブルを挟んでお茶を飲んでいるのは奇妙な気分だった。

「なあ、俺が政治家にならなかったらどうする？」

「どうかなあ」尚子が湯呑みにお茶を注ぎ足しながら首を傾げる。「そもそも、政治家以外にどんな仕事をするの？　商社に戻るとか？」

「それができるかどうかは何とも言えないな」

「商社で海外赴任があったら、それも楽しいわよね。アフリカとかじゃなければ大丈夫でしょう……ヨーロッパがいいかな」

「勝手なこと言うなよ」

「どうしたの？」尚子が眉根を寄せる。「何でそんなに怒ってるの？」

「いや、何でもない」

彼女に当たってもどうしようもないことは分かっている。しかし今は、仕事から完全に離れて彼女と話すことはできないのだ。というより、今はあの件以外は何も考えられない。

「何か、辛いことでもあった？」

「そうだな……うん、政治の道に入ってからは、辛いこと、厳しいことしかないよ」

「だったらどうしてやってるの？　権力欲とか？」

「もしかしたら、父親に対する反発かもしれない。あの人は今まで、一度たりとも俺を認めようとしなかった。普通、自分が政治家をやっていれば、息子を後取りにしようと思うだろう？　でもあの人は、そんなことは一回も言っていない」

「でもあなたは、学生の時から政治に興味があった」

「もちろん、政治家になるにはいろいろな手があると思う。代議士はオヤジばかりじゃない。他の代議士のところに入門したってよかったんだ……でも、そんなことをしてもやんわり断られたと思うな。代議士の息子が、他の代議士の事務所で仕事をするにしても、大抵は親の指示なんだ。要するに修業、出稽古みたいなものなんだよ」

「後を継ぐ前に、ちょっと外で苦労してこいって？」

尚子の反応が嬉しく、田岡は思わず、本当に久しぶりに笑みを浮かべてしまった。彼女はどんな話題にでも遅れずついてきて、しかも的確に相槌を打って話を進めてくれる。彼女と話すと、こんがらかっていた頭の中が整理され、一気に答えが見えてくることさえある。

こういうことだけでも、彼女を手放してはいけないと思う。妻として、陰で政治家の自分を支えてくれるというより、パートナーとして共に険しい政治の道を歩んでいけそうだ。

「事務所で仕事をしたいって言った時に、オヤジは何て言ったと思う？」

「何？」

「そうかって、一言だけだ。いいも悪いも言わなかった。だから俺は、事務所の人たちに頭を下げて、父の秘書にしてもらったんだ。後援会の中では、いつの間にか俺が後継者に決まったことになっているんだけど。父は、正式には何も言っていないそうだ」

「話してみればいいじゃない。どういうつもりだって」

「たぶん、すかされるよ」田岡は肩をすくめた。「本音を言わないので有名な人だから。仕事の場だけじゃない。家でも同じなんだ。お袋は、よくあの人と何十年も暮らしてると思うよ」

「夫婦の間でしか分からないこともあるでしょう。何だったら、私が聞いてあげようか？」

「どういう立場で？」

「そうか」尚子が舌を出した。「おかしな具合になっちゃうわね」

「結婚しよう」

「え？」尚子が、自分の湯呑みに伸ばした手を止めた。「今、ここで言う話？」

「ロマンチックな状況を作ってる暇はないんだ。俺と結婚してくれ。本当に女優は引退することになるかもしれないけど、今度は俺が君に新しい夢を提供する。政治家は、奥さんと一体になってキャリアを築いていくんだ。君と一緒なら、俺は絶対に成功できる」

「目指すは総理大臣？」

「ああ」

「だったら、結婚してあげる」尚子が、ぱっと灯りがついたような笑顔を浮かべた。「それぐらいの大きな目標がないと……こぢんまりとまとまってしまう人と結婚しても、つまらないもの」

つまらないどころか、耐えられないほど波瀾万丈の人生になるかもしれない。これから俺が逮捕されたら、彼女はどう思うだろう？

座して記事が出るのを待つだけではつまらない。田岡は石崎たちと相談し、大きな穴になりそうなところを塞いでいくことにした。

「女には念押ししておいた方がいい」石崎が言った。

「それはやるつもりでした」

「いい手なんだが、こうなってくると危険でもあるな」

「そこは田岡さんに任せるとして……」富所が手帳を広げる。「後は電話攻勢しかないですね。直接会いに行かなければ、証拠が残りにくい」

「電話で、喋らないように念押しする、ということですね」田岡は確認した。

「いや、そこまではっきり言ってはいけない」石崎が忠告した。「何事も、言質を取られないようにすることが大事なんだ。暗黙の了解で納得させるんだが、できるか」

「やってみます」田岡はうなずいた。

「あんたは、その女にしっかり釘を刺してくれ」

「終わったらここへ戻って来ます」

選挙戦の最中は、選挙事務所が対策本部だったのだが、今は石崎の事務所に集まらざるを得ない。これも危険ではあるが……本当は、それこそ電話だけで連絡を取り合う方が安全ではないだろうか。

田岡は、周囲を気にしながら石崎の事務所を出た。誰かに見られても大したことはないと、理屈では分かっている。自分は父の秘書だし、石崎は地元の有力な後援者だ。とはいえ今は、石崎たちとのつながりさえ否定したいような気分になってきた。全てを捨てて、どこかへ逃げてしまいたいという気持ちもわずかながらある。それこそ外国とか……尚子だって、アフリカでもなければ一緒に来てくれるはずだ――駄目だ。この状況から逃げてはいけない。必ず乗り越え、正しい道に戻る。

まだ冷たい三月の風に吹かれて、思わずぞくりとする。急に気になって、慌てて周囲を見回した。誰かに見張られているのではないか……いや、それは考え過ぎか。強迫観念に襲われるようになったらおしまいだぞ、と自分を励ます。

花に会うには、店に行くしかない。彼女がどこに住んでいるか、田岡も知らないのだ。知らない方がいい……ある程度距離を保っておかないと、まずいことになる。

「あら、どうしたんですか」花は平静な様子だった。

席で二人きりなのだが、田岡は一応警戒して周囲を見渡してしまった。どこに誰が隠れているか分からない……。

「最近、木原さんは？」

「お見えになってませんよ」

「諦めたのか」取り敢えずほっとする。まだ執着しているとしたら、事態がさらにややこしくなるのは間違いないのだ。

「だと思いますけどね。電話もかかってこないし」

「それならいいんだ」田岡は煙草に火を点けた。「ちょっと気になってね。あなたにも迷惑かけたから」

「私は別にいいんです」花が平然と笑った。「貰うものを貰っていれば……変な話でしたけどね」

考えてみれば、あれは売春なのだ。自分は売春を斡旋したということか……どれだけ危険な橋を渡ってきたのだろう。

「この件、表に漏れてないだろうね」

途端に、花の顔が強張った。田岡は、彼女の怒りに火を点けてしまったと悟った。

「いや……こういう店だと、いろいろなお客さんが来るだろう。それでつい、ということは……」

「ありません」花があっさり言い切った。「お客様の大事な事情をペラペラ喋るようじゃ、この商売はやっていけないんです。信義の問題です」

「分かってる――ただ、俺もいろいろ気になるんでね」

「田岡さん、臆病なんですね」花が馬鹿にしたように言った。

「臆病だよ。しょっちゅう後ろを振り返らないと安心できない。でも、それぐらい臆病――慎重じゃないと、政治の世界では生きていけないんだ」

「いろいろ大変ですね……特に同情しませんけど」

「あなたには敵わないな」田岡は苦笑した。

「伊達にこの世界で生きているわけじゃありませんから。それより、前から気になっていたんですけど、田岡さんに一つ忠告してもいいですか？」

「どうぞ」

「田岡さんは、切れ過ぎると思いますよ」

「そんなこともない」

「いえ……頭がよ過ぎるんですよ。だから、いろいろと策を弄したくなる。でも、やり過ぎると何事もよくないですよ。策士策に溺れるって言うでしょう」

「気をつけますよ」田岡は膝を叩いて立ち上がった。「では……あなたとはもう会わないかもしれないけど」

「お客様としてなら、いつでも歓迎ですよ」

どうも彼女の方が一枚上手のようだ。水商売の女性とは面倒なことにならないようにしよう、と自戒の念をこめて思う。

しかし、これで一つ気が楽になった。木原の件について知っているのは三人だけ。木原と花にはしっかり釘を刺したから、これでこの線については心配する必要はないだろう。

今夜はこれから電話攻勢か……長くなりそうだが、少しだけ自分を甘やかしてもいい気分になっていた。一杯ひっかけてから帰るか。ふらふらと歩き出したところで、何かが気になって振り向く。

高樹。

思わず、ビルの陰に身を隠してしまう。高樹は、周囲を見回して何かを確認してから、花の店があるビルに入っていった。本当に花の店に行くつもりなのか？　木原と花の関係を嗅ぎつけた？

記者としての高樹の能力について、田岡はほとんど知らない。できる記者なのか、与《くみ》し易しなのか……しかし、本当に二人の関係に気づいているとしたら要注意だ。

それと同時に、田岡は別種の不安を抱えこんだ。選挙前、俺は高樹と何度も会って酒を酌み交わしてきた。その時に、余計なことを言ってしまわなかっただろうか。不用意な一言で、あいつが疑いを持ち、取材を始めていたとしたら……全てのきっかけが俺だったのか？　もしもそうなら、俺の将来の全ての扉は閉ざされる。

第五章　着手

1

「分かった、分かった」目の前の相手は、降参するように両手を上げた。

「金には手をつけていないんだ。預かったまま保管してあるだけだから……いつか返そうと思っていたんだよ」

高樹は白けた気分になった。贈収賄や選挙違反で金を受け取った側は、しばしばこういう弁明をする。これで通用するとでも思っているのだろうか？　あり得ない。

「その金を見せてもらえますか」

「それは……いや、そういうのは記者さんに見せるわけにはいかないな」

「どうしてですか？　今もそのまま保管してあると分かれば、使わなかった証明になるでしょう」

「見てどうするつもりだね」相手は急に憤慨した。「私だけを悪者にするつもりか？」

「そういうつもりはありませんよ」

金は見ても見なくてもいいのだ。証言は既に得ているから、これだけでも記事にできる。西蒲原の町の議長経験者でもあるこの男は、「他にも現金を提示された関係者がいる」と高樹が告げた途端、それまでの態度を覆《くつがえ》して金を受け取ったと認めたのだ。人間、自分だけが悪いことをしたわけではなく、同じような仲間がいると分かると急に開き直るのかもしれない。

高樹はこの取材で、必要な情報を全て得た。金額に関してだけは何故か具体的に言おうとしなかったが、受け取った場所、日時まではっきり証言したのだ。そして……金を持ってきたのは田岡。

「あの人はね、ある意味大したもんだと思うよ」この議員は、本心から感心しているようだった。「田岡先生の後継ぎなんだから、こんなことをする必要はないんだ。それを『勉強ですから』と言って、汚れ仕事を引き受けるんだから、頭が下がる」

感心するような話かよ、と高樹は内心馬鹿にした。そして、最初は意識していなかった嫌悪感を次第に抱くようになっていた。政治の世界が綺麗事だけで済まないことは、高樹にもよく分かっている。権謀術数というほど大袈裟ではないが、裏では頻繁に談合が行われているのだ。そういうこと全てを否定するわけではないが、田岡の行為は明らかに犯罪――法律で定められている枠をはみ出したら、罰せられなければならない。

重要な証言を得て、高樹は帰途についた。車の中では、常にNHKのラジオを聴いている。定時にニュースが流れるし、臨時ニュースが入ればすぐに分かるからだ。しかし今はニュースの時間でもなく、ラジオからは呑気な歌謡曲が流れてくるだけ……加藤登紀子の『知床旅情』だった。去年からあちこちでやたらと聴くので、自然にメロディも歌詞も覚えてしまった。知床はどんなところなのだろうとふと思う。旅情を誘う歌詞ではあるが、そこには当然人が住み、普通の生活があるはずだ。知床でもやはり、選挙違反が起きたりするのだろうか。東日は、あの北の街にも通信局員を置いて取材網を広げているが、彼の地の取材が大変なのは簡単に想像できる。何より広大で、どこかの現場に行くだけでも大変な時間がかかるはずだ。新潟でも、北魚沼・南魚沼両郡を担当する六日町の通信局は、相当広い範囲を一人でカバーしなければならないが。

支局に戻って、午後九時。通常の仕事はとうに終わっているが、デスクの富谷は居残って、メモ帳に何か書きこんでいた。この選挙違反の取材には支局員の半分が関わるようになっていて、情報を取りまとめるだけでも大変だろう。本当は、言い出しっぺの高樹がまとめ役になるべきなのだが、自分でも現場を回って取材がしたかったので、富谷に押しつけてしまった。

「認めましたよ」

高樹が告げると、富谷が「そうか」と言って傍の原稿用紙を一枚剝ぎ取り、額を拭った。原稿用紙は一行十五字、十行で一枚になる新聞記事用で、百枚ずつ重ねられている。何故かこれで額の汗を拭く人間は多い。微妙に汚い感じがするので、高樹はやったことがなかったが。

高樹は詳しく事情を説明した。富谷はうなずきながら聞き、時々メモ帳に細かい字で書きこんでいる。

「これで、現金授受を認めた議員は三人か……首長はさすがに一人も認めていないな」

「議員と首長だと、立場が違いますからね」

「あと、新潟バスはどうなんだ？　財界にまで金が渡っていたとなったら、事件は一気に広がるぞ」

「そうですね……」富谷の言う通りなのだが、そこで気持ちが萎《な》えてしまう。新潟バスに取材するということは、社長である隆子の父親への直当たりとイコールである。地元企業への取材は、通常新潟市政担当を兼務する経済担当がやるのだが、今回は事情が違う。あくまで選挙違反取材の一環——ということは、取材チームがやるのが筋だ。しかし、自分が？　やれるのか？

「どうした」

「いえ……どうします？　記事にするタイミングは？」

「そろそろ準備しておいてくれ。本当は、警察が捜査しているという一節が欲しいところだが、それはこの段階ではまだ無理かな」

またこういう話か……市役所の入札疑惑で原稿をボツにされた時の嫌な記憶が蘇る。

「一応当ててみますけど、厳しいでしょうね。それと二課長ですけど、古町のナイトクラブでも、本間陣営の人間と一緒にいたことが分かりました」粘って黒服から聞き出したことだった。この件は直接書けるわけではないが、背景として無視はできない。

「酒で落とされたか」

「あるいは金ですかね」女の線も捨てきれない。古町のナイトクラブは基本的に上品だが、女性が接待する店なのは間違いない。木原は子どもっぽいというか、世慣れていない感じだから、ああいう店で女性の濃厚な接待を受けたら、簡単に「落ちて」しまうかもしれない。

いずれにせよ、富谷が要求する「警察が」という一節は、事件原稿として是非欲しいものだということは分かる。仮に新聞の独自取材でも、「警察も捜査している」となれば信憑性が一気に増す。高樹は頭の中で、原稿の出だしを考えた。

二月に行われた衆院選新潟一区で当選した本間章議員（四五）陣営が、大規模な選挙違反を展開していたことが、東日新聞の取材で分かった。投票と票の取りまとめを依頼して、地方議員などに現金を渡したもので、対象は総勢百人、金額は二千万円になると見られている。新潟県警も事実関係を把握しており、捜査を進めている。

——こんな風になればベストだ。しかし実際には、警察の狙いはそこにはない。東日が書いてきたから、仕方なく本格的に捜査を始めた、という筋書きにしたいのだ。要するに、二課長を突き上げて黙らせるための材料。捜査二課の刑事は一癖も二癖もあるから、そのためにどんな策略を巡らすか、分かったものではない。二課長を「中抜き」して、刑事部長を直接動かすかもしれない。

今のところ、畑山とは上手く通じているが、これから先どうなるかは分からない。県警挙げて揉み消しにかかる可能性もあるのだ。キャリアの刑事部長や本部長が、自分の将来も考えて二課長を庇おうとしたら、現場の刑事たちの力では如何ともし難いだろう。その辺、畑山たちはどう考えているのか。

「軽く呑みに行くか？」富谷が盃を口元に持っていく真似をした。

「そうですね」適当に相槌を打ちながら、高樹ははっと思い至った。捜査の流れ、それに県警がこの一件をどう収めるかは、自分には口出ししようがないが、俯瞰して見られる人がいる。またも戸川を飛ばして仕事をすることになるが、この際いちいち許可を取ったり打ち合わせをしたりしてはいられない。バレたら後で謝ろうと決めた。

「すみません、またの機会にします」さっと頭を下げ、壁の時計を見上げる。午後九時……人を訪ねるのに遅過ぎる時間ではない。

「まだ取材か？」

「ええ」

捜査機関は警察が全てではない。警察の上位に立ち、全ての事件を立件すべきかどうか判断する「検察」がある。そして、警察回り時代に懇意にしていた検事が、まだ新潟地検にいるのだ。

検事は基本的に、全国規模で異動する。そのために官舎が用意されているのは、警察のキャリア組と同じだ。ただし、新潟では検事の官舎は団地を借り上げて一ヶ所に集まっているので、夜回りはしにくい。誰かを訪ねて行くと、だいたい他の検事やその家族にバレてしまうのだ。そして検察は、基本的にナンバーツーである次長検事以外は取材を受けない――しかも昼間だけだ――という方針になっているから、検事個人との接触がバレると、相手がまずい立場に追いこまれる。それ故、会う時には常に気を遣った。向こうが気さくな人間でなければ、絶対に接触は不可能だっただろう。

電話をかけると、相手――松永光正《まつながこうせい》が自分で受話器を取った。

「おう、久しぶり」豪快な挨拶はいつも通りだ。東大空手部出身だそうだが、東大でも空手部にいると、バンカラな人間になるのだろうか――いや、バンカラは既に死語か。

「ご無沙汰しましてすみません」

「県政記者が何の用だよ。もうあんたの取材を受けることはないと思ってたが」

「取材じゃなくてご相談です」

「交通違反の揉み消しとかなら、ぶん殴るぞ」

「まさか」この人は冗談を言っているのかどうか、時々分からなくなる。「電話だとちょっと話し辛いんですが」

「じゃあ、明日地検に来いよ」

「検事室で取材してもよくなったんですか?」

「まさか」松永が声を上げて笑う。「次長に叩き出されるのを陰で見て、にやにや笑ってやるよ」

「人が悪いなあ」

「二十分後だ。新潟大神宮の駐車場のところで」と言って、松永は電話を切ってしまった。

「新潟のお伊勢さま」と言われる新潟大神宮一帯は、静かな住宅街である。午後九時半、既に人通りも絶えて、気味が悪いほど静かだった。高樹は駐車場の前で車を停めて、一旦外に出た。煙草が吸いたくて仕方なかったが、二年前に禁煙したという松永は煙草の臭いを極端に嫌う。会う前に吸っておこうと、ショートホープの箱から一本引き抜き、すぐに火を点けた。煙が夜空に溶け、香ばしい香りが鼻をくすぐる。学生時代からショートホープ一本やりで、他の煙草の味は生ぬるく感じられるぐらいだった。

煙草を二本灰にしたところで、暗闇の中から松永が姿を現した。百八十センチ近い長身。がっしりした顎に大きな目が、強烈な印象を与える。初めて会った時から、こんな映画俳優がいてもおかしくないな、と感じていた。本人もそれを意識しているのか、服もいつもパリッとしている。それほど給料が高くない検事が、いかにも注文してあつらえたような服を着ているのが不思議で、「いつもいい背広を着てますね」と聞いたことがある。「実家が銀座で洋品店をやっている」という説明で納得したのだが、「あんたもうちの実家で背広を作ったらいい。店を継いだ弟に言っておいてやる」と店の名刺を渡されたのには参った。実は高樹でも名前を知っている名店で、そこで服を作ったらいくらかかるか分からない。松永の場合は家族価格、あるいはただで作ってもらっているのだろう。今日はどんな背広を着ているか分からないが、体にぴたりと合ったトレンチコートを、襟を立てて着ている。そういう格好が似合ってしまう人なのだ。それにしても……家で寛いでいたはずなのに、どうしてこんなきちんとした格好で来るのだろう。この人に関しては、まだまだ謎が多い。

「あんた、まだ煙草を吸ってるのか」開口一番、松永が文句を言った。初めて会った頃には松永は禁煙を試みていて、その辛さを紛らすために他の人間も巻きこもうと、しきりに「煙草をやめろ」と言っていた。今もまだ、他人の喫煙には敏感なようである。

「ええ……」足元には踏み潰した吸い殻が二本。

「ショートホープだな?」

「何で分かるんですか?」

「ショートホープの臭いが残ってる」大袈裟に、顔の前で手を振った。

「まさか」吸ってもいないのに分かるわけがない。

「禁煙した人間は、かえって煙草の臭いに敏感になるんだよ」

そんなことはあるまい。自分が吸っていた煙草の銘柄を覚えていただけだろうと高樹は想像した。松永もショートホープを愛煙していた。

「乗って下さい。寒いですから」

「北海道に比べれば大したことはないな」言いながら松永がコロナのドアを開けた。松永は初任地が札幌地検で、未だに当時のことを話題にする。全国転勤がある勤め人は、誰でも初任地のことが忘れられないようだ。自分もいつか、新潟のことを懐かしく語るようになるのだろうか。

高樹はエンジンをかけ、車内にヒーターを効かせた。酷使してきたせいか、最近ヒーターの効きが少し悪くなっている感じがする。

「率直に伺っていいですか」高樹はすぐに切り出した。松永は雑談が好きな男で、話も面白いのだが、ともすると話がそちらの方に流れるばかりで、本題に入れないまま時間切れになってしまうことがある。

「あんたが遠慮するのは変だ」

「選挙違反についてです」

「この前の総選挙の？　ずいぶん古い話だな」

「一区の本間派の事件です」

「俺のところには、正式には話は入ってないよ」

いかにも初めて聞いたように言っているが、「正式に」という言い方が怪しい。非公式には知っているな、と高樹は判断した。

警察と検察の関係は微妙である。公式には、検察は警察の捜査を指揮し、最終的に犯人を逮捕して起訴するかどうかを決定する。どんなに警察が必死に捜査しても、検察が「起訴は無理だ」と判断すれば犯人逮捕が見送られることもある——というのは建前で、実際には警察の捜査を検察が追認する形になるのがほとんどだ。例外が汚職や選挙違反など、捜査二課が担当する事件で、その場合は検察が口出しすることが多くなる。本当に検察主導で捜査が進むこともあるのだ。今回の選挙違反についても、松永が知らないわけがない。

「警察内部で、捜査にストップがかかった話はご存じですか」

「そいつは穏やかじゃないな」

「まったく、穏やかじゃないんです」高樹はうなずいた。この件を話していると、毎回頭に血が上ってしまう。「松永さんがどこまでご存じか分かりませんが、捜査二課長が本間陣営の人間に籠絡されたという情報があります。実際、二課長が本間陣営の人と何度も会っていたことは、俺も摑みました」

「それだけで籠絡というのは、いかがなものかね」

「実際に二人の間でどんな話し合いがあって、二課長がどんな条件を提示されたかは分かりません。ただ、現場の刑事が進めていた捜査を二課長がストップさせたのは間違いありません」

「なるほど」

関心なさそうに松永が言ったが、ちらりと横を見ると目つきは真剣だった。こういう時の松永は本気——興味を惹かれていると高樹には分かっている。

「今、現場の刑事さんたちが、何とか捜査を進めようと必死になっています」

「で、あんたは利用されているわけだ」

この人は全部知っている、と理解した。捜査二課が、東日の記事を起爆剤にして捜査を再開しようとしている——そんなことは、捜査二課の幹部しか知らない話である。ただし、検事も普段から警察の捜査員と交流があるから、どこで話が漏れてきてもおかしくない。

「利用されてもいいと思ってるんです。新聞と取材される側は、持ちつ持たれつの関係ですから。特に警察や検察とは……目指すところは同じです」

「社会正義の実現か」

「ええ」

「あんたも、若いねえ」松永がからかうように言った。「俺はもう、そういう感覚はすり減っている」

「そんなこと、ないでしょう。松永さんだって、まだ二十八じゃないですか」高樹は即座に否定した。松永は、日々の仕事に追われて初心を忘れるようなタイプではない。これまで様々な事件の取材で話をしてきたが、犯罪を憎む気持ちは現場の警察官以上だと思う。検事は、警察から日々送られてくる事件を処理するので手一杯になってしまい、一つ一つの事件に対する思い入れを持たなくなることも多いのだが。

「警察は、うちに先に記事を書かせて、それをきっかけに捜査を再開しようとしているんです」

「そいつは異例だな。新聞を観測気球に使うようなものか」

「というより、新聞が書いたことで、警察としても捜査せざるを得ない方向に持っていく、という作戦ですね。新聞にでかでかと記事が出たら、警察も知らんぷりはできないということでしょう」

「そうか」

「うちも、記事にできるだけの材料は揃えました。今は書くタイミングを見計らっている状態で……松永さんの見通しを聞きたいんです」

「正式な話は何も聞いてないな」

「非公式には？」

「新潟県警捜査二課には、優秀な刑事が揃っている」松永が唐突に言った。「特に知能犯関係はな」

「つまり、捜査は順調に進んでいた、ということですね」

「本当なら今頃、うちもてんてこまいになってたんじゃないかな」

「捜査がストップさせられたことも、把握していたんですか」

「警察内部の話に、検察は口を出せない。あんたがどういうつもりでいるか知らないが、これを警察の組織的な問題として捉えちゃ駄目だぞ」

「捜査二課長が弱い人間だった、というだけの話ですか」

「キャリア官僚だからって、高潔で倫理観が高い人間だとばかりは限らないよな。検事も同じだろうけどな……俺としては、あくまで個人的な問題として考えている。しかし、捜査二課長って俺と同い年、同学年なんだよな」それがいかにも嫌そうに顔をしかめる。

「知り合いではないんですか？　会議なんかで顔を合わせるでしょう」

「そんなに深く話をしたことはない」

「検察として、警察を厳しく指導して捜査を進めさせたらよかったんじゃないですか」高樹は咎《とが》めた。

「そう簡単に言うな」松永がたしなめる。「警察と検察の関係は、そんなに単純なものじゃないんだ」

「それは分かります」

「あんたがどこまで取材しているか分からないが、選挙違反については自信を持って書いていいんじゃないか？　もちろん、誰が指示してやらせたかについてまでは、取材じゃ摑めないだろうが」

　悔しいが、それは松永の言う通りだ。やはり、強制捜査という形で追いこまないと、選対幹部は喋らないだろう。自分が田岡に「どうなんだ」と訊ねても、軽くいなされてしまうような気がする。元々あいつは弁が立つし……それを考えると、心に穴が空いたような気分になる。この件では、様々な覚悟を決めてきたつもりだが、まだ十分ではないのかもしれない。

「金を受け取った、という証言も得ています」

「新聞としてはそれで十分じゃないか？」松永がどこか満足そうに言った。「誰が指示してやらせたかは重要な問題だが、そこまでは取材じゃ割り出せないだろう」

「突っこむつもりではいますけどね」本間選対の実質的な責任者であった県議の石崎。記事にするぎりぎりのタイミングで、彼には直当たりするつもりだった。肯定しようが――その可能性は極めて低いだろう――否定しようが、彼のコメントは記事には必須だ。

「それで玉砕しても、記事にはなるだろう」

「ええ」

「何だよ、記事の書き方まで俺に相談するつもりか？」

まさか。要するに検察がどこまで事情を摑んでいるかを探りにきただけなのだ。この取材は成功だったと思う。松永は一切言質を与えなかったが、この話のニュアンスを読み取るだけで十分だ。しかし、心に刺さった棘はなかなか抜けない。

「一つ、正直に言っていいですか」高樹は低い声で切り出した。

「何だよ、今まで正直に喋ってなかったのか」

「そういうわけじゃないですが、言いにくい話なんです。捜査二課長を籠絡した人間は、俺の知り合いなんですよ」

「どういうことだ？」

「民自党の田岡政調会長の長男が、今回の本間陣営の選挙を手伝っていました」

「田岡総司ね」

松永がさらりと言ったが、その一言は高樹の胸に刺さった。既に名前も把握しているわけか……政治家の秘書だから、選挙と関係なく名前を摑んでいてもおかしくないが、この場合はやはり選挙違反の捜査で出てきたのだと思う。

「どういう知り合いなんだ？」

「小学校から大学まで一緒でした」

「じゃあ、まさに幼馴染みか」

「ええ」

「そういう人間を……」松永が一瞬言い淀んだ。「そこまで割り切って仕事できるか」

「割り切ったつもりだったんです。悪いことは悪いことで、問題があるなら記事にしなければいけない。原理原則で言えば、それが当たり前ですよね。でも、やっぱり割り切れない部分はある」

「気持ちは分かるよ。ただし記事の内容については、俺たちは何とも言えない。でも、選挙違反そのものと、田岡と捜査二課長の件は、分けて考えるべきじゃないかな」

「そうですかね」高樹は首を捻った。

「選挙違反については、最大のポイントは二つだ。誰が金を配るのを指示したか、誰がいくら受け取ったかだ。田岡と二課長の件は、それには直接関係ない。県警だってうちだって、この件を立件するかどうかはまだ何も決めていないんだ。警察的には、内部の処分で済ませたいと考えるだろうな。それだけで済んでしまえば、田岡は罪には問われない。片方だけが刑事責任を負わされるのは、刑訴法の理念に合わない」

「そんなに簡単にいきますか？」

「何とも言えないな」松永が首を横に振った。「俺は決していいこととは思わないが、世の中の悪事を全て立件していたら、検察はパンクする。社会的制裁を受けるだけでも、十分かもしれない……いや、今はまだ、何らかの結論を口に出すタイミングじゃないが」

「そうですね」一気に全ての謎が解明されるわけではあるまい。そしてこの件については、東日としても取材が十分とは言えないのだ。二人が会っていたのは間違いないものの、直当たりしていたわけではない。そして直当たりしても、二人の答えは既に予想できていた。

「普通に話をしていただけ」「捜査を止めるような依頼は受けていない」

「あんたは、自由に動いて書けばいい。金をもらった人間の証言が取れているなら、記事にするには問題ないだろう」

「ええ」

「田岡のことは……割り切れないだろうな。俺にはそういう経験はないけど、想像はできるよ。こんなことで友だちをなくしたら、辛いだろうな」

友だちだけではない。同じように大事な人——愛する女を失う可能性だってあるのだ。それでも突き進むべきなのか？　社会正義のために？　あるいは、もっと本音を言えば、自分の手柄のために？

2

三月末、選挙の投開票から既に一ヶ月が経った。

高樹は、記事を用意し始めた。大規模とはいえあくまで選挙違反なので一面にまではいかないだろうが、社会面トップは確実に狙える。そう考えると気合いが入って、つい筆が走ってしまい、あっという間に原稿を書き終えた。これまで、現金の授受を認めた議員は五人。その人たちの証言を紹介していくだけで、選挙違反は裏づけられる。

書き上げた原稿を富谷に見せる。富谷はざっと一読しただけで、「大丈夫じゃないかな」と軽い調子で言った。

「問題は、いつぶっ放すかですね」

「もう一押し欲しいんだよな。いや、初報じゃなくても構わない。続報でいいんだが、財界への工作についてはどうなんだ」

「新潟バスですか」

「第一はそれだろうな」

畑山は、山奥で染み出す湧き水のように、少しずつ情報を流してくれた。財界への工作は、政界ほどには目立たないものの、新潟バスを始め、県内の有力企業に金が渡ったらしいことは分かっている。その中でも新潟バスは最大——富谷が言う通りで、「財界へも現金工作」を第二報で出せれば、他紙を圧倒できるだろう。この選挙違反の異常さも明らかにできる。

しかしこの問題は、田岡のことよりも難しいかもしれない。高樹は逃げることにした。

「新潟バスに当たるのは、経済担当の記者に頼めますか」

「いいけど、お前はそれでいいのか？　今まで全部自分で当たってきたじゃないか」

「経済担当の経験がないので、当たりどころの勘が分かりません」我ながら下手な言い訳だと思ったが、富谷は特に詮索しようとしなかった。デスクにすれば、誰が取材しても原稿がきちんと出てくればいいのだろう。それに、この件で高樹が一杯一杯になっていることも分かっているはずだ。

「じゃあ、判明している企業に一斉に当たろう。それで一つでも証言が取れれば、ゴーだ」

「本社にはまだ話してないんですよね？」

「話してないが、一発ＯＫは出ると思うよ。東日は、事件大好き新聞だからな」

それは頼もしい話だが……高樹は自席に戻り、これまで記者たちが集めてきた議員の証言に、改めて目を通し始めた。読んでいるうちにふつふつと怒りが――湧いてこない。むしろ呆れてしまうのだった。

「こういうのはどこにでもある話だ」「受け取らないと、今後の活動に支障が出る」「どんなことでもおつき合いというものがある」。何だか、選挙の度に金を受け取るのが当たり前、という言い訳にしか聞こえない。こういうのが新潟の常識なら、選挙違反もなくならないはずだ。

溜息をついて、メモをポケットにしまいこむ。この記事は、特大の泥の玉を新潟県に投げつけるようなものだろう。もしもこの記事を手土産に本社へ上がるようなことになったら――俺は松永のように、初任地をずっと愛せるだろうか。

経済担当の記者が取材を進めた結果、新潟バスの社長・阿部貢の証言が取れた。難しいだろうと思っていたので高樹は仰天したが、どうも貢は、上手く逃げを打つことにしたようだ。

「普段からのつき合いがあり、拒否できなかった。しかし選挙では社員に投票を強制してはいないし、金は選挙後に全額返した」

これが本当かどうかは分からない。しかし文面を見る限り「仕方なく、苦渋の選択として受け取った」という裏が読める。「政治家から金を押しつけられて、断れるわけがない」というのが本音だろう。

しかし受け取ったのは間違いない……それだけで、今回の選挙が異様だったことが分かる。普通は、企業から政治家に献金などの形で金が渡るものだ。選挙でも無償で応援する。事務所に社員を出して選挙の雑務をやらせたり、社員だけではなくその家族にも投票を強要する。その見返りを、様々な形での「便宜」として受け取るわけだ。典型的なのが建設業で、こういう地道な努力で政治家と密接に結びつき、公共事業の受注などで有利な取り計らいを受けられるようにする。都会ならともかく、田舎では建設業の最大の仕事は公共事業なので、こういう癒着が生まれがちなのだ。業者・役所・政治家が一本の線でつながるわけだ。

一方、バス会社はあまりそういう恩恵を受けない。だからこそ、貢が言う「普段からのつき合い」というのは嘘ではないだろう。利権に絡んだことではなく、あくまで普通のつき合い……。

とはいえ、金を受け取った事実は重い。これで続報は書ける。しかし……高樹はしばし迷った末、受話器を取り上げた。事前に通告すれば、情報が漏れる恐れもある。しかしここはやはり、言っておかなくてはならない。

日曜の午後、隆子がケーキを持って高樹の自宅に遊びに来た。これからしなければならない話の雰囲気には合わないが、彼女の好意を無駄にするわけにはいかない。高樹はそそくさとインスタントコーヒーを用意し、一気にケーキを食べた。

「何だか焦ってない？」

「いや、そういうわけじゃないけど」

原稿の一発目は、火曜日、ないし水曜日の朝刊に出すことが決まっていた。富谷が本社に簡単に状況を説明し、内諾を得ている。明日、あるいは明後日が大勝負になるわけだ。

高樹の内心の焦りを知るはずもなく、隆子はゆっくりとケーキを食べている。市内でも評判の洋菓子店のケーキで、甘いものをあまり好まない高樹でも美味いと思った。本当なら、二人でゆっくり飯でも食べた後に楽しみたい味だった。

「実は今日は、大事な話があるんだ」

「何、改まって」隆子が座り直す。ちょうどケーキを食べ終わったところだった。

「今、重要な取材をしているんだ」

「忙しいから、しばらく会えなくなるとか？　わざわざそんなこと言わなくても、今までもそういうことはあったじゃない」隆子が怪訝そうな口調で言った。

「今回はちょっと事情が違う」

「どういうこと？」

「君のお父さんが巻きこまれるかもしれない」

「父が？」

高樹は微妙にポイントを外して事情を説明した。というより、詳細はほとんど話さない――話せない。「重要な事件の記事で、君のお父さんの証言が載ると思う。それで会社が揺らぐようなことはないだろうけど、世間からは反発を受けるかもしれない」

「どういうこと？」隆子は戸惑いを隠せなかった。「それだけじゃ、何も分からない。父が何かやったの？」

「そういうわけじゃない」

「だったらどうして記事になるの？」

「境界線上の話としか言いようがないんだ」仮に警察が貢に事情聴取しても、立件するかしないか微妙なところだ。金は受け取ったが返してしまった――それは証言でしか立証しようがないことで、裁判では弱いと判断される可能性も高い。となると、わざわざ立件する必要もなく、参考としての事情聴取だけで済まされるかもしれない。送検されても、

「返還したのだから犯意はない」との判断で起訴猶予になるのではないだろうか。それなら前科がつくこともなく、会社と貢本人の評判が一時的に地に落ちるぐらいで、致命傷にはならない。いや……バス会社のように公共性の高い会社のトップが選挙違反に絡んでいたら、やはり世間からは叩かれるかもしれない。世間がそれを気にしない、あるいは簡単に許してしまうなら、新潟はやはり「選挙違反の県」ということになる。

「治郎さん、何が言いたいの？　父に何かあったの？」

「今は言えないんだ。ただ、記事になるかもしれない……その記事を読んで君がどう思うかは、俺には分からない」

「それじゃ、何も分からないわ」隆子の顔に影が差す。

「すまない」高樹は頭を下げるしかなかった。「今は言えないんだ。記事を読んで、君が俺のことを嫌いになるなら、それもしょうがないと思う」

　話しているだけで胸が痛んだ。まるでもう一人の自分がいて、自分を苦しめているような……喉が狭まるような感じがして、咳払いする。それでも、喉の不快感は消えなかった。

　これは正しいことなのか？

　隆子は、高樹が初めて「結婚したい」と思った女性だった。地元企業のトップの娘ということで家柄も申し分なく、両親に紹介してもすぐに受け入れられるはずだという確信もある。しかし今、「地元企業のトップの娘」であることが足枷《あしかせ》になってしまっているのだ。

彼女が普通の家に生まれた普通の娘だったら、こんなことにはなっていなかったと思う。

もちろん、家柄で彼女を好きになったわけではないのだが。

「嫌いになるって……そんなに大変なことなの？」

「君の家に迷惑をかけるかもしれない。君にとって、家族は大事なものだろう？」

「それはそうだけど……父は、そんなに悪いことをしたの？」

答えられない。記事を見てくれ、としか言いようがなかった。

「ごめん」高樹はまた頭を下げた。「何も言わないで、いきなり記事が出たら君を脅かすことになる。それも卑怯だと思って、今話したんだ」

「でも、こんな中途半端な話じゃ、かえって怖いわ。どうしてちゃんと話してくれないの？」

「新聞に出る前の記事について話すのは、ルール違反なんだ。こうやって話すのも、ぎりぎりまずいと思う」

「でも……」

「すまない」三度目の謝罪。「もしもその記事に納得できなくて、君が俺じゃなくて家族を選んでも、仕方がないと思っている」

「そんなに大変なことなの？」隆子が目を見開く。

「大変なのは間違いない」

「家族とあなたを天秤にかける――そういうこと？」

「こんな時に言うべきじゃないかもしれないけど、俺は君に、正式に結婚を申しこむつもりだった」

隆子がはっと顔を上げる。大きな目が潤んでいた。

「何で今、そんなこと言うの」

「俺の気持ちを知っておいて欲しかったからだ。ちゃんと結婚を申しこんで、君のご両親にもうちの両親にも許可を得て、東京へ異動する時について来てもらうつもりだった」

「私は――」

「こんな形で言うことになって、申し訳ないと思う。俺の本当の気持ちは、君と結婚したい、だ。それは今までもこれからもずっと変わらない。でも、最終的にどうするか判断するのは君だ。俺には、無理強いはできない」

本当は、土下座してでも「結婚してくれ」と言いたかった。しかし状況によっては「家族を捨ててくれ」と頼まざるを得ない。そんな残酷なお願いができるか？　末っ子で大事にされてきた彼女が、本当に家族との縁を切れるのか？

ひどいことをしている、と自分でも意識していた。話す前は、「記事を読んで知るよりはましだろう」と思っていたのは事実である。しかしタイミングなどまったく関係なかった。いつ言っても、彼女に十分過ぎるほどの衝撃を与えたのは間違いない。

隆子がいきなり立ち上がり、玄関に駆けて行く。突っかけるようにハイヒールを履き、乱暴にドアを開けて出て行った。

追いかけられない。かけるべき言葉もなかった。

月曜の午後、選挙違反の取材スタッフ全員が支局に集まった。これから富谷が本社に正式に原稿を出すことを告げ、最終的な調整が始まる。

「……はい、ええ。そうなんですよ。取り敢えず初報は百行ぐらいで。大丈夫です。十分、社会面のトップ、いけますよ。それでは、一時間——二時間後ぐらいに」

本社への電話を切って、富谷が両手を揉み合わせる。表情に変化はないが、気合いが入っている時の癖だ。

「本社の方、了解が取れた。すぐに原稿を整えてくれ。それと、地方版も見開きで展開する。県政界の反応を中心に……そっちは佐々木がまとめてくれ」

「今日のところは、『衝撃走る』みたいな感じでいいでしょうね」佐々木が軽い調子で応じる。

「ああ。本間陣営の正式なコメントが必要になるから、選対責任者を摑まえて話を聞いてくれ。それと、本間本人に取材はできないかな」

「何とか摑まえましょう」佐々木が請け合った。とはいえ、この件は難しいかもしれない。代議士ともなると、電話一本で気楽に話ができるものでもないのだ。「ただ、政治部に頼んだ方が無難かもしれませんよ。今日は、東京にいるはずです」

「そうか」富谷が本社との直通電話の受話器に手を置く。「だったら、それは本社に押しつけよう。じゃあ、後は原稿の準備。佐々木、コメント取材で人手が必要だろうから、取材班に割り振ってくれ」

「はいはい」いよいよでかい原稿が出るというタイミングになっても、佐々木の飄々とした態度は変わらない。

さて、俺は原稿の総仕上げだ。高樹が自席に戻り、これまで用意してきた原稿を読み返し始めた。何度も書いたり消したりで、すっかり汚くなってしまっている。新聞記事に「清書」などはないのだが、今回は改めて書き直そう。この汚さでは、富谷もちゃんと読めないだろう。

一瞬目をつぶり、呼吸を整える。記事を書くのに、そんな前準備は必要ないのだが、この原稿は自分の命運を変えるかもしれない特別なものなのだ。
一つ息を吐いて、十五字詰めになっている専用の原稿用紙に向かい、2Bの太い鉛筆で原稿を書き出す。

二月に行われた衆院議員選挙で、新潟一区から出馬して当選した本間章議員（四五）（民自党）の陣営が、大規模な選挙違反を行っていたことが分かった。選挙区内の有力者に現金を渡し、投票と票の取りまとめを依頼したもので、東日新聞の調べでは、百人近くに総額二千万円ほどの現金が渡ったと見られている。過去に例を見ない大規模な買収事件で、新潟県警も事態を重視し、情報を収集している。

前文を一気に書き上げた。最後の一文は苦肉の策である。現段階ではまだ、「捜査している」とは言えない。しかし警察が何もしていないということでは、こちらの調査の信憑性も薄れるから、「情報を収集している」という言い方にたどり着いたのだ。この件については、畑山と萩原にも既に確認している。二人とも「捜査している」についてはNGを出した。あくまで、東日の記事をきっかけに捜査を再開した、ということにしたいらしい。萩原の弁──「警察はいつでも情報を収集してるんだ。特に選挙違反については、必ず情報を収集する」。つまり、この書き方は嘘ではない。一般的な警察の動きだ、と言われてしまえばそれまでだが。

気づくと、原稿を書き上げていた。選挙違反の背景については、地方版で佐々木が解説風味の原稿を書くことになるだろう。それ故、社会面に送る原稿はあくまで、選挙違反の「筋」と、金を受け取った人間のコメントに絞る。最後に本間本人のコメントが取れれば最高だが、選対責任者の話が聞ければ十分だろう。

新潟一区では、民自党の公認争いが長引き、実質的に保守分裂選挙になった。本間陣営では、選挙戦が不利な状況と見て、選挙区内の有力者に現金をばらまく作戦に出たと見られている。

現金百万円を受け取った地元の地方議員（六二）は「選挙戦で本間陣営が苦しい戦いをしているのは分かっていた。応援を依頼され、金を受け取ったのは事実だが、まったく使っていない」と証言。さらに別の議員（六八）は「普段からのつき合いもある。応援を頼まれて金を渡されたら、断るのは難しい」と証言した。

現金を受け取ったものの、選挙戦後に本間陣営に返したという別の議員（五六）は「現金を受け取るのが悪いことだと意識はしていた。返すタイミングを考えているうちに選挙が終わってしまったが、その後、全額をそのまま返している」という。

現金受け渡しの方法は様々で、自宅で受け取った者もいたが、執務時間中に役所内で受け取っていた地元町長（六一）もいる。この町長は「確かに町長室で受け取った。拒否したのだが、最終的には受け取らざるを得ない感じになってしまった」と当時の状況を説明する。


実は、新潟一区に「六十一歳」の町長は二人いる。この記事が出ると、「どっちなんだ」と世間はざわつくだろう。しかし特定できるような書き方はできない。

証言した議員や首長の実名を出すかどうかについては、かなりの激論があった。結果的には「全員から取材したわけではないから、匿名でいく」方針が先ほど決まったばかりだった。現金を受け取った人間全員に当たれていれば、実名で報道してもよかったが、それができていない以上、不公平感が出るのではないかというのが富谷の判断だった。取材を受けたことで実名を晒すのは、好ましくない。

高樹としては、名前を出してしまうべきだと思っていた。それこそ、実名で報じた方が記事の信憑性も増す。しかし、ここで論争して余計なエネルギーを浪費する気にはなれなかった。

よし、社会面用の原稿は問題なし。一息ついて煙草に火を点けようとした瞬間、佐々木が寄って来た。

「本間選対の石川のコメントが取れたぞ」

石川は元民自党の代議士で、今回の本間陣営の選対責任者だった。本間は、彼の後継者という一面もある。佐々木が、原稿用紙に書き殴った原稿を渡す。非常に素っ気ないコメントだった。


選挙戦は正当に戦われたものであり、現金授受に関しては一切コメントするつもりはない。


「話してみて、どんな感じでした？」

「こっちの取材が進んでるのは、陣営も分かってたと思うぜ」佐々木が煙草に火を点ける。

「これは苦肉のコメントだな」

「否定できないんですからね」高樹がうなずいた。「否定すれば、後で嘘だと分かった時に叩かれる」

「ノーコメントもコメントのうちってことだよ」佐々木がニヤリと笑ってうなずく。「本間のところ、今頃は大騒ぎだろうな。これで、うちが明日書いてくることは分かったはずだから。本間自身は何かコメントを出すか、それとも雲隠れするか……」

「逃げるでしょうね」高樹は馬鹿にしたように言った。「本間には、堂々としたところがないんですよ。ただの官僚崩れだ……地方版、手伝いましょうか？」

「こっちは大丈夫だよ」佐々木が緩い口調で言って、盛んに煙草をふかす。「書くことはたっぷりあるからな。まだ時間にも余裕がある」

その辺は、心底羨ましい。東京から遠い新潟の締め切りは早い。夕方に原稿を出したら、少なくとも地方版の仕事はそれでおしまいになる。もちろん今日は、社会面に原稿を出すから、何か新しい動きがあったらすぐに対応することになるのだが。東京で出る新聞なら、日付が変わった頃まで新しく記事を突っこめる。しかし最新の情報を東京の読者は読めるが、地元の新潟では読めない、という逆転現象が生じるわけだ。

よし――社会面用の原稿はこれでいいだろう。本間本人のコメントが取れたら、石川のコメントと差し替えるか、あるいはそのまま追加してもいい。その辺の判断は、最終的に本社がするはずだ。しかし今日は、富谷は支局に泊まりこみになるのではないかと同情した。社会面の最終版作業が終わる午前一時半までは、何か新しい情報を入れられるかもしれない。それまでは支局で待機だろう。一人暮らしの部屋に夜中に帰っても――しかも素面で――侘しいだけだし。

一応、最初の矢は放った。明日はもっと厳しい原稿――新潟バスなどへの現金攻勢の話を続報として書かねばならない。完全な特ダネなら、部長賞――上手くいけば社長賞ものだが、一向に気分は晴れない。

これで友人と恋人、二人を同時に失うかもしれないのだ。もしもこの記事が大きな手柄になって、本社へ凱旋できても、そんな人生が楽しいだろうか。

佐々木は忙しく原稿を書いている。誰か相談できる相手は……と支局内を見回したが誰もいない。もっともこれは、支局員に話すようなことではないだろう。あくまで高樹のプライベートの問題なのだ。

立ち上がり、コーヒーを用意する。インスタントのコーヒーを思い切り濃くして、砂糖もミルクも入れずに飲む。ひどい味で、後で胃が痛みそうだが、一気に目は覚めた。

田岡本人には、まだこの件をぶつけていなかった。事件全体の中で、彼がどんな役割を果たしたかは分かっていないのだが、現金を運ぶなどして関わっていたのは間違いない。取材相手として――あるいは友人として、話を聞いておく必要があるのではないか？　それが取材なのか、友人とのプライベートな会話になるかは分からないが、今の状態では後ろからいきなり斬りかかるようなものである。もちろん田岡も、取材が進んでいることは把握しているだろう。とはいえ、自分からしっかり伝えておくことは必要ではないか？　しかも記事が出る前——つまり、今日だ。何より、どうしてこんなことをしたのか、田岡本人の口から聞いてみたい。

お前の理想はどうなった？　どこへ行った？

高樹は富谷に原稿を渡し、相談した。

「夜、ちょっと出てきたいんですけど」

「夜の話をするにはまだ早いよ」富谷が壁の時計を見た。午後四時——夜まではまだ間がある。

「早版が一段落したら、ということです」

「それは構わないけど」富谷が怪訝そうな表情を浮かべる。「追加取材か？」

「そんなものです」

本当に取材と言えるかどうか……それは、会ってみないと分からない。

3

石崎の目は真っ赤だった。泣いたわけでもあるまいが……田岡は緊張して、彼の前の椅子を引いて座った。午後四時。挨拶回りをしていた時に、突然石崎から電話がかかってきて呼び戻されたのだった。自分が立ち寄りそうなところへ、必死で電話を入れまくっていたらしい。

富所も同席している。三人一緒にいると、選挙の時の緊張感と高揚感が蘇ってきた——しかし石崎の一言は、その興奮に一気に水をかけて消し去った。

「明日、東日に記事が出るようだ」

「そう……ですか」

思わず唾を呑む。取材が進んでいることは分かっていた。現金を渡した議員や首長から、相談の電話が何回もかかってきたのだ。金を受け取ったことを認めてしまったが、今後どうしたらいいか——認めた人間がいた以上、東日はいつかは書いてくるだろうと思っていた。それがついに明日になったわけか……。

「申し訳ないです」田岡は二人に頭を下げた。「もっとしっかり頼みこんでおくべきでした」

「全員に話をするのは難しい。だいたい、こっちが動き出すより先に、東日の取材が進んでいたんじゃないかな。先ほど、石川先生のところにも取材の電話が入ったらしい」

石川は代議士としては既に引退しているが、まだ政治の世界から離れてはいない。自分の実質的な後継である本間の選挙でも、責任者を買って出ていた。田岡ももちろん会ったことがあるが、どこからどう見ても体力が限界に近づいているジイさんである。過去の権力にしがみついているだけの、化石のような人だ。

「石川先生は何と？」

「コメントするつもりはないと、コメントしたそうだ」石崎が溜息をつく。「確かに、そう言って逃げるようにお願いしたけど、そもそもそれがまずかったかもしれん」

「取材拒否してもらった方がよかったかもしれません」田岡は悔いた。

「しかし、取材拒否すれば怪しまれる……どうせ書いてくるんだから、これは仕方ないだろう」

事前に予想していたことだった。東日は、記事にしようとしたら、最終的に関係者――選対の最高幹部のコメントを求めて取材してくるだろう。二日前にそのことを相談した時、田岡は「コメントしない」というコメントを出すようにと提案したのだった。認めても認めなくてもまずいことになる。ここは「ノーコメント」で逃げておくのが一番無難だ。それで二人とも了解し、取材が行きそうな人間には徹底しておいたのだが。

「本間先生は？」

「明日記事が出そうだということは伝えておいた」石崎の表情は相変わらず渋い。

「どうするんですか？」

「取り敢えず、本間さんは取材は受けない。ブンヤさんに摑まらないところにいてもらうことにしよう」

「上手くいきますかね」田岡は首を傾げた。何か問題が起きた時に政治家が姿を隠してしまうのはよくあることだが、だいたい批判を浴びる。本間は何としても守らなくてはいけない——本当に？　田岡は急に気持ちが冷めていくのを感じた。自分はあくまで、本間陣営を手伝っただけである。当落線上にいる候補者がどう考え、どう動くかを間近に見ることができて勉強になったが、本間に対してはそれ以上の感情はない。せっかく当選しても伸びそうにない人だし——これから大臣になるとも、党の中枢部を歩いていくとも思えなかった。そんな人をいつまでも庇って、自分が汚れ役を演じる必要はない。

今は、自分がどう逃げるか、罪を被らずに済むかを考えるべきだろう。ただし、目の前にいる二人、石崎と富所に対しては責任を感じている。責任というか、同じ目的のために苦しい戦いを共に戦った仲間——同じ罪を背負った仲間という感覚だ。

「何かあったら、オヤジさんに申し訳ない」石崎が絞り出すように言った。

「気にしないで下さい。本間先生の手伝いは、私が自分で言い出したことです」

「しかしあんたは、オヤジさんの大事な後継者なんだ」

「父からは、そんなことは一言も言われてませんよ」

石崎と富所が同時に田岡の顔を見た。石崎は唖然として、口をぽかりと開けている。富所が、辛うじて「それはどういう……」と絞り出すように訊ねた。

「父は、私に後を継げ、と言ったことは一度もありません。私が勝手に押しかけて、父の秘書になったんです」

「しかし、親子でしょう」富所が疑わしげに言った。

「逆にお聞きしますが、お二人は、父が私を後継にする、と話したのを聞いたことがありますか？」

二人が顔を見合わせる。同じように眉間に皺を寄せ、困惑の表情を浮かべていた。ほどなく富所が、田岡の顔に視線を据える。

「確かに、私は聞いたことがありません」

「俺もだ」石崎も認める。

「私はいずれ、父の議席を継ぐつもりではいます。皆さんも、当然そう思っているでしょう。でも父は、一度もはっきりとそんなことを言っていない。お二人のように有力な後援者の方にも喋っていないはずです」

「オヤジさんも、何を考えてるのかね」石崎が吐き捨てる。「代議士の座は、親子で引き継いでいくのが一番いいんだ。地方では、それでこそ政治がつながる。新たに候補を選任して、ゼロからやり直すのがどれだけ大変か、あんたにも分かるだろう」

「もちろん分かります」田岡はうなずいた。「本間さんの選挙が、まさにそうだったじゃないですか」

石川には娘しかいなかった。しかも全員が、政治と関係ない仕事をしている男に嫁いでいる。男子がいなければ娘婿に、というのもよくあるやり方だが、石川は末娘が精密機械メーカーに勤務するサラリーマンと結婚すると決めた時に、身内から後継者を出すのを諦めたようだった。本間が選ばれた遠因もそこにある。

「親子なら、後援会もそのまま綺麗に引き継げる。有権者の思い入れも変わらない。選挙では、その方が絶対に有利になる。自分たちが長く支えてきた先生の子どもなら、今までと同じように地元のために仕事をしてくれるはずだ、と」

俺は……そんなものじゃない。地元は父に期待して票を投じてきたのだが、父はこれ以上は先がないような気がしている。当選回数からして、今後も大臣ぐらいはやるかもしれないが、総理総裁など夢のまた夢だ。そもそも父は、民自党全体を束ねていけるような人望がない。秘書をしていて、そのことが分かってきた。

俺は、もっと上に行く。しかし今、その野望も風前の灯という感じだった。

「状況は分かりました」田岡は話をまとめにかかった。「問題は、これからどう対応していくか、ですね」

「電話できる人間には、もう一度電話しよう」石崎が結論を出した。「ノーコメント。現段階では、やはりそれが一番いい」

「そうですね」田岡も同意した。「それしかない。余計なことを言わないのが一番でしょう」

「しかし、まずいですね」富所が深刻な表情で言って顎を撫でた。

「何がですか？」その顔を見た途端、田岡は心配になった。富所はだいたいにおいて冷静な男で、内心の揺れを表に出すことはほとんどない。彼の、こんなに心配そうな顔は初めて見た。

「東日は相当取材を進めている。そうじゃなければ、書いてこないでしょう。そのネタ元は、どこだと思います？」

「警察、か」田岡はつぶやいた。

「もしかしたらこれは、警察の罠かもしれない。罠というか作戦ですかね」

「何の作戦ですか？」

「東日に書かれたら、県警としても腰を上げざるを得ない、ということですよ。捜査する言い訳になる」

「まさか」木原の買収が無駄になるというのか。「捜査の責任者は抑えましたよ」

「いや、あり得るな」石崎が富所に同調した。「下っ端の刑事にしたら、上の命令で自分たちの必死の捜査が潰されるのは、我慢ならんだろう。誰かがわざと東日に情報を流して書かせ、それで捜査をせざるを得ない、という状況に持っていくつもりじゃないか」

「平の刑事たちが、そんな作戦を？」信じられない。富所も石崎も、深読みし過ぎではないだろうか。

「警察内部のことはよく分からん」石崎が力なく首を横に振った。「しかし、現場の人間が上に逆らうというのは、あり得ない話じゃないだろう」

「クソ……」田岡は思わず吐き捨てた。自分が今までやってきたことは、全て無意味だったのか？　反射的に電話に手を伸ばす。

「どこへ電話する気だ」石崎が鋭い声で訊ねる。

「それは、捜査二課の――」

「やめておいた方がいい」石崎が忠告する。「この状態で余計なことをすると、こちらが想像もできないような事態が起きるかもしれない。今は静観しておくべきだ」

「同感です」富所が同調する。「東日に記事が出たからと言って、警察が動くと決まったわけではない。だから警察を刺激しない方がいいですよ。今は、余計なことを話さないように釘を刺す作業に集中しましょう」

「リストを作っておいた」石崎が、びっしり名前が書かれた紙を二枚、取り出した。「順番に潰していこう。ただし、余計な説明をする必要はない。相手を不安にさせるだけだからな。喋らないように警告する、それだけだ」

「……分かりました」

田岡は唇を嚙んだ。確かに今は、それぐらいしかできることがない。情けない限りだが、仕方あるまい。

しかし……この背後には高樹がいるのか？　俺を潰すつもりで勝負をしかけてきたのか？

さすがに疲れた。

電話で三十人もと話すと、声は嗄れ、かすかな頭痛を感じる。途中で石崎の事務所のスタッフがコーヒーを出してくれたが、その苦さは喉の痛みを加速させるだけだった。受話器は、自分の手の熱ですっかり熱くなっている。

自分が担当した人間への電話をかけ終え、田岡はすっかり冷めたコーヒーを飲み干した。

「お疲れ」さすがに石崎の顔にも疲労の色が濃い。

「お疲れ様でした」

左腕を上げて時計を見ると、既に午後九時になっていた。

「こんなもので悪いけど、食べていってくれないか」

石崎が申し訳なさそうに言った。出前された親子丼……すっかり冷めて、蓋を開けた瞬間にさらに食欲を失ってしまったが、それでも無理矢理かきこむ。冷たくなった鶏肉は硬く、卵も嫌な臭いがしたが、我慢してひたすら箸を動かし続けた。

何とか全部食べ終えたものの、食べる前よりも気分は落ちこんでいた。人間、腹が膨れれば何とかなると思っていたが、必ずしもそういうわけではないようだ。食べれば食べるほど侘しくなる、ということもある。

飯を食えば煙草が吸いたくなる。しかし今は、これ以上二人と一緒にいたくなかった。そそくさと挨拶し、車に乗りこむ。エンジンをかけないまま、ハンドルを握って前屈みになり、額を押し当てる。ひんやりとした感触が頭を刺激したが、何かいいアイディアが出てくるわけではない。まるで、暗闇の中を手探りで歩いているような気分だった。相手の出方が分からない以上、手の打ちようがないではないか。おそらく東日は、明日の朝刊で書いてくるだろう。それを見てから対策を練るのでは遅い……何とか明日の朝刊を先に見る手がないだろうか。東京の父親の事務所に頼んで、裏から手を回してもらうとか。

いや、できそうにない。

勝負は明日の朝だ。完全に出遅れてしまっているが、仕方がない。今夜は長い夜になりそうだが、とにかく少しでも寝て、頭をはっきりさせておきたい。

エンジンをかけ、煙草に火を点けて窓を巻き下ろす。急に車を運転するのが面倒になった。そもそも俺は、自分でハンドルを握るような人間じゃない。誰かに運転させて、後部座席に座っているべきなのだ……。

今、その将来も危うくなっている。本間を当選させて、党内では自分の名前も知れた。それはよかったのだが、結局自衛作戦は上手くいきそうにない。

後部座席に座ってゆったり移動する日は来ないかもしれない。永遠に。

自宅へ戻って、九時半。今夜は少し冷えこむので、熱い風呂につかりたかったが、これから風呂を沸かすのも面倒臭い。

ガレージに車を入れた後、しばらく動けなかった。冷たい親子丼を食べたせいか、胃が落ち着かない感じがする。無意識のうちにワイシャツの胸ポケットから煙草を取り出したが、石崎の事務所からここまで、わずか十分のドライブの間に二本を灰にしてしまったことを思い出し、箱に戻した。一つ溜息をつき、車の外に出る。その瞬間、周りの空気がいつもと違うことに気づいた。この家は住宅地の只中にあり、いつもはこの時間になると人通りが少なくなるのだが、今日は人の気配が……周囲を見回すと、玄関の前に高樹が立っていた。

どうしていいか分からない。明日にも記事が出るという日のこの時間に高樹がやって来たということは、取材——何らかの確認に違いない。しかし今は、とても取材を受ける気にはなれなかった。かといって、高樹は玄関の前に陣取っているから、逃げようがない。

「ノーコメント」で通すか……。

「田岡」高樹が先に声をかけてきた。着古したコートの前を開けているので、一陣の風がネクタイを揺らしている。ひどくくたびれた感じだが、気合いは入っているようだ。

一瞬間を置いて、田岡は「どうした」と敢えて軽い口調で訊ねた。

「ちょっと時間、もらえるか」

「構わないけど……」田岡は家にちらりと視線を向けた。中に入られたらたまったものではない。「外でいいか？　家の中は散らかってるんだ」

「俺はどこでもいい」

「そうか。しかし、よくここが分かったな」

「ここは、オヤジさんの新潟の家じゃないか。隣は事務所だし。代議士のデータは、うちには全部揃っている」

そんなこともあるまい。新聞が把握できていないことはいくらでもあるはずだ。まあ、こちらを丸裸にしているつもりなら、そのつもりでいればいい。自惚れていると、足をすくわれるぞ。

「少し走るか。車を出すよ」高樹が提案してきた。人の車に乗るのは気が進まない——どこへ連れていかれるか分からない——が、拒否するのも不自然だろう。

「お前の車はどこだ？」周囲を見回したが、見当たらない。

「ちょっと離れたところに停めてある」

「何で」田岡は首を傾げた。「ここまで乗ってくればよかったのに」

「家の前に車を停めないのは、取材相手に対する礼儀みたいなものなんだ」

「よく分からないな」

「まあまあ……すぐそこだから」言って、高樹がさっさと歩き出す。

田岡は二歩遅れて後に続いた。並んで歩く気にはなれない。今は、この男と交わす会話を少しでも減らしたかった。

「乗ってくれ」高樹が車のドアロックを解除した。

「コロナか」直線基調のツードアハードトップ。若い記者が乗るには、少し贅沢だろうか。

「ああ。だいぶへたってるけど勘弁してくれ。貧乏記者には、これぐらいが精一杯なんだ」

「クラウンを乗り回して取材している記者がいたら、おかしいだろう」

「偉くなったら、クラウンの後部座席でふんぞり返らせてもらうよ」

偉くならなくても、記者ならハイヤーに乗り放題だろう。先日訪ねた増渕の家の前では、社旗を掲げた黒塗りのハイヤーが何台も並んでいた。本社で仕事をするようになれば、あんな風に常にハイヤー移動で偉そうにしているのだろう。お前は……俺を破滅させる記事で、人より早く本社に異動しようとしているのか？　俺を利用したのか？

あれこれ考えても仕方がない。田岡が助手席に乗りこむと、高樹はすぐに車を発進させ、そのまま海岸の方へ走っていく。ドライブは長くは続かなかった。田岡の家は新潟高校の裏手、関屋松波町《せきやまつなみちょう》にあり、海からさほど離れていない。防砂林でもある西海岸公園の松林の中を抜けていくと、すぐに関屋浜海水浴場へ出る。夏場は家族連れや若者たちで賑わうのだが、この季節、この時刻だと人っ子一人いない。高樹は、海岸道路沿いにある広大な駐車場に車を停めた。エンジンを切ると窓を巻き下ろし、すぐに煙草に火を点ける。開いた窓から煙が出ていき、代わりに波が荒々しく打ち寄せる音が容赦なく飛びこんできた。道路一本挟んだ向こうが海岸だから当然かもしれないが、それでもこの海の荒っぽさは田岡が知らない世界だった。父は伊東に別荘を持っていて、子どもの頃は長い休みの時に出かけたものだが、太平洋の波は穏やかで、眠気を誘うような感じだった。ところが新潟の海は荒れやすく、特に秋から冬は見ているだけで気持ちが荒《すさ》んでくる。夏は海水浴客で賑わうのだが、その時期は短い。いくつかの季節をこの街で過ごしてきた田岡には、新潟の海は鈍色という印象しかなかった。

「明日、本間派の選挙違反について記事が出る」

「わざわざ教えに来てくれたのか？」

「教えに来たわけじゃない。お前の見解が聞きたいんだ」

田岡は真っ直ぐ前を見詰めていたのだが、高樹が忙しなく、しきりに煙草をふかしているのは分かる。暗闇の中、横目でも煙草の火先が点滅するように何度も赤くなっていた。黙っていると、高樹は窓をさらに少し下ろして、煙草を駐車場に弾き飛ばす。田岡はそのタイミングで、自分の煙草に火を点けた。ハイライトは残り少ない……家に買い置きはあったろうか、と考えると俄かに不安になる。家の周りでは、夜遅く開いている店もないし、煙草の自動販売機もなかったはずだ。煙草がなければ、明日の朝まで悶々としながら過ごすことになる。今のところ、煙草だけが裏切らない――心の拠り所なのだ。情けない。頼れる人間が誰もいないのだから。

「一体誰が今回の一件を仕組んだんだ？」高樹が問いかける。

「俺は何も言わないよ」

「お前は、オヤジさんの事務所じゃなくて、本間陣営の手伝いをしていると言った。何のためだ？」

「修業だよ。選挙の最前線で手伝いをして、勉強になった」

「有力者に金を配りまくることが勉強か？」

田岡は黙りこんだ。ここで「失礼な」と吐き捨てて、一気に反論――否定することもできる。俺はそんなことはしていない、記事は全て間違いだ――違う。嘘をつけば、いつかはバレる。

「確認させてくれ」高樹が低い声で言った。「お前は、有力者に現金を配って回った。それは間違いないのか？」

「俺は何も言わない」

「イエスかノーかの話だ。やったのか、やってないのか」

「よせよ。新聞は警察じゃないだろう。そんな風に人を追及する権利はないはずだ」

「これは取材だ。取材なら、どんな人にでも会って、どんな話も聞く」

「取材を受ける人間は、それを拒否する権利もある」

「取材拒否か？」

「話すことはない」

これで用事は済んだはずだ。だからさっさと車のドアを開けて、ここから立ち去ればいい。それで話は終わり。コメントを拒否したのだから、明日の朝刊に俺の名前が出ることもないだろう。いや、もう高樹は俺の名前入りで記事を書いてしまったかもしれないが……内容次第では、強硬な手に出てもいい。こちらに取材しないで勝手に名前を使ったら「事実無根だ」と反論できるのではないか。

「なあ、お前がやりたかったのはこういうことなのか？」高樹の口調が急に柔らかくなる。懇願するようでもあった。

「どういう意味だ？」

「お前は、日本を変えたいんだろう？　そのために政治の世界に入った。だけどやっていることは、昔ながらの田舎の選挙じゃないか。政策で勝負するんじゃなくて、ただ金で票を買う――それが正しいことだと思ってるのか？」

「そもそも誰も、政策になんか注目しないだろう。有権者は、候補者の顔と名前を見て投票する相手を決めるんだ。日本の選挙はそんなものだよ」

「だからって、そこに金を絡めていいのか？」

田岡は煙草を灰皿に押しこもうとして、蓋を開けた。高樹が吸ったショートホープの吸い殻で既に一杯になっており、とても入りそうにない。仕方なく、窓を下ろして、煙草を外へ弾き飛ばした。アスファルトに当たった煙草の火が、小さな花火のように赤く飛び散る。

「今、俺もお前も煙草を捨てたよな」田岡は言った。

「ああ」

「それは、厳密に言えば犯罪じゃないか？　軽犯罪法違反か何かになるんじゃないかな」

「そうかもしれない」高樹が嫌そうに言った。

「だからといって、こういう場面を警察官が見ても、逮捕はしないだろう。せいぜい注意するぐらいで、実際は無視じゃないかな。新聞だって同じだろう」

「煙草を捨てるのと選挙違反は、全然違う」高樹が言い返した。

「お前だって、新潟に四年もいて、地方の実情をいろいろ知っただろう。綺麗事だけじゃ済まないんだ。新潟の――日本の有権者は、基本的に馬鹿なんだよ。しかも貪欲だ。金なり利益なりを投げてもらうのを、口を開けて待っている」

「だからと言って、選挙の度に金をばらまいていいことはない。だいたいお前は、今まで多くの候補がやっていたことをそのままやって、新しい政治なんかできると思ってるのか？　お前も、昔ながらの政治家の仲間入りをしただけじゃないのか」

「お前には何も分かってないんだよ」田岡は溜息をついた。「民自党の支持者は、革新候補を推すような人間と違って、理性で物事を考えない。代議士はおらが村の代表で、選挙はお祭りなんだ。何十年も続いてきたことが、そんなに急に改まるとは思えない」

「変える気もないのに、よく日本を変えるなんて言えたな」

「現状を知らないと、どう変えていいか分からないじゃないか」

「変えるために、選挙違反に手を染めたのか」

「今のは一般論だ」

高樹も溜息をついた。溜息をついている暇なんかあるのか、と田岡は内心呆れた。取材に来てるんだろう？　だったらもっと厳しく攻めてくればいいじゃないか。なのに、何だか抽象的な話に終始している……。

「お前が日本を変えると言った時に、俺は本気で新聞記者になろうと決心したんだ」高樹が唐突に打ち明けた。

「そうか」

「俺は、政治には興味がない。日本がこのままでいいとは思っていないけど、自分に変える力があると驕《おご》ってるわけじゃない」

「でも、新聞記事は世論に影響を与える」

「与えない」高樹があっさり否定した。「政治家も、新聞を買い被り過ぎなんだよ。新聞なんて、まともには読まれてないんだから。一般の家では、テレビ欄と一面、あとはせいぜい社会面にしか目を通さない。政治面や社説でいくら偉そうなことを書いても、誰も読まないんだ」

「だから？　何が言いたい？」

「それでも俺は、新聞記者になる意味はあると思っていた。何かが変わる時に、そのすぐ側で見ているのが新聞記者だろう？　つまり俺は、お前が日本を変えていく様子を、すぐ近くで見るつもりでいた。だけどお前がやったのは、単なる昔ながらの選挙違反だ。田舎の雰囲気にべったり染まって、ただ金をばらまいて票を買うだけ——それが本当に、お前には勉強になってるのか？」

「その件については、俺はノーコメントだ。何も喋らない」

「お前から金を受け取った、と証言している人もいる。それでも認めないのか」

「ノーコメント」低い声で言いながら、田岡は自分の周辺がボロボロ崩れていくのを感じていた。証言しない──あるいは否定するようにと釘を刺しておいたのに、効果がなかったことになる。自分たちがやったことは、全て空回りだったのかもしれない。いや、遅きに失したのか……。

「解答拒否か」諦めたように力のない口調で高樹が言った。

「言うことはない。なあ、お前も現実を見ろよ。お前たちが取材していたことは、日本の田舎の実情なんだ。どこでも同じようなことがある」

「だからと言って、見過ごすことはできない」

「だったら、せいぜい頑張って記事にしてくれ」田岡はさらりと言った。「とにかく、俺から言うことは何もない」

「言えないのか？」

「言うことがないんだ」

微妙な感覚の違いのように思えるが、「言えない」と「言うことがない」の間には天と地ほどの差がある。

「俺はお前を信じていた。今考えると根拠があったわけじゃないけど、お前なら本当に、日本を変えられるかもしれないと思った。ただそれは……現在の政治の状況に、お前も逆らえなかったんだろう。残念だ」

「何とでも言ってくれ」

「俺からは何も言うことはない」

高樹が急に遠くへ離れたように感じられた。子どもの頃からずっと一緒にいた男——ただ無邪気に遊んでいたのが、やがて一緒に学ぶようになり、理想を語りあうようになった学生時代……得難い友だが、結局は住む世界が分かれてしまったということか。政治家と新聞記者はすぐ近くに存在しているように思っていたが、実際にはそんなことはない。新聞記者は、政治家という茶碗にくっついている米粒みたいなものなのだ。決して同等の存在ではない。

「他に何もなければ、帰らせてもらう」田岡がドアに手をかけた。「待った」をかけてくるかと思ったが、高樹は何も言わない。

田岡は背中を丸め、強い海風に何とか耐えながら歩き出した。三月の風はまだまだ冷たく、東京生まれで鈍っている田岡の体を強烈に痛めつけた。

煙草に火を点けようとしたが、風のせいで上手くいかない。公園の中に入って少し風が収まり、ようやくライターの火が灯る。煙草に火を移した瞬間、遠くで車のエンジンがかかる音が聞こえてきた。田岡は先ほど来た道を引き返しているのだが、車の音は一向に近づいてこない。逆に遠ざかっている様子で、ほどなく聞こえなくなった。俺は右へ、高樹は左へ――二人が歩む道は、ここで永遠に分かれたのかもしれない。

4

翌朝、田岡は電話の音で起こされた。午前六時……こんな時間に何なんだと思ったが、一瞬で意識が鮮明になる。受話器を耳に押し当てると、父の声が耳に飛びこんでくる。

「朝刊を読んだ」

「ああ」自分も見なければならない。既に全紙の朝刊が届いている時間だが、父を待たせたまま布団から抜け出し、新聞を取りに行っている余裕がない。

「ヘマしたな。どうして記事を押さえられなかった」

「それは……」

「どうするつもりだ？　本間陣営ではどんな対策を取っている？」

「関係者に口止めはした」

「ほとんど意味がなかったようだな」父が鼻を鳴らす。「そもそも、本間の当選に金をかける意味はあったのか？」

「金をかけなければ、当選できていなかった」

「浮足立って金を使っただけだろう。東田陣営の幻に怯えたんだ」

「そもそも父さんが、候補者選定で愚図愚図していたから、こんなことになったんじゃないか」田岡は思わず反論した。

「正式に公認を決めたのは党の選対本部だ」父が平然と言った。「お前は、自分で本間陣営を手伝うと言い出した。勉強するつもりだと言ったな。お前の勉強というのは、金をばらまくことだったのか？」

この人は何を言ってるんだ、と田岡はひそかに怯えた。まるで父本人は、これまで選挙に一切金をかけてこなかったとでも言いたいようではないか。実際には昔から多額の金が動いていたことを、関係者から聞いて知っている。

「俺は今まで、選挙でずっと苦労してきた。それはどうしてだと思う？　金を使わなかったからだ」

「自分は清廉潔白だって言うのか」どうして平然と嘘をつけるのか、と田岡は呆れた。

「選挙に関しては、まさにそうだ」

「だから？　俺にどうしろって言うんだ」

「この件には俺は手を出さない。自分の面倒は自分で見ろ」父があっさり言った。「そんなことは当たり前だ」

「だけど俺が逮捕されるようなことがあったら、父さんも非難を浴びる」

「お前は今回、本間事務所で仕事をした。別の事務所の話だ。俺は一切関与していない」

「父さん、それはいくら何でも……」子どもが罪を犯せば、親も責任を取るのが日本という国だ。頭を下げる気さえないというのだろうか。

「自分の身は自分で守れ。取るべき責任はきちんと取れ。それも、お前が大好きな勉強になるかもしれないだろう。用事はそれだけだ」

それだけ言って、父は電話を切ってしまった。この人は……田岡は思わず歯を食いしばった。俺を見捨てるつもりか？

いや、そもそも最初から、俺には興味も持っていなかったのだろう。政治の世界に入ると宣言した時も、イエスもノーも言わなかった。何とか秘書になって、四六時中くっついて仕事をしてきたのだが、特に何の指示もなく、まるで自分は透明な存在のような扱いだった。いったい何なんだ？　自分を後継者にしたくない、政治の世界に関わって欲しくないというなら、最初からきちんとそう言えばいいではないか。何故会話すら拒否し、自分を無視し続けたのか。

田岡は布団から抜け出し、新聞を取ってきた。全紙の朝刊をまとめるとかなりのボリュームになる。まずは、東日から……こういう記事は社会面だろうと思っていたが、何と一面に載っている。トップ記事の左側に四段見出し。「衆院新潟一区　本間陣営で大規模選挙違反」

二月に行われた衆院議員選挙で、新潟一区から出馬して当選した本間章議員（四五）（民自党）の陣営が、大規模な選挙違反を行っていたことが分かった。

新聞は、地域によって締め切りが違う。おそらく、新潟へ届く早版に限って、一面に押しこんだのだろう。地元の記事は目立つ扱いに、ということではないだろうか。

記事は社会面に続き、そちらでは現金を受け取っていた人間の証言が載っている。田岡の名前が出ているわけではないが、読む人が読めば、選挙違反の実態をすぐに理解するだろう。

新潟の地方版は見開きで、県政会の反応を伝え、さらに今回の選挙違反の背景を解説している。

今回の選挙で、一区での二議席獲得を狙った民自党陣営では、公認調整が遅れ、最終的に本間氏が民自党公認候補に決まったのは、公示の一ヶ月前だった。本間氏と公認を争った東田氏は無所属で立候補したが、若年層、女性層を中心に票を集めて健闘、本間氏とはわずか千票差で敗れた。本間陣営では接戦を予想し、支持層を確実に摑むために、現金攻勢に出たものと思われる。

勝手なことを……しかし、この分析は適切だ。読んでいるうちに、また父に対する怒りが膨れ上がってくる。結局父に調整能力がなく、公認が遅れたから、こんなことになったのだ。自分の無能さを棚に上げ、「自分の身は自分で守れ」？　無責任も甚《はなは》だしい。

他紙にもざっと目を通したのだが、選挙違反関連の記事は一切載っていない。完全に東日の特ダネだった。地元紙は大慌てだろう。自分が心配することではないが。どうしたものか……思案していると、石崎から電話がかかってきた。

「今、読みました」何か言われる前にと、田岡は先に言った。

「だいぶでかでかと書かれたな」石崎の声は落ちこんでいる。

「ええ」

「取り敢えず、善後策を相談しよう。できるだけ早く、うちの事務所に来てくれないか」

「分かりました」

「しかし、朝飯はしっかり食ってくれよ。今日は長くなると思う」

とはいっても、家にはろくに食べるものがない。食パン二枚をトーストにし、卵を二つ、炒り卵にして慌ただしく食べた。コーヒーが欲しいところだが、インスタントコーヒーの買い置きはなくなってしまっている。生活していくことは——一人で生活するのは大変だと意識した。

早速出かけようと思ったが、連絡しなければならない相手が一人いた。尚子。撮影は朝早い時も、ゆっくりな時もある。彼女の今日の予定がどうなっているか分からなかったが、取り敢えず宿泊先のホテルに電話を入れ、部屋につないでもらう。

「……もしもし」彼女はまだ寝ていた。

「俺だ」

「ああ、総司さん……どうしたの？　今何時？」

「七時」

「今日、現場は昼からだったの」少しだけ恨めしそうな口調だった。

「すまない。後でいいから、今日の東日を読んでおいてくれないか」

「何か載ってるの？」

「難しい話なんで、説明しにくい。東日を読んでもらった方が早いんだ」

「どういうこと？」

「読めば分かる。もしも俺に何かあったら——君は関係ない振りをしてくれ」

「どういう意味？」尚子は明らかに動転して、完全に目が覚めてしまった様子だった。

「読めば分かる」田岡は繰り返した。「それで、もう俺に会わないつもりなら、それでいい。今までありがとう」

「ちょっと——」

田岡は何も言わずに電話を切った。無条件で心を許せる人間である尚子と別れることになるのは、身を切られるほど辛かったが、彼女を巻きこむわけにはいかないのだ。新進女優が政治家の秘書とつき合っていて、その秘書が選挙違反で逮捕されたとなったら、彼女にどんな影響が出るか分からない。本人は何も悪いことをしていないのに、映画やドラマに出る機会を奪われたら、理不尽の一言ではないか。

切った瞬間に電話が鳴る。尚子がかけ直してきたのだと思って無視し、背広に着替えた。今日は長くなる——石崎の忠告が頭に蘇ったが、だからといって特別な準備も思い浮かばない。

玄関に立った瞬間、呼び鈴が鳴った。誰か迎えに来たのか？　しかしドアを開けた瞬間、田岡の目に映ったのは、見たこともない中年の男だった。猫背のせいか、背が低く見える。

古びて皺が寄ったコートに曲がったネクタイ……冴えない印象だったが、第一声でそれは吹っ飛んだ。

「県警捜査二課の畑山と言います。本間さんの選挙のことについてお伺いしたいので、御同行願えますか」

自分の前で明るく光っていた全ての道が、一気に消え失せた気分だった。

田岡は既に、新潟市内の様子をすっかり頭に叩きこんでいた。どこへ連れていかれるか……本間の選挙事務所は古町にあったから、そこを管轄する中央署、あるいは県警本部ではないかと想像したが、畑山ともう一人の刑事が乗った覆面パトカーは、国道一一六号をひたすら市の西部に向かって走っていく。この時間帯は、市街地へ向かう通勤の車で既にラッシュが始まっていたが、下りの車線は空いている。三十分もかからず、車は新潟西署に到着した。署の正面には広い駐車場があるのだが、そちらへは向かわず裏口へ……本気で逮捕されるのかと田岡は内心冷や汗をかいたが、冷静に考えてみれば「逮捕する」とは言われていない。手錠もかけられていない。おそらく、正面は人の出入りが多いので、目立たないように裏口から入れるつもりだろう。ある意味重要人物扱いかと考えたが、まったく慰めにはならなかった。

道中、畑山は世間話に終始していたな、と思い出した。彼が話題にしたのは、主に田岡の父親のこと。そして秘書として普段どんな仕事をしているのか——気楽な口調だったが油断できないと思い、田岡は適当に答え続けた。迂闊な一言で、畑山はおかしな疑いを持つかもしれない。

署に入ると、畑山が先導して二階に連れていかれた。暗い廊下に「捜査課」の看板を見つけて緊張したが、畑山が田岡を案内したのは取調室ではなく、狭い会議室だった。庁舎の角にあるので二方に窓が開けており、室内が明るいことだけが救いだった。

畑山が田岡の正面に座り、車を運転してきた若い刑事が別のデスクに着いた。畑山は上着を脱いで椅子の背中に引っかけると、両手を組み合わせてテーブルに置いた。目が合わないようにと視線を下に向けると、傷だらけの天板が目に入る。このテーブルで、どれだけの人間が涙を流したのだろうか。

「お忙しいところ、すみませんね」

田岡は何も言わなかった。両手を膝に置き、静かに畑山を見詰める。

「本間先生の陣営であった選挙違反事件について調べています。率直にお伺いしますが、あなたは投票と票の取りまとめを依頼して、一区の有力者に何人も会っていますね。例えば——」畑山が手帳を広げた。「一月十九日には、県議の倉田《くらた》さん、秋谷《あきや》さんと続けて会われている。倉田さんは事務所で午後五時頃、秋谷さんは午後八時前後に自宅を訪ねていますね」

田岡は一瞬間を置いて「手帳を見てもいいですか」と訊ねた。

「どうぞ」畑山が気楽な調子で答える。

田岡は背広の内ポケットから手帳を取り出した。かすかに手が震えているのを意識する。震えるな——動揺しているところを相手に見られてはいけない。ページを広げると、確かに二人の名前が書かれていた。

「確かにその日は、お二人にお会いしていますね」

「手帳を見せていただけますか」

「どうぞ」

これは見られてもまったく困らない。人の名前と時間が書いてあるだけで、金の授受は一切分からないようになっている。畑山に差し出すと、額にはね上げていた眼鏡をかけて確認した。さらに他のページもめくっていく。

「これはお預かりしても？」

「困ります」田岡は反発した。「仕事の予定は、全部これにまとめてありますから」

「複写を取ったらお返ししますよ。いいですね？」

話し方は柔らかいが、有無を言わさぬ感じだった。仕方なくうなずくと、畑山は振り返り、若い刑事に向かって顎をしゃくった。若い刑事は傍の電話に手を伸ばして受話器を取り上げ、低い声で何か話した。すぐに乱暴にドアがノックされる。畑山が「おう」と返事をすると、別の若い刑事が入って来た。畑山が田岡の手帳を渡し、「急いで複写してくれ」と命じる。

ドアが閉まると、しんとした重い空気が体にまとわりついた。田岡は依然として膝に手を置いたままだったが、掌に汗をかいているのを意識する。

「あなた、佐渡にまで行っているでしょう。八面六臂の活躍だったんですね」

「ただの下働きです」卑屈に聞こえるかもしれないが、逃げとしてはこう言うしかない。

「それで、倉田さんと秋谷さんですが、あなた、この二人と何を話しました?」

「もちろん、本間先生への支援をお願いしたんです。お二人とも県議会の有力者ですから。ご存じだと思いますが、今回民自党は実質的な分裂選挙で、非常に苦しい戦いになっていました。県議会の有力者に支援をお願いするのは、本間陣営としては極めて普通の選挙運動です」

「お願いしただけですか」

「そうですが」

「その場で、金銭の授受は？」

「ありません」最初の嘘。しかしそこで、田岡は決心を固めた。一度嘘をついたら、最後までそれを貫き通さねばならない。

「そうですか？　二人とも現金の入った封筒をあなたから受け取ったと証言しています」

「記憶にないですね」

「なるほど。しかし我々は、二人からその封筒を預かっている。いずれも、百万円が入っていました。その金で、何票買える計算だったんですか」

「渡していませんから、何とも言えません」

「封筒から、複数の指紋が検出されています。あなたの指紋を取らせてもらえますか？　渡していないとしたら、封筒にはあなたの指紋はついていませんよね？」

チャンスだ、と田岡は思った。現金の扱いについては、細心の注意で行った。金を分けて封筒に入れる時には手袋をしていたし、渡す時には必ずハンカチで包むようにしていた。絶対とは言い切れないが、指紋が残っている可能性は極めて低い。

「結構ですよ」田岡は胸の前で両手を広げて見せた。これはまずいか……緊張で手に汗をかいているのを見られたのでは？　しかし、警察に呼ばれて緊張しない人はいないだろう。何とでも言い訳できる。

若い刑事がまた電話をかけた。今度は別の中年の刑事がやって来て、田岡の十指の指紋を採取する。渡されたちり紙で黒くなった指先を拭ったが、完全に綺麗にはならない。

「手洗いに行かせてもらえますか？　これが……落ちないですね」田岡はわざとらしく顔をしかめて見せた。

「どうぞ」

しかし、一人にはさせてもらえなかった。若い刑事がトイレにつき添って来る。廊下で待っていればいいのに、中にまで入って来た。逃げ出せるわけがないのに、と田岡は皮肉に思った。トイレには窓もないのだ。

田岡は石鹸で丁寧に指先を洗った。一度だけだと、まだ薄らと黒いものが残っている。判子用のスタンプ台のようなものに指を押しつけたのだが、あれはいったい何なのだろう。指紋を採取するのに、こんなに指を汚さねばならないのだろうか。もう一度、さらにむきになって石鹸で指先をしっかり洗う。

部屋に戻ると、畑山は手帳に視線を落としていた。それを奪い取って見てみたい、という衝動に襲われる。あそこには、どんな捜査の秘密が書かれているのだろう。

「落ちました？」畑山が顔を上げる。

「何とか」

「すみませんねえ。それ、評判悪いんですよ」田岡がハンカチで執拗に手を拭いているのを見て、畑山が気楽な口調で言った。

「では再開します。もう一度聞きますが、お二人には、どのような話をされたのですか」

「いえ」

「厳しい選挙情勢をお話しして、本間陣営への支援をお願いしただけですよ」同じ答えを繰り返す。

「この二人は、東田さんを推していたはずだ。民自党分裂選挙の中では、東田さんを応援する動きをするはずだったんですよね？　しかし実際には、東田陣営には顔を出さなかったようですね。一方、本間さんの街頭演説には参加して、応援演説をしたりしている。あなたの説得が功を奏したわけですね」

そんな動きまで押さえているのか、と驚いた。田岡も選挙期間中は、できるだけ本間にくっついて遊説につき合った。行く先々で街頭演説を行い、聴衆を集めたのだが、あの中に刑事たちもいたわけか……この連中は、地面を這いずり回る虫だ。しかし虫の執念と毒を舐めてはいけない。小さな一刺しが、巨大な動物を倒すこともあるだろう。

「本間先生の支援をお願いするのが私の役目でした」

「金を渡して？」

「そういうことはしていません」

「我々は、このお二人以外にも、金を受け取ったという証言を得ています。相当大規模に、派手に動いていたんですね。あなたが陣頭指揮を執ったんですか」

「まさか。私は単なる下っ端の手伝いです。それに金は配っていません」

「では、今回の件全体を仕切ったのは誰なんですか？ 選対全体の責任者は石川さんですよね。石川さんが、買収の指示をしていたんですか」

「金は配っていません」田岡は繰り返した。

「選対の誰かが金を配ったと証言しても、あなたは否定するんですか」

「誰かが喋ったからお前も喋れというのは、取り調べではやってはいけないことではないですか」そんな話は聞いたことがないが、田岡ははったりでそう言った。

「まあ実際には、誰かが喋ったわけではないですけどね」畑山はまったく平然としている。

取り調べはそのまま平行線を辿った。畑山は金を配った事実を認めさせようとし、田岡は一貫して否定。畑山は一度話題から離れて雑談をしては、また本題に戻るという波を繰り返した。途中で雑談を挟むことで、こちらの集中力を削《そ》ぐ作戦だと分かった。しかし田岡の気持ちはまったくぶれず、主張も変えずに済んだ。俺を、その辺の粗暴犯と一緒にするなよ——。

事情聴取は昼前まで続いた。数時間の対決は、こちらがいなして勝ち、という感じだろうか。警察はかなり早い段階から捜査を始めていて、木原がストップをかける前に相当多くの人間から話を聴いていたようだ。警察の能力を舐めていたと反省しつつ、田岡自身は逃げ切れると少し楽観的に考えた。金を配った人間が「田岡から受け取った」と証言しても、その証拠がない。否定し続ける限り、絶対に立件されることはないと自信さえ持つようになった。

「それではこれで終わります。本日はご苦労様でした」畑山が淡々とした口調で終わりを宣言する。

「失礼します」田岡はさっさと立ち上がり、ドアに向かった。予想よりしつこくなかったのが、かえって不気味だった。しかしとにかく今は、一刻も早くこの場を立ち去りたい。

「送らせますよ」

ドアノブに手をかけたまま振り向き、「結構です」と断る。取り調べが終わって気が緩んでいる状態で車で送り、その道中でまた何かを聴き出そうとしているのだろう。田岡はさっさと部屋を出て歩き出した。裏に回らず、堂々と正面から出て行く。この辺にはタクシーも走っていないが、確か近くにバス停があったはずだ。あるいは国道一一六号まで出れば、タクシーも走っているかもしれない。

途中、煙草屋の店先に赤電話を見つける。結局家には煙草の買い置きがなく、昨夜最後に吸ってから、もう十数時間もニコチンが切れている。急いでハイライトを買い、半分ほど灰にしてから赤電話に十円玉を入れた。石崎の事務所に電話を入れると、顔見知りのスタッフが、暗い声で「先生は警察に呼ばれています」と告げた。

「何か他に情報は？」焦りと緊張で、喉が詰まるようだった。

「朝方家から電話がかかってきて、警察に行くと……それからまだ連絡がありません」

「分かった」

電話を切り、今度は富所の家に電話を入れる。幸い、富所本人が電話に出た。

「田岡さん……無事ですか」富所は心底安心したようだった。

「今まで警察に呼ばれてました。今、西警察署の近くです」

「釈放されたんですね？」

「釈放というか、そもそも逮捕されていませんよ」田岡は苦笑して、残った煙草を深々と吸った。まだ長いのを、傍の吸い殻入れに投げ捨てる。「石崎先生も呼ばれているようですね」

「そうですね。事務所から連絡がありました」

「石川さんは？」

「今のところは呼ばれていないようです」

「取り敢えず、相談しないといけないですね。そっちへ行きますよ」

「待ってます。ただ、この状況だと、私も警察に呼ばれるかもしれない」

「まさか」言ってはみたものの、まったく「まさか」ではないとすぐに気づいた。警察がどんな順序で事情聴取を進めていくかは分からないが、富所も当然捜査線上には上がっているだろう。

「とにかく、お待ちしています」

「できるだけ早く行きます」

電話を切った瞬間、西の方からタクシーがやってくるのが見えた。歩道から車道に飛び出すようにして、右手を挙げて止める。

シートに収まって行き先を告げ、すぐに今日二本目の煙草に火を点ける。途端に吐き気がこみ上げてきて、慌てて助手席の背中にある灰皿に入れて揉み消した。静かに目を閉じ、この先の作戦を考える——何も思い浮かばない。

富所の自宅兼事務所に着くと、富所はちょうど電話中だった。少しほっとした表情を浮かべており、手を動かして座るよう、田岡を促した。

「はい、ええ、今ちょうど、田岡さんもお見えになったところです。分かりました。お待ちしています」

受話器をことさら慎重に置き、富所がゆっくりと息を吐いた。テーブルに置いた湯呑みを摑むと、中身をぐっと飲み干す。

「今の電話、石崎さんですか？」

「ええ。今、解放されたそうです。これからこちらに来ます」

石崎と話ができて、富所はようやく安心したようだった。いきなり、デスクの引き出しからウイスキーの瓶を取り出す。

「こんな時間からですか？」

「今日は呑まないとやっていけないでしょう」

「やめておきましょう」田岡は諫めた。「今は素面でいた方がいい。これから大事な話なんですよ」

「……失礼」バツが悪そうな表情を浮かべ、富所が自分でお茶を淹れてくれた。

田岡は、今朝からの出来事を説明した。聞いているうちに、富所の顔色が見る間に蒼くなる。まるで自分が、厳しい取り調べを受けてきたような感じになった。

「大したことはないですから」田岡はできるだけ気楽な調子で言って、富所を落ち着かせようとした。しかしあまり効果はない……富所は、自分が呼ばれたらどうしようかと必死に考えている様子だった。

富所の妻が、昼飯を持ってきてくれた。真っ白な握り飯と漬物、それに味噌汁。「食欲はないかもしれませんけど、食べておいて下さい」富所が言った。「今日は何があるか分かりませんから」

「いただきます」

富所自身は握り飯に手を伸ばそうとしなかったが、田岡はすぐに一つを手に取った。小ぶりな握り飯は、米が艶々して、いかにも美味そうだ。さっそくかぶりつくと、中には何も入っていない。塩むすびか……しかしその優しい味が今はありがたかった。かすかな塩味で、コシヒカリの甘さがかえって際立つ。結局これが、コシヒカリの一番美味い食べ方ではないかと思った。コシヒカリは味が豊かな新潟自慢の米だが、そのせいでおかずとの組み合わせが難しい。こういうシンプルな握り飯が一番いいかもしれない。

結局沢庵をおかずに握り飯を三つ食べ、味噌汁もすっかり飲んだ。これで夜までは何とかやっていける……しかし、今日は何があるか分からないと言った富所は、握り飯に手を伸ばそうとしなかった。

そこへ、石崎がやって来た。握り飯に手を伸ばすと、立ったまま食べ始める。立て続けに二つを食べると「クソ」と吐き捨てた。

「大丈夫ですか」田岡は思わず訊ねた。

「まさか、この歳になって警察に呼ばれるとは思わなかった。刑事というのは、ろくでもない人種だな。礼儀を知らん」

「座りましょう」

富所が新しく茶を淹れた。一口飲んだ石崎が、目をつぶって「ああ」と声を漏らす。まるで、長年の刑務所暮らしから解放されて、何年かぶりで熱いお茶にありついたような有様だった。

「喋ったか？」石崎がいきなり切り出す。

「私は余計なことは喋りませんよ……それより、倉田さんと秋谷さんがターゲットになっています。あの二人は、金を受け取ったと証言したようですね。私は二人に会って選挙への協力を依頼したことは認めましたが、金は渡していないと証言しました」

「当面は、それでいい」石崎がうなずく。「俺も同じように答えた。会ったが金は渡していない――それを押し通すしかないな」

「倉田さんと秋谷さんは、受け取った金を証拠として警察に提出しました。それで指紋を調べるそうですが、渡す時にはハンカチを使いましたから、指紋は残っていないはずです。

「今日指紋を採取されましたから、今後は悪いことはできないですけどね」

まだ軽口を叩く余裕があるのが、自分でも意外だった。ほんの一時間前まで、警察と厳しく遣り合っていたのに。

「この先、警察はどう動くと思いますか」

「やるからにはトップを狙うだろう」石崎の目つきが鋭くなる。「当然、本間さん本人からも事情聴取するはずだ。ただし、すぐに本間さんの責任を問うことはできないと思う。本間さんには『何も知らなかった』と否定してもらえばいい。ただし警察は、石川さんも狙うだろうな。選対の最高責任者である石川さんを逮捕して事件をまとめられれば、連座制で本間さんにも影響が及ぶ。それで本間さんの政治人生は、始まったと思ったらもう終わりだよ」石崎が溜息をつく。

「それはあくまで、最悪のシナリオです」田岡は指摘した。

「それを避けるためには、誰かが責任を取らねばならない」石崎は眉間に皺を寄せた。「石川さんにまで責任が及ばなければ、本間さんの議席は安全だ。我々の本来の目的――本間さんを当選させることはできたわけだから、最後まで貫き通さないといけない。我々がいくら否定しても、金を受け取った人間の証言が大量に集まれば、警察は立件に動くと思う。検察も勝負するだろう。仮に裁判で勝てなくても、ある意味罰は与えられると思ってるんじゃないか」

「それは警察の思い上がりです」田岡は指摘した。

「そういう仕事をするのが警察なんだ。とにかく、石川さんに捜査の手が及ばないようにしなければならない」

「私が責任を負います」田岡は反射的に言ってしまった。「そもそもこの件を言い出したのは私ですから、私が責任を負うべきです」

「駄目だ」石崎が即座に否定した。「あんたが警察の手に落ちるようなことになったら、我々はオヤジさんに顔向けができない」

「父は、この件にまったく興味がありません。今朝電話がかかってきて、自分の身は自分で守れと言われました」

「そんなにはっきり突き放したのか？」石崎が心配そうに言った。

「父は元々、私に関心がないんです。秘書になったのも、勝手にやったことだと思っているんでしょう。当然、後継にとは考えてもいない」

「まさか」石崎が目を見開いた。「我々はそのつもりで将来の計画を立てているんだぞ」

「無駄になります」喋っただけで胸が痛む。「皆さんがそう仰るので、私も否定はできませんでしたが、私にはそんな価値はありません」

「馬鹿な……」石崎が渋い表情を浮かべる。手を握って開いてをしきりに繰り返した。

「私が全ての計画を立てて、金もばらまいたことにしましょう。警察はその立件だけで手一杯になります。他の人に捜査の手は及ばなくなりますよ」

「それはそうかもしれないが……」

「田岡さん、一回落ち着きましょうか」富所が静かな声で切り出した。

「落ち着いてますよ」実際には鼓動は速い。

「オヤジさん――田岡先生に対する意趣返しのつもりですか」

「それは……」そうかもしれない。大きな悲劇を避けるためには、自分が犠牲になるしかないというのが一番の動機だ。しかし、自分に関心がない父に対して、思い知らせてやりたいというやけっぱちの気持ちもあった。自分の身は自分で守る――それができなかったら、世間の非難は父にも向くはずだ。

「私の父は、若くして亡くなったんですよ」富所が唐突に打ち明けた。「五十歳の時でした。新潟県議の現職のまま亡くなったんですが、私はまだ二十二歳の大学生で、被選挙権もなかったから、後を継ぐわけにはいかなかった。父も、何も言っていませんでした」

「それは知っています」近くにいる人たちの政治的キャリアは、全て頭に入っている。だいたい、五十歳で死ぬことを予想している人もいないだろう。

「そもそも父は、普段から私には『政治家になるつもりならよくよく考えろ』と釘を刺していました。何かと苦労したんでしょう。だから私はそれを真に受けて、大学を卒業して地元の銀行に就職する予定だったんですよ。家業も継がずに」

「大学は東京でしたよね」

「しかし、母が一人になってしまったので、家業の運送業をやることにしました。父の議席は、秘書をやっていた皆川《みながわ》さんが継いだ――そうでしたね、石崎さん」

「ああ」石崎がうなずく。

「しかし皆川さんは、あくまでつなぎだった。一期やっただけで、私に出馬を持ちかけてきたんです。いきなりの話でしたが、その時はもう外堀は埋まっていて、出馬せざるを得ない状況になっていたんです。後から分かったんですが、父は自分の後継には私をと、周りの人には言っていたんです。ただし病気があまりにも突然のことで、その準備がまったくできていなかった。議席を譲るにしても、十年、十五年先のことだと思っていたはずですから。でも、周りの人は父の普段の言葉を『遺言』だと考えて私を推してくれた。そういう状況では、神輿に乗らざるを得ませんよ」

「うちの父もそんなことをしていると？　富所さんは、そういう話を具体的に聞いているんですか」

「いえ」

「議席の問題は、政治家本人だけで決められることじゃない」石崎が話を継いだ。「周りの意向も大事なんだ。そして我々は、あんたをオヤジさんの後継者と決めている。オヤジさんが反対しても、あんたを推して国政の舞台に上げる。だからこの時点で、あんたを傷つけるわけにはいかない」

「石崎さん……」田岡はつぶやいて唇を嚙み締めた。

「いいかい、政治は多くの犠牲によって成り立っているんだ。だからこそ、神輿に乗った人間は、犠牲になった人たちのために、死に物狂いで頑張らなければならない」

「私に、神輿に乗る価値があると思いますか」

「あんたは、わざわざ汚れ仕事を買って出てくれた。選挙に出ようとする人間で、そんなことをする人はいない。それだけでも、我々はあんたを支持するよ」

田岡は何も言えなくなってしまった。自分ではクールな方だと思っている。仕事の話ではむきになることもあるが、それ以外では……自分をこれだけ買ってくれている人がいるというだけで、胸が詰まるような思いがした。

これから事態がどう転がっていくかは分からない。しかし石崎や富所を後悔させるようなことだけはしたくない、と田岡は固く胸に誓った。

第六章　未来を拾う

1

これだけの特ダネを飛ばしたら、どんなに気持ちがいいだろう？　しかし実際には高樹の気持ちは泥のように澱むだけだった。

しかし仕事は続く。高樹は火曜日も原稿の処理に追われた。続報は、財界への現金工作――この異例の原稿を書き上げるのに少し手間取り、社会面の締め切り時間ぎりぎりまでかかってしまった。そのためか、後の版で何ヶ所か直しを入れることになり、作業を全て終えたのは、真夜中近くだった。

明日以降も、県政界への影響を中心に取材を続けていくことになる。また、警察の動きも要警戒だった。東日の記事をきっかけに捜査を再開する――畑山に確認の電話を入れると、「もうやってるよ」と軽い調子で言われた。県警キャップの戸川には、捜査の動向を注意するように言っておいたが、やはり嫌な顔をされた。三人の警察回りを統括する立場としては、普段は全然関係ない仕事をしている高樹にあれこれ指示されるのはたまらないだろう。よく爆発しないでいるものだと感心したが、彼の方でもある種の負い目があるのかもしれない。本当は、警察回りが端緒を摑んで取材を進め、主役になりたかった──その気持ちは分かるが、支局一丸で取材を進めている状況では、不満を爆発させるわけにもいくまい。そもそも戸川自身がネタを引っ張ってこなかったのが悪い。

午前零時過ぎに自宅に戻る。明日は、戸川ともう一度しっかり話し合わねばならないだろう。この選挙違反の裏にあるもの──田岡と木原の関係を書くか書かないか。ただの選挙違反ではなく、県警を巻きこんだ重大な汚職になりかねない事態の取材には慎重を要する。今のところ、田岡や木原に直当たりしても、認めないだろう。当然、口裏合わせもしているはずだ。処理は非常に難しいとはいえ、この件は何としても明るみに出したい。田岡に対する個人的な恨みもある。まさに裏切られたような気持ちなのだ。

さて……一人暮らしのアパートは冷え切っていて、侘しいことこの上ない。先日隆子が片づけてくれたのだが、もう散らかり始めていた。自分には、整理整頓の能力が決定的に欠けていると思う。

風呂は明日の朝にしようと決めた。今日はくたくたで、これから風呂の準備をすると考えただけで面倒臭い。顔だけ洗ってさっさと寝ようと決めた瞬間、電話が鳴ってびくりとした。こんな時間にかかってくる電話は、ろくなものではない。

「高樹です」

「君は……」

思わず背筋を伸ばした。隆子の父、貢だった。

「お義父さん……」

「君にお義父さんと呼ばれる筋合いはない」酔っている気配はまったくなく、ただ怒りだけが伝わってきた。「あの記事はどういうことなんだ」

「読まれた通りです」自分でも驚くほど他人行儀な声で答えてしまった。

「君のところでは、私のことも書くつもりなのか？　取材が来たが……」

「それは、新聞を読んでいただくしかありません。内容について、事前にお教えすることはできませんから」

「東日は、新潟県を潰すつもりなのか！」貢がいきなり激昂した。

「事実を書いているだけです」

「我々は、大事な地元のために仕事をしている。余所者の君に、それが理解できるか！」

「理解はしているつもりです。問題があれば書く、それだけの話です」余所者、という言葉がじわじわと胸に染みてきたが、高樹は何とか反論した。

「そうか……」電話の向こうで、貢が息を整えている様子が窺えた。「君は今後、我が家へは出入り禁止だ。娘との交際も断る」

こちらに何か言う隙を与えず、貢は電話を切ってしまった。高樹はゆっくりと受話器を置き、しばらくその上に手を置いたまま、呼吸を整えた。

これで、隆子との関係は本当におしまいだろう。「俺についてきて欲しい」と頼めば、彼女は苦しむだけだ。女よりも仕事を取った——実際にはこんなことは滅多にないはずだが、起きてしまったのだから仕方がない。人間、諦めも肝心だと自分を慰めたが、それで辛さが軽減されるわけもない。

一つの記事が人生を変えてしまう。今回の選挙違反の記事では、多くの人の将来が捻じ曲がってしまうはずだ。そしてそれは、書かれた方だけにとどまらない。書いた方も、記事の影響を受けるのだ。

水曜日、「財界にも選挙工作」の記事が朝刊社会面に出た。これを受けて、各界の反応を紹介する続報を地方版用に作る。高樹は、新潟大で地方選挙を研究する教授にコメント取材をしたが、今回の選挙違反については心底驚いているようだった。

通常、財界側が選挙を応援することがあっても、選挙のために財界に金を流して支援を要請するという話は聞いたことがない。それだけ今回の新潟一区が激戦だった証拠だが、倫理的に決して許されるものではなく、詳細な検証が必要だ。

教授の話をまとめて、電話しながら原稿にまとめ上げる。最後に読み上げて了承をもらい、コメント取材は終了した。

原稿をデスクの富谷に渡し、また受話器を摑んで、県警記者クラブにいる戸川に電話をかけた。

「本部長、摑まりそうか」木原ではなくいきなりトップに当てて確認する——それが高樹の作戦だった。

「ま、大丈夫みたいですよ」戸川は依然として、この件には乗っていなかった。

「俺は体が空いた。すぐに行くけど、同席を頼むよ」

「俺は何も喋りませんからね」

「県警のキャップとして、監視役で頼むよ」

「はいはい」嫌そうに言って、戸川が電話を切ってしまった。

富谷に「県警に行きます」と告げてコートを掴む。

「本部長へ取材か？」

「ええ」

「どうする？　それは字になるのか？」

富谷は既に、次の紙面の心配をしている。デスクとしては当然だ……今日は各界の反応を軸に原稿を作る予定だが、それでは続報としてインパクトが弱い。新潟支局へ来た時に警察キャップをしていた先輩からは「特ダネを書くときは、続報を最低三本は用意しておけ」と言われたものである。その先輩は、ろくな特ダネを書かずに支局を去っていったが。

「反応次第ですね。すぐに連絡します。場合によっては、向こうから原稿を読みこみますよ」

「頼むぞ」

コートに腕を通しながら支局を出る。車に乗りこんだところで、唐突に暗い気分に襲われた。昨夜の貢からの電話――未来の選択肢が一つ、閉ざされた。そしてかすかな疑問が、心の隅にずっと引っかかっている。自分の人生を犠牲にしてまでやる仕事があるのだろうか……最後に、隆子ともう一度話したいと思った。せめてきちんと別れの挨拶をしないと。

ハンドルを両手で握り締め、今後の自分の人生を考える。隆子がいない将来は、思い描いていたのとまったく別種のものになるだろう。

県警記者クラブには顔を出さなかった。記者というのは他社の動きにとかく敏感なもので、普段いるべき人間がいない、あるいはいないはずの人間がいたりすると、途端に訝しむ。疑り深い記者は、「怪しい」と目をつけた記者を尾行したりする。

戸川とは、総務課の前の廊下で待ち合わせた。約束の時間前に着くと、戸川は廊下の壁に背中を預けて、腕時計を覗きこんでいる。一秒でも高樹が遅れたら置き去りにしよう、とでも考えているのかもしれない。

「おう」

声をかけると、戸川が顔を上げて一瞬頭を下げた。一礼したのかどうかも分からない、微妙な動きだった。

「すぐ会えますよ」戸川が両手をポケットに突っこんだ。「他社に見つかるとまずいから、さっさと行きましょう」

戸川に誘導されて、まず総務課に入る。ここは本部長の秘書室も兼ねており、突破しないと絶対に本部長には会えない。高樹は、警察回りの時代には、総務課に顔を出したことはあまりなかった。捜査部署ではないし、本部長に直接取材することもほとんどなかったからだ。せいぜい着任と退任の時のインタビューぐらいである。

戸川はきちんと話を通してくれていたようで、総務課長の案内ですぐに本部長室のドアが開く。どう切り出すか考えながら部屋に入ると、警務部長も一緒にいた。キャリア組二人が揃い踏みか、と高樹はさらに緊張した。しかし、こんなことでビビっていては話にならない。本社の社会部で警察庁担当にでもなれば、日常的に取材するのはキャリア官僚になるのだ。

本部長室は、奥に執務用のデスク、その両側に巨大な本棚があるシンプルな部屋だが、デスクの前には長いテーブルが二台、縦につないで置かれている。両側には一人がけのソファが十二脚。各部の部長、さらに主要課長が一堂に会して会議ができるようになっているのだ。新潟地震や新潟大火の時には、ここが前線本部になった――という伝説を高樹は聞いたことがある。

高樹は、本部長の箕輪《みのわ》、警務部長の中尾《なかお》と名刺を交換した。二人とも、高樹が警察回りを外れてから赴任してきたので、完全な初対面である。

名刺交換を終えると、高樹は箕輪の正面に座った。並びに座る中尾の正面には戸川。本題を切り出す前に、高樹は箕輪の様子を素早く観察した。念のため、去年彼が赴任してきた時の記事を読んでおいたので、現在五十歳だということは分かっている。新潟県警本部長としてはちょうどいい年齢だろうか。キャリア官僚にとっては、次への「ステップ」のポジションだ。この後はさらに大きな県警の本部長になったり、警察庁の要職に栄転したりする。

「今日は何の取材ですか」箕輪がゆったりした口調で切り出した。大柄で、黒々とした髪をオールバックに撫でつけている。眼鏡の奥の目は柔和な感じだが、薄い唇は冷徹な印象を与える。黒に近い灰色のスーツに紺色の無地ネクタイという格好で、「堅苦しい」を服装で表現すると、こんな感じになるのだろう。

「実は、お耳に入れておきたい情報があります」高樹は切り出した。

「わざわざ私に?」箕輪の口調に、傲慢な調子が滲んだ。本部長に確認するネタなのだから、よほどのことなのだろうな、とでも言いたそうだった。

そう、よほどのことだ。箕輪も既に三十年近いキャリアを持っているはずだが、その中でも経験したことのない案件だろう。

「今、世間で話題になっている本間派の選挙違反についてです」

「世間で話題になっているというより、東日さんが焚きつけて話題にした、でしょう」

「捜査二課が、既に捜査に入っていると思います」

「それは……どうかな」箕輪が中尾の顔を一瞬見た。

ずです」

「現金工作は、公示前から始まっていて、捜査二課もその時点で察知して捜査していたはずです」

「正式な話は聞いていない」箕輪が困惑した表情を浮かべる。

警察は極端な階級社会だから、情報の流れは決まっている。平の刑事から係長、さらに管理官や課長に上がって、課長は部長に報告し、本部長への報告と説明は部長が行うのが普通である。重大事件だと、より実情に詳しい課長が部長に同席して話すこともある。今の箕輪の「聞いていない」が本当なら、どこかで報告の流れが詰まったに違いない。

「非公式にはどうですか」

「おたくの記事が出てから、捜査二課には問い合わせたよ。問い合わせたというか……」

「叱責したんですか？」高樹は言葉を補った。

「叱責という言葉が適当かどうかは分からないが、事情は聞いた」

「誰からですか」

「これは正式な取材なのか？」箕輪が眼鏡を外して身を乗り出した。眼鏡がないと、顔の迫力が半減する。

「取材です。捜査二課長から話を聞いたんですか」

「選挙違反に関して私に対する報告責任があるのは、二課長と刑事部長だ」

「途中まで捜査は進んでいました。しかし、刑事部長は知らなかったと思います」

「あなたは、何が言いたいんだ」箕輪が焦れた。

「捜査二課では、かなり早い段階から選挙違反の情報を摑んで捜査を進めていました。しかし木原二課長が、その捜査をストップさせたんです」

「いったい何を言ってるんだ」

箕輪が声に怒りを滲ませたが、それが演技だということは分かっている。高樹は、畑山から全て事情を聞いていた。東日の記事が出た火曜日、捜査二課の有志は、警察の鉄の掟を覆す作戦に出たのだ。

直訴。

「馘を覚悟したよ」と畑山は笑っていたが、実際に決死の覚悟だったのは間違いない。畑山と萩原がまず刑事総務課長に話を持ちこみ、そのまま刑事部長に話を上げた。説明の内容から間違いないと判断した刑事部長は、畑山たちを本部長に直接会わせ、報告させた――要するに、二課長を完全に外してトップまで一気に話を持っていったのである。

もちろん、こういう事情は箕輪に話すわけにはいかない。

「捜査二課長が、本間陣営とつながっていたという証言を得ています。どんな接待を受け、どんな話し合いが行われていたかまでは摑んでいませんが、つながりがあったのは間違いありません。しかも、選挙直前の話です。これは、警察官として極めてまずいことではないですか」

箕輪は何も言わなかった。眼鏡をかけ直して腕組みをし、警務部長の中尾にちらりと視線を向ける。中尾は渋い表情で、首を横に振るばかりだった。

「木原二課長の指示で、途中まで進んでいた捜査がストップさせられたんですよね？」高樹はしつこく繰り返した。「何らかの便宜供与、あるいは現金の授受があったとすれば、汚職ではないですか？　警察のキャリア官僚が収賄側の人間になるなんて、前代未聞でしょう」

「それであなたは……その件を書くつもりなのか？」

「接待の実態が分からない以上、書けません」高樹は正直に認めた。「今回お伺いしたのは、本部長はこの件について何らかの報告を受けているのかどうか、そして事件化、あるいは処分する前提で捜査をしているのかということです」

汚職事件の担当は捜査二課だが、畑山たちが直接捜査二課長を取り調べるとは思えない。監察官室が主導権を握り、捜査二課を手足に使って特別な捜査をするのではないだろうか。

「捜査について、私からマスコミに話すことはない」箕輪の口調が頑なになった。

「私はまだ、取材を進めますよ。どこかでしっかりした証拠を摑めれば、警察が捜査していようがいまいが書きます」

「それはあなたたちの自由だ」

「しかし、マスコミの取材と警察の捜査では、厳しさや正確さに絶対的な違いがあります。当然、警察の方がきちんと捜査して、事件として仕上げられるでしょう。私は、警察には自浄能力があると信じています」

警察は内輪に甘い、とよく言われるのだが……本当かどうか、高樹も「不祥事が揉み消された」という噂を何度も聞いたことがある。しかしこの件は、何としても明るみに出さねばならない。

「不正があれば調べる、それだけです。ただし私は、詳しい話は聞いていない」

微妙に逃げたな、と高樹は判断した。「聞いていない」というのは便利な言い訳なのだ。後で急に事態が動き出しても、「あなたと会った後で報告が上がり、捜査にゴーサインを出した」と言い逃れられる。

「本部長」

戸川が急に口を挟む。何を言うつもりだ、と高樹は身構えた。この男はあくまで「案内係」のつもりでいたし、本人もこの件に絡みたくない様子がありありだったのに。

「警察のキャリア官僚の汚職は、私も聞いたことがありません。これが明るみに出ると、新潟県警は大揺れでしょうね。新潟県警だけじゃない。警察庁も処理に困るでしょう。その際は、本部長も管理責任を問われると思いますが」

箕輪は何も言わず、戸川を睨みつけた。お前、脅してどうするんだ……高樹は口を挟もうとしたが、次の瞬間、戸川は一気にまくしたて始めた。

「この状態を綺麗に火消しするためには、本部長が陣頭指揮を執って事態を明るみに出し、きちんと処理するしかありませんよ。そうすれば、我々も警察そのものが不利になるような記事は書かない。淡々と事実関係を書いて、二課長だけを悪者にします。本部長も警務部長も、安心して次の職場へ異動できますよ。経歴にバツ印はつかないでしょう」

「君は……私を脅すのか」箕輪の目つきがさらに鋭くなった。

「いえ、単なる前向きの提案です。この件はまだ、他社は摑んでいないはずです。うちだけなら、いくらでも記事をコントロールできる。でも他社が取材に入ったら、収拾がつかなくなるでしょう。できるだけ早く捜査を進めて、素早く淡々と処理するのが一番かと思いますが」

「捜査のやり方について、マスコミに指示を受ける謂《いわ》れはない」

「我々も、東京と通じているんですよ。この件が警察庁にまで上がっているかどうかは分かりませんが、うちの社会部が警察庁に直当たりしたら、厳しい話が出てくるでしょう。

私はそれは望みません。あくまで新潟県警が自己処理して報告を上げる方が、ダメージは少ないでしょう。私たちも、自分で原稿を書いて決着をつけたいと思います。社会部が入ってくると話が大袈裟になって、こちらの手に負えなくなりますからね」

「とにかく――」高樹は慌てて割って入った。「県警の早い判断を私たちは望みます。県警は不祥事を隠さず、きちんと処理した――そういう原稿にしたいんです」

戸川の腕を小突き、話を終わりにする、と合図した。戸川はそれ以上粘ろうとはせず、さっと立ち上がる。慌てて高樹もそれに続いた。

本部長室を出ると、どっと疲れを感じ、額に汗が滲んでいるのを感じた。

「ちょっと外で話しましょうか」戸川が軽い調子で誘ってきた。

「お前、どういうつもりなんだ」

「ここでは話せません」

そう言って、戸川がさっさと歩き出してしまった。何だか主導権を握られたようで、気に食わない。これまで、自分でまったく主体的に動けなかった戸川の意趣返しのようなものだろうか。

二人は白山公園に出た。四月も近いのにまだ寒く、空には雲が低く垂れこめている。新潟では四月に雪が舞うこともあるのだが、今日はまさにそんな陽気だった。

「お前、いったい何のつもりだ」高樹は彼の正面に回りこんで繰り返した。

「高樹さん、この件、県警が本当に事件化すると思いますか」戸川が真剣な口調で訊ねる。

「事件化してもらわないと困る」

「無理ですね。高樹さんは、失敗したんですよ」

「俺が？　どうして」

「詰め切れていないんですよ。もしも完全に詰め切れていたら――がっちりした証拠を摑んで、すぐにでも記事が書ける状況なら、本部長にぶつけるのもありだと思います。でもこの状況だと、本部長が事態を揉み消すこともできる」

「しかし俺は、事情を知っている」

「でも、一番肝心なことは分からないでしょう。田岡と二課長が会っていた――それはいですよ。間違いないと思います。でも直当たりしても認めないでしょう」

それは……悔しいが間違いないだろう。

「こういう話ですから、捜査権もない新聞記者に対して、当事者が真相を話すわけがないんですよ。そもそも、うちの取材だけでは書けない。田岡と二課長が会っていたという事実だけを記事にしたら、読者は混乱します。下手したら訴えられるかもしれない」

「だから事件化するように、本部長に会ったんじゃないか」

「無理でしょうね」戸川が淡々と言った。「サツの担当は高樹さんじゃなくて俺なんですよ。この件、黙って見ていただけだと思いますか？」

「取材してたのか？」俺に黙って？　一瞬文句が出かけたが、呑みこむ。彼の動きは、警察回りとしてごく当然の行為なのだ。

「本部長に話を聞いたのは初めてですけど、刑事総務課長や刑事部長には内々に取材しています。二人とも事情は分かっていて、立件は難しいだろうという見方です」

「クソ、それを先に言えよ」

「時間がなかったんです」戸川が肩をすくめる。「本部長と会う直前に二人とようやく面会して、話を引き出したんですから」

「だったら、今回の本部長との面会は完全に無駄だったわけか……それが分かっていて、お前はどうして本部長を脅したんだ？」

「捜査は、しないよりもした方がいいでしょう。脅せば動くかもしれないと思ったんですよ。効いたかどうかは分かりませんけど」

「お前は……揉み消されたらどうするつもりなんだ」

「分かりません」戸川があっさり言った。「実際どうなるか、全然予想ができないですね。ただ、もしも書けなくても、俺はしょうがないと思いますけど」

「お前……」高樹は思わず戸川に詰め寄った。「そいつは新聞記者として間違ってる。俺たちは、書いてこそなんだ」

「最終的にはね」戸川が軽い調子で言った。「でも、俺たちは間違いなく県警の秘密を知ったじゃないですか。あの本部長だって警務部長だって、まだこの先はある。俺たちが握った秘密は、あの二人にとって弱みにもなるはずですよ。立件しないで闇に葬ったら、なおさらだ。将来、これをネタにして、二人からもっと大きなネタを引き出せるかもしれないじゃないですか」

「そんな先のことまで考えてたのか」

「ずっと続いていく話ですからね。俺は、新潟県警の担当だけで終わるわけじゃない。だから、いろいろなコネを作って、相手の弱みを握ることも大事じゃないですか」

記者は書いてこそ価値がある——しかし、戸川のように事情を吞みこみ、未来で活かそうという考えも間違ってはいないだろう。

彼の方が、自分よりよほど大人ではないかと高樹は思った。

2

周りの人が自分を支えてくれるのはありがたい。それなら自分は、それに相応しい政治家にならねばならない——石崎に言われてそう決心したものの、田岡はやはり納得していない。人として、やるべきことがあるのではないか。

田岡はまだ、政治家としてのキャリアを歩み出したばかり——実際には一歩も踏み出していないのだ。そんな人間が「将来担いでもらうために、他人に責任を押しつける」やり方でこの件を終わらせるなど、傲慢過ぎるだろう。

もしも自分が、既に地方議員として活動を始めてでもいたら、この話には迷いなく乗るだろう。しかし今の自分は、何者でもない。守ってもらえる立場ではない。

田岡は散々迷った末、たった一人相談できる人間を思いついた。増渕。石崎や富所とは、いくら話しても結論は変わらないだろう。中央にいて、多少なりとも自分を買ってくれている人なら、いいアドバイスをくれるかもしれない。

増渕の事務所に電話を入れる。本人は不在だったが、名乗ると「できるだけ早く連絡させます」と言われた。増渕の中で、自分はどれだけ優先順位が高い人間なのだろうと、田岡はかえって不安になった。

三十分ほど待つと、自宅の電話が鳴った。待つ間に吸った三本目のハイライトを灰皿に押しつけて受話器を取る。

「田岡です」

「増渕です。申し訳ないね、待たせてしまって……貧乏暇なしなんだ」

増渕が軽く笑った。田岡は笑わなかった。冗談につき合う余裕はない。

「今回は、申し訳ありませんでした」田岡は最初に謝った。

「本間の件か……君も大変だったな」増渕は怒るわけでもなく、逆に労ってくれた。

「いえ、私は別に……」

「君が何をやったかは分かっている。今回は、東日に漏れたことだけが失敗だった」

「私の不徳の致すところです」増渕は父と同じようなことを言っている、と意識する。要するに「報道を抑えられなかったのがまずかった」だ。

「君は間違っていない。あれは、本間を当選させるために必要な作戦だったんだから、気にするな」

「せっかく当選した本間さんを、連座制で駄目にするつもりはありません。そのためには、石川さんに捜査の手が及んではいけない。私が責任を負います」

「待ちたまえ――」

「私が全ての計画を立てて差配したことにすれば、石川さんは『関係ない』と主張できます。実際石川さんは、今回の件にはほとんど関わっていない。石川さんが無事なら、本間先生も無傷で済みます。私が全責任を負って、逮捕されます」

「まあまあ、待ちたまえ」増渕が慌てて繰り返す。「君の気持ちは分かる。こんな風に一生懸命考えてくれる若い人は、最近はいなくなった。だからこそ我々は、君を失うわけにはいかないんだよ。いろいろ情報は聞いている。心配するな。私に任せておけ。表に出ないように極秘に決着をつける」

「どうされるおつもりなんですか」

「それを言ってしまっては、極秘の作戦にならない。君は当事者になる可能性があるんだから、知らない方がいいぞ」

「それでは納得できません。一人だけ蚊帳の外というのは……」

「君は傷ついてはいかんのだ」増渕の声が一段低くなった。「君は将来、民自党の宝になる人間だ。だから我々は、君を絶対に守る」

「しかし……」

「君には、これから選挙を戦うこと以外に、大きな目標があるんだぞ」

「それは……何ですか」

「分からんか？　マスコミ対策だ。あの連中をどうコントロールしていくかが、これからの民自党にとって大きな課題になる。政治部の連中はいいんだ。あいつらは我々の手足のようなものだから、思い通りに動かせる。問題は社会部や地方の記者——単純な正義感だけで、国家のことなど何も考えていない連中だ。あいつらをどうコントロールしていくかが、これからの民自党の大きな課題になる」

「邪魔させない、ということですね」

「まったくその通りだ。君には、若手の中心になってそういうことを研究してもらおうと思っている。今回の件で、君もマスコミの力と思い上がりを実感したんじゃないか」

「仰る通りです」考えただけで苛々してくる。

「国家の不利益につながるようなことは書かせない。マスコミをそんな風に変えていかねばならないんだ。君ならそれもできる。そのためには、余計なことにかかずらっているわけにはいかないだろう。一歩も立ち止まるな——とにかく後始末は、私のような年寄りに任せておけ。くれぐれも、余計なことをするなよ」釘を刺して、増渕が電話を切ってしまった。

これでは背中を押してもらうどころか、襟首を摑まれて引きずり戻されたようなものだ。このまま黙って、頭を低くしているべきなのか？　そうやっている間に捜査は進み、誰かが責任者として逮捕されるだろう。それで今回の事件は終わる——それでいいのか？

増渕は背中を押してくれなかったが、田岡の気持ちはさらに頑なになっていた。

尚子との食事は、鬱々たる雰囲気で進んだ。彼女は二日後には撮影を終え、東京へ戻ることになっている。そうしたら、もう二度と会えないかもしれない——彼女に不安を与えないためには、もう会わない方がいいかもしれないと思ったのだが、先日、脅すような電話をかけてしまったことがずっと引っかかっていた。

新潟では、東京で二人がよく行くようなフランス料理の店もないので、田岡は料亭を奢った。海運で栄えた新潟は、江戸時代から料亭文化が盛んで、大きな店には様々な部屋がある。百人規模で大宴会ができるような部屋、数人で密談するのに適した個室……今日、田岡は和室が基本のこの料亭の中で、唯一の洋間を予約していた。いかにも明治時代の社交場という感じだが、もちろん田岡はそんなものを見たことがない。たぶん映画かテレビドラマで観た、鹿鳴館か何かの印象が頭に残っているのだろう。そういう雰囲気の中で、新潟の田舎料理を食べるのは、こういう状況でなければなかなか味わい深い経験だったと思う。しかし今夜ばかりは、そういうわけにはいかなかった。

「総司さん、これからどうなるの」食事の途中で、どうしても我慢できなくなったのか、尚子が切り出した。

「新聞、読んでくれたよな」あれ以来尚子と話すのは初めてだったので、彼女が何を考えているかはまったく分からない。

「ええ。でも……」

「あの件で、俺は中心にいたんだ」

尚子の顔からさっと血の気が引いた。頭の回転がいい女性だから、既にどういうことかは読んでいたと思うが。目の前で彼女がショックを受けているのを見て、田岡は後悔した。彼女のこんな顔は見たくない――いや、彼女をこんな風にしてしまった自分にこそ責任がある。

「俺は、ちゃんと責任を取るつもりだ」

「責任って……」尚子が眉間に皺を寄せる。

「警察が動き出してる。もう、事情聴取も受けた。こういう事件では、誰が指示してやらせたかが重要なんだろう。逆に言えば、そういう人間が特定できれば、警察の捜査は完了だ」

「それを、あなたが……あなたが全部責任を取るつもりなの？」

「ああ」

「駄目！」

尚子が声を張り上げる。個室なので外に声は漏れないはずだが、田岡は思わずドアに目をやった。静かな料亭で騒ぎを起こす訳にはいかない……。

「お願い」尚子の目には涙が滲んでいた。「あなたみたいに若い人が責任を取るといっても、通用しないでしょう。もっと偉い人が責任を取るべきじゃないの？」

「言い出したのは俺なんだ。俺が責任者なんだ」

「そんな……」尚子が、箸をそっとテーブルに置いた。うなだれたまま、田岡と目を合わせようとしない。

「証言すれば、俺は逮捕される可能性が高い。その後は裁判で、長く自由に動けなくなる。刑務所に入るようなことはない——実刑判決が出るとは思えないけど、しばらくは政治活動もできなくなるだろう。だから、君に語っていた夢は、全部嘘になってしまう」

「でも、刑務所に入らなければ、大丈夫じゃないの？」

「仮に執行猶予がついても、政治を志す人間としては致命傷なんだ。だから俺は、この一件で全てを失う。ここ数年の苦労は水の泡って感じかな」田岡は敢えて軽い調子で言って肩をすくめた。

「それじゃ、あなた一人が損するだけじゃない。どうして？　選挙って、多くの人が関わるものでしょう？　あなた一人が責任を取る必要はないと思うわ」

「確かにこの件には、何十人もの人間が関わっている。でも、その全員を逮捕して起訴するなんて、現実的じゃないんだ。だから警察としては、トップを立件して終わりにする――それで十分なんだ」

「でもあなたはトップじゃない」

「誰かがトップになっていればいいんだ。実態とは関係ない」

「あなたは誰かの代わりなの？」

「違う」そう……やはり自分の責任なのだ。今回の実弾攻撃を最初に言い出したのは自分なのだから。

「お父様は大丈夫なの？」

「オヤジか……」田岡は鼻を鳴らした。「オヤジからは、自分の身は自分で守れと言われたよ」

「だけど、こういう大変な時はお父様に頼った方が――」

「無理だ」田岡は首を横に振った。「父は俺を切るだろう。だいたい俺は、父の秘書と言っても正式なものじゃない。私設秘書――見習いのようなものだ。だからオヤジも、俺が逮捕されても何とでも言い抜けられると思ってるんじゃないかな」

子どもが逮捕されれば親の責任が問われるのが日本という国だが、父は冷徹な人間である。自分を切り捨て、上手く逃げ切るだろう。自らのキャリアに傷をつけるようなことは絶対に避けるはずだ。そういうことが平気でできる人なのである。

「オヤジのことは心配しないでいい。それより、君には本当に申し訳ない。夢を見させてしまったのは、悪かったと思っている」

「私は、別れないわよ」尚子が震える口調で宣言した。

「駄目だ」田岡は声の調子を高くした。「女優は人気商売なんだ。俺みたいな人間とつき合っていることがバレたら、やっていけなくなる」

「引退する」涙を流しながら尚子が言った。「これからはあなたと一緒にいる。一緒にいてあなたを支える」

「刑事被告人を支えても、何もいいことはないよ」つい皮肉に言ってしまう。「君は損するばかりだ」

「こういうことは、計算じゃないの」尚子の声は次第に力強くなってきた。「気持ちの問題。私はあなたを支える。あなたをこのまま沈没はさせない」

「しかし……」

「あなた、さっき『夢』って言ったわよね？　『夢を見させてしまった』って。私は夢なんか見てない。あなたとつき合っていて、目標を持っただけ」

「目標？」

「私は、総理大臣の奥さんになるの。何十年か先だけど」

田岡としては黙りこむしかなかった。総理大臣……確かにそれが自分の目指していた地位だ。日本を変えるには、政権与党である民自党のトップ、そして総理大臣に上り詰めるしかない。だが、刑事被告人になった人間が、そんな未来を計画していいのか？

「聞いてる？」

「……ああ」

「私が総理大臣夫人になるには、あなたが総理大臣にならないと駄目でしょう。当たり前よね」

「そうだな」

「だからあなたは、何も諦めないで。もしもここでつまずいても、必ず立ち直れる。いえ、私が立ち直らせてみせる」

「尚子……」

「情けない声、出さないで」尚子がぴしりと言った。「総理大臣になる人は、こんなことでへこたれちゃ駄目よ。私はあなたの選択を支持します。その後どうなるかは、後で考えましょう。でも、私がいる限り、大丈夫だから。あなたは目標を達成できるから。そのために、二人で歩いていきましょう」

「それは、君からの結婚の申し込みと言っていいのかな」

「あ、そうか」尚子が困惑の表情を浮かべた。「そうみたいね。でも、どう？　私の申し出、受けてくれない？」

「それはできない」

「総司さん――」

「俺はこの難局を、何としてでも一人で乗り越える。乗り越えられた時に、俺の方から正式に――何か変な感じだな」田岡はようやく笑みを浮かべた。「実質的に話は決まっているのに、プロポーズのやり方で議論するなんて」

「一生に一度のことだから。私はドラマの中で何度も経験しているけど」

田岡は、今度は声を上げて笑った。何という強い女だ――いや、いざという時には女性の方が強いのだろう。男はささいなことで落ちこみ、立ち直るまでに長い時間がかかる。戦争を経験した上の世代の先輩たちもそう言っていた。「復員してから一年ぐらいは、何も手につかなかった」「毎日ぼうっとして寝ているだけだった。酒を呑もうにも酒もないし」「だけど妻は、戦前とまったく同じように動いていた」。結局男は、芯が弱い動物なのだ。女がいなければ、何もできない。

明日の朝一番で警察に出頭することを決めた。こちらから畑山という刑事に連絡して「話したいことがある」と言えば、すぐに受け入れてもらえるだろう。

そう決めて、明日のために早く寝ようと布団に潜りこんだのだが、やはりあれこれ考えてしまって眠れない。枕元のラジオをつけたが、NHKの放送時間はもう終わってしまっていた。溜息をついて、ラジオを消す。

後頭部に両手をあてがい、暗い天井を見上げる。そこに答えが書いてあるわけではないし、天井の節目を見ているうちに、何だか気分が悪くなってきた。無理に目を閉じると、めまいを感じて動けなくなってしまう。しばらくそのままじっとしていると、何とかめまいは消えていった。もう一度溜息をついてから起き出す。

台所で冷たい水を一杯飲み、煙草に火を点ける。暗闇の中で、煙草の赤い火先が静かに燃え上がった。かすかな熱と明るさが、ようやく気持ちを落ち着かせる。

煙草を揉み消し、布団に戻った。寝られないなら寝なくてもいい、と考えると、急速に眠気が襲ってくる。なるようになれ、だ。警察がどんな手に出てくるか分からないのだから、あれこれ考えても仕方がない。弁護士には既に相談したが、頼りないことこの上なかった。結局誰も当てにせず、自分一人で戦うしかないだろう。そのためには、自分の中で作り上げたシナリオを完璧に演じ切るしかない。

大丈夫だ。俺の恋人は女優なのだから。彼女を近くで見ているうちに、自分にも演技力が備わってきたに違いない。


翌朝、田岡は身支度を整えた。背広は着たが、ネクタイはせず、ベルトもしない。逮捕されると、自殺防止のためにネクタイとベルトは最初に取り上げられてしまうという。そんな辱めを受けるぐらいなら、最初からしていかなければいい——幸い、背広はあつらえたものなのでサイズはぴったりで、ベルトなしでもズボンがずり落ちるようなことはない。あとはタオルと歯ブラシ。留置場暮らしが快適なはずはなく、せめてこれぐらいは用意しておかないと、もっとひどいことになるだろう。何だか学生運動の活動家みたいだな、と思った。実際、彼らの話を参考にしたのだが。デモに参加する時には、必ずタオルと歯ブラシだけは持っていく——快適な留置場生活を送るために。

準備が整うと畑山の名刺を取り出し、電話をかける。午前八時過ぎだが、彼はもう出勤していた。お話ししたいことがあると告げると、これから迎えを出すから家で待機していて欲しい、と言われた。覆面パトカーがお出迎えか……本当なら、黒塗りのクラウンの後部座席でふんぞり返っている身分なのに。

八時半、呼び鈴を鳴らす音が聞こえて、田岡は立ち上がった。朝刊を丁寧に片づけてテーブルの片隅に揃える。他のものは使った時のまま……吸い殻で埋まった灰皿だけは、何度も確認した。こんなところで火事を出したら、泣くに泣けない。

玄関に出てドアを開けると、畑山が立っていた。前回、何時間も事情聴取を受けた時には、刑事にしては愛想がいい人だな、と思っていたが、今日の表情は険しい――いや、これ以上ないほど真面目という感じだった。人生で最大の仕事に取りかかろうとしているかのような……。

「お電話いただいて、ありがとうございます」畑山が頭を下げる。態度はあくまで丁寧だった。

「いえ……」

「出かけられますか」

「大丈夫です」荷物は小さなバッグだけ。財布にタオル、歯ブラシと、必要最小限のものしか入っていない。

覆面パトカーの後部座席に乗りこむと、畑山が横に座る。何も話そうとしなかった。田岡も自分から話す気にならず、窓の外の景色を眺めた。前回のように新潟西署へ向かっているのではなく、行き先は県警本部のようだ。いよいよ本丸で取り調べか、と考えるとさすがに緊張してくる。

一つだけ心配なことがあった。県警本部に行くということは、県庁へ行くのと同じことである。高樹は普段、県庁にある県政記者クラブに詰めているはずだ。何かの拍子に出くわしたら、どんな反応をすればいいのだろう。すぐに手錠をはめられることはないだろうが、高樹は間違いなく異常に気づくはずだ。

無視するしかないだろう。もう、あいつとの縁は切れた——しかし高樹に対する怒りは消えない。あいつは、自分の手柄のために俺を貶めた。身勝手な理由で俺の人生をぶち壊し、民自党を混乱させた。マスコミに、そんなことをする権利はない。あいつらは、お上が言うことを、一言一句正確に伝えるだけでいいのだ。

増渕が言っていたのはこういうことだろう。マスコミを増長させてはいけない。常に権力のコントロール下において、こちらの都合で記事を書かせるようにしなければならない。この一件が終わったら、俺がやるべきはそれだ。どんな方法になるかは分からないが、政治の将来のために果たさねばならない大きな仕事だと思う。

そして、高樹も自分のコントロール下に置く。

それができたら心地好いだろう。高樹を自分の足元にひれ伏させることができたら、それ以上何を望むべきか。

「ま、楽にして下さい」

畑山が言ったが、とても楽にできるものではない。前回の会議室と違って、今日は取調室。窓は右側の高い位置にあるだけで、ドアが閉まるとほぼ密室になる。畑山は右側——窓を背にして座った。そうすると、田岡から見て、彼の姿は逆光の中で黒く塗り潰されたように見える。顔は完全に影になっており、そのせいで何を考えているかがまったく読めない。こういうのも刑事のテクニックなのだろうかと田岡は訝った。

「お話があるということでしたね」

「ええ」

「選挙違反についてですか」

「そうです」

「結構ですな」畑山が——畑山の影がうなずいた。「どうしますか？　そちらから話していただきますか？　それとも私の方から質問しますか？」

田岡は唾を呑んだ。自分から全て話してしまおうと思って、事前に話をまとめてはいたのだが、いざ話す段になると、言葉が上手く出てこない。落ち着け……ここでの話し方によって、自分の今後の命運が決まるかもしれない。

「どうしました？」畑山が身を乗り出す。「緊張する必要はないですよ。自由に話してもらって構いません。後で調書を確認してもらいますから、言いっぱなしにはなりません。だいたい――」

その時、ドアをノックする音が聞こえた。邪魔された畑山が、舌打ちして立ち上がる。田岡を一睨みして、ドアを開けた。そのまま、ノックした人間と小声で話し始めたが、すぐに同席していた若い刑事に目配せすると、取調室を出て行く。ドアは細く開けたままだった。若い刑事が自席を離れ、監視のためか、田岡の前に座る。

田岡は耳を澄ませた。廊下から畑山の声が低く聞こえてきたが、内容までは分からない。ただ、非常に機嫌が悪そうだった。

田岡は時折腕時計に視線を落とした。三分……五分……いくら何でも長過ぎないだろうか。そのうち、畑山が取調室に顔を突っこんで、若い刑事を呼び出した。容疑者を一人にして大丈夫なのか？　しかし畑山はすぐに取調室に入って来た。何とも言えない表情を浮かべている。明らかに悔しがっているのだが、どこか諦めたようにも見える。

「お引き取り下さい」

「はい？」

「たった今、あなたは用無しになりました」嘲るような口調だった。

「どういうことですか」

「他の人が出頭したんですよ。今回の選挙違反の指示は、自分が全部出したと供述している。しかも、金を渡した人間全員のリストを持っている」

「まさか」

「何がまさかなんですか」畑山が目を細め、田岡を睨みつける。

「いや……」

「本当は、あなたが指示していたと言うんですか」

田岡は口をつぐまざるを得なかった。自分が知らないところで、誰かが動いた——石崎だ、と悟る。やはり石崎が全ての責任を背負いこむつもりなのだ。

「あなたを解放するように、上の方から指示が出ているんでね……まったく、あなたのコネはどれだけ大きいんだ？」

「私は——」

「さっさと帰ってくれ」畑山の口調がいきなり乱暴になった。「あんたを逮捕できないのは、俺の刑事人生最大の失敗だ。だけど、これで終わったと思うなよ。あんたのような人間は、必ずどこかでヘマをする。人を見下している人間に限って、足元が見えないんだ。絶対に足をすくわれる。いや、俺がすくってやる」

県警本部を出ると、世界が一変してしまったようだった。今日は穏やかな春の日差しが降り注いでいるが、まるで真冬に逆戻りしたような気分……すぐに交差点を渡り、東中通を歩き出す。無意識のうちに、石崎の事務所へ向かっていたが、そこを訪ねたらスタッフに向ける顔がないと気づいた。途中、電話ボックスを見つけ、中に入りこむ。東中通の喧騒が遮断され、ほっと一息ついた。煙草に火を点けると、すぐに富所の事務所の番号を回す。

「田岡さん……」富所が、溜息をつくように言った。「勝手なことをしましたね」

「熟慮の末です」思わず反論した。

「今、どこにいるんですか」

「県警本部から叩き出されたところです。東中通を歩いてます」

「石崎さんの事務所へ行くつもりですか？　それは駄目です」富所が慌てて言った。

「石崎さんが出頭したんですか」

富所が黙りこむ。勘は当たった、と考えると胃が痛くなってきた。

「富所さん……」

「皆で決めたことです」富所が苦しそうに言った。

「私は聞いていない」

「あなたを巻きこむわけにはいかなかったんですよ」

「私を外したんですか」田岡は受話器をきつく握った。

「あなたこそ、どうして勝手なことをしたんですか」富所が逆に攻めてくる。

「それは……」

「あなたが責任を感じる気持ちは分からないでもない。でもあなたには、もっと大きな責任を果たしてもらわないといけないんです。今後は、勝手な真似は慎んで下さい」

「……分かりました」負けた、と諦めた。石崎に対しては、返済しきれない負債を抱えてしまった。これから自分は、どうやって生きていくべきだろう。何をすれば、石崎に対する恩を返せるのだろう。


衆院新潟一区の本間派選挙違反に絡んで、県警の捜査本部は本間派の選対幹部を務めた現職県議の石崎豊雄（五八）を公職選挙法違反（買収）容疑で逮捕した。石崎は、大規模な買収の中心にいたことを自供しており、捜査本部ではこれをきっかけに、全容解明を目指す。

富所の自宅で地元紙の夕刊を見て、田岡は顔をしかめた。想像した通り……石崎が全てを被って、刑に服するつもりでいるのだ。

富所が新聞を丁寧に畳んでデスクに置く。

「たぶん、私もこれから取り調べを受けるでしょうね。現金を配ったのは間違いないんだし」

「それは――」

「逮捕されるかもしれない」諦めたように富所が言った。

「そうならないように、石崎さんが出頭したんじゃないんですか」

「石崎さんが、一人で百人に金を配れるわけがない。県警は、実際に動いた人間を割り出したがるはずです――つまり、私とか」

「私はどうなるんですか」

「それで事情を聴かれるぐらいは覚悟しておいた方がいいかもしれない。でも、逮捕はされないでしょう」

「どうして」

「我々は、あなたを守ると決めた」

「しかし、金を受け取った人間は、私の名前を出すでしょう。そうしたら……」

「あなたは大丈夫だ」

その根拠は何なんだ……聞こうとしたが、富所は会話を拒否するように目を背けてしまう。田岡も黙りこむしかなかった。自分が知らないところで、何か大きなものが動いている。それを知るべきなのか、知らないままでいるべきなのか。

3

「どういうことだ！」高樹は思わず声を張り上げた。

電話の向こうで戸川が黙りこむ。高樹は「説明しろ！」と声を荒らげてさらに迫ったが、返事はない。重苦しい沈黙が流れた後、戸川がようやく「今言った通りですよ」と告げた。

「だから、その意味を聞いてるんだよ！」

「詳しいことは、今、取材してます」面倒になったのか、戸川は電話を切ってしまった。

デスクの富谷が「どうした」と怪訝そうな表情を向けてきた。お茶を飲みながら支局長室から出て来た村田も、好奇の視線を向けてくる。

「田岡が自分から出頭して……その後帰されました」

「ああ？」富谷が首を捻る。

「それと、県議の石崎も出頭して、こっちは逮捕されました」

「何だ、二人が別々に出頭してきたのか？」村田が会話に加わってきた。

「そういうことらしいんですが、今、戸川が詳しい事情を取材中です」

クソ、意味が分からない……高樹は頭をがしがしと掻いた。昨夜は泊まり勤務で風呂に入っていないので、急に体が不潔に感じられる。泊まりの人間は、夕刊の締め切りが終わるまでは支局にいて、デスクをサポートすることになっているのだ。そんなに頻繁に事件事故が起きることはなく、だいたいだらだらした時間が流れるだけなのだが、今朝は違った。午前十時、富谷が支局に出勤してきた直後に戸川からかかってきた電話で、午前の静寂はぶち壊しになった。

高樹はすぐに、捜査二課の畑山の席に電話を入れた。予め打ち合わせていた通り偽名を使って……しかし、不在。それではと萩原の席にかけてみた。実際には二人の席はすぐ近くなのだが。萩原が自分で電話を取り「はい」と極めて不機嫌な口調で応じる。

「東日の高樹です。田岡と石崎の件を聞きました。いったいどういうことなんですか」

「話すことは何もない」それだけ言って、萩原はいきなり電話を切ってしまった。どうやら二課の内部も相当混乱しているようだ。他に話を聞ける人間は……思い切って刑事部長に連絡してみようかと思った。しかし今、戸川がその線を辿って取材を続けているはずだ。東日の複数の記者から別々に取材が入ったら、県警も困るだろう——いや、嘲笑うかもしれない。あんたのところは、内部で調整もできていないのか、と。

「どうだ?」富谷が、高樹の席までやって来た。

「二課はざわついているみたいですね」

「何かおかしいな。本間陣営の中で、調整が上手くいってなかったんじゃないか?」

「そうかもしれません」高樹の経験だと、選挙違反や汚職などでは、誰かを「責任者」として差し出して事態の収拾を図ることがある。特に選挙違反の場合、関わっている人数が多いから、全員を逮捕して起訴することなど現実味がない。警察や検察としても、中枢にいる人間を裁判に持ちこめればそれで十分なのだろう。法律の運用は、概して現場の判断に任され、しかも極めて柔軟である。

結局、昼前に正式な「石崎逮捕」の一報が入ってきて、それを何とか夕刊の遅版に突っこんだ。どうやら各社同着——この件についてはノーマークだったようだ。しっかりしてくれよ、と戸川に対して頭にきたが、一番カリカリしているのは戸川自身だろう。それに自分だって、畑山や萩原から事前に情報を教えてもらえなかった。本当に優秀な記者は——新潟支局に来た時の警察キャップが言っていた。人脈作りが上手い。こちらから聞かなくても、向こうから電話がかかってきて情報をささやいてくれるのがベストだ、と。その彼が、誰かから大事な情報提供の電話を受けたという話は聞いたことがないが。「続報三本」の話もそうだが、あの人は口先ばかりだった。

午後一時過ぎ、高樹は支局を出た。県政記者クラブに顔を出したが、手持ち無沙汰……キャップの佐々木が怪訝そうな表情を向けてきた。

「何かあったのか？」

「石崎の件ですよ。やられました」高樹は小声でつぶやいた。

この件は、当然県政記者クラブにも伝わっていた。佐々木には、石崎の事務所からコメントを取るように、という指示が富谷から飛んでいたはずである。

「ああ……各社同着か。抜けなかったんだな」

「そうなりますね。石崎事務所の方、どうなりました？」

佐々木が、手元の原稿用紙を黙って渡した。「出頭したという話は聞いていない。事実関係を確認している」――いかにも素っ気ないコメントだった。

「本当に知らなかったと思います？」高樹は記事を佐々木に返した。

「いや、当然知ってるだろう。入念に打ち合わせしてから出頭したんじゃないか？」

「でしょうね」高樹はうなずいた。

急に、胸の中で敗北感が広がっていく。事件はこれで収束していくだろう。石崎が全ての責任を負うことで、本間選対の責任者である石川もおそらく逮捕されない。それ故、本間も連座制の対象にならない。そして田岡にも、捜査の手は伸びないだろう。田岡は見えない手に守られているのかもしれない。いや、高樹にははっきり見える。父親だ。民自党の現職政調会長の息子を逮捕することは、警察にとっても大きな賭けになるだろう。逆に田岡の父親から見れば、息子を安全なところに置いておくぐらい、簡単なのかもしれない。

これから当たるところがいくつかある、と高樹は頭の中で計算した。まず二課の畑山と萩原への取材。この二人の口が堅ければ、地検の松永に話を聞く。さらに木原の問題はどうなるのか……選挙違反で田岡を裁けないにしても、まだ木原との不適切な関係が残っている。県警は、この件を真面目に調べるつもりがあるのだろうか。この件は警務部長、あるいは本部長にもう一度当たらねばならないところだが、さすがに戸川の頭ごしというわけにはいかない。戸川は今日も苛々しているだろうから、頼みにくい状況ではあるが。

昼間のうちは動けない。せいぜい、畑山にもう一度電話をかけるぐらいだ。本格的な勝負は夜になるだろう。

夕方、高樹は支局に戻って捜査二課に電話をかけた。今度は畑山が電話に出たが、いかにも話しにくそうな雰囲気である。「十分後にかけ直す」と言ってそそくさと電話を切ってしまった。苛立ちが募るだけの十分……煙草をゆっくり吸いながら、地元紙の夕刊に目を通す。「石崎逮捕」は一面で大々的に報じられていた。現職県議の逮捕は大事だが、全国紙の東日だったら、とても一面では扱えない。選挙違反の続報だから、社会面で二段か三段の扱いだろう。そもそも新潟県議など、全国的には「小物」に過ぎない。地元紙だからこその大扱いだ……。

電話が鳴る。高樹は呼び出し音が一回鳴っただけで受話器を取り上げた。畑山は外に出て公衆電話からかけてきたようで、背後がざわついている。

「今日の件、どういうことなんですか」

「どうもこうもない」畑山がぴしゃりと言った。「あんたが知っている通りだ。奴ら、完全なシナリオを書いている」

「しかし、どうして田岡を逮捕できないんですか。あいつが金を配って歩いたのは間違いないでしょう」

「俺に言わせるな」喉の奥から絞り出すような声だった。

「どこかから圧力がかかったんですか」

畑山が黙りこむ。街の騒音だけが聞こえた。彼にすれば、またも「負け」なのかもしれない。せっかく東日の記事をきっかけに本格的に捜査を始めたのに、二度目のストップだ。

「二課長じゃないでしょうね」

「二課長が相手なら、何とかなった」

「その上ですか？」刑事部長？　それとも本部長？　木原だけではなく、県警のキャリア幹部全員が田岡に丸めこまれていたのか？

「東京から話が降ってきたんだよ」

「田岡のオヤジさんですか」

「いや」否定する畑山の声は、どこか不気味だった。

「だったら誰が？」

「田岡って男は、いいコネを持ってるようだな。幹事長らしいよ」

「幹事長？　民自党の増渕ですか？」そんなことがあるのだろうか。田岡は確かに「政調会長の息子」だが、現在の立場はあくまで私設秘書である。民自党の幹事長が、自ら救いの手を差し伸べるような対象ではあるまい。いったい二人はどういう関係なのだろうか。

「増渕が、警察庁を通じて田岡に手を出さないように言ってきた。こうなったら、俺たちにはどうしようもない」

「じゃあ、二課長と田岡の件も……」

「それは、無傷というわけにはいかないだろうな」

「どういう意味ですか」

「そいつは俺の口からは言えない。偉い人に聞いてくれ――おい、俺は刑事をやってるのが嫌になっちまったよ」

「変なこと、言わないで下さいよ」高樹は顔をしかめた。

「刑事にも限界がある。だけどあんたら記者にはないはずだ。新聞は絶対に権力に負けるなよ」

畑山は唐突に電話を切ってしまった。負けるな――現場の刑事からの応援は心強かったが、実際にはどうだろう。自分たちは既に負けてしまったのではないか？

権力の闇は深い。


高樹は、松永と会う時のルールを破った。いつもは事前に電話をかけて外へ出て来てもらうことにしていたのだが、今日は官舎へ電話しても誰も出ない。いつもは、こういう状況だと諦めることにしているのだが、どうしても今日中に話をしておきたかった。仕方なく、官舎から少し離れたところで待機――待ち伏せに入る。

車は遠くへ停めてあるので、電柱の陰に立っているしかない。今日は昼間は暖かかったのだが、夜になると冷えこみ、足元から寒さが這い上がってくる。中綿入りのジャンパーを着てきたのが救いだった。

待つこと一時間。そろそろ諦めようかと考え始めた時、松永が帰って来た。背中を丸め、早足で官舎の方へ向かって来る。高樹は無言で近づき、松永の前に立ちはだかった。

「おいおい」松永が眉をひそめる。「待ち伏せか？　あまりよろしくないな」

「話があります」

「この先に公園がある。そこで待っていてくれ」

そう言って、松永は一階にある部屋のドアに手をかけた。手を止めてちらりと後ろを振り向くと、「待ってろ」と厳しい表情で言った。仕方なく歩き出す。

ごく小さな公園で、遊具が一つ二つ置いてあるだけ……高樹はブランコに腰かけ、煙草に火を点けた。ショートホープは美味いのだが、短いのが難点だ。すぐに吸い終えてしまうので、どうしても本数が増える。結果的に、体に入れるニコチンやタールの量は普通の煙草と変わらないと思うが。

十分後、松永がやって来た。大の男二人が並んでブランコに腰かけて話をするのもおかしいと思って立ち上がると、松永は高樹の前を横切り、公園を出てしまった。

「松永さん」

「もう少し離れよう」

　こちらを見もせずに、松永が歩き続ける。高樹は黙って彼の背中を追った。五分ほど歩くと、官舎から十分離れたと判断したのか、松永が立ち止まった。周りは静かな高級住宅街。大声を上げるのが憚られたのか、松永は低い声で話し出した。

「田岡の件だな？」

「ええ。どういうことなんですか？　民自党の増渕から圧力があったと聞きました」

「俺は、その件は噂として聞いているだけなんだ」松永が唇を歪ませる。

「そんなこと、あり得るんですか」

「実際、あったじゃないか……クソ」松永が吐き捨てる。「この件は、最初から失敗だった。もっと上手く事を運ばないと駄目だったんだ。俺が早く嚙んでいたら……」

「松永さんは、民自党の圧力に勝てるんですか」ひどい台詞だと思ったが、言ってしまったのだから取り消せない。

「やってみないと分からんだろう！」松永が目を剝いた。「場合によっては、これは大規模な汚職事件になるんだ。東京地検特捜部の出番だよ」

「そこまで……」

「特捜部を舐めるなよ」松永が高樹を睨みつけた。「これまで何人の悪い政治家を潰してきたと思ってる」

「実績は分かってますけど、この件は……」

「ああ、どうでもいい」松永が面倒臭そうに言って、顔の前で手を振った。「人身御供を使って、選挙違反を小さくまとめようとしているんだろう。こっちも、その作戦に早く気づくべきだった。気づいていれば、対処方法があった」

「それはうちも同じです。本間陣営の方が、捜査機関やマスコミよりも一枚上手《うわて》だったということですか」

「悔しいが、それは認めざるを得ない」

「で、検察としてはどうするんですか」

「捜査は続いている。うちの検事が石崎と話したんだが、完全に一人で責任を背負って、事件を終わりにする覚悟のようだ」

「石崎に何か見返りはあるんですか」

「どうかな」松永が耳を掻いた。「年齢的にも、これで政界から引退せざるを得なくなるだろう。しかし、公職についていなくても、政治に関わることはできるからな。それこそ本間陣営が——民自党が生涯面倒を見るだろう。狭い田舎のことだから、手を貸す人間がいれば、何とかなるんじゃないか」

「冗談じゃないですね」

「あんたは、さっさと本社へ異動しろ。こんな田舎からは逃げ出せ。クソ狭い人間関係の中で仕事してると、あんたまで小さな人間になっちまうぞ」

「松永さんは……」

「今回の事件の結末は見えている。そしてそれが、俺にとっては納得できないものになるであろうことも……だがな、俺は簡単には諦めないぞ」

「どうするんですか？」

「俺の検事生活はこれからだ。今は上手くいかなくても、必ずまたチャンスは来る。まだやれることはあるんだ。増渕の足をすくってやるつもりだし、田岡もこのままでは済まさない」

「できるんですか？」

「検事は、一人で動ける。だからやりたい捜査を勝手にできるんだ」

実際にはそんなわけにはいくまい。検事は「一人捜査機関」とよく言われるが、実際には検察庁という強固な組織の中の駒なのだ。同僚や上司の意向を無視して動けるものでもない。

「こういうことはある。引きずるなよ。そもそもあんたは特ダネを書いたんだから、文句はないだろう」

「ありますよ。これから、全容——真相を割り出して記事にできるとは思えない」

「嫌なこと言うな」松永が唇を捻じ曲げる。「しかし田岡総司か……あいつは要注意だな」

「そうですか？」

「民自党は、あの男を秘蔵っ子として扱うつもりかもしれない。だからこそ今回も、事件から遠ざけておくようにしたんだろう。そんなに大したタマなのかね」

「どうですかね」高樹が知っている学生時代の田岡のことを考えると、そうは思えない。しかし政治に触れた短い時間に成長——悪い方に成長してしまったのだろう。

「政治家は、頭がよければできるってもんじゃないだろう。世の中のことを考えて尽くしていく気持ちだけでもやっていけない。いろいろなことで、高度なバランスが取れていないと駄目なんだ。田岡っていうのは、そういうタイプかもしれない。それだったら、民自党は大事に育てるんじゃないかな」

「俺には関係ない世界ですね」

偶然新潟で再会できたのに、関係は悪化してしまった。というより、あいつは自分の手が届かない世界に行ってしまった。それは大きな勘違いに支配された世界で、「世のため人のため」という旗さえ掲げていれば、何をやっても許されると思っている連中ばかりなのだ。高樹たちが従うのとは別の倫理観に支配されている。

それでいいのか？　権力は民衆を幸せにするために存在しているのであり、自分たちの立場を強固にするためにその力を使ってはいけないはずなのだが。


石崎が逮捕され、選挙違反の大枠も固まってしまった。石崎が支援者らに現金をばらまく計画を立て、全てを指示した──当然、石川や本間本人は何も知らなかったという構図である。田岡の名前も出てこない。

特ダネの興奮ははるか遠いものになり、高樹は日常業務に復帰した。しかし仕事はやりにくい。民自党の県議たちの態度はやはり冷たく、まともに取材もできない有様だった。

「何だかすみませんでした」ある日の午後、高樹は思わず佐々木に頭を下げた。

「何が」

「やりにくいですよね。民自党の県議連中、うちに対して取材拒否ですし」

「ま、こんなことは永遠には続かないよ」佐々木は淡々としたものだった。「人が変われば事情が変わる。俺もあんたも、もうそんなに長く新潟にはいないだろう。後のことは、後の連中が何とかするさ」

目の前の電話が鳴った。無意識のうちに手を伸ばして取り上げる──意外な相手だった。

県警の総務課長。

「今から、こちらへ来ていただけますか？　本部長がお会いしたいそうです」遠慮がちに切り出してくる。

「うちの戸川に用事じゃないんですか」声を潜めて訊ねる。

「戸川さんもお呼びしています。申し訳ないですが、本部長は今しか時間が空いていないので」

実際には、こちらが暇なこの時間を狙って電話してきたのだろう。夕刊の締め切りを過ぎてから食事を終えると、だいたい午後二時になる。

「分かりました。すぐ行きます」前回の話の続きだ、と分かっている。しかし、向こうからこちらを呼びつけてくるのは予想してもいなかった。

受話器を置き「ちょっと隣に行ってきます」と佐々木に告げて立ち上がる。佐々木は何かを感じ取ったようで、無言でうなずいた。

小走りに県警本部へ移動する。総務課に駆けこむと、既に戸川がいた。明らかに戸惑いの表情を浮かべている。高樹は首を横に振った——俺も何も聞いてないんだ。

総務課長に案内され、本部長室に入る。中で待っていたのは、本部長一人。ナンバーツーの警務部長や刑事部長がいないのは何故だろう——そんなことを考えながら、促されてソファに座る。

「一つ、ご報告というか、お伝えしたいことがあってね」本部長が、テーブルの上の煙草入れから一本取り上げた。セブンスターか……高樹も吸ったことがあるが、ショートホープとはフィルターが違うせいか、吸い口が軽くて物足りなかった。しかしこの本部長、煙草を吸うのか。警察は、マスコミ業界と同じで喫煙者がやたら多いのだが、ある程度偉くなると禁煙してしまう人が多い。あるいは偉くなるために禁煙するのか。だとしたら、出世などクソ食らえだ。

顔を背けて煙を斜め上に吐き出すと、本部長が唐突に切り出した。

「木原君が辞めるそうです」

「辞める……」

ぽつりと言って、高樹は戸川と顔を見合わせた。戸川が慌てて首を横に振る。何も聞いていない、か。

「辞表を提出しました」

「理由は……」

「一身上の都合ですね」

切ったな、と一瞬で分かった。形は辞職だが、実際は幹部連中から迫られて辞表を書いたのだろう。公務員ではよくあること——高樹は頭の中で事情を整理しようとしたが、戸川が突然爆発した。

「トカゲの尻尾切りですか！」立ち上がって声を張り上げる。しかし本部長が何も言わないので、毒気を抜かれてしまったようだ。空気が抜けるように元気なく、ソファに座りこむ。

「記者さんにこんなことを言うのもどうかと思いますが、我々もこの立場にたどり着くまでには大変な努力をしています。高い理想を持ち、苦しい勉強に耐えられる人間だけがたどり着けるんです」

考えてみればろくでもない自慢話なのだが、高樹は敢えてうなずいた。話の行き先は何となく見えている。

「それは木原君も例外ではない。彼は戦争で父親を亡くして、母親の手だけで育てられました。中学や高校では新聞配達のバイトをして、苦労に苦労を重ねて大学を出て国家公務員になったんです。彼にすれば、今の立場を捨てることには、大変な勇気が必要だったでしょうね」

「それが二課長に対する罰ですか」高樹は静かに訊ねた。「警察としては逮捕しない——贈収賄につながるかもしれない件については立件しないことにしたんですね？」

「個別の案件にはコメントしない」

「彼を警察から追い出すことで、責任を問わないことにしたんでしょう。退職金は出るんですか」

「彼の年齢では、退職金なんて、それこそ雀の涙ですよ。引っ越し費用の足しになるぐらいでしょう」

「しかし、この後の就職先ぐらいは紹介したんでしょう」官僚の世界は、そこだけで終わるわけではない。関係が深い業界への「天下り」がごく普通のことなのだ。ただし、木原のような若さでは、立場を生かして天下りするわけにはいかず、単なる「再就職」になるだろう。

「いえ」本部長が否定した。

「だったら、裸で放り出したんですか」

「そう考えていただいて結構です」

「それが二課長に対する罰なんですね？」高樹は繰り返し確認した。

「私の方からは、これ以上言うことはない。ただ、東日さんが木原課長のことを気にしていたようなので、お知らせしたまでです」本部長が煙草を灰皿に押しつけ、立ち上がった。

「お忙しいところお呼びだてして、申し訳ない」

深々と頭を下げる。これが彼の謝罪――そして全ての事態を終息させる合図なのだろう。

その日、高樹は早くに引き揚げた。こんなことは滅多にないのだが、何となく支局にも県政記者クラブにもいたくなかったのだ。かといって、呑み屋をはしごして憂さを晴らす気にもなれない。今夜はただ一人で静かに過ごし、あれこれ考えないようにしながら睡眠不足を取り返す――考えないようにする、と意識することで、既に考え始めてしまっているわけだが。

風呂を沸かし、冷蔵庫の中を確認する。瓶ビールが一本だけ……自棄酒を呑むつもりはなかったが、風呂上がりに喉を潤すのに、ビール一本では物足りない。近くに遅くまでやっている酒屋があるから、ちょっと買い出しに行くか。ついでに何かつまみも買って――ズボンの尻ポケットに財布を突っこみ、鍵を持って玄関のドアを開けると、思いもよらぬ相手が立っていた。

「隆子……」思わず間抜けな声を出してしまう。

「ごめん。出かけるところ？」隆子が小声で訊ねる。

「うん、ちょっと……ビールの買い出し……」自分でも嫌になるほど、どぎまぎしてしまう。

「ちょっと買い物に行きましょうか。私、ご飯食べてないの」

「だったらどこかに食べに行ってもいいけど」何を言ってるんだ、俺は。彼女とは別れた。しかし——見ると隆子は、大きなショルダーバッグを肩から提げ、さらに巨大なスーツケースを足元に置いている。

「旅行？」

「やだ、何言ってるの」隆子が笑う。「ありったけの服を詰めて出てきたのよ。食器とかは買わなくちゃいけないけど……そもそもこの部屋、二人で住むには狭いわよね」

「何言ってるんだ？」頭が混乱するだけで、事態がまったく読めない。

「家、出てきちゃった。明日、会社にも辞表を出すつもり」

「家を出た？」高樹は目を見開いた。

「父と大喧嘩したの。あなたのことをあまり悪し様に言うから、我慢できなくなって……」

「家出？」

「この歳になって家出というのは変かもしれないけど」隆子が胸元を押さえた。去年の誕生日に高樹が送ったネックレスが、きらりと光る。

「それはつまり……俺と別れる気はないっていうことなのか？」

「ないわ」隆子がきっぱりと言い切った。「だから、ここに置いてくれる？　二人で住むには狭いけど……あなたが東京へ引っ越すまでの我慢だと思えばいいから」

「君は、それでいいのか？」

「何が？」

「実家と喧嘩別れして、いいことは何もないじゃないか」

「いつまでも実家にしがみついているわけにはいかないでしょう。それに、私は末っ子だから。いなくなっても誰も困らない」

「そんなことはない」高樹は首を横に振った。「ご両親にとっては、君は大事な娘じゃないか」

「本当はね」隆子が舌を出した。「母と兄と姉にはちゃんと話してあるの。三人は私の味方」

「お義父さんだけが孤立してるわけか」

「でも、家の中での力のバランスを考えると、父が反対したら、それで決まっちゃうから」

彼女の決断をすぐには受け止められない。あまりにも大胆な行動で、新潟のように狭い社会ではおかしな噂になってしまうかもしれない。名家にとっては、大きなダメージになるだろう。

「それでいいのか？」

「いいも何も、もう来ちゃったから」隆子が微笑んだ。「でも、部屋の整理整頓はちゃんとしてね。そうすれば、狭い部屋も広く使えるようになるでしょう」

高樹は思わず、隆子を抱きしめた。彼女の顎が自分の肩にすっぽりと入り、体温がじんわりと伝わってくる。

何という結末だろう。

特ダネを飛ばし、しかも狙っていた大魚を逃し、政治の深い闇を見た。それでも今、自分の腕の中には隆子がいる。

勝ったのか負けたのか、さっぱり分からなかった。

4

田岡は東京へ引き揚げた。県警から足止めされるかと思っていたのだが、その後は事情聴取が行われることもなく、連絡も一切なかった。そうなると逆に不安になってきて、裏から手を回して事情を調べようと思ったが、新潟をできるだけ早く離れるようにと、富所が強く勧めてくれたのだ。

「東京で少し大人しくしていた方がいいですよ」

「しかし、石崎さんを放っておくわけにはいかない」

「状況が変わったら、必ず連絡を入れます。石崎さんのことは我々に任せて下さい。民自党県連として、ちゃんと面倒を見ますから」

そこまで言われたら、断る理由はない。新潟を逃げ出すのは、自分の弱みを認めるようで嫌だったが、どうせ自分はもう、多くの恥をかいている。今更体裁を取り繕っても意味はない。

東京では、しばらく自宅に引き籠ることにした。父も母も何も言わない。当然、裏で何が起きているかは知っているはずだが、それに関しては何も言う気がないようだった。しかし父は時々、蔑むような視線を向けてくる。お前、ヘマしたな——まったくその通りで、何も言い返せない。本間陣営を手伝うと言ったのも、実弾攻撃をしようと提案したのも自分なのだ。父親は一切関与していない。自分には関係ないと思っているのだろう。

普通の父親なら、こんな風にはならないはずだ。息子が自分を犠牲にしてまで一人の人間を当選させたことを褒めるか、そうでなければ「犯罪だ」と激怒するか——。しかし父は、まるでこの家に自分が存在しないように振る舞っている。

　田岡は家を出ることを考えた。これからどうするかはまったく決めていないが、とにかく実家にいるだけで息が詰まる。家を借りるぐらいの貯金はあるから、取り敢えず一人暮らしをして、これから先どうするかをゆっくり考えようか。

　増渕から電話がかかってきたのは、まさに石崎の起訴が決まった日だった。これで、選挙違反の捜査は実質的に終了することになるらしい。逮捕者十五人。うち、本間陣営で金を配った人間は五人が身柄を拘束されていた。しかし、中心になった自分や富所はその中に含まれていない。そこに県警のどういう意図があるのかは分からなかった。選挙違反の場合、実態と警察が描く「設計図」には大きな違いがあるのだろう。

　増渕は、選挙違反のことなどなかったかのように切り出してきた。

「どうだい、飯でも食おうか」

「先生、お忙しいんじゃないんですか」

「どんなに忙しくても、誰でも飯ぐらい食うんだよ。第一ホテルのグリルで、今夜七時半。大丈夫か？」

「行きます」

　増渕と会うことで、今後の道が開けるかもしれない。それに、まだ礼も言っていなかった。増渕が介入したかどうか、本人に確認したわけではないから分からなかったが、非礼を詫びねばならない。

田岡は久しぶりに背広を着こみ、夕方に家を出た。新宿にある第一ホテルは、最近政治家たちがよく利用する場所らしい。政治家同士が会う時は、国会に近い赤坂辺りの料亭が定番なのだが、最近は本当の密談用にホテルも人気のようだ。確かにこちらの方が何かと便利だし、目立たない。

紀伊國屋書店の本店で少し時間を潰してから、第一ホテルに向かう。グリルに入ると、すぐに個室に案内された。増渕は既に来ていて水を飲んでいたが、意外なことに一人だった。常におつきの人がいるはずなのに。

「いや、忙しいところ、お呼びだてしてすまんな」増渕がさっと手を上げる。

「とんでもありません」田岡は深々と——頭が膝につくほど深く頭を下げた。「先生には一方ならぬお世話になったのに、挨拶が遅れてしまって申し訳ありません」

「俺は何もしていない——していないことになっている」

田岡ははっと顔を上げた。あくまで裏で動いただけで、公式には何もしていないことにするわけか。確かに、彼のやったことは褒められるものではない。明らかに権力の濫用だ。

「座りなさい。たまには若い人と美味い洋食が食べたくてね」

「では——失礼します」そう言えば増渕は、脂っこい洋食が好きだった。精力的に動き回る政治家には、やはりこういうエネルギー源が必要なのだろうか。

四人がけのテーブルにつくと、従業員がさっとカーテンを閉めてくれた。半個室という感じだが、これでも他人の目を気にせずに話ができる。だいたい店内で目立つのは外国人のビジネスマンで、話を聞かれる心配もないだろう。

「ここはウィナー・シュニッツェルが名物なんだ」

「ドイツのポークカツですか？」

「お、知ってるかね」増渕が嬉しそうに言った。

「名前だけは……食べたことはないです」

「だったら試してみたまえ。それと、本格的なピラフだな」

ピラフに本格的や偽物があるのか？　単なる洋風の炒めご飯ではないか。しかし増渕によると、一度米を炒めてから炊くのが、中近東で作られる本場のピラフに近いのだという。街場のレストランでは、こういう面倒な調理方法でピラフを供する余裕はない。それで焼き飯のようになるのだ……。

いい歳をして、しかも田舎出の先生にしてはやけに料理にうるさい。まあ、これぐらいは害がないというか、可愛いものだろう。二人ともウィナー・シュニッツェルとピラフを頼んだ。ドイツと中近東の料理を同時に出すレストランというのも不思議な感じだが、ホテルならではかもしれない。このホテルは外国人の客が多いようだから、様々な料理で対応できるようにしているのかもしれない。

二人とも水——田岡は酒を呑まない増渕に合わせていた——で乾杯すると、増渕が早速切り出した。

「今回は、小さな失敗があったな」

「申し訳ありません」田岡は頭を下げた。「私の認識不足でした」

「前にも言ったが、マスコミ対策は今後の民自党の大きな課題だ。君にはそこをしっかり勉強してもらいたい」

「はい……しかし、今後どうするかはまだ決めていませんが」

「政調会長は何か言ってるか？」

「私は、家の中では透明な存在のようです」

「あいつらしいと言えばらしい」増渕が苦笑した。「あいつは、一度の失敗も許さない。秘書の出入りが激しいのは君も知ってるだろう」

「ええ」田岡から見ると、どうして辞めたのか分からない人もいる。父の怒りに触れたのだろうが、あまりにも沸点が低過ぎるのではないかと田岡は常々疑問に思っていた。

「政調会長は優秀だ。そういう人間は、自分ができること、理解できることは他人も当然できると思っている。それについて来られなければ切る、ということだよ。仕事のやり方としては、これ以上効率的なことはない。そうやって、優秀なスタッフばかりが残れば、だ……ただ、この仕事はそんなに簡単に割り切れるものではない。何が必要なのか、分かるな？」

「情、ですか」

「政治家は、計算と情の間で常に揺れ動いている」増渕がうなずく。「田岡は計算が百パーセントだ。俺自身は情が百だと思う、その中心のどこかに正解があるはずなんだ。君はそこを目指したまえ」

「はい」本当は、こんなことは父に言って欲しかった。しかし計算百パーセントの父は、俺に議席を譲り渡すことにメリットがないと考えているのだろう。だからこそ、何も言わない。余計なことはしない。

ウィナー・シュニッツェルが運ばれてきて、その大きさにまず目を奪われる。皿からはみ出す、という言い方が大袈裟ではないのだ。銀座の老舗の洋食屋・煉瓦亭のカツも大きいので有名だが、これはそれよりも大きい。その分、極めて薄い。パン粉はきめ細かく、黄金色に揚がっている。つけ合わせは真っ白なポテト。ただ茹でただけのようだ。

「このまま食べるんですか」思わず訊ねた。カツにはつき物のソースがない。

「味はついてるんだ」

増渕が大きく切り取り、口に運ぶ。田岡もならった。味は……かすかな塩味、それにチーズの香りが口中に漂う。ソースの強い味に慣れているせいで頼りなかったが、二口、三口と食べ続けるうちに、これが正解だと分かってきた。これだけ大きなカツにくどい味がついていたら、とても全部食べ切れないだろう。途中で、大きな櫛形に切ったレモンを搾りかけると、俄然爽やかな味になって簡単に食べ切れた。その頃ちょうど、ピラフが運ばれてくる。こちらも全体に白っぽく薄味だが、何かおかずと一緒に食べて下さい……ということだろう。それでも食べ進めていくうちに、美味いと感じるようになってきた。増渕は、いい店を知っている。

政治家は早飯の人が多いとよく言われるが、増渕も例外ではなかった。田岡よりも先に食べ終え、コーヒーを追加で注文する。一拍遅れて食べ終えた田岡は、急に満腹感を覚えた。

増渕はコーヒーに砂糖とミルクをたっぷり加えた。田岡はブラックのまま。料理はどちらもあっさり味だったとはいえ、やはり口の中に脂の感触が残っている。今は苦味だけが必要だった。

「海外へ行ったことはあるかね？」増渕が唐突に訊ねた。

「ないですが……」

「英語は話せるか？」

「日常会話程度なら、何とか」

「それなら話は早い。できるだけ急いで海外へ行きたまえ。イギリスがいいだろう。アメリカよりもイギリスにいる方が目立たない」

「どういう意味ですか」

「留学だ、表向きは。実際に大学へ通うもよし、何か仕事をするもよし。二年か三年ぐらい、ぶらぶらしてきたまえ。そのために、君をうちの私設秘書にしておく」

「それは……」

「多少は給料も出せるから、留学の助けにしなさい。一ポンド八百円では、贅沢はできんがね。知り合いの商社マンがロンドン駐在だから、サポートさせるよ」

「どうしてそこまでして下さるんですか？」増渕は情の人――それは分かったが、やり過ぎではないだろうか。自分はあくまで父の私設秘書――今もその肩書きが生きているかどうかさえ分からないが――である。それを、増渕事務所が面倒を見る……理由が分からない。

「うちが、というより、民自党として君を育てなければならない。ついでに言えば、君には少し垢落としもしてもらう必要もある」

「やはり、私は汚れていますか」

「それは否定できまい」増渕があっさり言った。「なに、二、三年海外へ行っていれば、選挙違反のことなど皆忘れてしまうよ」

「新潟の石崎さんに申し訳ありません」

「石崎君の面倒は、我々がきちんと見る。君は何も心配することはない。ただし、将来的には民自党のために身を粉にして働いてもらわなくてはいけない。それは君が想像するより、ずっと厳しいことだぞ」

「承知しています」田岡はうなずいた。「それもこれも、総理大臣になるための一歩だと思っていますから」

「結構だ」

増渕が真顔でうなずき返す。総理大臣と言ったら馬鹿にされるのではないかと思ったが、増渕は真剣に受け取ったようだった。党の実質的な最高権力者である彼が真面目に考えてくれているなら、この目標は決して届かぬ夢ではない。

「どうする？　留学してみるか」

「お受けします。金の面では、できるだけご迷惑をおかけしないようにします」

「それはいいんだ」増渕が顔の前で手を振った。「金は何とでもなる。日本はもう、君が考えているよりもずっと豊かな国になってるんだぞ。海外でも日本のビジネスマンが堂々と仕事をしていて、かえって恐れられているぐらいだ。エコノミック・アニマルというのは、私は褒め言葉だと思っている。世界で物を売り、物を買い、経済を回しているんだからな。それに海外旅行が自由化されてからは、物見遊山で海を渡る人も増えた。日本人は金持ちになったんだよ」

「仰る通りかと思いますが……一つ、お願いしていいでしょうか」

「言ってみたまえ」

「結婚するつもりでいます。彼女も一緒に連れていっていいでしょうか」

「新婚旅行かね」増渕がにやりと笑う。

「彼女を一緒に連れていって、暮らすつもりです。彼女も少し疲れているので、まったく別の生活を経験するのもいいかな、と」

「君の婚約者は何をやっている人なのかね？　どこのお嬢さんなんだ？」

「女優です」

一瞬間を置いて、増渕が声を上げて笑い出した。低い笑いはいつまでも止まらず、田岡は心配になってきた。彼はこれを冗談だと思っているのか？

「君は……私の想像を簡単に超えてくるな。大したものだ。将来の総理候補の奥さんが女優さんか。私には——私の世代では考えられない世界だな」

「すみません……学生時代の彼女が女優になっただけなんです」

「なるほど、そういう順番か」納得したように増渕がうなずく。

「日本へ戻って来たら、正式に結婚式を挙げようと思います。その際は、増渕先生に仲人をお願いしたいのですが……」

「承知した」増渕が真顔でうなずく。「ただしそれは、結婚式ではなく政治パーティだと考えてもらった方がいいだろうな」

「いえ、彼女の関係者がくれば、華やかな結婚式になりますよ。芸能界の人が集まるんですから」

「これはまた、派手な催しになりそうだな」増渕の表情が崩れる。「前代未聞かもしれん。私は、それはそれで面白いと思うよ。君の政治生活は、華々しくスタートすることになるわけだな」

羽田空港国際線ターミナルはひどくざわついている。海外と日本を行き来する人がこんなに多いことに、田岡は驚いてしまった。日本と海外は直につながっているのだと意識せざるを得ない。

しかし、尚子はまったく平然としていた。最近思い切って短くした髪。額の上にサングラスをはね上げている。六月、既に蒸し暑くなってきたので、ノースリーブのワンピースという涼しげな服装だ。白地に様々な色の大きな水玉をあしらったワンピースを彼女が着ていると、何だか日本人離れして見える。この格好でロンドン——これから数年を過ごす街だ——を歩いても、まったく違和感はないだろう。

荷物は預けてしまったので、出発までは気楽なものだ。あとは保安施設を通り抜け、出国手続きを済ませるだけ。フライトまでは一時間半もあるので、二人はロビーの一角で時間を潰していた。

時間が経つのは早いものだ。二月、雪が舞う新潟で滑りながら現金を配りまくっていたのがはるか遠い昔に感じられる。増渕は「石崎の面倒は民自党で見る」と言っていたが、田岡はそれでは気が済まなかった。起訴後、石崎は釈放されていたので、五月に謝罪を兼ねて会いに行った。富所と三人で酒を酌み交わしたのだが、石崎が意外に平然としているのが驚きだった。留置場での暮らしや取り調べはきつくなかったのか——。

「あんなものは、シベリアに比べれば大したことはない」と石崎は豪快に笑った。それで田岡は、石崎はシベリア抑留を経験していたのだと思い出した。普段は、そんなことはまったく口にしないのだが。

石崎も富所も、快く田岡を送り出してくれた。田岡としては頭を下げるしかなかったのだが、二人は「堂々としていればいい」と口を揃えた。つまらないことに引っかからず、総理を目指すためにしっかり勉強してきて欲しい――二人の期待を裏切らないようにしようと、田岡は決心を新たにした。将来、自分がどうやって選挙に挑むかはまったく決まっていないが、新潟が地盤になる可能性は高い。県政界の有力者である二人とは、今後も連絡を取り合おう、と決めた。

「お茶でも飲みに行く？」尚子が顔を上げた。読んでいたのは、ロンドンのガイド本。本で読むのと、実際に見るのとでは全然違うだろうが、その落差に驚くのも海外暮らしの醍醐味ではないだろうか。

「そうだな。まだ時間はある」立ち上がった瞬間、誰かの視線に気づく。周囲を見回すと、高樹と視線が合った。何であいつがここにいる？　戸惑ってその場で固まっているうちに、高樹が大股で近づいて来た。

「ちょっと先に行っていてくれないか？」尚子に声をかける。

「どうして？」尚子が大きな目をさらに見開く。

「お見送りが来たようだ」

「あら、誰にも知らせてないはずよね？」海外へ出る時には空港で家族や知り合いが見送り、というのはよくある光景だ。しかし田岡も尚子もそういうことを嫌い、誰にも教えず出発することにしていた。

「知り合いだ」

「私も挨拶する？」

「駄目だ」田岡は声を張り上げた。「君には絶対に会わせたくない相手なんだ」

「大丈夫？」

「大丈夫だ——気分が悪いことを除いては」

「じゃあ、そこの喫茶店にいるから。後で来てね」

うなずくと、尚子がサングラスをかけ直して去って行く。彼女と入れ替わるように高樹がやって来て、田岡の手前二メートルのところで立ち止まった。

「何でお前がここにいる？」田岡は思わず訊ねた。

「見送りだ」

「大きなお世話だ——だいたい、俺が今日出発することが何で分かった？」

「俺は新聞記者だ。調べれば何でも分かる」

少し気味が悪くなった。自分がロンドンへ飛ぶことを知っている人間は、ほとんどいないはずだ。

「お前、まだ新潟にいるんだろう？」

「ああ。夏には東京へ戻る予定だけど」

「今日はわざわざ新潟から？」

「家族に婚約者を紹介するついでだ」

「それは——」おめでとうと言いかけて、慌てて言葉を呑みこむ。めでたいことなど何もない。

「一言、お前に言っておきたくてな」

「俺には、聞く義務はない」

「お前は、新潟でいくつもの罪を犯した。でも、一つも責任を問われなかった。本当にこれでいいと思ってるのか？」高樹がまくしたてる。

「俺には言うことは何もない」

「弁解なしか」

「ここで裁判でも開く気か？　冗談じゃない」

「確認したいだけだ。本当に、お前に責任はないのか？」

「俺は、どんな責任も問われなかった」

「良心に誓って、そう言えるのか？　俺だったら無理だな」高樹はいつにも増して厳しい。

「お前の良心と俺の良心は違う」

田岡は口を開きかけて閉じた。苦い表情が浮かんだのが自分でも分かる。

「俺の方こそ、お前に聞きたい」改めて田岡は聞き返した。「お前は何がやりたかったんだ？　本間さんを破滅させたかったのか？」

「いや」

「だったらどうしてあんな記事を書いた？　狙いは俺だったのか？」

「違う。誰かを破滅させたり貶めたり、そんなことをする意図はなかった。そこに大きな犯罪の事実があったから書いた――それだけだ」

「お為ごかしだな」

「何とでも言え」

「結果的に、お前のせいで俺の人生も大きく狂った」

「そうか？　これから優雅にイギリス留学だろう。羨ましい限りだよ」

「イギリスになんか行っても意味はない。どうせなら、アメリカで政治を勉強したかった。このせいで、俺は二年か三年を無駄にする」

「ほとぼりを冷ますために、二年か三年が必要なんだろう」

田岡は思わず唇を引き結んだ。こいつ、どこまで事情を知ってるんだ？　一つだけはっきりしているのは、これ以上高樹と話しているとまずい、ということだ。子どもの頃から知っている間柄だけに、余計なことまで喋ってしまいそうだ。

「お前はいつ、理想をなくした？」高樹が訊ねる。

「なくしていない。俺は日本を変える——今でもそう思っている」

「そのためにはどんな手段を取ってもいいと思ってるのか？　法律も関係なく？」

「目的は常に、手段に優先する」

「政治家だけが特別な存在だと思ってないか？」

「お前は、新聞記者が特別だと思っている」

二人は睨み合った。激しい言い合いで二人とも呼吸が整わず、肩で息をしている。田岡は、周りの人たちの視線が集まっているのを感じた。いくら様々な人がいる空港とはいえ、大声で言い合いをしていたら注意を引いてしまう。こんなことは自分の本意ではなかった。

「帰ってくれ」田岡は言った。懇願するような口調にならないように気をつける。

「帰るさ。あと一つだけ言ったら、な」高樹が人差し指を立てる。「これからも、お前が間違ったことをしたら、俺はいつでも記事にする。政治家を特別扱いはしない。是々非々でやらせてもらう」

「宣戦布告か」田岡は鼻を鳴らした。「しかし、特定の人間をマスコミがつけ狙うのはどうかと思うな。それはリンチじゃないか」

「何とでも言え。とにかく俺は、お前をずっと監視するからな」

「好きにしろ。新聞記者は暇なんだな」いずれ俺は、東日を——いや、全てのマスコミを自在に動かしてみせる。単に反政府的な記事を載せて喜んでいるような新聞は、批判者を気取っているのかもしれないが、明確に国益に反しているのだ。これから日本がより良い国になるためには、マスコミの力も必要だ——ただし、こちらがコントロールできる限りにおいては。

「背中には気をつけるんだな。新聞記者を舐めると、痛い目に遭う」

「どうして俺をそこまで嫌う？　友だちじゃないか」

「友だちだった、だ」高樹がはっきりと訂正した。「政治家が特別な存在で、何をしても許されるわけじゃない。俺は、叩くべき時は叩く——それだけは言っておく」

「好きにしろ」

　高樹が平然とした表情でうなずく。真顔のまま、「ところでお前は、嫁さんを留学に連れていくのか？」と訊ねた。彼の視線が動く先を見ると、「喫茶店で待っている」と言った尚子が、少し離れたところで心配そうな顔で立っている。

「お前には関係ない」

「そうか。もしもそうなら、おめでとうぐらいは言っておこうと思ったんだが」

「俺が今、一番それを言われたくない相手はお前だよ」

「そうか、分かった——また会うと思う。今度は取材で」

「取材は拒否する」

「何の取材かも分からないのに、今から拒否か？」

「お前には会わないように、十分気をつけるよ」

高樹が素早くうなずき、踵を返す。別れの言葉もない。尚子がすぐに駆け寄って来た。

「大丈夫なの？　二人ともすごい剣幕だったけど」

「古い友だちなんだ——友だちだった、が正解だけど」

「もしかしたら、東日の人？　あの記事を書いた？」

「ああ」

「ひどいわね。蹴飛ばしてきましょうか？」

尚子が本気で高樹の背中を追いかけようとしたので、田岡は慌てて彼女の腕を摑んだ。

「よせよ」

「でも――」

「今日は、俺たちの大事な旅立ちの日じゃないか。嫌なことは忘れていこう」

「総司さんはそれでいいの？」

「もちろん……それより、お茶を飲みに行ったんじゃないのか？」

「変な人が来たと思ったから、心配して見てたの」

「そうか。心配かけて悪かった」

「あなたが大丈夫なら、それでいいけど」

「もちろん大丈夫だ。お茶にしよう」

二人は並んで歩き出した。ハッと驚いたように尚子を見る人がいるので、田岡は胸を張った。やはり彼女は、自分にとっては最高の存在、自慢できる妻だ。

「これから、一つだけ気をつけてくれ」

「何？」尚子が腕を絡ませてくる。

「高樹という男は要警戒だ。新聞記者は、思いもかけないところで近づいてくる」

「そうしたら、本当に蹴飛ばすわ」

「それは頼もしいな」

しかし……自分と高樹の戦いは長く続くだろう。新聞記者対政治家――今回が第一戦で、自分の負けだと思う。上手く逃げ出したのは事実だが、石崎を犠牲にしてしまったのだから。

必ず、次の戦いがある。そこでは絶対に負けない。叩きのめして、新聞記者になったことを後悔させてやる。

そのためには学ぶことだ。経験を積むことだ。そうして遠くない日、マスコミを完全にコントロールする能力を手に入れる。その時には、初戦の苦しい様子を、尚子に全て話して聞かせよう。勝てば、絶対に笑い話になるはずだ。

新しい人生が始まる。挫折から始まる人生だが、唯一の救いは尚子が一緒にいることだ。

それだけで、今は他に何を望むべきだろうか。

第一部完

解説

読売新聞東京本社文化部
佐藤憲一

大通りの東中通から横道に入った坂の途中に、読売新聞新潟支局の古ぼけた建物はあった。新潟市の繁華街、古町からも都市公園の白山公園からも少し離れたオフィス街で、すぐ前が古風な名前の県議会議員の事務所だったと記憶する。東京の本社で研修を終えた新人記者の筆者が、初めて支局のドアを開けたのは一九八八年四月の夜だった。

煙草の煙が立ちこめる中、先輩記者たちが原稿用紙に向かって鉛筆を走らせ、バリトンボイスのデスクが歌うように声を響かせている。化粧品会社が使っていたというオフィスの天井には、映画「カサブランカ」に出てくるような大きなファンがあって、ホコリをかぶって止まったまま。隣の泊まり部屋の隅の畳は傾き、写真現像用の暗室に定着液の酸っぱい匂いが漂う。その年の終わりには新築の自社ビルに移って記事の出稿もワープロ書きとなり、年明けに元号も変わる。昭和のどん詰まりの支局は、オンボロでカオスのようだった。

南北に長い新潟県内には当時、他に十の取材拠点があって、月に一度の会議のため県内各地の記者が新潟支局に集まってきた。真っ赤なホンダCR-Xに乗って颯爽とやってきたのが、新潟支局から六日町通信部に赴任したばかりだった二年先輩のYさん。高校時代ラグビーで鳴らした体格は良く、明朗快活。パンチャー（手書き原稿を漢字テレタイプの機械に打ち込む仕事）のH嬢を軽口でからかい逆襲された後、警察担当を始めることになる新人三人に「サツ回り（警察担当）は面白いぞ。俺だったら何年やってもいい」とエネルギッシュに語り始めた。

その前年、二年生の時は三人の一年生記者をまとめるサツキャップを任されたが、「あんまり事件が起きないんで、交通事故防止のキャンペーンを新潟県版でやって、普通、ベタ記事にしかならない事故も大きく取り上げるようにしたんだ。部長褒賞ももらったよ」と続ける。「記者クラブに置き土産で参考になる本を置いといたから」と言われ、後日、新潟県警の記者クラブで読売ブースに入ると、確か日本の犯罪史をまとめた分厚い鈍器本が机上に鎮座していて、「Yさん、よっぽど事件が好きなんだな」と思ったのを覚えているその先輩が十三年後に堂場瞬一として作家デビューし、警察小説を牽引する存在になことは想像だにしなかった。

一緒に机を並べることこそなかったが、Yさんとは妙に縁があって、筆者が三年生のとき、六日町通信部の隣の十日町通信部に赴任することになった。両通信部の管内は、魚沼丘陵を挟んで西と東。ともに山間部の豪雪地で人の交流があり、Yさんは「こんな話があるけど、知ってるか」とよく電話をくれた。雪道の怖さの話題になって、買い換えた車の格納式のライトが「雪で凍って開かなくて困る」みたいなぼやきも聞いた気がする。

Yさんの六日町通信部管内は、上越新幹線や関越自動車道で関東に直結し、バブル時代末期の開発ラッシュで活気にあふれていた。越後湯沢駅近くにリゾートマンションが林立し、映画「私をスキーに連れてって」（一九八七年）が火を付けたブームが苗場を始めとするスキー場に大量の若者を引き寄せていた。

豪雪に埋もれ、へぎそばを食べているだけだった筆者と違って、Yさんはリゾートマンションが地域社会に引き起こした問題を積極的に取材し記事にしていた。政治的には、六日町管内は金権政治や利益誘導政治で知られる田中角栄元首相を出した旧新潟三区に属した。角栄の後援会、越山会は「鉄の団結」で知られ、記者にも口が堅かったはず。Yさんの苦労も多かっただろう。

私見だが、新潟の人は概して温厚で親切だが、部外者に本音を明かさない傾向が豪雪地になればなるほど強い。新潟時代、取材先で「そういえば、Yさんはどうしてる？　面白いやつだったなあ」と何度も聞かれたし、人の懐に入るのに長けたYさんの記者としての才能がうらやましくもあった。

小説すばる新人賞受賞作のスポーツ小説『8年』に続いて二〇〇一年に出した〈刑事・鳴沢了〉シリーズの第一作『雪虫』は、堂場瞬一最初の警察小説だ。舞台は、越後湯沢を始めとする新潟県内で、祖父、父と同じ三代目の刑事の道を選び「刑事に生まれたんだ」という自負を持つ新潟県警捜査一課の鳴沢が主人公となる。同作と同じ作者の原点の一つ新潟を舞台に、今度は政治家と新聞記者の三代にわたる相克を追う大河小説が、『小さき王たち』三部作である。

作者は第一部『濁流』の単行本が刊行された二〇二二年の読売新聞新潟県版（六月十五日付）のインタビューで、「新潟は初めて関東を離れて住んだ非常に愛着のある土地。文化圏も違い、かなり衝撃を受けつつも、『いいところだな』とずっと思っていました」と語っている。そして、「政治とメディア」というテーマが浮かんだとき、「政治風土などに非常に『日本っぽい』ところ」があり、「日本の縮図」と考えていた新潟を舞台に選んだという。

一九七一年十二月。東日新聞新潟支局の県政担当記者、高樹治郎は新潟市沖で座礁したタンカーからの油流出事故現場で、幼なじみの田岡総司に出くわす。総司は旧新潟一区を地盤とする与党大物代議士、田岡一郎の息子で、現在は父親の秘書を務めている。新聞記者と政治家の卵。若い二人の再会は、政治のメディア支配を巡る三代に及ぶ因縁の対決の幕開けだった。

日本海での油流出事故は一九九七年一月に実際に起きていて、ロシア船籍のタンカー「ナホトカ号」の船首部分が福井県の三国に流れ着き、今年、地震の大きな被害を受けた石川県珠洲市など奥能登地域の海岸でも、高齢者が重油の回収作業に追われる悲哀を味わっている。当時、筆者は中堅記者として金沢総局に在籍していて、被害の重大さに比べて東京本社版の扱いが小さいことに悔しさを覚えたものだが、いずれにしろ、現実の出来事をアレンジして、小説の細部にリアリティーをもたせる作者のうまさが現れていると思う。

物語は、衆議院選挙を巡る買収を軸に展開する。現在の小選挙区制では当選するのは一人だけだが、当時の中選挙区制では複数の当選者が出るため、定数三人の旧新潟一区では、与党が二人、野党が一人となるのが通例だった。小説中の与党の公認候補は二人で、党政調会長を務める田岡一郎は安泰だが、新人の本間は公認争いに敗れた県議出身の東田に押され気味で当選は危うい。政治家修業の一環で本間の選挙を手伝うことになった田岡総司は、陣営幹部の県議らに、市町村長らの買収工作を提案し、自ら買収に手を染める。

保守系候補同士の争いで、票をまとめる地方政治家に広く金がわたるのは、二〇一九年参院選広島県選挙区での選挙違反事件などでも明るみにでている。筆者も地方支局時代、政治と金を巡るきな臭い話を聞くことは多かった。また、過疎地になればなるほど、公共土木事業が主要産業になっていて、建設業者が選挙の実行部隊として支持する候補を当選させようとしのぎを削り、一種の祭りのような異様な熱気を帯びる。そんな選挙の実態も作中によく現れている。

作者は前出の新潟県版のインタビューで「（一九八〇年代後半に）新潟に来た時、ものすごく都会だと思った」とも語っている。『濁流』の舞台はその十数年前だが、港町の繁栄をベースに持つ古町あたりのにぎわいや周辺の飲み屋街の喧噪など、作者の感じたかつての新潟の姿が織り込まれているはずだ。

作中、本間陣営の買収工作を知った記者の高樹が、真相を明るみに出せば友達や愛する人を失う可能性があることに思い悩む場面がある。普段親しくしている取材先を傷つけることでも、いざ不祥事があれば、記者の職責として真実を伝えなければならない。そして、一つの記事が人の人生を変えてしまうことがある。新人記者の多くが感じるジレンマは、記者出身の作者だからこそ描けるものだと思う。実を言えば筆者も、高樹の葛藤に新潟時代のあれやこれやを思い出し心が痛かった。

最後に、Yさんが本社に上がった後の事を書こう。一九九〇年代末、たまたま文化部の文芸担当となった筆者は、社会部の警察担当などを経たYさんが、新潮ミステリー倶楽部賞や江戸川乱歩賞の最終候補になっていることは聞いていた。二〇〇〇年に小説すばる新人賞受賞が決まるとうれしくて、受賞記事を「読売新聞社勤務」と明記して出し、秘密にしておきたかったのか本人に怒られたりした。

〈鳴沢了〉シリーズが文庫化後、大ブレイクし、警察小説とスポーツ小説の両輪で人気作家になっていく姿をまぶしく見ている中で、驚かされたのはその旺盛な執筆量だ。新潟時代から筆が速いことでは有名だったが、作家デビュー後は日中、新聞社の仕事をこなしながら早朝と帰宅後に執筆し年に十冊前後の小説を刊行してくる。さらに社の仕事でパソコン関係の本も出したりしていたのだから恐れ入る。海外ミステリ好きと知っていたので、書評面で海外ミステリの名作案内を連載してもらったが、年末の海外ミステリ担当編集者を招いての座談会では、見事な司会役をこなしていた。「孤独にならないと、孤独は理解できない」(読売新聞文化面二〇一三年一月十五日付)とチャンドラーばりの名言を書き残して二十六年の新聞社生活を終えた後も、後輩が担当して『奔る男 小説 金栗四三』を連載してもらい、随分お世話になってきた。

二〇二四年はエド・マクベインによる警察小説の金字塔〈87分署〉シリーズの『キングの身代金』の翻訳をハヤカワ文庫で発表し、還暦を超えて新たな挑戦を試みている。著作が二百冊を超える日も遠くないだろう。三十六年前のY先輩の置き土産は、まだ新潟県警記者クラブにあるのだろうか。

本書は、二〇二二年四月に早川書房より単行本
として刊行された作品を文庫化したものです。

著者略歴　1963年茨城県生，青山学院大学国際政治経済学部卒，作家　著書『over the edge』『under the bridge』『ロング・ロード　探偵・須賀大河』訳書『キングの身代金〔新訳版〕』マクベイン（以上早川書房刊）他多数

HM=Hayakawa Mystery
SF=Science Fiction
JA=Japanese Author
NV=Novel
NF=Nonfiction
FT=Fantasy

小《ちい》さき王《おう》たち　第一部《だいいちぶ》：濁流《だくりゆう》

〈JA1578〉

二〇二四年九月　二十日　印刷
二〇二四年九月二十五日　発行

（定価はカバーに表示してあります）

著者　堂《どう》場《ば》瞬《しゅん》一《いち》
発行者　早川浩
印刷者　草刈明代
発行所　株式会社早川書房

郵便番号　一〇一‐〇〇四六
東京都千代田区神田多町二ノ二
電話　〇三‐三二五二‐三一一一
振替　〇〇一六〇‐三‐四七七九九
https://www.hayakawa-online.co.jp

乱丁・落丁本は小社制作部宛お送り下さい。
送料小社負担にてお取りかえいたします。

印刷・中央精版印刷株式会社　製本・株式会社明光社

ISBN978-4-15-031578-8 C0193

本書は活字が大きく読みやすい〈トールサイズ〉です。